ZHONGGUO XIAOSHUO
100 QIANG

中国小说100强（1978—2022）

虚 证

刘 恒 著

北京联合出版公司
Beijing United Publishing Co.,Ltd.

图书在版编目（CIP）数据

虚证 / 刘恒著. -- 北京：北京联合出版公司，2023.9
（中国小说100强）
ISBN 978-7-5596-7019-9

Ⅰ.①虚… Ⅱ.①刘… Ⅲ.①长篇小说－中国－当代 Ⅳ.①I247.5

中国国家版本馆CIP数据核字(2023)第111280号

虚　证

作　　者：刘　恒
出 品 人：赵红仕
出版监制：张晓冬　范晓潮
责任编辑：肖　桓
特约编辑：和庚方　张　颖
封面设计：武　一

北京联合出版公司出版
（北京市西城区德外大街83号楼9层　100088）
北京兴星伟业印刷有限公司印刷　新华书店经销
字数256千字　650毫米×920毫米　1/16　28.5印张
2023年9月第1版　2023年9月第1次印刷
ISBN 978-7-5596-7019-9
定价：78.00元

版权所有，侵权必究
未经书面许可，不得以任何方式转载、复制、翻印本书部分或全部内容。
本书若有质量问题，请与本公司图书销售中心联系调换。
电话：010-65868687

中国小说100强（1978—2022）丛书

编委会

丛书总策划

张　明　　著名出版人
张　英　　资深媒体人

编委主任

吴义勤　　中国作协副主席
　　　　　中国小说学会会长

编　委

吴义勤　　中国作协副主席、中国小说学会会长
宗仁发　　《作家》杂志主编
谢有顺　　中山大学教授、中国小说学会副会长
顾建平　　《小说选刊》副主编
张　英　　资深媒体人
文　欢　　作家、出版人

总　序

"中国小说100强"（1978—2022）是资深出版人张明先生和腾讯读书知名记者张英先生共同策划发起的一套大型文学丛书。他们邀请我和宗仁发、谢有顺、顾建平、文欢一起组成编委会，并特邀徐晨亮参与，经过认真研讨和多轮投票最终评定了100人的入选小说家目录。由于编委们大多都是长期在中国文学现场与中国文学一路同行的一线编辑、出版家、评论家和文学记者，可以说都是最专业的文学读者，因此，本套书对专业性的追求是理所当然的，编委们的个人趣味、审美爱好虽有不同，但对作家和文学本身的尊重、对小说艺术的尊重、对文学史和阅读史的尊重，决定了丛书编选的原则、方向和基本逻辑。

从文学史的角度来说，1978年以后开启的新时期文学是中国当代文学的黄金时代，不仅涌现了一批至今享誉世界的优秀作家，而且创造了许多脍炙人口的文学经典，并某种程度上改写了20世纪中国文学史的版图。而在中国新时期文学的经典家族中，小说和小说家无疑是艺术成就最高、影响力最大的部分。"中国小说100强"（1978—2022）就是试图将这个时期的具有经典性的小说家和中国小说的经典之作完整、系统地筛选和呈现出来，并以此构成对新时期文学史的某种回顾与重读、观察与评判。呈现在读者面前的这套丛书是对1978—2022年间中国当代小说发展历程的一次全面、系统的整体性回顾与检阅，是中国当代文学经典化的重要成果，从特定的角度集中展示了中国新时期文学在小说创作方面的巨大成就。需要说明的是，与1978—2022年新时期文学繁荣兴盛的局面相比，100位作家和100本书还远远不能涵盖中国当代小说的全貌，很多堪称经典的小说也许因为各种原因并未能进入。莫言、苏童、余华等作家本来都在编委投票评定的名单里，但因为他们已与某些出版社签下了专有出版合同，不允许其他出版社另出小说集，因而只能因不可抗原因而割爱，遗珠之憾实难避免，而且文学的审美本身也是多元的，我们的判断、评价、选择也许与有些读者的认知和判断是冲突的，但我们绝无把自己的标准强加于别人的意思。我们呈现的只是我们观察中国这个时期当代小说的一个角度、一种标准，我们坚持文学性、学术性、专业性、民间性，注重作家个体的生活体验、叙事能力和艺术功力，我们突破代际局限，老、中、青小说家都平等对待，王蒙、冯骥才、梁晓声、铁凝、阿来等名家名作蔚为大观，徐则臣、阿乙、弋舟、鲁敏、林森等新人新作也是目不暇接，我们特别关注文学的新生力量，尤其是近10年作品多次获国家大奖、市场人气爆棚的新生代小说家，我们禀持包容、开放、多元的审美立场，无论是专注用现实题材传达个人迥异驳杂人生经验、用心用情书写和表现时代精神的现实主义作家，还是执着于艺术探索和个体风格的实验性作家，在丛书里都是一视同仁。我们坚信我们是忠实于自己的艺术理想、艺术原则和艺术良心的，但我们并不认为自己的角度和标准是唯一的，我们期待并尊重各种各样的观察角度和文学判断。

当然，编选和出版"中国小说100强"（1978—2022）这套大型丛书，除了上述对文学史、小说史成就的整体呈现这一追求之外，我们还有更深远、更宏大的学术目标，那就是全力推进中国当代文学"经典化"的历程和"全民阅读·书香中国"建设。

从 1949 年发端的中国当代文学已经有了 70 多年的发展历程，但对这 70 多年文学的评价一直存在巨大的分歧，"极端的否定"与"极端的肯定"常常让我们看不到当代文学的真相。有人认为中国当代文学达到了前所未有的高度和水平。王蒙先生在法兰克福书展上就说：中国当代文学现在是有史以来最繁荣的时期。余秋雨、刘再复甚至认为中国当代文学的成就远远超过了现代文学。也有人极端否定中国当代文学，认为中国当代文学都是垃圾。他们认为现代文学要远远超过当代文学，中国当代文学连与现代文学比较的资格都没有。比如说，相对于鲁（迅）、郭（沫若）、茅（盾）、巴（金）、老（舍）、曹（禺）这样大师级的人物，中国当代作家都是渺小的侏儒，根本不能相提并论，两者比较就是对大师的亵渎。应该说，与对中国当代文学的肯定之声相比，对当代文学的否定和轻视显然更成气候、更为普遍也更有市场。尽管否定者各自的角度和出发点不同，但中国当代作家、作品与中外文学大师、文学经典之间不可比拟的巨大距离却是唱衰中国当代文学者的主要论据。这种判断通常沿着两个逻辑展开：一是对中外文学大师精神价值、道德价值和人格价值的夸大与拔高，对文学大师的不证自明的宗教化、神性化的崇拜。二是对文学经典的神秘化、神圣化、绝对化、空洞化的理解与阐释。在此，我们看到了一个非常有趣的悖论：当谈论经典作家和文学大师时我们总是仰视而崇拜，他们的局限我们要么视而不见要么宽容原谅，但当我们谈论身边作家和身边作品时，我们总是专注于其弱点和局限，反而对其优点视而不见。问题还不在于这种姿态本身的厚此薄彼与伦理偏见，而是这种姿态背后所蕴含的"当代虚无主义"。这种"虚无主义"的最大后果就是对当代作家作品"经典化"的阻滞，对当代文学经典化历程的阻隔与拖延。一方面，我们视当下作家作品为"无物",拒绝对其进行"经典化"的工作,另一方面又以早就完全"经典化"了的大师和经典来作为贬低当下泥沙俱下的文学现实的依据。这种不在同一个层面上的比较,不仅毫无意义,而且只能使得文学评价上的不公正以及各种偏激的怪论愈演愈烈。

其实,说中国当代文学如何不堪或如何优秀都没有说服力。关键是要进行"经典化"的工作,只有"经典化"的工作完成了才有可能比较客观地对当代的作家作品形成文学史的判断。对当代的"经典化"不是对过往经典、大师的否定,也不是对当代文学唱赞歌,而是要建立一个既立足文学史又与时俱进并与当代文学发展同步的认识评价体系和筛选体系。当然,我们也要承认,"经典化"问题是一个非常复杂的问题,并不是凭热情和冲动一下子就能完成的,但我们至少应该完成认识论上的"转变"并真正启动这样一个"过程"。

现在媒体上流行一些对于中国当代文学经典化冷嘲热讽的稀奇古怪的言论,其核心一是否定中国当代文学有经典、有大师,其二是否定批评界、学术界有关"经典化"的主张,认为在一个无经典的时代,"经典"是怎么"化"也"化"不出来的,"经典化"是一个实实在在的"伪命题"。其实,对于文学,每个人有不同的判断、不同的理解这很正常,每一种观点也都值得尊重。但是,在"经典"和"经典化"这个问题上,我却不能不说,上述观点存在对"经典"和"经典化"的双重误解,因而具有严重的误导性和危害性。

首先,就"经典"而言,否定中国当代文学早就不是什么新鲜事,对当代文学的虚无主义态度在很多人那里早已根深蒂固。我不想争论这背后的是与非,也不想分析这种观点背后的社会基础与人性基础。我只想指出,这种观点单从学理层面上看就已陷入了三个巨大误区:

第一个误区,是对经典的神圣化和神秘化的误区。很多人把经典想象为一个绝对的、神圣的、遥远的文学存在,觉得文学经典就是一个绝对的、乌托邦化的、十全十美的、所有人都喜欢的东西。这其实是为了阻隔当代文学和"经典"这个词发生关系。因为经典既然是绝对的、神圣的、乌托邦的、十全十美的，那我们今天哪一部作品会有这样的特性呢？如果回顾一下人类文学史，有这样特性的作品好像也没有。事实上，没有一部作品可以十全十美，也没有一部作品能让所有人喜欢。在这个问题上，我们应该明确的是，"经典"不是十全十美、无可挑剔的代名词，在人类文学史上似乎并不存在毫无缺点并能被任何人所认同的"经典"。因此，对每一个时代来说，"经典"并不是指那些高不可攀的神圣的、神秘的存在，只不过是那些比较优秀、能被比较多的人喜爱的作品而已。从这个意义上说，当今中国文坛谈论"经典"时那种神圣化、莫测高深的乌托邦姿态，不过是遮蔽和否定当代文学的一种不自觉的方式，他们假定了一种遥远、神秘、绝对、完美的"经典形象"，并以对此一本正经的信仰、崇拜和无限拔高，建立了一整套关于中国当代文学的伦理话语体系与道德话语体系，从而充满正义感地宣判着中国当代文学的死刑。

第二个误区，是经典会自动呈现的误区。很多人会说，是金子总是会发光的。但对文学来说，文学经典的产生有着特殊性，即，它不是一个"标签"，它一定是在阅读的意义上才会产生意义和价值的，也只有在阅读的意义上才能够实现价值，没有被阅读的作品没有被发现的作品就没有价值，就不会发光。而且经典的价值本身也不是固定不变的。如果一个作品的价值一开始就是固定不变的，那这个作品的价值就一定是有限的。经典一定会在不同的时代面对不同的读者呈现出完全不同的价值。这也是所谓文学永恒性的来源。也就是说，文学的永恒性不是指它的某一个意义、某一个价值的永恒，而是指它具有意义、价值的永恒再生性，它可以不断地延伸价值，可以不断地被创造、不断地被发现，这才是经典价值的根本。所以说，经典不但不会自动呈现，而且一定要在读者的阅读或者阐释、评价中才会呈现其价值。

第三个误区，是经典命名权的误区。很多人把经典的命名视为一种特殊权力。这有两个层面的问题：一，是现代人还是后代人具有命名权；二，是权威还是普通人具有命名权。说一个时代的作品是经典，是当代人说了算还是后代人说了算？从理论上来说当然是后代人说了算。我们宁愿把一切交给时间。但是，时间本身是不可信的，它不是客观的，是意识形态化的。某种意义上，时间确会消除文学的很多污染包括意识形态的污染，时间会让我们更清楚地看清模糊的、被掩盖的真相，但是时间同时也会使文学的现场感和鲜活性受到磨损与侵蚀，甚至时间本身也难逃意识形态的污染。此外，如果把一切交给时间，还有一个前提，那就是对后代的读者要有足够的信任，要相信他们能够完成对我们这个时代文学的经典化使命。但我们对后代的读者，其实是没有信心的。我们今天已经陷入了严重的阅读危机，我们怎么能寄希望后代人有更大的阅读热情呢？幻想后代的人用考古的方式对我们这个时代的文学进行经典命名，这现实吗？我不相信后人对我们身处时代"考古"式的阐释会比我们亲历的"经验"更可靠，也不相信，后人对我们身处时代文学的理解会比我们亲历者更准确。我觉得，一部被后代命名为"经典"的作品，在它所处的时代也一定会是被认可为"经典"的作品，我不相信，在当代默默无闻的作品在后代会被"考古"挖掘为"经典"。也许有人会举张爱玲、钱钟书、沈从文的例子，但我要说的是，他们的文学价值早在他们生活的时代就已被认可了，只不过很长时间由于意识形态的原因我们的文学史不谈及他们罢了。此外，在经典命名的问题上，我们还要回答的是当代作家究竟为谁写作的问题。当代作家是为同代人写作还是为后代人写作？幻想同代人不阅读、不接受的作品后代人会接受，这本身就是非常乌托邦的。更何况，当代作家所表现的经验以及对世界的认识，是当代人更能理解还是后代人更能理解？当然是当代人更能理解当代作家所表达的生活和经验，更能够产生共鸣。因此，从这个角度来说，当代人对一个时代经典的命名显然比后代人更重要。第二个层面,就是普通人、普通读者和权威的关系。理论上,我们都相信文学权威对一个时代文学经典命名的重要性,权威当然更有价值。但我们又不能够迷信文学权威。如果把一个时代文学经典的命名权仅仅交给几个权威,那也是非常危险的。这个危险表现在什么地方呢?就是几个人的错误会放大为整个时代的错误,几个人的偏见会放大为整个时代的偏见。我们有很多这样的文学史教训。在这个问题上,我们既要相信权威又不能迷信权威,我们要追求文学经典评价的民主化、民主性。对一个时代文学的判断应该是全体阅读者共同参与的民主化的过程,各种文学声音都应该能够有效地发出。这个时代的文学阅读,最理想的状态应该是一种互补性的阅读。为什么叫"互补性的阅读"?因为一个批评家再敬业,再劳动模范,一个人也读不过来所有的作品。举个例子:现在我们一年有5000部以上的长篇小说,一个批评家如果很敬业,每天在家读二十四小时,他能读多少部?一天读一部,一年也只能读三百部。但他一个人读不完,不等于我们整个时代的读者都读不完。这就需要互补性阅读。所有的读者互补性地读完所有作品。在所有作品都被阅读过的情况下,所有的声音都能发出来的情况下,各种声音的碰撞、妥协、对话,就会形成对这个时代文学比较客观、科学的判断。因此,文学的经典不是由某一个"权威"命名的,而是由一个时代所有的阅读者共同命名的,可以说,每一个阅读者都是一个命名者,他都有对经典进行命名的使命、责任和"权力"。而作为一个文学研究者或一个文学出版者,参与当代文学的进程,参与当代文学经典的筛选、淘洗和确立过程,更是一种义不容辞的责任和使命。说到底,"经典"是主观的,"经典"的确立是一个持续不断的"过程","经典"的价值是逐步呈现的,对于一部经典作品来说,它的当代认可、当代评价是不可或缺的。尽管这种认可和评价也许有偏颇,但是没有这种认可和评价,它就无法从浩如烟海的文本世界中突围而出,它就会永久地被埋没。从这个意义上说,在当代任何一部能够被阅读、谈论的文本都是幸运的，这是它变成"经典"的必要洗礼和必然路径。

总之，我们所提倡的"经典化"不是要简单地呈现一种结果，不是要简单地对一个时代的文学作品排座次，不是要武断地指出某部作品是"经典"，某部作品不是"经典"，不是要颁发一个"谁是经典"的荣誉证书，而是要进入一个发现文学价值、感受文学价值、呈现文学价值的过程。所谓"经典化"的"化"实际上就是文学价值影响人的精神生活的过程，就是通过文学阅读发现和呈现文学价值的过程。可以说，文学的经典化过程，既是一个历史化的过程，更是一个当代化的过程。文学的经典化时时刻刻都在进行着，它需要当代人的积极参与和实践。因此，哪怕你是一个对当代文学的虚无主义者，你可以不承认当代文学有经典，但只要你还承认有文学，你还需要和相信文学，还承认当代文学对人的精神生活具有影响力，你就不应该否定当代文学经典化的重要性。没有这个"经典化"，当代文学就不会进入和影响当代人的生活，就失去了存在的意义。每一个人，哪怕你是权威，你也不能以自己的好恶剥夺他人阅读文学和享受文学的权利。

从这个意义上说，当代文学的经典化当然是一个真命题而不是一个伪命题。在一个资讯泛滥的时代，给读者以经典的指引是文学界、出版界共同的责任，而这也是我们编辑出版这套书的意义所在。

最后，感谢张明和张英先生为本套书付出的辛劳，感谢北京立丰天文化传播有限公司、北京金圣典文化有限公司的资金支持，感谢全体编委和北京联合出版公司各位编辑，感谢所有对本套丛书的出版给予大力支持的作家和他们的家人。

是为序。

吴义勤

2022年冬于北京

目 录
Contents

两块心____1

连环套____43

狼 窝____108

冬之门____200

虚 证____255

白 涡____353

两块心

一

那天晌午，乔文政在地边吃饭，同吃的有妻子，还有四岁的儿子乔大。太阳毒，饭前锄去的杂草贴在地皮上发了灰，尚未锄去的也灰，连一人高低的平日绿汪汪的玉米都黯淡了。幸好地边生一棵老槐，冠头塔一般叠着，辟出了颜色很深面积很广的荫凉。

麦季才过，乔文政吃的是面饼，满嘴新麦的香气。女人吃得快，先到河汊里洗了汗霜重重的布衫，挺着两枚肥乳在树下铺的苇席上撂平了，湿衣服晾得远远的，贴着河边一块肉滚滚的干净石头，看上去像折了翅膀的苍鹰。乔文政啃了一嘴饼，眯着眼看看食物上月牙般的齿痕，他鬼使神差地捏着月牙在女人的胸上拨了拨，女人低骂，却将另一颗枣似的东西递过来，哧哧地笑着，作为庄稼人，此时的乔文政感到自己比较幸福。饼很硬，但是解饥，使他有足够的体力去对付下半晌及下半晌之后的任何劳作了。暑热难消，妻的秀脸红红的，像一朵让开水烫了的牡丹。他用破草帽捂上兴致勃勃的牡丹花，继续幸福地吃饼，空荡荡无所思的心里刮着凉爽的小风，一股又一股，像新婚女子的手指在爬。跑到梯地深处捉蚂蚱的儿子在叫了，声音大惊小怪，袭击了乔文政种种平凡的随想。

"爹！牲口来啦！"

"回来，看老阳儿晒死你狗日的！"

"爹，你看，牲口来啦！"

"兔崽子你慢跑！"

没有风，地里的玉米叶子由远而近大响。乔文政丢开窜动的小儿，目光被小河对岸那条由山弯拐过来的小道吸了过去。那里常有去桑峪驮煤的骡马来往，有牲口必定有人，欣赏外乡客的举止衣着，是深山庄稼汉的一大嗜好。他示意女人翻转身子，将白裸的胸掩在席上，不是驮子队伍，道上只悠悠地走着两个人，一胖一瘦的影子打着晃，像是被骄阳晒得软化了。他们走进一块树荫，竟坐下来，摸摸索索地不知在干些什么，女人眼尖，说他们在吃面包，在吃那裹了花花纸的酸里吧唧的像棉花一样的东西，乔文政比女人懂面包，所以他判定这两个家伙是山外来的干部，不是大干部，否则村里早就派牲口来供他们骑乘了。儿子乔大感到了这个场面的无趣，一般来说，他更喜欢四条腿的东西，六条腿八条腿的东西也不赖，他又钻到地里捕他的蚂蚱去了，女人也慌乱地走开，因为他发现对岸那个瘦人正拿着个小白缸子走近小河，一边舀水一边死呆呆地往这边看。隔了十几层梯地的石堰，少说有几十丈，乔文政觉得女人太顾惜那漂亮身子了。

"你干啥去？"

"怪寒碜。"

"怕啥？"

"……我上地里解个手。"

"去吧，小心让蛇钻了你！"

"鬼话！那人要过河了……"

玉米叶绿光一闪，吞没了女人雪白的赤背。他痒痒的心让人狠狠挠了一把，又疼又冲动。几年了？他竟不知厌，的确是百里挑一的俊娘们儿啦！乔文政吃尽了最后一块干粮，暗知自己在某些人生的关节上比那些啃面包的人强了不少。那瘦长的干部不肯喝山水，舀舀倒倒，怕是看见岸边的牲口粪了。乔文政看不上他们这副高贵的样子，拿腔作势，算他娘的老几哩！

那人脚尖点着水面上的乱石，夲开胳膊左右蹦跳，松垮垮的白汗衫舞得像一只古怪的大鸟。他飞过河，沿着梯地边缘的堰坎爬过来。他在河石上表演的动作使乔文政略感突兀，等他张嘴说话，乔文政竟呆了。

"同志，这是老槐峪的地界儿吧？"

乔文政局促地站起来，愚笨得像所有见了生人就转不动舌头的山里人一样，那瘦子越凑越近，体谅地笑出一口白牙，口音越发确凿了。

"伙计，给口水喝……这儿离老槐峪远不？"

"不远，翻过那道岗子就是，有四里吧。"

乔文政一张嘴，那喘吁吁的瘦子也呆住了。两人隔着一道石堰，一上一下一仰一俯，彼此认真地望着，哈哈，乔文政大笑了一声。嘿嘿嘿，那瘦子也笑了。

"狗日的，你还想喝水！"

"你……你是……"

"老子正想撒泡尿给你喝哩！"

乔文政跳下堰墙，玩童似的揪住了对方的胳膊。远处那个胖子想必以为两个人要打起来了，三五步跳进太阳地，见他们搡着扶着跌倒

3

席子上，就扭着肥胖的屁股趸回荫凉去等水，瘦子把水缸举上脸，翘着下巴久久捧着，一片和平景象。

蝉鸣阵阵，像植物的叫声。

"郭尚真，你他娘的别是想不起叫啥了吧？"

"咋会呢……乔……乔文政同学！"

"钢种锅，几年不见，你还是个小白脸儿。"

"你可胖了，独木桥！咋样，我记性不赖吧？不看别的，光看你那两只大眼我就认出你了。毕业这些年，除了金鱼，我没见过你这种眼。"

"日你妈的！你在石头上一蹦，我就想起咱在县中上的体育课，你小子不抬胳膊便罢，只要你癶开翅，我就认不错你这鸟人。"

"你还那么粗鲁哇？"

"听说你在高铺乡广播站耍笔杆儿，到我们清水乡干啥来了？老槐峪有你亲戚？"

"你不就是我亲戚么？兄弟！"

郭尚真放下水缸，得意地往河那边偏偏脑袋。

"我是新调过来的，给他当秘书。"

"就那头猪？"

"小声点儿，赵乡长可不是凡人。"

"我咋没见过这家伙？"

"他比我早来两个月。"

"来老槐峪做啥，你们？"

"视察视察这儿的工作。你咋样？还种地么……想不到在这儿碰上你，太意外啦！"

乔文政突然感到不舒服。老同学轻松愉快的眼光让他非常非常的

4

不舒服。喉咙发紧，不知道什么地方出了问题，脑筋一下子就乱了。他站起来，看他的玉米地，长势旺盛的庄稼显得很愚蠢。

"殿霞！殿霞！出来见见我老同学！"

宁静提醒了他，使他猛悟自己的呼唤不合时宜，也不成体统。老同学灌满了一缸子水，准备离去。

"是你媳妇吧？说老实话，刚才我还琢磨你是不是跟哪个野娘们儿搞破鞋哩！我看见她钻到地里去了，你不用叫，只要真是你媳妇，我早晚能见到她，先替我给嫂子捎个好吧！"

乔文政咧咧嘴。老同学的口吻亲切。但这玩笑令人愤怒，不是玩笑，而是整个一场重逢都令人愤怒。他是嫉妒这举止舒展的小白脸儿么？仔细想想，他钢种锅念书时的成绩还比不上自己哩！如今倒像个人儿了。自己种的是地，而人家却在……视察？视他娘的察！察！

这真是一个打击人的字眼哩。

"尚真，晚上的派饭上我家吃好不？"

"看情况，看情况。"

"少跟我废话！"

"好好！冲你这双金鱼眼我也不敢不去，别破费，有两碗棒楂儿粥就行，熬稠点儿。"

"日你妈！小瞧我？"

"你还是那么粗鲁哇？"

两人都笑了。这是过去那个班主任教训学生时最爱说的一句话，乔文政终于想起来了，逝去的青春也随之返回，塞满了他的心，那在暑热里烦浮的心竟有些伤感。

乡长和秘书翻到山那边去了。地里传来窸窸窣窣的响动。乔文政低着头，默默注视爬上膝盖的一只蚂蚁。

5

"我腿都蹲麻啦!"

女人娇懒地坐下来,胸肤让玉米叶割了粉道子,像在白缎子上缀了细长的丝线。乔文政坐了会儿,去河边为女人取回晾干的衣服。他站在席边,久久注视卧在上边的属于他的那份骄傲,这是他仅剩的一块骄傲了。他研究她的细节,并判定细节背后的性质。他又一次着了迷。他感到幸福,同时确认自己是一个胸无大志的没有出息也没有作为的人。他的心酸溜溜的了。

蝉声噪动,不是植物而是如剑的阳光在叫着了。

二

乔文政二十八岁。他还记得八年前在县城长途汽车站与老同学们分手的情景。那是一个失败的秋天,除了身旁瘦巴巴的行李卷是实在的,他觉得自己拥有的一切都破灭了。他没有考上大学,郭尚真自我感觉甚佳,也没有考上,毕业班中的乡巴佬集团全线崩溃。中榜的是有县城户口的两个人,贵族集团举杯相庆的时候,七八个候补庄稼汉正缩在臭气熏天的候车室里,等待陆续发出的长途车把他们载向穷乡僻壤。告别由早晨八点持续到下午三点,没有人哭,但每一位登车人的脸都青着,仿佛他们不是钻进了车厢,而是躺倒在汽车轱辘底下似的。一位洪水峪的同学乘十二点的车离去,在此之前他一直在候车室里乱转,像乞丐一样拣起烟盒、面包纸、旧报和硬纸板,煞有介事地读着,不停地喃喃自语。

"这道题没错!没错!"

令人惨不忍睹。半年后这不幸的同学在水库工地被砸死了。乔文政去信哀悼，但没有接到回信，人和信一块儿去世了。活着的同学们渐渐失去联络的欲望，像沙子一般淹没在山区的各个角落，生者与生者的关系，便犹如生者与死者的关系，就生者而言，别人的生死已变得没有意义且无足轻重。郭尚真的突然降临，给乔文政留下一种死而复生的印象，友情和别的一些什么刹那间便复活了。那个失败的秋天开始发酵，在他心里涌起了大股又苦又甜的泡沫儿。脉搏加剧，胸膛里像跳着一块质地优良的肥皂，往事在咯吱咯吱的摩擦中汹涌而来。

高二上学期，乔文政在县中澡塘拣到一双八成新的凉鞋，黑色的。他把这双鞋送给了睡在上铺的郭尚真。来自穷村草台峪的尚真平日头发梳得溜光，冬天里甚至舍得抹雪花膏，脚上却一年四季如故，总蹬着一双洗得掉色的旧胶鞋。冬天，他从鞋里拔出一丛肥胖的小红萝卜；夏天，则拔出终日难散的腌萝卜的气味儿。下铺的乔文政用一双拣来的塑料凉鞋拯救了他从而也拯救了自己。八年前，郭尚真比乔文政早十分钟挤上了开往草台峪的长途车，车门口扎着羊似的人群，一只熟悉的鞋像小动物一样在众多大脚之下奄奄一息。乔文政想冲上去救它，但开往老槐峪的车也进站了。那只鞋像一条死去的生命，让乔文政浮想联翩，直想落泪。旁边那辆车缓缓启动，尚真悲哀的声音穿透车窗，小喇叭似的鸣叫在长途汽车站的上空。

"我的鞋！我的鞋！"

那并不是他的鞋，但乔文政听着听着，还是忍不住掉泪了。他记得很清楚，那天他确实掉泪了。如今他仿佛嗅到了雪花膏和臭脚丫子的混合气味儿，在奇香与恶臭中，浓重的友情冲破夹击，缓缓溢出。他用心抚摸它们，阳光、庄稼、女人、儿子，反而成了幻觉中的零碎景象。他看见了那个曾经怀有远大抱负的真实的自我。

乔文政提前收工了。

他的家坐落在老槐峪村北的孤岗子上。三间北屋，两间厢屋，是父母遗下的老宅。除了担水走得远，这石墙环绕的院落饱含了农家的富足。四周老树与新树林立，南瓜藤和葫芦藤在墙头爬上爬下，几百枚牵牛花在外墙皮上累累怒放，远看像一张鲜艳的图。这是乔文政精心营造的港口，他的人生驶出驶进，安全得掀不起一束浪花，他身后跟着妻子，妻子身后跟着儿子，三条人影像在山冈的绿波上游动的船，平静地入了港。庄稼人要歇息了。

乔文政杀了一只鸡。平日不常杀，一刀竟未能杀死。他坐在当院的小板凳上，用菜刀刃儿压住母鸡的脖子，像拉小锯一样吱吱地拉起来。那鸡居然就不肯死，活泼地有节奏地拍打着翅膀，小眼睛连连眨动，仿佛不在乎他的残忍，面对他神不守舍的怪样子却十分感兴趣。他干脆把它的脑袋割了下来。它终于宁静了。他把它按进开水盆里，像给婴儿洗澡一样，一把一把认真地挠，剥去毛糊糊的肮脏外表，呈现了布满麻斑的青黄色的皮肤。他的思想也剥去了一层皮，使他渐渐接近了埋在肉体中而肉体却不能体味的伤口。这是人生的创伤。它再一次流血了。他在母鸡腹部切开一个大豁口，把三个手指伸进去，掏啊掏啊，滑溜溜的五脏在他指肚上抖动。他摸到了那块中药丸子大小的东西，像摸到了一个小小的气球似的。他想清楚了，除了那个失败的秋天，他身上最大的一块伤与女人有关，与那个正在灶棚里弯着漂亮的脊背切菜的女人有关。当然，他不能推卸责任。他是爱她的。她的胯和臀，她的脚脖子和后脑勺，这一切看上去真美呀！鸡心明目，鸡肝利肾，他得把它们给儿子留下来。

女人捣碎了一碗豆腐，摆着腰肢到菜园拔小葱去了。结束了屠杀，乔文政耷拉着两只血淋淋的巴掌，在宽敞的小院里踱来踱去。黄昏下降，当如约而来的郭尚真踏上院外蜿蜒的石阶时，他嗅到了母鸡的肉香和大料瓣儿辣丝丝的刺鼻味道。

女人在来客面前很拘谨，也许是来客在女人面前很拘谨，饭吃得比较平淡。乔文政一直在努力劝酒，结果倒是他自己喝馋了，一杯一杯地捆起来。他醉醺醺地讲了些读书时的笑话，谁尿床了，谁考试作弊叫人抓住了，谁到女生宿舍捣弄人家的粉裤衩了……声音很响亮，豪迈得有点儿虚张声势。他问了些其他同学的情况，客人所知不多，连好几位的名字都想不起来了。又追问秘书堂皇的发迹史，把尚真问得脸泛桃花。

"有啥说的？我这人没出息。"

"你要没出息，我还活不活了？"

"我看你小日子过得很不赖么！"

"别讨巧。说说你怎么从草台峪爬出来的？"

"我啥时候爬出来了？我一直在井里蹲着哩！"

女人温情脉脉，桌上桌下不停忙碌，不论他们说什么都浅浅地笑着，一双美目却深深的，似乎散发了一种说不上来的修养。这使郭尚真从心底感到惊讶。女人分散了他的注意力，他觉得自己爬出草台峪的过程非常枯燥。但是，他不是一个在任何场合都能排斥炫耀的诱惑的人。他以有分寸的讲述悄悄显示了自己在同学面前的优越感，声音很低，像一场漫长的窃窃私语。

他在草台峪写了三年诗种了三年地，随后到高铺乡广播站当记者。他的诗有几行印成了铅字，登在报纸上，他就做了副站长。他一直是副站长，但负责全面工作，因为他们那儿与众不同，站长是由乡长兼的。他到县党校干部培训班学习，毕业后就分配到清水乡来了。秘书级别不高，但领导给他交过底，秘书只不过是个短暂的过渡，情况会很快发生变化的。他不想做官，只想在写诗之外做点儿有用的事，况且他的诗除了那几行再也没有发表过，有点儿灰心了。他的前途大概在别的地方。他想试试。

乔文政突然哧哧地怪笑起来。他举着一根手指在郭尚真鼻子前边摇，似醉非醉地向女人眨着眼。

"殿霞，你知道八年前他说啥？他说他大学毕业后不在城里待着，一定回山里闹个县长干干。"

"嫂子别听他瞎说。"

"你要不写诗早考上大学了，闹了半天，这八年你一直在老道儿上爬哩！县长不敢说，乡长是没问题了吧？"

"我要做了乡长，先派人拆你个独木桥。"

"你敢拆我，我就把你个钢种锅敲成瘪臭虫。"

"嫂子，你嫁给这个恶嘴的家伙可惜啦！"友情洋溢，两人相嬉相酌在依惜的往事和山区夏夜的小风之中。女人微笑不语，取了艾蒿辫儿到厢屋为客人熏蚊子去了。儿子乔大也跟了去，认真地举着一根鸡腿。郭尚真长叹了一声。

"你有福气！娶了这么好的女人。"

"好啥好？跟着庄稼人由她受苦罢了。"

"换了我，啥也不用想了。"

"新鲜劲儿可有几年？该想还是想。"

"独木桥，老子妒死你啦！"

"这话让人糟心。我的事你没听人说过？"

"听是听了些……没那么惨吧？"

"都是真的，她娘家人把我俩捆起来在老槐峪上上下下拖了七八趟，像拖一对儿死狗，不是为她，我就拼几条人命下来了，这辈子只这一件事就把我弄垮了，我领她到口外私奔那些鬼日子，是人就挨不了，我还讨过饭舔过碟子哩！到现在她跟娘家人也没话，有仇！"

"想不到你小子是个情种。"

"鬼迷了心了，我受的罪比得的福大。"

"毕业后你不是做过几天民办教师么？"

"除了得个她，啥都丢了，我也不争。我看得透透的，争也没用，争一次垮一次，人就没法往下活了。"

"那也值！不过……兄弟你太悲观啦！"

"我比不了你。她来了，咱俩扯点儿别的。你结婚了么……有对象了么……骗我？干了这一杯。坦白吧！我看你小子做官做得油滑了，你那点儿底我知道，站在大雪地里啊啊地念几句歪诗，鼻涕眼泪一块儿滚，不就因为高二那个胖乎乎的女生不爱理你么……"

两人都醉了，听着女人在院里轰轰的脚步声。

"你再说我可要摸嫂子的屁股了。"

"摸吧，摸完了我把你塞砂锅里跟母鸡一块儿炖喽！忘了那次在宿舍给你看瓜了？差点儿耽误考试，我现在要治你，你的官就做不成了……"

"屁大的乌纱，哪个稀罕！"

"别！兄弟还指望你日后提拔提拔哩！"

"哪天让嫂子给我当女秘书吧？"

"日你妈……你把……把这根爪子啃了。"

两人的舌头一败涂地，乔文政的脸像个紫皮南瓜，郭尚真的小白脸则发青，像个挂了霜的倒置的葫芦了。他们睡进厢房，一夜鼾声如雷。第二天才听说赵乡长也让村委会的人应酬醉了，唱了半夜山梆子。乔文政恍然大悟。他做了个长梦，梦里有个吊丧的人。

那如歌的哭声真美丽呀！

三

　　半个月之后，乔文政到清水乡粮栈做合同工去了。每月拿七十几块钱的薪水，不太多，比在老槐峪伺候庄稼却要强得远。他知道这是老同学为他安排的好处，几句玩笑话人家竟当了真，竟做成了他平日想也不愿想的便宜事，可见友情的确是个珍贵的东西，而秘书在这一带也很有些了不得。他是小瞧了那张白脸了。

　　做庄稼做得太久，离了老槐峪他略感不适。多少也是见过世面的人，举止言谈却非常拘束，好像承受了多大的恩惠，做起活儿来准时而又不惜力，让粮栈里的旁人动不动就拿眼斜他。自己莫非真是个有野心的人么？静下来思谋，他自己也诧异身上的变化。做人做事如此循规蹈矩，这情形除了在县中争取入团时有过，已是相当生疏的了。他这是想干什么呢？一时竟想不透。

　　最大的不适是离了女人。结婚这些年两人很少分过炕，院子是他的港，女人则是他的码头，几乎夜夜要拴在上面的。一朝离去，半月方归，真正苦煞了他。又生了许多闲气，担忧深山里的夜，以为独处的俏女人似乎临了数不清的危险。明知自己是昏了头，但每逢皓月当空，却还是忍饥挨饿似的细细地咀嚼那朵牡丹，把种种虚妄的念头勾起来又强行按下去，忍受一种说不清的折磨。想到郭尚真至今未娶，真觉得有些不可思议。女人自然算不了什么。但日子里缺了这一项，日子可就不叫日子啦。

不久他知道，貌似寡欲的郭尚真原来是很在行的。秘书的对手是本乡广播站的播音员，一个二十岁出头的姑娘。秘书脸够白了，可姑娘与他站在一起还是显得太嫩，而秘书则显得像个专事劫掠的强盗了。

粮栈在镇外的公路边，离乡政府不近，秘书一次也没有去过，乔文政却不时往老同学的宿舍跑。那次去他看到有个年轻姑娘为郭尚真洗衣服，尚真在一旁跷着二郎腿读报纸。他起初以为女孩儿是尚真的妹子啥的，等她张嘴说话他才明白了。那声音他在有线广播里听了足有两年，甜滋滋的让人误以为她是个美丽姑娘，当面一看却是平平。这丫头是尚真的未婚妻么？乔文政不解那秘书为什么对她有点儿冷淡。待姑娘走后，他表达了自己的不快，埋怨老同学相处竟如此隐瞒，真不地道。

"我可有啥瞒你的，根本没那回子事！"

"没事她咋不给我洗衣裳哩？"

"你家里有个俊媳妇了么。"

"单身宿舍光棍子一抓一把，咋就看上你这根儿白蜡杆子了？你小子在官场真是泡得油滑了，朋友也信不过，这点儿屁事算他娘啥哩！"

"她愿意洗，我能咋着她？"

郭尚真表情有点儿痛苦，唉声叹气的。

"我要真是油滑，连这屋也不让她进了。"

"钢种锅……你小子别是踩了两只船了吧？"

"瞧你问的，咱俩到底谁滑？"

"说得再滑也不如那做的吧？"

"真聪明，我琢磨你种庄稼种傻了呢！"

"我要聪明也当上秘书了。"

"你好不容易找个饭碗，别说来说去砸了差事。我不跟你开玩笑，有些情况你不懂，我好赖在外边混了这么多年，知道有些话不吃准了是不能随便说的，对自己没好处，啥两只船三只船的？也就是跟我说，我怨不着你，换了别人你试巴试巴？"

"我明白了……你小子心里有鬼！"

"还逗？你自己掂量着吧。"

"日你妈，咋一句话就把你说急了？"

"行啦，说点儿正经的……"

恰好赵乡长把郭尚真叫了去，不尴不尬的乔文政这才下了台阶。他觉得就这么走了心里实在难受得慌，便点了一支烟，坐在尚真的铺板上仔细琢磨到底发生了什么事。彼此本是开惯了玩笑的，这种情景还真没过，那张白脸显得十分陌生了。他终于感到了八年所制造的漫长距离，在他和对方之间有什么东西卡在那儿，再度重逢与相处也不能将它抽去。它可能早就卡在那儿了。心外有骨，骨外有皮，皮外有衣，心和心隔得委实太远啦。他不知道这八年里尚真有多少遭遇，但是把朋友的玩笑当刀子，挨了扎似的甩凉话，可见小子的心已变得多么冷。

乔文政站起来，默默端详这整洁的小屋。床单铺得很平。铺板下的鞋有好几双，列队似的码着。脸盆架上的毛巾雪白，好像刚刚煮过。桌上一尘不染，文具的种类很多。书柜里满满当当，令人眼花缭乱，读读书名就知道涉猎广泛而专注。这与过去那个草台峪杀出来的寒酸幼稚的高中生已经无法对照了。变化多显著，他来过几次居然没有一丝体味，种庄稼确实把人种得迟钝了。尚真的讽刺有道理。不过，叮嘱自己不要砸了饭碗，这话怎么听也有威胁的味道，尚真是后悔帮了他的忙么？小小的合同工算多大恩泽，整天吃苦受累赚那几个钱，早知道还得看人家脸子这份人情真不如不接了！颠来倒去地乱想。乔文政莫名其妙地愤怒起来了。

尚真回来的时候已变了一张脸，容光焕发地收拾台灯和纸笔，对乔文政看也不看，却喋喋不休地告诉老同学乡长要参加县里组织的乡镇企业参观团，按通知规定可以带一名秘书，这一下可以到山外去呼吸呼吸新鲜空气了，这穷山沟把人憋死了，云云。说够了才注意乔文政始终一言不发，脸色阴沉。秘书自嘲地摊摊胳膊，大约是想起了刚才的不快，他迅速拿定了说话的调子。

"独木桥，你怎么跟落榜那天一个屌样儿？"

"尚真，你刚才那些话是啥意思？"

"我说啥了？"

"庄稼人不懂事，该说啥不该说啥求你给指点指点。我知道这年头找个事做不容易，可你用不着吓唬我。看在六年同学的份儿上，你得给我来点儿真的。"

沉默了。秘书重新布置摊好的纸笔，眼睛渐渐朝文政那边移过去，正撞在瞪得圆圆的两只小灯笼上。看这不肯罢休的样子，尚真下了决心。

"你到处跟人说是我介绍你到粮栈的，有这回事么？我嘱咐过你，你忘了？这里人事关系非常复杂，你以为还是在你承包的几亩地里干活呢？干活拿钱，有了钱给老婆孩子买点儿舒坦就完了，你扯上我干吗？"

乔文政的脖子都紫了，像只斗败的鸡。

"我是随嘴说说。粮栈有几个人想淡我，我扯上你不是给自己提提气么。早知道你名字金贵我就省下了。"

"人家干吗淡你？都是跟粮栈几茬子领导沾亲带故的哩！你以为我说饭碗来得不易是假的？明年……这事按理不该说，你听了就完了，反正也轮不上你……明年粮栈有两个正式工的名额，文件我都看了。你工作太出众人家淡你是应该的，都以为你冲着吃商品粮铆劲儿哩！你把我扯上是给他们添个靶子，人家谁把个外乡来的小秘书放在眼里？你以后多长几个心眼儿，做事悠着些。"

"名额的事你咋不早告诉我？"

"说了管啥？给你添块心病。"

"看样子，我还真得冲它去了！名额是块猪粪我也得尝尝，尝不着也不能让兔崽子们舒舒服服得了去！"

"斗闲气没用。"

"你帮我就不能帮到底？"

"我斗不过那群地头蛇。"

"你日后别跟地头蛇亲嘴儿就行了。"

"我躲还躲不及哩！"

"那就看我自己的吧。"

"你叫人揍趴下我可不管？"

"我用你管？考大学你差四十分，我差八分，老子不干是不干，干就干个脆的。日你妈，我哪天掉水里你不救我，我就连你一块儿扯进去！"

"真后悔跟你说这些。"

"早晚得说，后悔是假的。"

"种庄稼真屈了你啦！"

嘴叉子一番乱斗，乔文政恢复了勇气，秘书起初像训小学生一样训他，最终却服了软。分手时，两人似乎都还愉快。尽管有些话还没说透，但乔文政仿佛听了一堂重要的课程，心里敞亮多了。又仿佛受了极大的刺激，正准备着咬牙切齿地投入一场挑战，种地是安闲的，与人无仇与世无争，但种地之外有多少带动的人间事等着他去领略啊，他觉得自己这些年是大大地辜负了自己了。他走出乡政府大院，融入夜色，像一个复活的幽灵。他的思想突然狭隘而具体，像是看到了秘书脚下三五只娇滴滴的小船。老同学爹开瘦瘦的翅膀，就要掉到水里去啦！

小船在喘微微地呻吟了。

四

时令到了秋季，乔文政渐知了合同工的辛苦。粮栈的活儿突然多起来，搬搬运运，晾晾晒晒，像是永远也不能做完。南山的粮刚刚下来，北山的粮也一波连一波地涌过来了，粮栈的库墙之外挤满了县里总库派来的卡车和拖拉机，山区的驮子队则堵塞了道路，三五成群的背夫们踏着骡马的粪便缓缓前进。磅房里的报数声和争吵声响成一片，乡街的墙根却静静地歇着大溜的庄稼汉子，守候着鼓鼓囊囊的粮食袋和背架，表情一律安然。乔文政最见不得这一幕了，这使他痛心地想到了自己的几亩地和那独自劳作的女人。但他不露声色，任劳任怨地被人指派到粮栈的各个角落，恪守了合同工卑微的本分。他赤膊扛着沉重的粮包穿过人丛时，像是进行着无声的表演；他在县库的验粮员的卖粮大户跟前谈笑风生称兄道弟，是表演的另一种；都是在讨要他应得的那个漂亮的分数了。远近的陌生人都说这新来的合同工真好，又随和又肯干，身子有劲嘴也有劲，真好，真是好！

粮波稳定之后，乔文政请了三天秋假。老槐峪的庄稼大体已收净，唯独他那几梯玉米还立着小半坡，枝叶枯黄衰败，见不到一星半点绿。女人在玉米丛里憔悴地注视他跨越那条小河汊，离着几丈之遥就洒了泪了，他施了温存，把双薪和加班费一并塞过去，换来破涕一笑。那饭碗的好处她是明白的，只是不明白男人脸上何以堆积了胜于自己的疲乏，在流蜜的秋夜里也撕不破。女人仅仅读过四年小学，不善言也不善思，雄心勃勃的男人在滚烫的炕席上不知如何向她解释一种辉煌。

"我要对得起你！"

他说，声音渐渐低下去。

"我要对得起儿子。"

最终又额外添加了一句。

"我得对得起我自己……"

女人用盲目的肉体响应了他。

返回粮栈时乔文政像一台加足了油的机器，可是没等他发动起来就让人拔掉了油塞子，满腔的大小抱负咕咚咕咚地漏掉了。粮栈主任当天就找他谈话，口气温和，脸色冰冷，他被告知，一千四百斤种子粮不知去向，经检查确认它们混入了七号筒仓，与次品粮掺在一起了，损失已经无法挽回，又被告知，记录表明那天装仓是黄昏作业，现场除了姓乔的合同工没别人，因为那天粮栈的所有人包括看门老汉都到镇西看露天电影去了。更被告知，经粮栈党支部研究决定，停发本月工资和奖金，做出深刻检查，是否中止合同有待进一步讨论，但不予罚款。粮栈主任像背通知似的诉说了一遍，愉快而谨慎地松了口气，默默地观察老槐峪那个乡巴佬的反应，乔文政没反应，他的心肉馅似的在案板上粉碎，血液一个大浪就流干了。确切地说，他还没有完全明白到底是怎么回事，他自以为风帆在握，但在本质上却是个没有招架能力的孩子，离毕业还差得远哩！他两眼突凸，额头惨白，嘴唇和手指头及腿肚子乱抖，分明是气的，却更像是吓的。这副农民弟兄固有的软弱形象再发展下去很可能要跪将下来或晕将过去了，不能不令人同情。主任给他倒了一缸子温吞水，口吻亲切地补充了几句，仿佛嫌他的反应不够火爆而有必要再给他干脆的一击。

"我们报告了乡派出所，他们立案了。"

主任给可怜的乡巴佬玩儿了个大喘气。

"在七号仓找到，又把案子撤了。我跟别人说你不可能偷，他们就是不信！结果怎么样，还是我对了。我这人没多大能耐，看人么，总有个八九不离十……"

乔文政似听非听，牙咬得咯咯生响，他喝了几口水，神智渐渐恢复，开始前言不搭后语地修补自己的阵脚。伤得太狠，口齿含混不清。

"我平日啥也不好，就好看个电影啥的。那天我自己留下来值班是想周全周全几个迷电影的伙计，我好心好意咋落下个这？这么处分我，我想不通。"

"你值班就值班，捣弄那几袋种子干啥？"

"我主动找活儿干也错了？"

"错不错的……它临了就是错了么！"

"我觉着有人想害我。"

"你不相信组织？"

"明摆着的，有人下了套儿让我钻。"

"你这是啥意思？"

"他们知道我闲不住，知道我活儿路生，撂几包种子在仓边儿上，没有哪个提醒我，故意瞧我的好儿哩！人心恶成这样儿，我想不到。"

"妈哎，你想哪儿去啦？"

"明摆着的，都是明摆着的！那天你们看电影出大门我还问来，

19

装哪个仓装哪个仓，你们说那个就那个！我心想哪个呀？别的仓都收了顶，就七号仓搭着跳板，我就装呗……我把自己也装进去了！我知道这是咋回事……"

"你多心啦！"

"我希望领导拿个公道。"

"你把自己摘干净，错儿倒是别人的了？"

"没那意思……我咽不下这口气！"

"你态度有问题。你怀疑有人做手脚，可别人还反映你爱出风头哩！扯那么远干啥？咱们就事论事，一千四百斤杂交种子掺毁了，十几吨次品粮一粒一粒拣到哪天是个完？给县里打报告了，让他们重拨一批过来。你冷静冷静吧，检查五天之内交。我是想留你的，你要这么顶着，别人那边我就不好对付了。"

"谢谢主任，这检查我不能写。"

"你让我怎么办？"

"我希望领导对我公平些。整个秋天我是怎么干下来的你们都明白，我掉了几斤肉我知道！就是一头牲口也不能这么使唤这么抽吧？一把草也夺去太寒心了。咱是深山沟来的，不懂规矩，检查我不写，大不了回家种我的地，欺负人不行。咱办事得拍拍良心！"

"你要真这么想得开，我也不说什么了。"

坚强不屈而又底气不足的乔文政愤然离开了主任办公室。太阳正在下沉，三十里外的老槐峪方向彩霞如血，蓝色的山边天光夺目。他的脑海一片混沌。恍然记起早年与妻子的娘家人最后摊牌的情景。他们不让她嫁给他，打她，骂她，饿她，把她像畜生一样囚禁在棚子里。他拍案而起了！

"逼死她你们谁也别想活！谁也别想活！"

如今他却深感乏力，与那时壮阔的心境已相差甚远了。但他不想屈服。他回到合同工宿舍，在八人通铺的大炕上躺下来，用被子把脑袋捂严，思绪混乱地分析那个鬼使神差的黄昏里发生的每一根细节，并假设了自己可能遭遇的若干下场。辞退是免不了了。没什么可怕的，搬运夫毕竟不是多么堂皇的工作。可是就这么败下阵来，让人像撵一条狗似的撵出去，实在是绝大的耻辱。写一份诚恳的检查么？只能给周围的人提供新的戏弄他的机会，同样不能堂堂正正地做一个人了。拂袖而去咋样？人去了话柄还在，一千四百斤种子将发芽结果，给众人添一个不大不小的长久的笑话！早知如此难堪，当初吊儿郎当做事也罢了，偏偏又那么认真，那么卖力，那么想入非非，闹得下台都找不着个台阶。他哀伤地想起田园生活的般般景致，觉得自己给女人和儿子丢了脸了。

同屋的人在灯底下打牌，快活地吆五喝六，似乎要配合他无助的心绪，故意把嗓门扯得亮而宏大。他有一会儿想跳起来揭翻那桌子，劲儿鼓不起来，只好忍了。传来刷刷的摸牌声，像一只巨大的耗子在屋里游逛，四只小爪子踩疼了他的心。喧嚣低落。夜已深了吧？

"输了！睡吧睡吧。"

"别别，再甩一把。"

"你们几个捏咕好了算计老子！"

"不说你牌臭！"

"不来了不来了。"

"有种的别怯场呀！"

"操你个小娘，来就来！"

"这就对了么。"

"抓！把你们操舒服了算。"

"咱还不定谁在下边哩!"
"出!出!!"
乔文政抱着头,生怕它会炸开。候牌痞子们睡下。他悄悄拂被下炕,夜游似的摸了出去。天上挂着一刀明月,阴暗处有垂死的秋虫在夜歌,库墙四周没有人,乡街里也没有人,只有他自己的两只脚拖在月影里,嚓嚓地磨着哀声。他游到乡政府大院后面那堆宁静的平房里去了。尚真的单身宿舍亮着灯,令人欣慰。秘书却不在,床铺整齐,桌子上摊着书本纸张,看样子是在熬夜用功。窗台搁着半包饼干,乔文政想起自己连晚饭也误了,就倒了一杯水,坐在桌前细细地嚼。拿过一本书翻翻,是企业管理教程,再拿一本翻翻,是土木建筑手册,就感到十分乏味。尚真跟着乡长在山外参观了四十几天,回来就转了向,一本正经地对人说,搞政治没有前途,搞行政是没头苍蝇,拾掇经济或许是个施展作为的好事业。风传乡里的八个小企业明年要承包下去了,但也有人说这是谣言。乔文政也觉得这是谣言,因为乡里听不到实在动静。不过,知情莫过秘书,看他如此下力用功,那风传也就不是没有源头的了。尚真胸怀很阔,与过去那个做梦上大学当县长的尚真几乎没有区别。乔文政自知一时比不了他,也无从比。可是想到眼前窝在心里的琐碎事,他还是有点儿自惭形秽了。他为自己难过。一千四百斤杂交种子像膏药似的贴在脸上,使他在居高临下的尚真面前变成了地地道道的小丑。老同学就是肯帮忙,他可开得了这个口么?尚真迟迟不来,不知到哪里去了。乔文政吃净了饼干,想着乡政府公共厕所的位置,一路寻了过去。没有灯,也没有人,厕所黑漆漆臭烘烘的。他在墙根撒了尿,继续摸索,在树木、墙壁、犄角、门窗组成的迷宫中磕磕绊绊。寻找他此夜的救星。他必须跟老同学谈一次,必须听听对方的声音,哪怕挨一顿臭骂或奚落,也要痛痛快快地把肚子里的话倒出来。他快憋死了！庄稼人让人如此欺侮，不憋死也要气死了！尚真兄弟，狗日的你到哪儿去啦！

他陷入了死角，让一面砖墙挡住了。他转来转去，已是第二次让这面墙挡住了。他对大院的布局不熟，不知道自己的确切位置在什么地方。身后有垃圾的味道，大概位于院墙附近吧。他曾看过食堂炊事员从墙上的豁口往外倒垃圾。乡政府院外那片背阴的山坡上铺满了形形色色奇形怪状的垃圾，像一堆神秘的植物。那么这里是最隐蔽最阴森的角落了？乔文政有一会儿差点儿叫出郭尚真的名字，随后又差点儿从那堵墙上翻过去。他疑心自己是在梦游，甚至疑心自己的痛苦很可能不是真的。他走投无路似的偎着墙壁蹲了下来。他不知道自己想干什么。

这时候他看到了右侧那堵不高的山墙及山墙上小小的窗户。山墙与背后这堵墙形成夹角，那个大窗像一只眼，透出微弱的灯光。他不知道里面是办公室还是宿舍，也不知道它的门开在何处，他感到灯光在召唤，并且突如其来地抚慰了他。他勇敢地站起来，走过去，最大限度地踮起了足尖，脖子长长地托起了两只出了名的大眼睛，像举起了两根燃烧的火把。他得救了。

他先看到了一颗头，又看到了一颗头。

这是清水乡的总机房。各村和各部门的一百二十门电话在此集合，并由此通向山外的广大世界。官员的指示、病人的叹息、无聊的争吵、繁多的交涉、惊人的秘语和平凡而又平凡的万般对话像百泉归海似的在这里奔腾而去。但此时的灿烂景象使这一切都黯然失色了！

乔文政坚守了半个小时，直到脚尖欲裂。他已经不能去那间单身宿舍了，他刚刚见过他，再见将无话可说，而眼睛也会泄露秘密。他悄悄溜出公社大院，门通路顺，似乎一下子就耳聪目明了，一千四百斤种子变得滑稽,小小的挫折已不足挂齿。只要心平气和地正视卑微,卑微便算不了什么。尽管乔文政感到自己的痛苦十分沉重,也知道它和自己偶然的所见毫不相干,但是当他走近粮栈大门再度品尝那番痛苦时,却发现它完全淡化了,轻盈了。强作呻吟,反而变得无法容忍。朗月当空,秋气浩荡不绝,乔文政触摸了人生的力量,慷慨大度得多了。

合同工毕恭毕敬,在第二天递交了检查书。

五

乔文政做完了合同期,驯顺地离了粮栈,到郭尚真承包的服装厂谋了一份低贱的差事。粮栈的合同期是半年,最初就定妥了的,走前没有人提出给他续,他自己也没提。他知道提了也没用,冬季正是裁人的季节,况且他也确实不想在这儿干了。那份检查写了三次才通过,他搜肠刮肚,每一次都写得很认真,他在磨炼人生赖以巩固和发展的一种能力。在幸灾乐祸的同事们面前低声读检查,就像聆听另一位莫测高深的伟人在低语,那种能力便达到近乎非凡的程度了。他受益不浅。老同学给他的工作是守夜人、清洁工、收发员、搬运工等等综合而成的职业,尽管他略感惊讶,还是愉快地接受了。他当然不能指望做老同学的左膀右臂,捞个副厂长啥的干干。他心明眼亮,但是他明白自己必须克制,就像在粮栈的后半期所表演的那个样子。他离开粮栈时,那些人居然显出有点儿对不起他了。庄稼人正在昂首阔步地走向成熟。他也有幼稚的时候。服装厂没有宿舍,住公路边的大车店会扔掉薪水的一半儿,他的本意是认为自己有资格在秘书的房间里临时搭一块铺板,他尚未开口,老同学就轻而易举地开导了他。

"你每天守夜,没宿舍怕啥?"

他一想可也是哩,就在服装厂那座破庙似的厂房里给自己安排了一个角落。白天他把行李扎成一个卷儿,塞在熨服装的大木台子底下,晚上他就睡在大木台子上边。这使他想起乡政府食堂里的大案板,宽大而平滑,他自己就像摆在上面的一棵菜或一条赤裸裸的鱼。他没什么可抱怨的,比起老同学来,他的烦恼少得多了。他的薪水每月八十元,比合同工多十元,但仍是全厂三十二个人中最低的一份。他没有技术,各项业务一窍不通,一个小学生也能替代他的岗位。他知足了,倒是老同学不自在,好像欠了他什么,在众多的烦恼中又添了一件烦恼。尚真经常叹息,他叹息的时候也是乔文政对他观察入微的时候。经历了那个夜游的佳境,乔文政对秘书的每一根毫毛都研究得透透的了。尚真的叹息就变得有趣,仿佛是把心脏捧了出来,供人欣赏和玩味。

"独木桥,真委屈你啦!"

"有啥委屈的?"

"我不让你来你偏要来。"

"在你手底下做事我自在多了。"

"回家种地多舒坦,受这个罪!"

"种地好你咋不回去种哩?"

"上了贼船就下不去啦!承包承包,承他娘的包!我想多给你开几张钱,那几个人不答应,八成以为你是我的心腹哩。我真是鬼迷了心了,早知道捏不住哄不拢那几个小子,我何必拾这个烂摊子,悔死啦!"

"我看你干得有滋有味儿的么?"

"不干咋着?有上吊那一天!"

"你上吊那天我给你挽绳子扣儿。"

"独木桥,你也不用美。"

"我可有啥美的?"

"你在粮栈总算学乖了,刚去那阵你有多蠢!踏踏实实干你的,这儿万一有人相不中你了想赶你走,我可救不了你。千万不要出那种事。"

"啥事?"

"一千四百斤种子那种屁事。"

"日你妈的,你又揭我的疮。"

"别好了疮疤忘了疼,那几个家伙你得小心点儿。在我屋里咱俩是老同学是兄弟,进了厂子咱俩谁也别搭刮谁,该听训就听训,你也替我考虑考虑。"

"你他妈训我还少咋的?忘了给厂子打开水,你当着一屋子娘们儿熊我,老子声儿也没吭,对得起你了。搁八年前我上去就把你看了瓜,让娘们儿开开眼!"

"我真想枪毙了你。"

"你枪好,得使在正经地方。"

开玩笑开走了板,乔文政两手相合,用三根指头很陶醉的模拟了一种形状和动态。郭尚真白净的脸刷一下红了,耳根子连连抽搐了几下。乔文政迅速意识到失了分寸,刹住表情的深化之后,那双大眼睛里的下流火花一跳就不见了,熄灭了。像什么也没有发生一样,两人又东拉西扯地聊了会儿,乔文政就离去了。他得回厂子值夜班,十二点他将准时躺到那个熨衣服的台子上,在被窝里重温他愿意重温的一切，包括他刚刚无意中给对方施加的侧面袭击，包括他在那个夜晚偶然发现的老同学的天然情趣，当然也包括老槐峪那朵牡丹，她像迷恋太阳一样永远对着他勃然怒放。复杂的人生在温习中变得越来越单纯了。

正是冬深时节，残雪点缀着夜路。乔文政锁好服装厂大门，检查了厂房里的二十五台电动的脚踏的缝纫机，又检查了五个电熨斗的插销，最后给不同位置的三个大火炉填了封夜的煤块儿。他打开铺盖卷儿，又从褥子和棉毯的夹层里取出一块衣料儿。蓝色的确良布，已经裁好了，是儿子乔大的一件罩衣。那位老年女工帮他裁好后想顺便帮他轧上，他说不用了，自己轧。布料儿的边角百孔千疮，他轧了拆拆了轧已无数次了。值不了几个钱，夜里闷了轧着玩儿，也捡点儿手艺回来。他琢磨早晚得买块上等料子，给女人做件自己设计的体面衣服，带回去让她突然地得到一些快乐。大年才过，他又想她了。他在缝纫机前坐好，用碎布条试试线，然后突突突地踏了起来。跳跃的机针把他零星的念头轧在一起，又远远地扯开了。

他是郭尚真的朋友，但他无足轻重，就像他对粮栈那些人无足轻重一样。郭尚真提醒他注意厂子里几个人物，但他并不在乎他们，也正如他不在乎粮栈那些家伙一样。郭尚真切实担忧的只能是他自己。那几个人物是三位副厂长，都是在承包的混战中经过妥协来分享服装厂这块肥肉的。行政副厂长是前任乡长的堂弟，前任乡长向赵乡长施加压力使赵乡长向郭尚真转移压力，小秘书作为承包人只好屈服，而所谓堂弟是个狗屁不懂的家伙。技术副厂长是原厂长的干将，原厂长承包前就暴露了贪污丑行，副厂长虽说沾了腥，但业务出众，他对留用他的郭尚真感激涕零，背地里却与图谋东山再起的原厂长藕断丝连眉来眼去。生产副厂长是郭尚真由故乡高铺镇聘来的，懂管理但嘴碎，比郭尚真年龄大了近两轮，尽管拿了高薪，但在毛孩子手下做事总有点儿放不下架子，时不时要散布些高铺镇广播站原副站长的所作所为。郭尚真自以为可以操纵这明明暗暗的格局，举手投足都带点儿企业家的派头，到头来很可能是蒙在了鼓里。不过，至少从表面看几个人是和谐的，元旦过后的两个承包月已经闹下不少利润了。乔文政甚至怀疑给自己最低薪水是郭尚真主动提出来的，大义灭亲最容易堵上别人的嘴；而老同学当着众人训斥作为勤杂工的老槐峪的乡巴佬，则明显有给自己脸上贴金的味道了。郭尚真却想让乔文政明白，这不过是一出双簧，一出苦肉计。乔文政一点儿也不惊讶，他很熟悉自己的角色了。曾经有过一次，他找尚真聊天，在屋子里聚着那几位头面人，看他们嘻嘻哈哈的样子以为谈的不是正经事，就不识趣地坐了下来。郭尚真很客气地看着他，那种眼光令人终生难忘。尚真不是故意的，更没有恶意，但他确实又给乡巴佬上了十分重要的一课。当你轻视一个人的时候，哪怕对方是你的老同学甚至是你的配偶是你的父母兄弟，你都会情不自禁地采用那种自然而然的优美语调。

"文政，你先出去一下。"

乔文政出去了，从而也从一种脆弱的友情中跨了出来。他不怪尚真。闲言碎语介绍承包人在高铺镇工作时曾弄大了乡百货店一个女营业员的肚子，与中学一个女教师也有些瓜葛。他听了之后仍旧不怪尚真，有了那天晚上的收获，所有传言都显得平淡无奇了。尚真与众不同。在某种时刻，乔文政念头一滑，会无端地羡慕他。他觉得八年前的老同学是一个多少和自己有点儿关系但关系又不算太大的人，彼此已很难为对方设想点儿什么了。

"文政，你先出去一下。"

这句话为他们的友情竖了一座纪念碑。

春天一个日子，服装厂在为县贸易公司赶制一批裤衩儿，任务紧迫，每天干十二个小时，已连续数日拖到半夜下班。女工大都是乡里干部职工的家属，住在镇边的有人来接，住得近的就搭伴儿回去。那些裤衩又肥又大，据说是外销品。这些伺候外国人的烂衩子把一群山里娘们儿坑苦了，从某种意义上来说把郭尚真也坑苦了。两万条裤衩是个伤脑筋的数字，但郭尚真的脑筋却伤到了别的地方。乔文政惊叹老同学的精力，眼圈累得红肿，走路直打晃，却有那么充沛的精力！真是活该了。

那是后半晌，一条汉子闯进厂房，像狮子一样不言不语地扑住一个长相俊俏举止风流的女工，几百条裤衩小山似的从案子上倒下来，盖住了莫名其妙的两个人。乔文政正在擦窗户，认出那撕扯女人头发的汉子是乡畜牧站的兽医，县农业中专毕业的，那尖叫的娘们儿是他妻子。此时郭尚真慌慌张张地从库房兼办公室的小屋跑了出来。他刚一露头，那汉子就丢了女人，抄起一把熨斗嗷一声朝他扔过去。门上的玻璃碎了。郭尚真岿然不动，脸色像石膏一样惨白，口中却念念有词。

"你想干什么！你想干什么！"

"我……我宰你个狗杂种！"

"损坏公物你要赔偿！"

"王八蛋，你拿命来赔我吧！"

兽医抓起一把剪子，像给不听话的叫驴动手术似的朝尚真冲上去。英勇的尚真终于失声大叫起来，友情在这叫声中夺取了至高无上的地位。

"乔文政！乔文政！文政……"

时机已到，庄稼汉乔文政手脚麻利地阻止了兽医的攻击。他夺剪子太猛，扳疼了龟男人的手指，那人用充血的眼睛瞪着他，一时说不出话。乔文政顺势在呆立的郭尚真小腿上弹了一脚，示意快滚，白脸嗖一下就钻出门去了。兽医抓到替身，与勤杂工扭打起来。乔文政想把他推出去，扭紧了他的胳膊却拖不动他的身子。女工们吓坏了，看着撞倒的缝纫机发呆。乔文政焕发了种田人的蛮力，总算把他抵紧在墙上了。

"我知道你是谁！你是老槐峪来的……你是他的同伙，我知道！你护他没用，我今天跟他姓郭的没完。占便宜占到我头上来了，老子宰了他！"

"你冷静点儿。"

"你放开我！放不放……放不放！"

"不放。你消了气我再放。"

"没你什么事，滚开！"

"我是守卫，有话咱哥俩慢慢说。"

"你他妈是条狗，姓郭的养了一条狗！"

"兄弟……这就是你的不对了……"

乔文政脑袋里嗡的一下，但他仍旧温和地笑着，只是肘尖在兽医的肋条上加了力。他听到骨骼咯吱吱的扭曲声，那人吸口凉气不说话了。自己是一条狗么？那就让兔崽子们看看这是怎么样一条狗吧！

"没事了，大家快干活儿！把机器扶起来……把散了的衣服叠好，你们都愣着干吗？完不成定额，扣你们奖金……老姐姐大妹子们，替我把好门儿，我过一会儿就回来，干活吧，给兄弟一个面子吧！"

他拥着那有气无力的男人出去了。几个头面人物不知去向，该躲的都躲开了。那男人起初还挣巴，走了一会儿就软下来。勤杂工的口吻很体贴，充满真挚的同情，面面俱到地指出了事情的利害关系。他把兽医送到畜牧站，两人几乎像朋友一样分了手。

"我跟他没完，我到乡里告他去！"

"告归告，玩儿命不值当。"

"我让他一个跟头栽死！"

"你得有证据，没证据不行。"

"老子有嘴就有证据！"

"兄弟你咋又来了？消消气，改日再计较。别他妈揍自己老婆，多让人笑话。改日聊……"

乔文政回服装厂去了，隔老远就听到缝纫机突突的欢乐声音。他觉得自己干得很漂亮，对老同学则生了一种前所未有的轻蔑。下夜班送女工回家的路上也动手动脚，也太不识时务了。想到尚真平时这也看不上那也看不上的样子，他尝到了一种报复性的快感。

郭尚真仍旧无影无踪。女工们的表情非常友好。高铺来的生产副厂长独自坐在库房的办公桌边，捏着个小酒瓶一边喝一边阴阳怪气地嘟哝。乔文政跟他要了一口酒。疲乏地坐下来。下巴肿了一块，兽医的拳头也了不得。把治牲口的人给治了，他很有些飘飘然。生产副厂长用微醉的目光打量他，有了全新的意味。

"走了？"

"走了。"

"今天要没你，非闹出人命来！"

"我啥都怕，就是不怕玩儿命的。"

"平日没看出来，小伙子够稳！"

"庄稼人，心直呗。"

"厂子成窑子了，这地方没法待了。我早就看出小郭子办不成事。也怪，有两样人生生就相得中他，一样是娘们儿，一样是领导。小白

31

脸子有福自己享吧,老子过几天卷铺盖滚蛋,不凑这热闹了。"

"您这是气话。"

乔文政又跟他要了一口酒。

"这厂子离了您行吗?小郭子走了行,您走了这些人都得喝西北风去,我也得喝西北风去。我跟尚真有旧,您跟他是一个乡的,咱不看他现在,得看看他过去那点儿面子。说实话,这厂子就指望您了!"

"这话倒是。再来口?"

机器轰鸣。给外国人穿的大裤衩子变戏法儿似的越积越多。女工们头上飘浮着棉线和进口布料的香气。那位挨了揍的女工伏在缝纫机前奋力蹬踏,眼泪涔涔而落,神色仍处于惊恐之中。乔文政拎着暖壶走过去,若无其事地给她的茶缸加水,随后挨机挨人一路加起来。这是他的工作,平日显得那么卑微,今日的暖壶里像是满满当当全是无尽的尊严了。

乔文政开始擦玻璃,完成厂长下达的任务。拿不到乡政府的卫生红旗,将扣发勤杂工的奖金。这是老同学下意识的一厢情愿的双簧戏。但乡巴佬干得一丝不苟。没有人敢小瞧他了。

六

局面迅速恶化。乔文政低估了兽医的反扑能量,那不洁的女人不上夜班了,紧接着七八个年轻女工也不加夜班了。串通好的威胁言论在镇子里漫延,似乎不把郭尚真赶下台去,厂无宁日,乡无宁日。行政副厂长抓紧时机向乡政府递交了辞职报告,表达了对主要承包者的极端不信任，声称厂子目前的混乱与己无关。那批裤衩推迟八天交货，当月利润的二分之一充了赔偿金。奖金告吹，辛辛苦苦的女工们怨声载道。郭尚真已经没有工夫为这些事情烦恼，新一轮谣言虎视眈眈地逼近了他。乡卫生院的多事者散布消息，说总机房未婚的女接线员有孕三月，让一个有本事的男人偷偷下了种子。毫无证据，但几乎所有人都咬定那个有本事的男人正是某某某。前任乡长向赵乡长拍了桌子，说你包庇重用不称职的人，我们要上告、上告！据说赵乡长气得嘴唇发青，像扁豆似的，却还是低声下气地陪了小心。郭尚真缺乏约束的情欲介入了此起彼伏的政治风波，催化剂一般扩展了它。他的派头不见了，到了厂子就扎进库房，话很少，对人爱搭不理好像受尽了委屈。他从忙碌的女工中间匆匆穿过，犹如一条被抛弃的丧家之犬。乔文政找过他，屋子里没人，乡长的屋里却亮着灯。肥胖的赵乡长声似洪钟，悲伤而愤怒。

"你辜负了我！辜负了我！"

郭尚真娘们儿似的轻轻抽泣。

乔文政预感到有些事情无法挽回了，老同学确确实实栽了。很奇怪，他竟没有一点儿同情。更奇怪，他的心悄悄膨胀，把自己的整个躯体大大地撑起来了。他不知道自己能为老同学做点儿什么事情，却知道自己必须做一些什么事情。他惊讶自己的思路竟然如此敏捷。念高中时他就是敏捷的，八年来的迟钝只不过是短暂的歇息，而今他的马达该轰轰地不可阻挡地启动了。

乔文政破费了工资，请生产副厂长和技术副厂长到镇东外乡人办的小饭庄喝酒。他以郭尚真的名义请两位务必留下来，并借着酒劲儿对他们进行恰如其分而又猛烈的吹捧。两位看到他处境微贱却如此仗义，不胜唏嘘。生产副厂长的高铺口音让烈酒滋润得像鸟叫一样。

"他不重用你,你还扶他干啥?换了老子,给你个副厂长干干,朋友么,有啥说的!每月八十块,拿朋友当垫脚石,这事除了小郭子别人做不来!你扶他帮他我不管,只要我在这儿一天,他不提拔你,我跟他没完。他敢这么待你,日后发达了还不知咋着踩我们哩!"

"咱庄稼人,有碗饭吃就不错了。"

"别说那个,我看你比他仁义。换了你当厂长,你能那样待他?小郭子那脑袋是咋长得哩!"

"尚真脑子活。"

"咱脑子要活,也找大丫头日巴了。"

狡猾的技术副厂长一直不吭不哈,此时来了情绪,把脑袋伸到桌子正中,以新的夸张手法谈起了老掉了牙的桃色新闻。乔文政不想听,但并不阻止,默默地给两位斟酒,似乎要为他们的诽谤补充新的动力。碟子里的糖醋鱼拖着酱黄色的骨架,脑袋却栩栩如生,嘴巴欢呼似的张开,那些毒汁四溅真假混淆的糙话好像从它那儿冒出来的。一条死鱼和在死鱼头上盘旋的苍蝇在藐视着郭尚真了。乔文政感到恶心,有一种彻底背叛的感觉。他差一点儿把自己的夜游心得披露出去。你想干啥!他喝住了自己。

服装厂像一架坏了的机器,工作状态失常。年初定的几万条睡衣睡裤的任务刚刚上马,几个乡干部的家属却扬言要罢工。政治的力量是强悍的。别的女工扬言必须把夜班费提高一倍半,否则就对不起。经济的力量似乎更野蛮。郭尚真在四面楚歌中咬牙坚守,但是已经没有人听他摆布,而且他的心事未必在这些花格子睡衣上,他忧心如焚的目标很可能是接线员的肚子和与此有关的一些事。睡眠不足的白脸瘦了,又肿了,像在脖腔上插着一把闪闪发亮的刀片儿。自以为是的郭尚真正在死亡。乔文政注视着的老同学,想起了种子事件,心想他讥讽我是不通事理的乡巴佬，他自己也是个沉不住气的窄心眼儿的乡巴佬哩！聪明反被聪明误，你也给绕住啦！

　　生产副厂长看着定额迟迟上不去，便想隔岸观火，瞧瞧热闹。乔文政苦口婆心，推着他去拜访那些满腹牢骚的女工，挨家挨户种下一种淡淡的暖意。勤杂工活不多，但是他那双冷静智慧的大眼珠子给女工和她们的家属留下了深刻的印象。

　　那天傍晚，落了今年的第一场雨。春旱严重，地皮几乎存不住水，星星点点都被嗞嗞地吸走了。老槐峪的苗儿出得不好，女人一直很愁，这些雨水该使她舒心了吧？乔文政躺在厂房的木台子上，让一片睡衣包围着想心事，很愉快。郭尚真鬼魂似的摸到他身旁，没打伞，头发湿淋淋的，有点儿像自杀前的希特勒，他平日很少来，都是乔文政上他那儿去。乔文政知道问题严重，连忙爬起来穿鞋。尚真的嗓子和脸一样阴沉，问题越发严重了。

　　"我想找你谈谈。"

　　"你还知道找我？"

　　"近日瞎忙，顾不上。"

　　"你忙啥哩？"

　　"有人告到县里去了。我两头儿跑，县党校干训班的同学答应帮忙，可是……"

　　"我这个同学能帮你啥哩？"

　　"文政，你了解我。"

　　"日你妈，你这是咋了？丢了魂还是丢了屌了？瞧你脸蛋子丧气的，就不能把腰挺直了说话？天塌了砸的不是你一个，你怕他娘的哪门子哩！"

　　郭尚真的眼泪刷一下流了下来。两人隔着一台缝纫机面对面坐着，机头像只大黑兔子卧在中间,偷听发自人世的秘语。乔文政被老同学的伤感打动了。

"尚真,你小子太独,吃大亏了。"

"怪我,有些事不该瞒着你。"

"是女人的事么?我不听,别跟我说这个。说了也没用,我不懂这些事。说点儿正经的吧。睡衣的活儿又压了,乱哄哄的哪天是个完,你到底想咋办哩?"

"我也不知道。我给赵乡长添麻烦了,现在……有人明里是撑我暗里是想把他撑走。我要硬撑着,赵乡长下不了这个台。我让他们算计了……"

"应了你糟蹋我那句,这事怪你自己!"

"你在粮栈那些事不算啥,我才是遭了大罪了。你们清水乡的人欺生,我又太大意,这次要让人踩趴下半辈子别指望爬起来……文政,你说我对你咋样?"

"你对我不赖。"

郭尚真看着乔文政衣襟的某个地方,眼神儿发僵。乔文政不小心踩了踏板,机针哒哒地空刺了几声。两人吓了一跳,针头似乎穿到心里去了。窗外淋着雨水,玻璃上的水珠像血似的往下流淌。厂房的墙壁发红,阴影里悬挂的睡衣像人一样轻轻晃动摇摆。乔文政脊梁沟发凉,缓缓地从机壳里抻出一根线来。郭尚真叹了口气。

"文政,我觉着你最近挺活跃。"

"你不是顾不上我么?"

"你听他们说什么了?"

"你别多心,我的为人咋样你知道。"

"我掉到井里,你不会往下扔石头吧?"

"日你妈，钢种锅！"

"你扔了我也不怨你，你心气儿比我还高，我早就看出来了。看在老同学的面儿上，别下手太狠。说老实话，我开始的确不想接你到这个厂子来，熟人在一起做事放不开手脚。有些事办得硬了点儿，你得包涵。你别信那几个家伙的挑拨，我心里一直有你，好赖你得分清……"

"你把我当啥了？再说我看你的瓜！"

"别生气……近几天不知咋了，老觉着四面都是刀子，生生躲不开。"

郭尚真白脸让苦笑坠得很难看。乔文政在手指上缠线头，指尖血液不畅，紫得像根小萝卜。雨大一些了，厂房门口的油毡棚子蹦蹦直响。尚真的嘴唇在发抖。

"文政兄弟，有件事求你。"

"尽管说，看你难受的。"

"我没别的信得过的人了……"

"你本来就没有，说吧。是用土法子打胎么？我给你找人。给几个小娘们儿打胎？说吧，尽管说。"

"独木桥，这不是开玩笑的时候呀……"

郭尚真不知为何轻松了。他的一连串设计周密的低语使乔文政大感意外。郭尚真请他出任副厂长乃至厂长。第一个步骤是，承包者死不下台，行政副厂长要辞职悉听尊便，由乔文政顶缺。但是乡长一旦承受不了各方压力，必须挥泪斩马谡，那么只能实施第二个也是最终的一个步骤：郭尚真交出承包权，继任者必须是一个双方都能接受的有妥协余地的人物，这个人只能是乔文政。郭尚真不能接受另外的人选，除非拼个鱼死网破两败俱伤。乔文政觉得被线缠紧的指头就要断了，连忙松开，回流的血液一下子冲进手臂，冲进胸腔，顿时心旌飘扬，全身都麻了。他好半天抬不起头来，也不说。

"我跟赵乡长商量过了，你干不干？"

"他们真能把你拱下去？"

"现在还难说，前景不妙就是了。"

"你的意思……我当你的代理人？"

"这是赵乡长的主意。"

"我代理人，权还在你手里？"

"这个意思不能让别人摸透。"

"我明白了，尚真你他娘的真绝！"

"答应了？"

"干！勤杂工也是干，厂长也是干，凭啥不干？你跟赵乡长说，哪天他不自在了，我给他代理乡长！日他奶奶的，老子趁机风光风光，干、干！"

乔文政傻乎乎地笑着，好像受宠若惊了。他发现了郭尚真的白脸上划过一丝轻蔑的表情。仍旧傻乎乎地笑着，直至把得到解脱从而恢复了一点儿生气的老同学送进绵绵的夜雨中，他躺回木台子，陷入了长久的沉思。

一个月之后郭尚真受到党内严重警告处分，被解除了服装厂厂长的职务，并暂时被安排到乡政府总务科做了办事员。总务科除了两个半大老头子和一个后生，没有女人。郭尚真想到广播站重操旧业的愿望没有得到满足，因为那里有一个对他不计前嫌的女孩子。她经常为郭尚真洗洗涮涮，有关方面想保护她的肚子和贞操。所以把他安排到总务科不仅仅是一种侮辱。那位接线员调走了，当然是在人工流产之后走的。但是据说郭尚真准备娶她为妻了，又据说他曾经准备娶的女人很多，所以他的婚姻仍旧是个未知数。处分郭尚真之前，乡纪检书记曾经找乔文政谈话，主要是证实男女关系方面的问题，他们以为他与尚真关系尚密，理应知道不少情况。他们不知道乔文政多么闭塞，他是靠了夜游才得到仅有的一个具体情况，而且这个情况又无法诉说，因为他既要保护朋友又要避免把自己搁进去。在暗夜的窗下苦立半小时，这场面毕竟是能代表点儿什么的。如果他是尚真的敌人，他当然会毫不犹豫地利用这颗花哨的重磅炸弹。如果面对的不是纪检书记，而是千里旅途中遇到的一个有趣的陌生人，那么讲讲那些细节或许是非常提神儿的，乡纪检书记平易近人，甚至向乔文政无意中透露了某些色情意识，勾得乔文政舌头直打滑，但他终于什么也没有说。守口如瓶的美德，乡纪检书记从私人角度为乔文政打了高分。这次交谈还闹了个相当大的笑话。因为乡纪检书记手中掌握的材料有相当一部分是未经证实的谣言。地地道道的谣言。

"小乔，听说你来乡里做事是小郭介绍的？"

"是，他看我种庄稼种得很苦，想出息出息我。"

"听说你媳妇很漂亮？"

"就那么回事，凑合。"

"有人说他介绍你出来工作是想打你媳妇的主意，这说法确实吗？你怎么看？"

乔文政愣住了，有一会儿表情几乎显得很震惊很痛苦，随即便哈哈大笑，笑噎气。他看到了谣言的力量和谣言的绝望。看到了人世间互不相关的各种事件的微妙而真假莫辨的联系。任何事情在发生之前都是有可能发生的事情。没有发生并不意味着不可能发生。乔文政的思想渐渐深入。如果妻子来乡里与自己同住，而自己恰好出差，郭尚真会不会乘虚而入呢？凭什么不可能呢！自己已经乘虚而入了！并且已经开始站稳脚跟了！不可能发生的事情正在发生。他现在是清水乡服装厂的厂长和名义上的承包人。但是等待发生的事情仍旧马不停蹄地随着时间演变，他在继续前进。

合同交接时，乔文政和郭尚真在赵乡长的办公室进行了一次亲密的长谈。谈得差不多时乔文政漫不经心地看了郭尚真一眼。他不是故意的，他只是意识到了自己的地位和能力。

"尚真，你先出去一下。"

郭尚真没有明白是怎么回事。

"你出去一下，我跟乡长说点儿别的。"

郭尚真终于站起来出去了，背影像中了枪弹的战士，步履十分艰难。乔文政仍旧没有意识到自己做了什么，等老同学关上门，才微笑地向赵乡长摊了牌。

"两年承包期。酬金怎么算？"

"完成三十万以上，承包者拿利润的百分之十。完不成两年的工资全部退回，用家庭财产的一半儿抵押。合同上有，你再看看。三十万不算啥，定得太低了。"

"我的酬金怎么算？"

"小郭没有跟你提么？"

"没提。"

"这得你们自己商量。"

赵乡长没有防备。乔文政紧追不舍。正在发生的事情连他自己也有点儿紧张，他看到乡长宽宽的额头淌汗了。乔文政拿着手续完备的合同书，决定一拼到底。

"尚真干了半年，我得接着干一年半，太亏了他也说不过去。百分之十的利润我跟他六四分成怎么样？我拿六，五五分成也可以。我不在乎。您看哩？"

"你跟他商量，跟他商量！"

"谈妥了咱们再弄个合同，您当公证。咋样？六四分成还行吧？这事谈不妥我这厂长干不踏实。"

"你俩是过了心的，你们先谈。"

乔文政离开时对满脸彤红的赵乡长充满怜悯。他们想把他当傀儡使唤，当木偶戏耍，结果让他一刀就砍到命脉上了！真他娘的痛快呀！他找到情绪颓唐的郭尚真，继续挥刀猛刺，尚真已无还手之力。企图用二百元薪水打发掉老同学，让老同学给他当马骑，尚真自己也觉得无地自容了。但他想不到乔文政何时具备了这般毒辣的手段。合同已备案，一切都无法挽回了。他缴械投降，同时吞吞吐吐地告诉乔文政，百分之十里的百分之三是承包前就答应了赵乡长的，六四分成太那个了。乔文政用居高临下的目光看着这位总务科的办事员和风流债主，决定刀下留情，以仁处之。

"咱还六四分，我拿四，余下的你俩自便。"

"独桥木……乔文政，真看不透呀！"

"钢种锅，都看透了咱还咋做人哩？"

两人四目相对，感慨万千。许多话已无须说了，赵乡长掉进了自己的掌心，这是新厂长的意外收获。来日方长，可以满帆挺进了。上任后乔文政回了一次老槐峪，把发生的一切向妻子述说了一遍，女人像伺候勇士一样紧拥着他，炕席云彩似的把两人托了起来。乔文政说到了那个夜，说到了那个窗口，但突然把嘴闭紧了。女人追问，他就用那个谣言笑话来搪塞，以为要笑个颠乱，想不到她竟半晌无语。

"人生得那么好，难怪女人要黏他。"

乔文政对娘们儿这句话非常不满意。

"女人把他毁了……"

这句话听着还是不怎么舒服。

"文政，他这种人靠不住哩！"

总算说到点上啦！乔文政心花怒放，百般温存，尚真的确是靠不住的。他恍惚看见了那个窗口。曾经写了许多爱情诗的老同学站在总机交换台前，意气风发得活似一匹赤裸裸的配了鞍子的大白马。女人的一条腿直挺挺地从鞍鞯上举起来，像一根光滑美丽的兵器，像一枚临风摇动的巨大的白蜡烛。最让他无法接受又刻骨铭心的是，那平时极腼腆的女孩子竟没有忘记工作，总共将三四个插头插在了外人所呼唤的线路上。人世在乔文政脑海里留下了爆炸般的破碎景象。这一幕与他无意识的人生哲学没有关系。但他当时至少明白了一点，郭尚真是靠不住的，人都是靠不住的。人什么都干得出来。人为了干他想干的事什么都肯做。人是没有指望的。人所能指望的只有自己。厂长乔文政在妻子身边胡思乱想，在许多严肃的思考中竟掺入了一丝对老同学的小小的嫉妒。那条白蜡烛似的光滑的大腿确实美极啦！

"我的鞋！我的鞋！"

他听到了遥远的叫声，邪思一下子转入伤感。他们心静听那叫声的来处，伤感竟不尽地潺潺滚动起来，渗入四野悄悄的夜里去了。

连环套

腊月里都是好天。不冷，没有风。天不灰，也不蓝，白白净净的天色上每日都走过一颗不错的太阳，黄嘟嘟地遗落不少暖意。小河两岸的冰迟迟不见生长。夜间拢不紧，日里就阔敞了河心，任一脉蓝幽幽的溪水似凝似动地流逝。沿河的缓坡上伏着去年的蒿草，熟死的野麦一般丢了生气。岭腰和岗顶的桦木林却昂扬着，在枯山上缀出成方成片的白，与铺天盖地的日光凑成鲜艳的一色。没有风的山谷就一日接一日地宁静着。

远村大柳峪也宁静，静到腊月尾巴上才突兀地活泼起来。村道里上上下下地走着人，远行的是奔赴乡里操办阴历年的吃用，近游的也无非是在供销点、磨房和灶间里转，用心的大抵是个吃字。暖冬把人收拾得很懒散，却个个预备了一副好胃口，都盼着拿嘴过个好节，也盼着在静得很乏的日月里多多地品出一些味道。小半村的肥猪便因此倒了霉，东一家西一家爆出挨了刀的惨叫，呜呜咽咽，一头比一头吼得响。猪声比人声要生动得远了，那如歌的高音走上山巅，就成了节日里悠远的欢呼。村巷里偶见少年捧了馈赠的下水慌慌地走，那些破裂的心和热腾腾的肝淌着血水，呱唧呱唧颠动，无嘴无眼的东西倒像是欣喜地笑着什么了。成年人则稀稀拉拉地聚在屠宰世界，守着一汪一汪的腥血品烟，挑剔那些四仰八叉的白净尸首，从中延续一种陈旧而美妙的欣赏。吃固然是一喜，杀却是更为难得的欢乐的庆典，乃喜前之大喜了。

阴历年前的大柳峪已经酿足了甜丝丝的血味儿。

窑主陈金标立在村西的小河对岸，看不够溪水里盘旋游绕的那条丈把长的大白蛇，它弯弯扭扭钻向下水头，又被突突地牵到上水头，似无路可遁了。那是一挂塞满了粪便的猪大肠，活了一般戏在一个顽童的手里，竟让窑主看得有些痴呆。童儿领着那长虫往下游去了，小棉窝咔咔地踩着岸缘的冰板，板下的青水打着漩儿追他，咕咕地泄出一串水泡儿。

"下河口有鬼，看吃了你个小崽子！"

"我去喂它呀！"

童儿狠命一抢，那肠子便在水面上溅了一道弧，又唰地埋进去了，窑主笑笑，登上了踏河石。石边的水淌得疾，一束一束地鼓起来，像潜行了诸多活物。腊月水不凝，真是少见的好天相啦！

陈金标勾着背往村里走，肩上荡着两只冻硬的狗腿。两只大腿一肥一瘦，不是一条狗身上的。在高铺镇集市上讨价还价时他曾戏称那瘦的是根老羊拐，把那外乡贩子足足噎个眼儿绿。

"是我媳妇的腿，你小子买不买吧？"

"赶情是块好肉，拴上！"

"日你妈，我得多要你一块钱。"

"便宜，我随你了。"

窑主不缺钱，图的是个乐子。他是乡野名人，五镇十六村的商客们都知道他，乐意紧巴结，好多掏他几张票子。去年过了麦季开窑，他在这里为手下窑工整割了半扇牛肉，集市上喷喷地论了他有一个月。如今县里闹哄哄地灭着狂犬病，把狗打得稀罕了，肉码子已逼住往日里狗鞭的价钱。腊鞭鞭吃不着，吊两只狗腿就成了富足的标志，权当是吊着一种与众不同的身份了。

窑主的脑仁儿里沸着一只锅，壮阳的东西正在煮，热扑扑香喷喷的见油见软，只等他开嘴了。他不想别的事，把全部思想都拥在那块肉上。他想得很仔细，走进村巷后竟没有注意井台上忙着一个奇怪的人物。

"姐夫你回来啦？"

"你……回来啦。"

窑主吃力地咽了一下口水。他首先认出了自家的扁担和水桶，继而认出了桶后立着的那个人。那人是熟的，口音却生得很，有日子没听到它了。窑主看清了后生那张生了两片厚唇的嘴巴。妻子也有这么一张嘴，上唇压下唇像叠着两枚龙豆角，结实得能在一万个人里把它们认出来。这呆呆木木的人是他小舅子，三秀的弟弟三更。窑主觉得怪。岳父家的人由桑峪大老远跑来做啥？就为乔模乔样地给他担几挑水么？

"三更你啥时候到的？"

"晌午。"

"你姐给你拾掇饭了么？"

"吃了来的。"

"她自己不能挑？累你？"

"我姐做针线哩。"

"噢……我来挑。"

窑主摘了狗腿去拢扁担，让三更闪了。他也不强夺，由三更担了水踢踢踏踏在头里走，自己在后边跟着。小舅子嘴笨，寒暄几句就无话了。窑主也没的问，索性闭了嘴默默走路，在担水人宽厚的背上找他想找的意思。岳父病了么？倘若病了，是缺药钱了么？倘若是借钱，那么到底打算吐个什么数儿呢？窑主想了不少，眼色不伶不俐的，好像肚子里什么地方空了一块，有点儿痛苦。

走到村巷顶端往左拐，见了自家的宅子，坡道尽处的新门楼陡然高在了那里，瞧惯了却还是亮人的眼，怎么端详也不够。窑主刚刚松下心来，三更就给扁担换了肩膀，气喘吁吁地像是有话说。窑主寻思坏了，来了，要提款子的事了。他几乎咒自己为什么不在镇里住下，哪怕赌一夜钱呢！仔细听听却不是，小舅子嘴里的全不是他脑袋里的，唱的是另一出糊涂戏。

"姐夫，高铺镇咋样了？"

"能咋着，还是那个屌样儿呗！大人孩子憋不住了就掏家伙，乡政府的牌子上都挂了尿。一街柏油算是白铺了，遛牲口都嫌它滑。奶奶的！"

"都说新街上垫了黑油膏子，哪天我也走走去。"

"那街铺了金子也没用，臭得慌。"

"姐夫，我姐说你去镇上寻炮工哩。"

"寻了不是一日了，你才知道？"

三更的喘声变调，笑得发僵。窑主略微释然，一下子就探准小舅子打算干什么了。释然却又归茫然，惊想这打算比讨钱还要来得辣。

"姐夫，寻着了么？"

"二把刀不少，能干的没一个。"

"……那我就放心了。"

"是呵？"

窑主心想你放心不放心关我屁事，你木呆呆的也梦着做炮工么？不把你属脓水儿炸出来算是便宜。这姐夫装了一心鄙夷，却不露声色。三更用扁担头顶开门扇儿，借顿脚的工夫扭脖子冲后人笑笑，额上甩几颗汗下来。笑得太弱，又巴结又苦，让接它的人都不好意思了。于是也善意地还给一笑，却因为守得紧，竟露了更深的苦态。

三更把水倾进缸里，又担着桶出去了。窑主用灶间的棚勾子挂了狗腿，欣赏那肉，不拦客也不给脸，像是害怕小舅子的蠢笑再度袭击他。大北屋里的气很热，进门就一暖，但他脸上的冰久久化不开。儿子在做作业，媳妇偎在火炕上锁扣眼儿，三张脸一打照，彼此就不说什么了。近来许多事不顺心，这为夫为父的东西也大了脾气，对窑工和村人还强笑，归了窝却屡屡踹小儿的屁股，儿子不在时也敢掌媳妇的厚嘴。挨拳脚的知道那颗心不是甜的，都怕他，又帮不住他的忙，就默契地压缩了交流，只盼着事情会一日复一日地有些好转。看他凶硬的眼色，这一回是没啥指望了。他在挎袋里摸呵摸，蛮气得怎么瞧怎么像是在抽一把手枪或一把匕首，掏出来一亮却是五彩塑料皮的铅笔匣。小儿不敢叫，猫似的偎住了他的腿。那软怯的娘们儿借此而大胆地露了笑了。

"见三更了么？"

"让他担水你可好意思？"

"他强担我能咋着他？"

"真不知逞的哪路殷勤，一年也不见来一回。"

"爹要腿脚好也来了。"

"腊月尾巴哪有丈人往姑爷家跑的,他又不欠我。说好了咱三个初四过去,你不是让人捎话了么?"

"说的哩,我爹心里有事。"

"啥事值当这样,倒像是我欠着他了。"

"三更没说给你?"

"说啥?"

"他那张笨嘴有事也说不清。"

"你嘴巧你说说。"

媳妇看看他,吞吐了半晌,又看看他,舌头也蠢得说不清了。窑主隔一道窗户瞥见了什么,狐疑地贴近玻璃,扫来扫去地瞄了瞄。女人的脸在他背后已泛了红。

"那两只鸡不像咱家的。"

"是三只。"

"哪家的?"

"爹给话让年上吃,说柴禾鸡值不了几个钱。不吃就留着下蛋,说你走窑走得辛苦,万不能欠了身子。你看你是多好一个人物了。"

媳妇语调绵绵的,不像是损刮他。她性子温,可往日常在话里打冷埋伏,这会儿她不可能来这一套,八成是替老丈人在舔他的须了。那些母东西是西土种,比本土的柴禾鸡强得远。岳父是惜铁如金的窄汉子,没有几番盘算绝不肯放这路闲血,里面是淹着利息的。

"看它们肥的,吃痛快拉着可不易。"

"你做女婿的说话就不能亲气些?"

"咋亲?我割一块肉下来给他就亲了不是?你给我明说了吧,三更是不是看上了炮工的位子?"

"爹……想让他试巴试巴。"

"他可是那个人!"

"笨是笨些,在乡里修大渠也是点熟了炮的,好歹二十三四了,你教给他他能不会?"

"窑里不比明地儿,一走眼就丢命!"

"一百年不死一个,他不怕你怕?"

"你让他上别地儿碎尸首去!"

"好话说给你,咋又急眼?"

"吊上你娘的臭嘴,再烦人我掌烂了你!"

"总有你掌我爹的那天……我也不说啥了。窑上家里你说了算,想妥了给三更一个话,担了水让他滚!我嫁你就是欠你,我爹我弟可欠不着你……"

盯着女人又怯又倔的大嘴叉子,窑主的老拳酥酥地有些发痒。他是文明人,有儿子碍眼,烧得脊梁沟窜火也跳不起脚来。儿子夺走了他的目光,不仔细做功课,倒有板有眼地挖着鼻洞,碜死人!他的视线逮住小兔崽子的屁股,寻思女人再多一句嘴,他就放弓一样蹿出去。她却静了,一把一把地摸着眼圈。

三更腾腾地进了院子,脚力很壮,拉个窑车砍个窑柱倒可能是个角色,摆弄炸药无论如何不行。他把井里的水都挑来也不能答应他,若答应就是往井里塞他了。听缸里的水声像是要溢,窑主支棱着耳朵踱到门槛,远远地观看灶棚下的那个忙碌人,猜不透他接下来还要干什么。三更眼力很精,摆齐水桶竖稳扁担的工夫已看中台阶旁的斧子,抓一把汗脸就嗖地抄住了它,杀气旺盛地奔了墙角。那里窝着一架合抱粗细的柴禾墩子,是棵老杏树的下身,窑主半年里一直试着劈碎它,结果只徒然刻了许多斧迹。三更开始了无望而凶猛的砍伐,咚咚咚震得满院大响,令窑主有些于心不忍。迟疑着要去劝阻,咔叭一声惨裂已经惊到大柳峪的天上去了。这举止成了一种表演,让看客陡生了烦乱的关切,心境不由变化。

"三更,你砍活儿不赖么!"

"凑合着。"

"歇了吃晚饭。"

"不啦,我拾掇净了走。"

"咋着,你姐夫的饭吃不得?"

"……我爹等我话儿哩。"

"有啥话吃了晚饭细说。不是外人,你跟我客气不着。慢着砸,小心脱了斧头!行啦行啦!"

"我悠着哩!"

力量似乎得了额外的补充,斧声爆成一团,尺把长的柴条叶咔地从墩子上剥了下来,块块缕缕不绝。窑主飘动的心稳在了一个地方。

他自棚钩上摘了一只腿,掂着走了几步,发觉手里是肥的,又踅回去把瘦腿换了下来。走到院门再度往回踅,朦朦胧胧地考察那三只外来的母鸡。他有点儿不好意思,闪进门楼和山墙的死角,有意无意地驱逐和等待。终于将一只下蛋的东西逗进了村巷,随即以迅雷不及掩耳之势一把捏住它的脖子,一手鸡一手狗地拎着去了。

老屋踞在坡底,是村落腰儿上的一处窄院子。父亲不在,于乡里中心小学教书的兄长则刚放了寒假,也不在。嫂子说不清他们何所去,语声淡然,见了窑主手里的拜物仍旧淡然,似乎在抵抗一种布施。窑主没得怪。她为丈夫独自承担老父的身前事而责备分家单过的次子,恐怕将淡至永久。淡归淡,从窑上撒些孝敬老父的钱哪一回不是她先接下的?她淡他不淡罢了,脸淡心不淡罢了……罢了罢了,次子窑主将攥闭了气的母鸡和硬邦邦的狗腿续到灶格子上,蹲在墙根吸净了一支烟，散漫地扯了些有关天景和有关山景的谈话，就拍拍腔土依照自己的琢磨找他要找的人去了。他在村南半里开外的石圈找到了在夕阳里甜蜜打盹的父亲，二十来只山羊公公母母黑黑白白大大小小地在一边错落着，正守着几座石墩子舔上面的盐。父亲反穿了皮袄，华发与那些白毛无异，远看像一只怪而大的老羊，且肥得有些狠了。

羊群很烦躁，似乎有所不足，儿子就拎起父亲脚边的盐袋，往石墩儿上徐徐地添了几许，回首时那双仁慈的皱眼已清醒地问住了他。儿子无端地空虚起来。

"爹，杀了口收圈吧？"

"再杀杀，天暖口轻，短草都吃不动了。"

"年关不剥个仨俩的？"

"尽说个屁话！"

"只放不吃自在了它们了。"

"你爹的乐儿就是这溜孙子。去高铺没绕趟柏峪？你寻炮工寻了一世界，找见谁了？这日子口畜生比人有样儿……去柏峪见着你姑了没？"

"……我怕一日回不来。"

"我的话你没个听！去去能累死你？我早说你姑家大小子在水库打过钻，人也懂事，比外人不强些？你再满世界瞎寻摸，好窑好天气都给你耽误下，看落了老毛雪你拿煤咋个运！随你随你……我有我的羊哩。"

老人的下颏须羊似的撅起来，夺下儿子递来的烟，哆哆嗦嗦地往瘪唇里塞，有出气没进气地竟吸不着。窑主暗问，你的羊？不是我在窑上多挣了几个，不是我周济你盘下这群吃草的肉，你跟着教书匠连根羊毛也别指望呀！但他跟父亲论不着这一层，没有他就没有父亲的宝贝羊，而没有父亲确实也不会有他，所以有些道理不可深论，点透了就非常没有趣味了。窑主还没到自问眼前者谁的地步，他保留着晚辈的怜惜和不灭的孝。

他用六根火柴为父亲点了一支烟。

"五年一回老毛雪，咋那巧今年就瘪了我？"

"我就你姑这一个亲妹子，你得念着她，你！"

"看爹急的，我见我姑夫来。"

"嗨嗨，你姑夫在家里不掌事！"

"他在镇集上贩山药哩。"

"贩回半个子儿他也得给你姑，我那妹子！"

父亲快活了，撼着下巴，又飞快地眨巴眼。

"你把事说给他了？"

"透了些，他喜得不行。"

"这就对了么！"

"就担心我那兄弟人太精，造响的活儿我怕他干不稳当……不是我用心思，越是亲戚越不好伺候。再说我也付不出那么大的工钱了，头里那个西水炮工不就是为这走的，开口一天十二块，他是佛是仙？我日他奶奶的。"

"给几个算几个，家里人咋也好说。"

"开窑时工钱低，亲的近的有哪个来帮我？见炮工油大都抢着抹一把，我偏得变个脸色给人看看。三秀她弟在家里缠哩，过会儿我就撵他走！"

"撵了好，给你姑那边留着。"

"我哪边儿也不留。爹，有些事你不懂，家里亲是亲，窑上鬼是鬼，顾了这边顾不了那边，脑袋硌屁股就两头不自在了。姑那边的事……要不再掂量掂量？"

"随你咋干，我有我的羊哩！"

"年货我给你放家里了。"

"顾我？顾了你自己吧。"

"老阳儿落了，我替你把羊收了不哩？"

"替我？我的羊用你替我？不识亲的东西！"

老人的思路没有走畅，糊涂地以为是自己受了打击，就辣了舌头，而昏茫的眼却依旧仁慈。儿子无奈何，含在喉底的空虚悄然膨胀出来，支阔了大嘴却吐不出一句妥帖的话了。不识亲不识亲不识亲……他后脑勺里装着一串碎玻璃样的絮语，神色黯然地往家里走，移着移着就滋养了满腹的伤感，眼中的一片云和一片树都悲了。

天短，一黑就黑个透。窑主归途间去河谷徘徊了片刻，想去去愁，返回宅道已数不清台阶，邻家的月子孩儿哇一声哭叫，险乎惊跌了他。

"鬼养的！"

他磨磨蹭蹭地换了一张脸，走入自家的灯火。媳妇已备好了饭，三更说走没走，正趴在炕桌上读外甥的连环画。前半餐窑主不说什么，一直温和地笑着，仿佛在有意勾引小舅子的误解。三更果然吃得无忌，猛泼泼像是领到了一份儿指望，更像是干活干得累煞了。姐姐三秀在一旁埋着眼，有强吃却吃不进的架子。窑主大约想得透彻了，异样儿地为三更挟了几嘴菜，三更呈着碗，笑得油汪汪的大牙都龇全了。

"三更，别光吃不言语，小心算盘烂肚儿里。"

"我……姐说，姐你说。"

姐眉角阴阴地不给他说，半脸哭相。

"姐夫给你说，你是想借钱吧？"

"不是哩。"

"要么是想到我窑上干干,对不?"

"谁知姐夫要不要哩!"

"找都找不见,敢不要?"

"……那我可放心了。"

窑主哧哧地笑着,搁下碗筷。三更紧扒了几口饭,也不吃了,两人倚着火炕的木档燃了香烟。那旁观的姐姐持不住耐性,低低地甩了冷句子。

"他笨得够了,你咋就耍不够?"

"男人的事你插个啥嘴,冲碗去!"

"我冲!把良心冲净了算。"

"……,这娘们儿!"

女人揽着碗筷出去了。三更一时没醒转,跟着姐夫嘿嘿地傻乐,还自作聪明地眨着眼皮。

"我姐小时候嘴就赖,心好。"

"你比你姐强,三更,到我窑上干吧!清凉涧小窑就少你这样儿的实在人。我对柱子工不满意,换了好几茬。新来的这个是河北人,比你还壮,斧子活儿可比你差了百八十里,我看不上他。小子下柱没仨月削了两回手,我光药钱就贴了好几十,这人眼看雇不得了。你来干吧。柱子工月钱七十五,我给你开九十,咋样?这活儿轻闲,每日下六根柱八根柱就了不得了,你干不跟吹气样儿的,我做保汗都不让你多出一颗……你那烟瞎了,给你火儿。"

三更的脊梁已呆呆得硬成了一块板。人呆了,要紧的地方可没呆,手指头弹琴一样乱动。

"九,三三见九,每日才三块钱?"

"不少啦,你到别的窑上打听打听。"

"我在伐木队干合同每日还三块五哩。"

"人家管饭么？我管。"

"算一块，三三见九，一三得三，三九二十七……九……三……一十二，也不多么？"

"回去让你爹帮你算吧，算明白找我。咱们沾亲，干好了添个块儿八毛的不难。"

三更手指头不弹了，小箍子一样勾着，厚嘴唇也肿了起来，好半天才让窑主悠悠地听到一个屁。

"我爹让我给你做炮工，炮工一日不是九块么？"

"炮工有人了。"

"哪……哪个？"

"哪个要钱不要命就是哪个。"

三更的心绪已经不利落，苦着脸丢了烟屁股，东看西看地看了看，姐夫脸上不退的浅笑让他由肚子里朝外冷，怯怯地要走。姐姐倒拎着两只鸡在门边等着他，手在墙坯上使劲儿抹，黑地里一片鸡屎味儿。

"那钱不是你挣的，让爹死了心吧！"

"哎。"

三更接过鸡去，不明白姐姐话中的意境，不明白三只鸡为什么变成了两只，更不明白自己凭什么拎着它们来回来去地走。他可能认为一切都不满意，但一切都是应该的。他不好受，也不愤怒，像一匹遭了鞭击的乖骡子，低眉顺眼地离了院子。这情景使窑主差点儿跳起来去摘那块狗腿，脑子里一香就免了，但这并没有妨碍他找个地方发泄那股汹涌的怜悯。他一直将三更送至村口，还要送，见三更不知道拦他，就在河边站住了。

"想做柱子工你就来，姐夫亏待不了你。"

那呆子不说话。

"我们初四过去,你给爹递个好听的。"

过河人仍旧不语,临着月光上了踏河石,踩够两块突然抛过来一句话。大概酝酿得太久了,简单的东西有了外人穿不透也受不住的杂义,像一册佛典。这回轮到窑主来痴呆、咀嚼周身笼罩的傻味儿。

"洪水峪的炮工可拿到二六一十二块了。"

这是最无意也是最强大的反抗么?

河岸空空荡荡,不携动静的小风在谷地蔓延,耳边丝丝地走着凉意。村影里灯火零星破碎,映出了墓地一样的宅群,岗子上熟悉的门楼则像倾斜的黑棺了。送客的苦闷人唏嘘着归了进去。

夜半,貌似绝望的窑主在卜边百忙。

"你把炮工安给谁了?"

开在下边的悠然停了百喘。忙着的赶快一呼。

"我姑家大小子。"

"你心里没我。"

"有没有你知道。"

"你心里没我爹。"

"你爹就是我爹。"

"我爹比不了你姑。"

"还没答应她哩。"

"我认识你骨头。"

"你给我死了吧!死!"

"死了也要看谁做了炮工。"

"死!老子就是炮工!"

九呼十八吸,那烂熟的绝望就被推到了极端,极端的后面是个悬崖，绝望掉下去就欢乐地不见了。两层变作一层，一层又变回两层，变来变去那变不了的终究还是不变，有变也是厌变的恶变了。

那一夜窑主陈金标就委屈在一个陈旧的梦里。迟迟睡不着，满脑子都是炮工的种种危险手段，一串串不正确的爆破将不该炸的一切都掀掉了。

大柳峪人送别腊月，度了一个足年，把许多水煮油煎的畜和禽来慢慢消化，各户猪圈的垃圾里掺了不少或紫或白的骨骼，各人的排泄也显见地挂了油水，除夕加除夕后的几个晚间，有邻村业余剧团买来的山梆子戏，宁静了半冬的谷地彻夜锣声不断，马嘶驴鸣般的高腔此起彼伏，延续了年前屠宰旺季的杂音。窑主陈金标爱戏，都因肚子里垫着狗肉，每每听到半夜也不知累。听也不静听，常在土台子周边乱晃，不论熟人生人见一个拜一个，恭喜所有两条腿的同类发财，盼人人都有好日子过。醉醺醺的人不少，满村飞着醉话，这倒掩饰了他的怪异，使人辨不出汪在他眼里的是阳火还是哀伤。他的炮工在最吃紧的当口辞职了，他跑断了腿找不见一个像样儿的炮工，然而天底下吃炸药饭的东西多的是，值当悬心揪肺地挂念这等区区小事屌事么？一村老少没有人识别他的怪异，也恭喜他发财，而且大都认为他已经发财了。戏后夜归在羊肠路，他登山满嘴唱，看的是新年来后满天不变的旧星星，唱的是远古和远乡的戏文往事，浇下诉不尽也泣不透的情怀。不只是安抚戏瘾，大柳峪的黑天白日里不少庄户人的粗嗓在悠悠地吼或淡淡地磨，这又使窑主显得平凡了。

正月初三日，他从凌晨睡到傍晌午。媳妇摇醒了他，起初合着眼不想动，摇得紧了才小骂着弓起来。

"都来了。"

"谁来了?"

媳妇朝窗外努努嘴,随手抠摸他的眼屎和口涎,亲情中加倍地强调了一种期望和信赖。他俯到窗上,在院子两端同时发现了丈人和姑夫,他们各带了一个儿子。他头一个迫切想法是立即钻回被筒里去,先睡死,但媳妇已上炕殷勤地叠着了。媳妇的语声很细,觅食的小雀似的。

"我爹先到,让三更背来的。"

"说妥初四去么。"

"你姑夫后到,晚一个时辰哩。"

"都说啥了?"

"能说啥。起初几个人在屋里说话,我在灶里忙听不清,过来时听不到声音,哑了好半晌。爹领三更先出去的,你姑夫坐不住,也出去了。我做饭做得烦死,泪也掉锅里不知多少,你快起身张罗吧。"

"饭备妥了么?"

"备妥了。"

"往过端!把鞋给我踢过来。"

窑主放大了音量,一边拍鞋上的尘埃一边呼爹唤姑夫,却又故意拉出鞋带儿慢慢穿孔,喧着想着。院子里的长辈此一声彼一声地应答,都不动弹。老泰山端坐东墙根的篓子上,抽烟袋咳痰吐唾沫,儿子三更在身旁摆弄一根镰柄,将刀叶装上退下地重复,眉眼儿很无趣。姑夫蹬着煤池子的矮壁,袖了手看西墙外的景色,儿子段兴来低头画地面儿的砖,用煤笔涂了一片黑道儿。此人比三更生得秀,穿戴也好,只是鼻子那耷着一股傲慢。

窑主以谦卑的样子踱了出来,鞋似乎不跟脚,笑语间不停踹腿儿,像一只被逮住的蚂蚱。

"给爹拜年啦，劳您跑来真羞死我了！"

敬过了这边敬那边，仍旧像个磕头的虫子。

"给姑夫拜年啦，我姑年上好么？"

"好啥好，她整日念叨那个事。"

"……啥事？"

"炮工，我不说给她也罢了。"

"是呵……两位兄弟别站着，都进屋。进屋。三秀，把茶沏上。沏了……爹，您坐上首，吸这个。"

烟茶匆匆一过，热扑扑的菜饭端了上来。窑主开了四特酒，铁盖子硌疼了牙齿，心里跟着不舒服。岳父把外孙揽在怀里，朽着眼不说什么，只固执地研究女婿的脸。那甜嘴的姑爷禁不住阵阵发毛。

"金标，你瘦成个啥了！"

岳父公布了研究心得，又不说话了，但仍在女婿脸上留目。晚辈索性回视，想表达一种常规的情绪，不料在那双老辣的眼里撞上了深深的责备和怨愤，就贼一样把眼球闪脱了。饮酒的嘴却想坚守下去。

"不瘦我瘦谁？老天爷八成要瘦死我哩，我开窑挖煤挖出报应来了！人心换不来人心，你拿个人当佛供着，他不念你倒拿你当小鬼儿踩，世道真是变了。"

"变了。"

"对，变了。"

老丈人和姑夫每人加了一句，平静地咂酒杯。丈人语重姑夫语轻，都答得随便，并不在乎这多余的感叹，内边的意味却有所不一。桌面上运动着许多细节，把各自不同的心事悄悄演出来。桑峪，柏峪，大柳峪，恰似重聚了魏蜀吴，主客的心与目正出神入化地火并，眼看要搏个昏天黑地了。却又不失礼让的外表，对人像对菜一样亲切，酒也喝得极其斯文。窑主感到两位长者的眼像四枚钉子，正穿透他，要找个适宜的地方把他挂起来。两个夺炮工的兄弟也紧一眼慢一眼地打量彼此，那呆钝的不服输，精灵的更像是不齿和不屑，鼻子都拉得长了。

三巡白酒一落，窑主的语调飘飘地冒出假气。

"说出来伤你们的心，有些话……"

"说吧。"

"说，说吧。"

"爹哎，姑夫哎，有人要毁我你们知道么？有人要毁我的窑，你们得帮我一把！"

"我就是来帮你的么。"

"我们也是来帮你的，大侄子！"

"爹，西水那个炮工你见过吧？他在窑上干了两年，我亏待他哪儿哩？要酒有酒，要烟有烟，除了你闺女没让他沾，他在这家里像走平地儿一样。我不就图他有个强万人的保险手艺么？别的炮工放十炮瞎一炮，他小半年也瞎不上一炮，开窑挣钱不就图个不伤不死么？他见窑上离不了他，就张狂了。我日他姨子的！"

"三更在大渠工地上点过炮。"

"兴来十二岁就点炮，轧大寨田。"

"别提那家雀手艺，我那炮工谁也比不了！"

"说的吧！大渠尾巴上那段老崖谁崩了的？十六捻儿联一个炮，炸药捂了七八箱，我家三更上去就点了狗日的！告诉你姐夫，是不是？"

三更正用筷子揪一只煎蛋，连连点头。他要像平时那样呆呆地不插嘴就圆满了，可惜他自以为得了招摇的机会，舌头一卷就给爹的俏话戳了一个洞。

"我跟火村的小拴子赌了六个西瓜，点了炮队长又加了俩，我就手给卖了。八毛一个，一八得八，八八六十四，我得了……"

对手那边已笑得不想笑了。姑夫用筷子拨儿子的碗，脚也在炕桌下动作，终于将儿子的嘲弄灭掉。老丈人对输了的三更并不在意，竟宽厚地往那呆货的盛器里挟了一领粉条儿，还让他帮着喝酒。只有三秀在一旁看得心紧喉跳，桌里桌外忙碌时不住用胳膊抵丈夫的袄袖子。那佯醉的主人却眉飞色舞地急欲讲些伟大的遭遇，把悲伤做一碟下酒的冷菜。

"他捣蛋，上边也捣咱老百姓的蛋。窑开得顺溜溜的，非要他娘的抓个安全！安全是屌们的乌纱，可安全是我的命，我不比他们想着安全？炮工自来是炮工，偏要培训两个月，偏要塞你个炮工证。白搭些功夫也罢了。一个证就掏你六百块钱，这像人干的么？全县五十来个小窑，一窑六百，这钱拿得也太黑心了不是。哪天我在窑里崩个屁，也得上块八毛的税了，不信等着吧。爹，你喝！姑夫，你能喝，多喝……"

"爹的话不好听，可论起来……照我看那上边就是屎壳郎的属相，咱下边的就是粪球，想咋滚你就咋滚你，到了你还得喂着他。大兄弟，你说哩？"

"可不，咱都脱不了屎橛子命。"

姑夫随口应了一句，突然觉得味儿不对，想改嘴已迟了。这回轮到三更傻乎乎地笑起来，大约是敏锐地开心于那个尸加米的臭字。字虽臭，饭可是吞得更香了。窑主把孩子从丈人怀里拨下，指点了一个地方，那十岁大的小崽儿就颠颠地跑去，从装玉米的缸里提出了一瓶珍存的西凤。窑主的眼红中挂了绿，舌头也真的有些大，嗡嗡的像演说的县长。

61

"打扫了家底儿,六千我也拿得出,可这钱六十我拿着也冤!六百就六百,你们两位老人家说得对,咱乡下人就是那么一摊玩意儿,人家踩你是你的造化哩!万不料踩我的是窑上的兄弟,领回炮工证没两天就跳槽了,他不是人粪是他娘的狗屎,我算瞎了眼!"

"这日子狗找不见,人可有的是。"

"说的是哩,侄子你想开些。"

"六百块顶算割了我一指头吧!不提了。我算看了个透,你脑袋给人切下来有人哭,可没人救,都指望哭够了好削你个卵子刮你几层皮哩!不提了。"

一番话阴阳不定,那对立的丈人和姑夫便交流了眼色,要结盟来破敌。不幸多换了几眼,谋略在一眨两眨的功夫就转卦了,意中联盟顷刻瓦解。老丈人单枪匹马凭酒力占了先锋,急于为呆儿子打开一个局面。

"他姑夫,你家兴来前年上就婚配了吧?媳妇是哪村的娘家哩?"

"老槐峪那沟里的。"

"听我闺女说你孙子都一周儿了。"

"……十个月。"

"你福不浅,我家三更还光着棍子哩。你看兴来这眉眼儿多扎实,让三更拿个啥比?要中看不中看,要说嘴也没个好嘴,我养的比你养的差了多少出息!我能指望他啥?就剩一膀子力气了。"

"有力气你啥也不用愁。"

"不愁行?力气换不来媳妇么!不喝了,闺女盛饭……金标,我说金标,你兄弟脑子僵,性子可不赖。心细得没挑,胆子也大,我可就指望你出息他了。你把他领到窑上试几天,不好使唤骂了打的都随你。爹跟你撂个实话,送他来一是帮你个忙,二么,是捡一门儿热手艺,三就是图着多攒几张票子，给光棍儿打扮打扮脸儿。你说行就行，不行么……你也给我个面子。"

"爹你说哪儿的话啦！"

窑主棉袄领子里的大筋突突直跳，像一只孵化的小鸡儿在皮里啄嘴。他应了丈人一招儿就支支吾吾地有点儿不知所云了。姑夫料不到桑峪的对手杀得这么急，又摸不透侄子的底数，恍然已败了一阵。他不肯示弱，苦笑着候了一会儿，见窑主没有帮衬自己这边的意思，就颤着筷子头仓促地往外扔自己的牌。猪肝色的脸上，那帘挂了半天的微笑慢慢卷了起来，亮出了绝决的面目。

"老哥哎，大伙都喝你一人不喝就不对了。我平生就好个酒，你把杯子一撂，这不是堵我的嘴吗？咱只喝酒不论事，容我再妥妥敬你一杯，你不能不给我个面子。"

"说的吧，我陪你！"

"金标是我侄子，按理说该我叫你个亲家，我不叫你别嫌我外气，叫你一声老哥哥是求你抬个手，让兄弟往过走两步，讨你姑爷一份儿照应。咱俩敞开了心说肺窝子话，一个柏峪，一个桑峪，谁贫谁富是搁在那儿的。金标去看他姑也见了，几间丑房子二十年前啥样儿现在还啥样儿，别人想出息出息，我活了一把年纪就不想出息出息么？兴来结了婚想分家，我不应他，还指望他拉一把不争气的爹，给这个家闹一气哩！你家儿子也不容易，我要硬推着兴来往前走，就碍着三更了。有些话说出来谁也别伤心，炮工不就一个么，我们兴来不争这差事了！"

"他姑父，咱喝酒是喝酒，别上脸。"

"老哥你包涵了吧，咱俩谁也怨不着谁。有话咱跟金标说。金标，我今天不把你当侄子把你当个窑主，兴来求不着你了，我求你！你姑

63

夫今年五十八了，论力气论胆子比不了三更，往日里在别的小窑上混过几天，知道那瞎子活儿是咋回事。伺候炸药的手艺是二把刀，可点不好我还点不响么？你姑夫窝囊了一辈子，这回想露露脸，大不了碎你窑上，我往六十去的人怕不着那个！你给个话儿吧，我回去对你姑也有个交代。"

"姑夫……你……你说哪儿去啦！"

攻击刹那间白热化了，双方大刀阔斧地战了一个回合，把兵器残酷地搭在窑主的脖子上，谁也没有罢手的意思。香喷喷的菜味儿和酒气已凝结，一桌人谁也不看谁，都恶毒地盯着狼藉的碟子和碗，似乎在谋划着如何将它们掷出去，打仇敌一个手足无措。老丈人遭了强硬的反击，面孔挂了霜，好半天吐不出什么。到底是有备无患，深叹了一声便把冰冷的眼色甩给了在身旁发抖的女儿，在女婿看来，那杀手锏似的一击无论如何是难以抵挡的了。

"三秀，在厢房备上铺盖，我把三更留下啦！"

"三秀，咱们听爹的。爹，姑夫，你们慢慢吃，酒该喝还喝，该说啥说啥，大年下的，谁不图个痛快？我不周到了随你们骂，骂啥我都接着。我五尺高的汉子，生生让个屙炮工给治了，骂死也不怨！哪天我干不出人事说不出人话了，你们干脆别认我这门儿亲，也省得我给大家伙丢人现眼……你们吃着，我出去解个手儿。"

窑主离开桌子，步幅大小不一，晃荡得不太真实。只有女人号准了他的脉，慌乱地扶了上去。他拍她的手，不让凑，拍不准还拍，拍不着也护，那手便在空气里乱打，虚妄地传达着一种深刻的愤怒。他站在猪圈的栅栏外边，叉着两条腿掏呵不尽地掏，似乎在揪扯一个身外的异物或一个谜。好不容易抓拿了却又不出水，干干地萎在冬气里，凉丝丝地成了他全部身心领略外部寒冷世界的一个焦点，这无所作为的身姿就让女人感知了自虐的悲壮。怕他耐不住晕眩栽到猪圈里去，她以两只小臂支住了他。

"冻煞了！我把夜壶拎厢房去吧？"

"就不信一滴当也拉不出，我倒要看看！"

"你今日喝多了，听你说的那些话。老辈人说啥是啥了，你咋也跟着搅？还怕水不浑不是。"

"是你爹嫌水清么！"

"你姑夫哩？把是人说不出的话说个净，老脸卖得尽够了。不是我说他的，这窑缺谁也不缺他个老寒碜呀！动不动抬你姑出来，她是慈禧老佛爷不成？你别人后是个狼人前是个羊，他和我爹你近着谁，得拿个掌家的准相出来，别远不远的一把揪，哪个扎手你还看不出么！"

"闭你那蛋嘴！别惹着我！"

"敢惹你？求你哩，菩萨！"

"是菩萨好了。你看他们狠的，不掐闭了我才怪，我啥也没借倒欠了大钱还不上了，撞他娘个鬼！"

"随你，好歹拿个主意吧。"

"老的小的四个我都要，我给他们当儿子当孙子，行了吧？这下儿你满意了吧？哈唔，尿不出，咋生生就尿不出……我肚儿里憋了个金疙瘩，你和儿子吃不清，你把他们叫来割开我算了，由一帮狗嘴啃去！"

"喝了多少！昏话。"

"昏不昏的也是这个话，三更和兴来我都要了。"

"小心冻着根子。待久了疑你，回吧？"

"进去别多嘴，多嘴看我咋收拾你。"

说着说着不知哪根筋一松，竟抛出了间歇的几根短线，塑料纸似的扑扑地板结在地上。双手连忙往回请，那腿儿又异样地踹了几踹，把理应舒展的都做了舒展,这才讷讷地回归。夫妻脸上是预备着成就一桩大事业的表情,窑主则更像是刚刚给人放了一刀血,屋里那几位逢了敏锐的嗅觉,如迎神一般地迎着他了。

他顽抗时深感自己腹背受敌,一旦做了俘虏,却突然发现自己又重新掌握了主宰的力量。他为长辈和同辈劝菜劝酒复奉烟奉茶,骨子里品尝了类乎恩赐的优越感。他没有招数对付他们的夹击,却有办法有权力来一点儿一点儿地吊他们的胃口,为留在自己身上的伤迹寻找一种补偿。他没有找到合格的炮工,却得到了两个炮工的替代物,两个难以怠慢的亲友。他们成了清凉涧小窑的一部分,就是他机器上的两个零件。他不会亏待他们,但亏待不亏待,怎么待才叫个亏待,那准绳将永远操在他的手上,他原本就是百人求千人敬的堂堂窑主么!这窑主的思绪便在休战的酒桌上如得胜的战神一般狂舞了起来。那些伴舞的老小则显得有些天真且相当猥琐了。好个一醉方休。如果没有前边那一场好打,窑主窃以为眼下喊穷的老丈人将和哭贫的姑夫抱头悲上一悲了。窑主却早已超脱了悲上之悲,深通人与畜只隔了一层窗户纸,从那边到这边善恶有矩,从这边窜到那边就黑白不分地咬到一塌糊涂为止。不独今日这般,此乃古来难移的世道啦!都说世道一夕一变脸儿,变是变,不过是将鼻梁儿的白移到眼皮上去,万年不死的一个丑角演着万年不绝的一出老戏罢了!

"老哥,我是借酒说个愁,言歪了你指点我。"

"他姑夫,贫贱人不客气,我看你这人不赖。"

"我算活丢了一回人,你放阵风吹了它吧!"

"该走的不吹也走,不该走的咋吹也走不了。一家人还有个七磕八碰的哩,日后撞脑袋顶屁股的事少不了,落到歪茬儿上别拿斧子砍血脖儿就齐活了。"

"老哥你好嘴,我学着了!"

"都说你怕金标他姑,我看你嘴叉子也不软么!"

窑主是烂熟了戏文的人,此时竖耳静听竟如一片焦脆悦耳的台词了。他明白自己也沉在一出戏里,将没完没了地演,所不明白的是自己终究会演出一个怎样的结果,是团圆还是离散抑或是被砍了肩上的脑袋呢?他不满那酒,竟让他想得那么悲,不过也多亏了那酒,才使他悠悠地思去那么远了。

日过中天,大节里也误不了牧羊的父亲由老屋传上话来,让亲家和妹夫领着各自的儿子去吃晚饭。金标想陪着就一块儿去,不想陪着么也不缺他。话是由长子陈金达捎来的,四十开外的教书先生不进弟弟的屋,站在门口淡淡地发出邀请,就像念着一篇他不想教授也不感兴趣的课文。窑主请他屋里坐。他说不坐,眼睛始终温文地看着别人。长辈们都耳闻过兄弟俩为分家和赡养老人而伤了亲情,然而见了这场面还是由不得一阵尴尬,心里对窑主的善举也就牵连着生了间接的提防。窑主是经受惯了的,对书呆子的执拗很理解,就顺水推舟说是喝得猛再不能陪客,晚饭就不过去了。那冰冷的教师没有听完就离了开去,举止中让外人分明地体会了一种厌恶。这厌恶和他们自有的感受暗地里碰撞,不仅没有分离或破碎,反而天衣无缝地胶着在一处了。于是话里话外不再有坦途,倒平添了许多机关,说的听的都不得不受制于耳舌的拘谨。下一个节目本以为是要探讨雇与受雇的细则的,窑主却顾左右而言他,怎么也不提那个钱字,这倒使全心装了这个字的人更不易把它拉出嘴来了。他们只怀疑窑主在吊他们的胃口,却不知那说亲少亲赞亲寡亲的人正苦于自己胃口的紊乱,尚未能给天下第一号大字找到恰当的标位。窑主在最后关头想好了一个不令他疼痛的数目,但他不说,似乎是害怕破坏了战后的和平气氛。老丈人和姑夫起身去老屋的时刻,窑主多少带点儿神秘地将那两个儿子留了下来,他有话要布置。两个为父的老人几乎是可怜巴巴地看着他,究竟是谁做了谁的俘虏一下子就分明无误了。

"金标,三更就交你手上啦!"

"兴来你要服管,金标咋说你咋干。"

"二老放心,我用他们就信得过他们。都是汉子了,有些事该他们自己操心的你们就别老惦记啦,他们还拿不了自己的主意么?"

长辈们悻悻地去了。丈人腿有疾,拄着拐仍走不牢,窑主命三秀去扶他一程。姑夫阻止了她。蜀与吴联手比肩下了村道,让孤独的魏站在门楼底下看出了老者与弱者的悲惨。但他有自己的大事要做,不能让一颗不大的心去负担它理应去担却常常担不起来的多余的重量。每人都有一颗心,还是自己担自己的吧!

窑主害酒,进屋就歪到炕上。他随手把女人和儿子的枕头也甩出来,让两个兄弟都上来偎着说话。三更起初推辞,见兴来二话不讲就扔上身子与姐夫脸对了脸,觉得有点儿吃亏,连忙拎了枕头在姐夫的另一边摆平,局促得像是席子上拥来许多臭虫。三秀在炕下忙,摔摔打打的举动有点过。兴来反应敏捷,连忙把鞋脱了扔在炕沿底下。三更脚臭,咬咬牙没动弹。窑主哧哧地笑起来,笑得另外几个人心里都发紧。

"大老爷们儿说事,三秀你领孩子出去转转吧!"

屋舍顿归宁静,给了窑主一个很好的施展心力与口力的场所。除了那个叛变的炮工,他从来没有和雇用的人这么亲近过,那不符他的为人。眼下却是三个兄弟一炕卧着,这对他的谋略倒是一次有趣的挑逗。三更不足挂齿,怎么捏怎么是了,不好对付的是兴来,小伙子面皮净净的,眼色忽深忽浅,肚子里怕有无其数的打算。以往交涉不多,只在婚丧嫁娶和逢年过节时谋面，又碍着岁数上的差距，心劲儿从不曾亮过长短轻重，事情就不大好下手了。窑主点了一支烟，把看不见的刀子举了起来。他对准了兴来眉心上那颗花椒大小的粉瘩子。

"兴来，你今年多大了？"

"哥忘了么？你大我九岁，我二十四了。"

"你呢？三更。"

"我二十六，虚岁二十七。"

"兴来，你真心做炮工么？"

"这活儿够刺激，也轻闲。"

"光图俩钱儿你不肯干吧？"

"我就是冲钱来的么。西水采石场也招炮工，薪水比你这儿少大半截子，跟打钎背石一样，我何苦上它那儿不上你这儿呢？都一样点捻子放炮，再说守着亲戚做事也图个照应。我这儿哥担不着啥心，我难为你我就不是东西了，好呵赖的干起来你就知道，我不傻。"

在窑主另一边躺着的三更难为情地摸摸下巴，他吃不准那人的话里是不是有刺，有刺没刺他身上都扎得慌。他以目光向姐夫求援，却发现姐夫正专心地研究屋顶，那上面除了檩条还是檩条，姐夫的呆样儿就显得与真的傻子无异了。三更从这个发现中找回了一点儿勇气。

"三更，你做炮工是图个啥哩？"

"我……我跟他一个意思。"

"你也打量我的钱好挣是不是？"

"可不哩，我跟我姐往日在一个家里过，眼下我上了窑还是在一个家里过，咋着我也没亏吃。我给姐夫好好干就是给自己家里干，我没啥操心的。"

"是啊……我掂量着你和兴来都遂意了。"

窑主将脑袋伸到炕沿外边，往炕道的火膛里吐了一口痰，把烟屁股也丢了进去。他的脸开始接近于他的本意和他的身份了。

"我的窑上雇了十二个人，加上你俩十四个，算我十五个，说大寒碜了，说小也委屈，十五只山羊上了坡还老大一片白哩！我在窑上好拿个威风使个性子，都是装孙子装驴没办法的事。装么咱就装到家，不能为亲戚就破了一窑的规矩，以后咱们出了窑哥是哥弟是弟，进了窑就别提那个，你们也别怪我翻脸不认人。好在我大你们小一轮儿，就真揍你们几巴掌也算不上离谱的事。你们忙呵闲的长点儿眼力见儿，咱哥仨最好别撞到那一步。你们都指望我给些照应，可你们也得照应我，把我弄下不了台，别管他谁，亲王老子我也不让他有立脚的地方！"

火膛的圈口铁上不住有滋拉滋拉的声音，炕前一股焦腥的唾沫味儿。窑主的嘴叭叭的像打枪一样，两个聪明的不聪明的后生都感到那些脏黏的口物摔到脸上来了，愕然便复了茫然。丑话却无拘无束，加紧了袭击的步骤和深度。比较怪的是窑主的脸，竟笑着哩。

"咋都不吭气？你们惧我就差了，哪儿就到那步田地！我是盼你们做活有个做活的样子，别当着外人撕我的脸就齐了。洪水峪张家小窑你们知道吧？亲戚扎了堆儿，有难不同当来便宜了倒死抢，生生把个红火生意给搅烂了。这些事糟心，让我碰上我也不怕。我知道你们不是那号人，真是了那号人，你们不客气我还愁个啥。我一五一十把话搁在这儿，咱仁心里砸实牢就行了，回去别跟家里人瞎摆，不明白的以为我恶得咋着哩，我可受不起！"

"都说金标哥威得很，这下我真服了。"

"姐夫，你要信不过我就打我个嘴贴子，我要吭一声都不是你手下的。爹嘱我有八百遍了，出了自家门到外顺着人。我是窑上的摆设，姐夫咋扒拉我都没有意见。钱不是白挣的，让我受啥我都受。"

三更让姐夫的冷话一激，笨嘴竟出奇地巧了起来。兴来鼻子上贴的那点儿傲慢已经摘掉，岁数到底嫩了些，在亲朋里没有见识过这种场面，无端地给那么多话里话做了挨揍的靶子，又不知该怎样躲闪，白净的脸上就隐隐约约地挂了忧郁，显得比三更还经不住拾掇和折腾。窑主曾预料自己一上手就能攥住他俩，一旦攥住了又害怕自己攥得太紧。转念寻思，受得下就受，受不下也不是没有脱离的机会，毕竟不是他请他们往掌里钻的么！窑主马爬着坐起来，盘着腿看后窗户框住的那片山峦，白桦林的一部涌出山腰，接触了山巅之下的油松林带，汪汪的绿色一直往上涂，终于侵入了冬日的灰色天景。天景之外的另一处是完全不同的世界，那里的人也都顶着一颗人头，拖着一双人腿，难道他们会酝酿和策划些完全不同的心机么？谁也没长一颗狗心，彼此彼此罢哩！

窑主陈金标亲切地看着他的两个兄弟。

"我的窑上只用一个炮工，日薪九块。现在我有了你俩，按理说我应该付你们每人四块五。这个价里外都公平，可是你们不怨我老人们得怨我，到底谁对不起谁就扯不清了。我宁可放自己的血，也不能让人说出不好听的来。我给你们每人开六块钱的日薪，别嫌多，这么给我乐意。要嫌少呢，回去跟老人商量商量，不值当来就别来了。你俩当间走一个我就好办，都不走我早晚也得挑一个。再花几百块配一个炮工证，我就不信这一回我挑下来的中意人还敢跳槽！我拿不准你们的手艺，这钱花在谁身上还得你们自己干着看。手艺软的别充硬，充硬就要了命，这是老话了，你们心里都明白。挑剩下的我也不亏你，窑上的活儿有的是，干啥活儿拿啥钱，随便你挑拣。初八开窑，年假没几天了，你们回去再想想，想妥了初七早上把行李带来，我琢磨得到荒岭子上试着点几炮，心里好有个底。老人把你们说成一朵花，是跟我闹气，万一进窑成了豆腐渣，咱们谁后悔都来不及了！你们瞒我就是瞒你们自己，明白了吗？你们……到老屋等我爹的晚饭去吧，我把你们耳朵灌满了，带个嘴去就够用。我不留你们了……精神点儿！别让那边以为哪个要吃了你们，吃紧的日子在后边哩！我不送啦。"

这是正月初三后响窑主陈金标赐给客人们的最后一击。他把他们揍得人仰马翻，陶醉于自我的机智，几乎没有注意他们的反应。实力悬殊，对手们也确实没有什么像样的反应。这是舅家哥么？这是亲姐夫么？他们糊涂了。两个人的脸红了白，白了红，红了又白，白了又青，一席话听完竟发了灰黑了。窑主在中间隔着他们，彼此痛心地感知了对方沉重的存在。挑一个？挑谁呢？我么？他么？凭什么就是他？凭什么又是我呢？九块？六块？三三见九，二三为六，九去六余三，三掉一剩二，一三得三，三一还是三，咋扒拉也少着一个三……真是莫大的痛苦呵！兴来的脸静三更的脸动，各自据了相近而相异的心事，为窑主凌厉的手段而倾倒了。这也是召唤，使他们暗自积蓄着如兽的野力，去等候拼战的来日早早降临，在没有目的的目的里了却一种隐秘而结实的梦想。

初三入夜，志得意满的窑主携女人重温旧课。演习了熟透的老题目，佳境便遥遥而来。来也不快来，仿佛捎带了它自己的过多的心事，最后竟顿在一个地方不往大趣大乐的方向动作了。他在四蹄并八蹄的奔腾中意外地爆发了独特而响亮的叹息。

"祖宗那个脚的！我咋觉着浑身不得劲儿哩？"

这叹息在无知无觉中给日后的所有埋伏添了一个注脚。女人只把它看作司空见惯的席子上的浪词，以为它多余，斜刺里淡化了许多趣味。浑身不得劲儿么？不得劲儿还百忙，得了劲儿你不把祖宗的腿当狗腿嚼巴喽那才真叫怪了哉哩！那叹息人也不幸，最终是被无忧无虑的肢体所干扰，自己把自己的叹息忽略了。

出事那天是开窑之后的第八天。恰逢了正月十五，大柳峪人已胀着肚子爬上了吃的高潮，虽说是强弩之末了，但嘴外的气氛和嘴里的意志都是饱满的。清凉涧小窑的煤情很旺，小年没有停工。窑主陈金标为了犒劳众人的辛苦，特地从高铺镇集市上购回了四扇剔得很厚的猪架子。窑棚的背风处是苇席圈出的灶间，忙碌的三秀烙着蒲扇似的面饼，又频频去翻搅三尺大的铁锅里那些沸腾的猪脊和猪肋。窑场上漫游着人世里处处可见的平和之气与并非日日可闻的猪骨头的诱人香味儿。窑工们情绪很好。窑主的情绪很好。他像一匹吃足了草料又闲得百无聊赖的马，很轻松地在小窑的各个角落溜达，仿佛在寻找一个能够就地十八滚的舒坦地界。左边是七零八落的窑柱，右边是皇坟似的煤丘。他找不到那个地方，就金鸡独立般地竖着，把一条腿搭在任意选择的高处。一切都好，很好。他觉着自己像哪个电影里的人物。大概是军长团长啥的。那小子头顶上炮声一片，却嘻嘻哈哈地跷着一条腿，踩着炮弹箱或踩着一块挺合适的石头，两只手乱比划。他这儿也有炮声，他也想比划比划了。他的战士们黑鬼一样在身边走来走去，让他体会到了操纵和支配的快感。

傍晌午，二槽煤出净，三槽煤的炮眼儿也打妥，出窑的人三三两两地逼向了那锅肉。依惯例需由炮工把三槽煤放下来，以免耽误饭后的工序。这规矩兴来和三更已熟悉了，并不懊丧于别人的吃，两人各提了器物一前一后往窑里走，隔了三四丈之遥。窑主对这个距离不太敏感。性子急走前，性子稳拖后，他只以为这是天然的位置，无可无不可的。他比较在意的是两个人的严肃，好像窑里有天大的事业在等着他们，何苦来的呢？生怕出了差中差，他在掌子上足足领了他们三天，炮活儿稍粗，也算意外的好了，胆子都不弱，绝没有一星半点儿的怕。丧着脸蛋子进去，也不怕惹翻了窑神爷？那严肃实在是没有一点儿道理。窑主为自己偶然的迟钝付出了代价，他倾注心力探讨这种严肃，是在事后，在一种复杂的愤怒和痛苦中了。他后悔当时自己没有跟进去，那样的话不论出得来出不来，他都会避免此生最不堪的百般纠葛。然而当时他做了什么呢？他不过是狗似的或首长似的跷着一条腿，呼唤三秀往他们手里各塞了一块猪骨头罢了。他们很快就用不着那两块骨头了，因为他们自己的骨头已白花花血淋淋地露了出来。这是正月十五十二点二十分左右的事。这一天成了大柳峪有史以来最响亮的一个日子。天是好天，头顶上有个很好的冬天的太阳。两个人影走了进去，兴来皱着眉头，没有吃手里的排骨，三更也没有吃，只是来回看它，走进窑口才急匆匆地啃了一嘴。有人证明他确实迫不及待地饿狼般地啃了老大老大的一嘴。但是窑主没有看见，虽然他一直在目送他们，直到他的战士消失在一团黑里为止。他已经记不清自己都看到些什么了。

　　山体像往常那样微微摇了几摇，脚底下嗡嗡地发出颤动的回音。他的窑很浅，平巷有二三百米的长度，炮工如果算计周到，出响的同时也该走出窑口了。但是他们迟迟没有出来。先是一个啃骨头的窑工往那边看了一眼，又看了第二眼，接着那黑黝黝的洞子就仿佛生了吸力，把一双双眼睛纷纷喝过去了。窑主也在看，平时他总是这样看的，心想两人磨蹭个啥哩，矿灯的蓄电池用竭了么？他捏着一条苇子片儿细心地剔牙缝里的骨筋，下意识地往窑口挪，剔着剔着突然感到脑壳里刷地出现了一大块空白，整个身子也悠悠地浮了起来。静了不多久，三秀在窑场中央爆炸似的怪叫了一声，随即就袭来了空前的骚动。

"毁啦！快拿灯！"

窑主好一会儿才明白这喊叫的意味，明白之后已迈不开步子了。许多黑不溜秋的人从他身旁跑过，扑扑腾腾地钻了窑，身后女人的怪叫已嘶哑，像长号的母狼一样每叫一声就把音量冲到一个更为凌厉的高度。那叫声像一股凉爽的气流从窑主干涸的喉咙里穿越，他也想紧随它的走向拼全力喷一声狂吼或惨叫出来了。他却短暂地失去了表达震惊的能力，机械地跟着别人往深巷里跌撞了几十步，就靠着潮湿的窑壁软绵绵地蹲下了。有人往里走，有人往外走，大家仿佛同时跌进了一口水缸而彻底地迷失了方向，求援的呼应也变幻成奇异的调子，如喧嚣的鬼域一般。

"拿苫布来！回去把窑棚的苫布拿来！"

"日你妈！快截下黄塔村的拖拉机！"

"告诉装煤的先把煤卸下来，快些！"

"金标哩？金标……你小舅子没啦！"

"兜上！能兜的都兜上！"

"这只脚是谁的？胶鞋，三更的！"

"拎高些，护着他脑袋！"

"咋这么臭哩？把硫黄味儿都淹了。"

"别乱摸，又是血又是粪的！"

"他的肚子哪儿去啦？"

"窑柱上贴的那块是……肝么？"

"兜紧些，别掉了东西！"

"前边这个也不吭气了！"

"快走！抬到亮地儿去看看。"

"把手搁他鼻子上试试。"

"鼻子？咋摸不着哩，呀，这血！"

"老弯儿的顶子上淌水，遮严点儿。"

"金标算毁到底啦！"

"咱们也完了，没钱挣了。"

"金标哩？我才还见他来，也死惫了么！"

"找几个人看住他，小心出事！"

"哪个先出去把他媳妇也看住，别让她凑过来！"

"人都不全了咋还这么沉哩？"

"惨死啦！这辈子我再也上不了窑啦！"

"快招呼金标拿主意。"

"金标！金标！金标兄弟哎！"

"抬起来！拖了地了！"

十来盏矿灯呼呼拥拥地打着闪，自弯曲低矮的巷道淌了过去。两个殿后的窑工在老巷的弯子上看见一顶跌落的矿工帽，往起一拾发觉电池线的另一端拴在个黑乎乎的东西上，大吃了一惊。永远是临危不乱的窑主经受不了突如其来的袭击，竟然佝偻着脊背歪在煤墙的一处凹洼子里，老娘们儿似的晕过去了。两个人搀住他，拖泥一样向外拽，他的脑袋丁零当啷的，不住砸两边的肩膀，嘴中却念念有词，像破不了梦的人在发呓。

"咋回事哩？这是咋回事哩？"

两个人也不答他，只磕磕绊绊地往外拖，一声挨一声吁叹。抵近煤巷尽处，窑外的雪亮天光突一下刺了过来。窑主陈金标咬紧两只眼皮，怆然无声了。窑场上聚了密匝匝的大柳峪人，没想到老天爷会在正月十五点这么一出戏，神色都新奇而惊惶。大开的窑口先一个吐出的是柏峪人段兴来。左半个身子从上到下浸着血，衣服和肉花烂在一起，小腿上的骨头直挺挺地伸在苫布外边，止血的导火索像一根大筋，滴滴答答地在煤路上悠着血水。他的左耳朵像是没了，烧饼大的一块头皮倒掀着捂住了一只眼，另一只眼睛睁得大大的，竟还在眨动。人群风吹似的往后一倒，又啧啧地翻卷回来，递出了不知哪位窑工的油脂麻花的旧被子，大鹏展翅般捂住了一息尚存的伤者。拖拉机的柴油马达突突突地吼起来了。窑嘴后一个吐出的是桑峪人李三更，他的体积发生了非人的变化，成了说不清道不明的一团东西。苫布紧紧兜着他的许多局部，像布袋子兜水一样湿淋淋地往下浇着红汤。人们从苫布的缝隙里看见了互不相关的肉和碎骨头，一只完整的断手从一团淡蓝色的肠子里伸了出来，而一只套着胶鞋的脚却取暖似的塞进了空荡荡的胸腔。他们在放头的地方找不着那颗头，哪儿也找不着，它令人心惊肉跳地不见了。惊愕的大柳峪人炸散之后便再也收不拢，都远远地嗅着躲着那股浓烈的粪便气息和甜丝丝的血腥味儿。这个前所未有的场面败坏了所有人的胃口，使那些从阴历年除夕便开始消化的各种食物统统变了质，不止一个喉咙在挣扎，预备着一场猛烈的呕吐。死者的姐姐拔了头筹。让人揪住的三秀起初一耸一耸地往前窜，随即便打鸣的公鸡似的探脖子，深深探了几探就哇一声喷射，扇面形的黄水里飞舞着排骨肉和白面饼的残渣。她的注意力被自己分散，似乎不像刚才那么痛苦了。

　　清凉涧小窑也吐出了它含着的最后一个人。当被人搀扶的窑主陈金标出现在窑口，不明底细的乡亲以为他是第三个遇难者。他像是昏得很深，但两只脚明明在迈着，煤路上刚刚凝固的血像搁多了辣椒面的豆腐脑儿，被他的鞋底一片一片地揭起来。他不像有伤，但面孔没有一丝血色，似乎被击中了哪个要害，血已淌得一滴不剩了。

　　"完啦！完啦！完啦！！"

从山肚子里浮来一阵钟声，窑主用他麻木的心听到了，大柳峪人注视他苍白的脸，从而也听到了那报丧的无比清晰的声音。横祸飞来如此，确实撑不住了，这刚强的汉子算是一百一地完蛋了！

伤者段兴来卧在拖拉机车厢的被子筒里，像一块被裹紧的馅儿。死者李三更却迟迟找不到落脚的地方，堆在苫布里由着几个晕头转向的人抬来抬去。他们把他抬进窑棚，见满地都是刚刚啃过的挂着肉丝的猪骨头，慌忙退了出来。又把他抬进库房，刚放稳就觉着那些绿色的炸药箱不大对劲，好像随时要响，便仓促地再度撤到露天地里。他们居然想把他塞在一辆小推车里去了。良心阻碍了他们，就可怜兮兮地竖在窑场上，向人群也是向空气求助。

"搁哪儿哩？到底搁哪儿哩？"

"放到拖拉机上去吧！"

"拉到医院有啥用？咋着也捏不到一块儿了。"

"搁死人房里冻着呗！"

"大正月的，搁这儿就坏了？"

"搁这儿他家里人来了就得看，害眼不是！上车吧！让他跟兴来一路走吧……兜紧，提！"

三更的一只手叭嗒一声从苫布里掉出来，擦着拖拉机的轮胎滑到煤灰里。有人过去拾掇，拍拍煤沫儿，递上去之后车厢里的人不敢接，就跳起来一瞄一扔，那手便收获的萝卜似的翻着一溜跟头，去了该去也是不该去的地方。周围的人都挂着躲手榴弹似的表情，车上车下仔细地看着，大约是想发现死者遗落的其他的某个部分。李三秀也看见了这一幕，弟弟的手给她留下了难以磨灭的印象，她的反应是把胃里的所有能够移动的东西都呕将出来，最后就咕咕咕地吐出一股比一股更绿的液体了。

"金标,你跟车去吗?"

"金标,你也去让医生看看吧?"

"金标,都等你拿主意哩!"

钟声后面许多人在七嘴八舌地窃窃私语。窑主睁开眼睛,发现自己已经置身窑棚,四周围着许多熟脸。拖拉机在响,听声音是下了窑场,走上大路了。他冲大家点点头,想笑笑,以表示自己的从容,但脸皮子发紧,也不知露出怎样的神态了。他试着张了张嘴,一股活气由丹田往上走,他就明白自己离完蛋还差着好几步呢!但是他失血的嘴唇却不跟劲儿,像刚孵出的鸽子雏似的乱抖,软腔颤调的令人羞惭,看样子还真是挺不住了!

"求哪位给桑峪传个话,也给柏峪传个话,让他们来人。话……传得掂量着些。我陈金标今世遭了大难了,你们能拉的可得拉我一把呀!我没得谢,我日后报答你们!窑上的人先别走,缓几天,上面要查下来你们给我做个证明。各位放心,我就是倾家荡产了,也得把你们的工钱付够。我忘不了各位的好,大家得帮帮兄弟呀!我姓陈的完了,这一村半村的可有笑话看了……我……"

"金标你别说了!喝口酒躺躺吧?"

窑主知道自己当着那么多双眼睛掉了泪了,也知道自己阴森森的呆笑吓着他们了。有人往炕上扶他,他笑着呻吟着,一边嘟哝一边仰了下来。一切都已经无所谓,他索性听任别人用一床臭烘烘的窑工铺盖把身子捂住,甚至还找了找舒服的姿势,把脑袋也一并缩了进去。他逃避任何思索,淌血的心里却不住地倒海翻江,把深层最隐蔽的念头一个接一个地抛了上来。

那两个赶都赶不走的畜生把他害了!

那两个找死的王八羔子这一下踏实了!

那两个毁了他的混蛋到底会榨他多少钱呢?

那两个结结实实的东西……真的死了么?

他们死了有他什么好哩?

他们不死有他什么好哩?

他们……到底是他娘的咋闹的哩?

窑主躲在自己造就的心灵堡垒里思想,仍旧无法平静。他像一只受了惊的大蜘蛛,被自己吐的丝所缠绕,再也织不出像样儿的网络。思索首尾无序,又无端跳跃,脑海里仿佛冲撞着驴驹子,把每一个急待抓住的念头踏去踏来,一律搅得纷纷乱乱拢不住了。他真想切开脑壳,让憋在里面的可以为他揭示诸多意义的东西滚出来。他不怕用脑浆子去填补心里的巨大空虚,这空虚像大闸的进水口一样吸着他,眼看就要了他的命了!他能够做的是在这床破被子里紧紧隐藏起来,把无比多无比大的惩罚拒之身外。被子太薄,许多幽灵在排着队触摸他。他已经无从逃避,就用想象在窑棚的炕席下面掘了一个洞,把自己刀入鞘般地插进去。他掠获了片刻的宁静。颠覆的思想终于挣扎着爬到惯常的轨道上,开始缓缓启动。

他首先想到了钱。医疗押金,事故罚款,死伤赔偿,停窑欠贷。他最后还是想到了钱。丧葬费,赡养费,医药费,食品费,费、费、费、费!窑主陈金标断裂的思绪陡然焊接成功,再度有力而自如地活泼起来了。

他坚强地往起爬,宁死不屈的战士一样坐在了那里,肩头的被子像一领战袍。站着或蹲着的几个窑工怜悯而惶惑地看着他,以小人之心度了君子之腹,都以为他马上就要演一出歇斯底里大发作了。他却平淡地摆了摆手,示意大家都出去。

"容我一个人想想。看你们扎堆儿我心里乱。"

"你可别……可别想不开呀!"

"天塌了有人顶,地陷了有人填。脑袋掉了碗大的疤,老子活还活不够哩,有啥想不开的。"

"媳妇哭闭了气了。"

"她在哪儿哩?"

"把她抬家里去了。"

"扔炕上晾着吧,死不了!"

"窑上的晚饭我们自己看着做行不?"

"她醒了还让她做。"

"她快呕死了,别难为她啦。"

"随你们,有些事你们看着办。闲得慌就把窑里那槽煤扒出来,窑场也该拾掇拾掇了。你们忙去吧……怕里边晦气就串户聊着去,听听有人怎么咒我。要紧话给我带回一句半句来,我的话也给大伙撂出去,我陈金标这次见了大世面了,想看好戏的人等着我的吧!"

"你心思远了好,我们也不用急了。"

有窑工开始向外走,其他的也都害怕剩下来跟这位可怖的人待在一起,相跟着陆续出净了。后边那双手紧紧闭了门,像是关住了一只猛兽。窑主参禅一样盘腿坐着,以缓制急地吸着烟,飞速地构思他的善后布局。他的脸比以往白,也比以往老,只有神态重现了以往的果决,而且更强悍了。心跳得沉稳而异常有力,像揣了一颗新的,这新的经过油煎火烤比那老的更有分量,连他自己都觉察这复苏的身心近乎一只兽了。他畅通而敏捷的思想渐渐逼住了一个焦点,为了不伤元气以便东出再起,是否应当把这次意外的损失控制在一万块钱之内?竭尽全力也止不住,那么一万五咋样呢?无论如何也不能给迫到两万块。两万块!面口袋也装不下哩。要两万没有要命有一条,就是亲爷祖奶奶咱也对他不住了！他从两万往下压，设想了种种条件，一直压至八千，再压就不是滋味儿了。又从八千往上提，阻击着种种借口，那数目却由着自身的力量冲破了极限，恰如用一根绳子把他吊在棚顶的榆木梁上了。在一压一提的较量中，他悠忽念及了被炸碎和炸破了的两个兄弟。三更愚钝的脸交叠了兴来清俊的脸，不住在他眼里出出进进，他凡人的鼻子竟不由一酸两酸，几颗欲滴未滴的伤心泪险些一举冲垮他的自卫堤坝，将他仓促构筑的防御工事席卷而去。他就再压再提，固执地寻找那个两全其美的尺度，直到一双眼瞪得干干的再也没有一丝多余的湿润为止。他到底还是把该守的一切守住了。

他眼中无泪，却从骨子里渗出了一层冷汗。

窑主正策划得紧，有个影子潜进了窑棚，抬眼看看竟是兄长陈金达。教书先生对一地凌乱的骨头有所不解，陷入了片刻的沉思。这是窑主看惯了的一种表情，但他仍在兄长身上发现了明显的意外。那惶惶不安和忧郁的神色与往日的冷淡和矜持是大不一样了，似乎是受不了亲情的牵扯，不由自主地为亲弟弟悬了一颗担忧的心。教书先生闪着骨头向炕沿游过来，在窑主身上捕捉了另一种意外。弟弟的脸是固有的那张脸，警醒而恬淡，在血腥味儿尚未散尽的惨祸之后，正常的人难道可以保持这么一张风平浪静的嘴脸么？兄弟俩因惊奇而彼此揣摩着了。

"金标，你得挺住。"

"知道了，哥。"

"我刚到村委会接了一个电话。"

"哪个的？"

"你窑上的人，说乡卫生院给兴来包扎了，没住脚就运往县医院。估计这会儿早到了。他们让你等电话。还说个事，三更没走，给留在太平间了。说每住一夜五块钱，问你干不干，他们是打算运回来的。"

"咱娘是在那儿去的，我记得搁一天一块五么？"

"我不记得了，涨价了吧？"

"你咋着跟他们说的？"

"我说五块就五块，三更就别动了。"

"哥你做得对，这儿找不见搁他的地方。再说也招人。卫生院那间冷屋子僻静……说老实话，只要能躲开这件事，我也想到那儿躺一躺啦！"

"躲是无用的。"

金达屁股倚住炕沿，接了弟弟给的烟，抽得很苦闷，一副替古人担忧的样子。他举止言谈还算镇静，但出乎意料的亲切和关切却证明他比当事人还要心绪紊乱。这一猜度使窑主对自己应付灾变的能力有了信心。

"桑峪和柏峪咋样了？"

"村委会给两边挂了电话，通知到了。"

"人来了么？"

"我听村委会的意思，像是让他们往乡里赶了。"

"这群蠢货，我是让两边人先到大柳峪来么！就这么帮我的忙，是存心毁我哩！"

"少怪罪吧，不是时候。"

"哥，你觉着两边会咋样哩？"

"说不好。你嫂子在村口等着，有人来先接到我那儿去。你岳父那边我不好说，毕竟出了人命，闹成啥样都不为过吧？咱姑那急性子你知道，兴来要有个好歹，她非出事不行。还有咱爹，他到老叉子沟放羊还没回来，恐怕瞒不过今天晚上吧？你的灾还没完，得想办法振作，有一处不周到的就麻烦了。我脑子也乱了，想不清了。你日子顺溜溜的咋会出这种事……我实在没有想到。"

"你在外教书见过世面，这回得拉我一把！"

"村里哪个人见了我都说让我看住你，怕你出事，那是他们不了解你。我知道你不是那心窄的人，我就怕你心急莽撞，把祸搅得大了。我能帮自然是要帮你的，要紧的是你自己得拿稳，能少伤就少伤。"

"哥的话我记下了。"

窑主唏嘘着像是非常感动。两人又探讨了一会儿，便强作抖擞地走出窑棚。人群不知何时已散了，只有些半大孩子在端详地上的血，像观察一团团恶斗的蚂蚁。手下人在收拾窑场，没人到掌子里出煤，五辆窑车齐刷刷地列在那里，散乱的窑柱也码顺了。灶棚门口有人把手藏在背后，窘迫地吧嗒着油汪汪的烂嘴。窑主想起还有半锅骨头没动哩，但他假装什么也没看见，随着兄长往村里去了。半路上遇到村委会的人，气喘吁吁地告诉县医院那边来话了，让快带一千块押金过去，那边还让这边放心，说段兴来看样子死不了了。两个人听后松了口气。窑主暗想，说来就来，这一千块一扔，接下去恐怕就刹不住了。窑主让哥哥替他在家里照料，但哥哥说还是我替你跑一趟吧，桑峪柏峪万一过来人不好办。窑主点点头，像是又感动了。人变得这么脆弱，连他自己也闹不清是咋回事。

宅院里蔓延着奇怪的寂静，媳妇披头散发地歪在正屋的台阶上，身旁拢着一群乡邻的老少娘们儿。大量的劝慰本已见效，却因窑主的归来而复活了正在平息的骚乱。三秀睁了眼看看又吃力地闭上，嘴唇乱抽了几下，又以非人的哭声嚎了起来。

"我那苦命的弟弟呀！你死得……惨哎！"

窑主从不曾见识媳妇有这样的本领，竟把小脚老太太们的哀腔学得这么好。他悲着脸独自走进厢房,在一个装破絮的篓子里摸鱼儿似的摸了摸,就揣着手出来了。他在院外的僻静处把一千一百块钱给了哥哥,解释那个零头是打点陪医的人的吃喝的,手里的现钱就这些,够不够的等挨过这一关再计较。教书先生眼里有疑问,嘴上却说以后用钱的地方少不了,先紧紧手没坏处。窑主听话时一直躲着对方的眼,人缺底气连扯谎都生硬了。

"我也是这个意思,哥你快去快回吧!"

窑主面临决战的气氛,心里七上八下忽动忽静,焦闷得很。家里坐不住,就到村口把嫂子替回来,眼巴巴地盯着小河对岸的荒凉道路。村落高低有致的院墙后面不时显露些人头,远远地瞭望他的孤独,使他心底平添了许多悲凉。昨天他蹲在这里看河,是个令人仰招人妒的人,只一夜便如此不堪了。命无常,狼变羊,老话竟一丝不错,日后的运道真是无法可想了。

日落西辰光,窑主没有等到他要等的人,却等来了乡政府企业科的安检干事。那人他很熟,说话不遮拦,就请到家里关闭在厢屋,两人一对一地把事情说了个透。窑主料到村委会急于通知乡里,有人就是不想让他喘气儿!好在乡里迟早会知道,要杀要剐就听便了吧!干事致了哀,又帮他分析了情况,认为形势不容乐观。

"我待会儿到窑里看看再说,不是操作问题就是器材问题,要是操作问题查责任就难了。"

"你给多关照关照吧!"

"要紧的是两人都没有炮工证,你搞不好要毁在这上边。你是聪明人,咋干了傻子都干不出的事?亲戚咋着,图你几个钱,你耳根子就软了?你好心也得好在个稳当地方,这下老天爷帮不了你,兄弟帮你也难了!"

"我算吃了积德行善的亏了!"

"乡里头头脑脑都回家过正月十五,要不今天得来一车人。我是值班的,出这么大事不敢不报给县里,你得有个思想准备,肯定要传你,说啥话咋个说法?最好想仔细,别自己把自己给绕住。"

"咋说哩,求兄弟给引个主意。"

"……我只能说到这一步了。"

"我打听打听……死伤各赔多少?"

"北沟窑有个砸死的,五千打发了。伤比死腻歪,不残好说,残了不拖你半辈子?你们是亲戚,可能……不过……这事我说不好。别让他们弄到法院就没大事。有事就是炮工证的事,检察院要找你谁也拦不了。"

"我迟早是豁出去了!"

"还能咋样哩?"

窑主陪安检干事去察看事故现场,在厢房里磨蹭了一下,出来时悄悄去攥干事的手。天空已是暗了的,村巷里亮了个别灯火,两个人影磨太极似的缠着胳膊,急促地喃喃低语。

"拿着拿着!"

"不行不行!"

"兄弟你不肯帮我?"

"我有那个胆子也没那个办法。"

"炮工不领证的小窑多了,我就过不去?"

"不领证是不领证,出了多大的祸啦!"

"不提了。拿着,求你哩!"

"我插不上手你可别怨我。"

"怨你我不是人!"

"那行。你别逼我，现在你打死我我也不能接，有你不够用的时候，我要拿就黑了心了。"

窑主不便强迫，就心灰意冷地在村巷里走。拿也不知拿了多少次了，这回竟死硬不接，看来事情确实险峻。正走得乏味，进村道上突然传来了手扶拖拉机拐过山弯儿的声音，车前大灯划过黑地，罩住了几棵树和几块石，咔咔地由小河的冰水里碾了过来。聪明的干事连忙和窑主分了手，知道窑上有人有饭，就独自踏察去了。剩一个凉透的人影丢在道旁，渐渐被那颠晃的灯辐吸牢，用手掩了惧光的上半张脸，仿佛不胜娇羞似的。

拖拉机在离窑主几步远的地方停下，演习的大兵一样跃下了几位精壮后生，是李三更的几个叔伯和表亲，再一个跳下的是三更的亲哥，三秀的大弟，在养路队做着临时工的李三涝。个个都肿了眼，已由大的悲哀尽情蹂躏过了。他们认清了候在车前的人，都无语无声，一片手聚上车厢颤着移着将个佛胎般的东西抬了下来。不撒手，就那么捧着。窑主已看清了瓷着两只老眼的岳父，不知岳父是否也认出了他。那大变如骷髅的面目阴沉沉地冒着黑气，使他姑爷无路可窜也无力可窜了。

"爹！我和三秀对不住你啦！"

窑主陈金标想到了哭，想到之后连犹豫都来不及，就当真扯着叫驴一样的大嗓门放开了不懈的悲声。对手那边仿佛当头挨了一棒，有人愣怔也有人摸眼，而岳父的泪已涔涔如水泄一般了。窑主的哭使大柳峪全村为之一震。阿弥陀佛，总算哭出来了，这下好了，没事了，憋不死了，扎不了井也上不了吊了！这高门大嗓是救命的动静呢！或许也是普度亡灵和生灵的歌了。

"那是金标么？你嚎他娘的啥哩！"

羊痴子亲爹给了窑主崭新的一击。他由羊圈迟归而至，牧了一天畜生依然腰板强健，站在村阶老影壁的矮墙上，居高临下像一尊乐观洋溢的神。

"有人日你么！你嚎他娘的啥哩！"

这局外的乐观就有了无边的迹象了。

大柳峪的暖冬拖延到正月，终于在北方山地浩荡寒流的侵扰下屈服了。冷风骤雪姗姗来迟，在阴历十五晚间扑进了漆黑恬静的山谷。夜色中白气辉煌，银雾将一切都冲洗得干干净净了。拖拉机不能上道，桑峪的哀客们在厢房宿了下来，横七竖八地栽了满满一炕。窑主陈金标料想这些人今夜能走也不会走的，早已向四邻借好了铺盖，让软了的媳妇硬挺着备足了来日的吃食。安顿没有睡意的人睡下，他在院子里呆呆地看了一会儿地上和天上的雪。天上极黑，地上却很白，那白由黑里点点片片地吐出，又把无缝无边的黑映得纷乱了。他读遍了心境的每一页，残存的情绪竟不见一行温暖，他身心冰冷已透，不知是外力冷了自己，还是自己把看到的一切都冷住了。

他在村巷里布了一串雪窝，去老屋探望另一些难眠的人。兄长陈金达是冒雪赶回来的，同来的还有姑夫。姑夫的神色很复杂，比桑峪人要哀得浅，举止言谈却莫名其妙，反复啰嗦家败了家败了，治得了他的残也治不好这个家了。窑主简直就接不上他的话。窑主当时刚陪着岳父流了一场混沌泪，似乎也无力拆开那些话里的意思。现在，他渐渐地有些明白了。姑父琢磨的还是那个东西，他就是为那个东西把兴来送到窑上去的么！

窑主推开了老屋的宅门。

爹的屋里亮着八瓦的小灯，两个老人没睡，但一人一铺已在炕上卧下了。教书先生蹲在炕前的火口上烤手，正和他们闷闷地聊话。见窑主进了屋，三个人的表情都有点儿不自在，好像咽住了一个正在布置的阴谋。姑夫从枕头上往起爬，让窑主拦住了。半天没人张嘴，空气里隔着一层难堪，连掩饰的办法都没有。爹在咳嗽，窑主离得近就伸手行孝，帮着捶了几捶。很久未触过这个脊梁了，挨上去才知道已经这么衰瘦，敲出了空空空的朽音。

"那边睡下了？"

"睡下了。"

"我那亲家咋样了？"

"比才来时好些。"

"三更那些叔伯不是好东西，让他爹看尸首不是存心叫他死么！你也混账，这事你应该在跟前儿么，你不拦他可有谁拦得住他？兴来那边你也不跟了去，让一伙窑上的外人张罗，你姑夫不说啥就算了，我可觉着你对不住我亲妹子你那亲亲的姑哩！"

"我傻了，走不动道儿了。"

"我养你就知道你，早看你是应不了事的货，别看你开窑开得张致了！这回软了吧？别觉着万事求不着家里，家里要真看你的歪葫芦戏我看你能咋着！天崩了一块，砸的都是该砸的，你一个脑袋顶着吧！"

"爹咋着骂我都好受。"

"你落个好受的也罢了，日后怕是不能。兴来不死是老天爷的造化，他伤在你窑上你得拿个像样儿的做派。别瞅着你给我盘了一群羊，就指望我舔着你，我是你爹，那是该的！这几年清凉涧的煤把你足了，一群铜打的羊想盘也能盘来，你要舍不得给死了伤了的多垫几个钱，看别人拿个啥戳你，戳毁了你我也不拦着！"

窑主知道这又是以往分家的纠葛在作祟，但他想不到亲爹竟为那些准备攻打他的人做了先锋，就不便说什么了。哥哥拉他在火口旁蹲下，往姑夫那边使了个眼色，他不明白是什么意思。想到进屋时看到的三人合谋的可疑气氛，他揣度教书先生不是一个一般的旁观者。爹那些话不是隐隐约约有哥哥的意思在里边么？他口称要帮我，是打算帮我多淌几碗血给外人饮，也给自己饮么？窑主不由一阵敏感，觉得兄长突施的热心有些变味儿了。

姑夫的脸呆呆地压在枕头上，看不出有什么惊人的谋略。可能是惦记着得救的儿子，眼神拉得很远。

"姑夫，兴来咋上的窑你都知道，我死拦活拦没拦下，是我的过儿。眼下他遭了这么大的罪，我就是瘪死也不能不管，你和姑都把心放了吧。我能水就这么大，那边还有个死的，真要顾东顾不了西，你们也担待着些。爹说我足了足了的，你该知是气话哩！我要真能顶下一块天，还喂不好一个炮工么？那炮工要是不走，也用不着兴来和三更往窑上凑了。这都是命！"

"你兴来弟是想帮帮你么。"

"我要不要帮，初三那天的事你和我丈人都该记着吧？到底谁坐的蜡我自己心里清楚，别人怕也清楚。眼下我不计较这个，姑夫你放心，兴来的伤我掏钱治。"

"贩山药那次你不说，我也不知你缺个炮工。"

"我说缺炮工可没说缺三更缺兴来呀。"

"许是我听差了，可我和你姑都是急着要解你的难么。别人的窑缺炮工缺死他，我们可管得着！兴来要伤得浅，我和你姑肯难为你？眼下……哪个也没办法了么！你是窑主，你爹你哥都在这儿，你看着办吧！"

虚 证

窑主的话是说给三个人听的，图谋的就是让各自把个假脸撕破，干干脆脆说事。但他没想到貌似沉闷的姑夫反扑得这么激烈，看来果然是有了算计的。他也没想到自己胸口这么热，有些话想含就生生含不住，说得太猛了，自己毕竟也是算计了分寸的呀！算计遭了算计，到底谁能抢到上风头，只能刮着看了。

"姑夫你不用急，我还没说完哩。"

"你还说个屁，你张嘴就烦死我！"

爹在一旁忍不住了，在炕沿上嗒嗒地敲烟袋，似乎把木沿子做了儿子的头，要敲出一个分晓。窑主苦笑着看看糊涂爹，心想就是烦死你我也得把这个屁放出来，都紧夹着谁还不知道谁肚子里是什么味儿哩！

"好赖话没几句了，说清了心里踏实。窑上出了这么大的祸，我琢磨早晚得吃一场官司，这窑怕是想开也开不成了。兴来的伤早好了好，万一治起来没了日月，我手里也没有流水的钱。真把我抓起去，三秀和孩子恐怕还得请你们照料哩。"

"侄子你也不用吓我，和尚跑了庙还在么。"

"那庙救不了死的也救不了活的，它要真值几个钱就好了。姑夫，你还是赶早给我交代一个数目，钱的事咱们一次清，我跟桑峪那边也是这么说的。我是替你们想，到时候该罚的罚了该还的还了，你们再张口我也没办法了，趁我手里还有几个，咱们先紧着亲的来吧。你这边我刚拿了一千一，还差多少，姑夫你算算，明天告诉我。"

"……我算不了。"

"让我爹我哥帮你算。"

"谁也算不了。"

"要么你再跟我姑合计合计？"

"我们不图钱……你总得把兴来的伤治下来吧？治半截断了开销，你让我们找谁去？一次……清不了么！"

"倒想管到底，可这由不得我。"

窑主摊了牌，另外三个人都安静了。爹的糨糊脑袋似乎也感到了问题的严重，眼皮吧嗒吧嗒地开合，嘴却不再有话。哥哥金达盯着火口，思想也不知去了何方。窑主越发肯定自己不在的时候，他们早已翻来覆去地算过了，只怕是算计得太轻闲，没想到他手里也有一把算珠儿，两下里一碰就不大美好了。窑主不急于知道那个数目，他只想给他们提个醒儿，他不是什么数目都能担当下来的，他一个人扛不住一块天，怕砸着最好大家一起来，谁也别指望占了谁的便宜。看那些表情，他认为自己是达到目的了。起身告辞时注意到姑夫眼里略含畏惧，正乞求地望着父亲，而父亲已经昏昏然不知何所思了。

教书先生把窑主送进雪地，哥俩在门洞里站住，看村落上空夜色迷蒙中频频招摇的雪光。有几束未熄的灯火在南北点缀，加剧了遥遥风雪的来势，像杀来了漫天的白虫，嚓嚓嚓的声音垄断八方。

"哥，兴来真像你说的那样？"

"我问医生了，没伤着要害，破了半个相，一只脚完了。得治两三个月……钱恐怕不少花。"

"三千够了吧？"

"……说不好。"

"四千还打不住？"

"这个……谁也说不好。"

"真愁死我了！"

教书先生的声音突然有点儿冷淡，窑主就夸张地长叹了一声。刚刚吐出的两个数，他估计哥哥待一会儿就得回去转达。那正是他希望的事。他得悄悄地显示一个限度，涣散他们逼迫他的勇气。苦戏就要开场了。

"那边商量得咋样了？"

"一样，都不吐口。"

"我看李三涝凶煞，要拼命的样子么。"

"真给一刀我还巴不得哩，只怕砍了我也圆不了他的梦。他是分了家的，三秀的爹和三更过，这下三更没了，他得把家合过来。他打的主意我清儿清儿的，我就等着他张嘴了。我要赔也是赔我丈人，赔不着他，他敢张嘴要天我就不客气，有本事要了我的命吧！"

"我看还是隐着点儿。"

哥哥说得很体面，语调却更冷淡了。大约是分家的话题无意中触了他的痛处。窑主适时地软了口气，向不得不小心提防的人递交了一种深深的信赖。

"你替我接应着姑夫这边，那边的动静你也听着，我万一应付不了三涝他们，你过来帮一把。拼命啥的有我的命，你就喊喊人就行了。其实也闹不到哪儿去。"

"你放心，该做的我都做。"

"上边要传我走，家里也求你给照应着。"

"没那么严重吧？"

"难说，有朋友给撂话儿了。"

"你也不用急，咋着也到这一步了，稳当点儿没坏处。你别看爹面子那样，心里可担心你的事。我觉着……你足不足的单说，大面上千万得让别人过去，现在不是守财的时候，手把得太紧可小心把事情闹大了。我了解你我才这么说，无论咋样……这次你心里先得有个明白，大家帮你也不亏了。"

"我明白。开窑开得万人嫌,我还有啥说的?"

窑主苦笑着跃进了村巷,沿着石板台阶一格一格地往高处走,茂盛的雪花已开得淹鞋了。哥哥话里掖刀,句句要他的血,可恨又说得那么真灼,直把他逼向不惯的羞愧。总以为做人做得够深了,却让个书呆子教员一眼就看出了浅,不由黯然神伤。回首往日,苦岁月一步一登高,尚未甜透就栽了下来,可见确实毁在一个浅字上。但凡处事老辣些,他也不会给亲情余个缝子,让那死伤的瘟神一朝败了自家的好运。事到如今可有什么周全的退路么?

窑主陈金标在茫茫雪阵里昂起了不屈的头颅,像一匹受伤的狮子,威严地面对重重猎手,自己向自己宣告他是死也不肯窝窝囊囊地倒下去的了。

他在厢房的台阶上看到了另一匹狮子,披一身雪花默默地蹲伏着,那是他因丧子而淌枯了眼泪的老丈人,一个等待讨还宿债的对手。狮子向狮子凑了过去。

"是爹么?咋还不睡?"

"睡不下。"

"睡吧,有啥事明天再说。"

"我不明白。"

"……啥。"

"你让两个炮工比着干是啥意思?"

"……我图他们给我个勤快。"

"三更勤快不勤快你知道。"

"我怕勤快让笨性子耽误了。"

"养得笨怪我,可毁了他的……是你!"

"爹你睡吧,我知道你有气。"

"我有个不明白!"

"三更冲啥来的?我明白。"

"三更帮你帮错了?"

"我把工钱压到六块压少了,爹!"

"啥意思?"

"压到三块五,看谁肯嘬我的骨头。"

"我知道你的心了。"

"爹,雪大,回屋睡吧。"

"我把三秀给你……是瞎了我的眼!"

"想让我咋着?死么?"

"有人替你死了,碎了!"

老人在摇。晃晃悠悠地顶着满头雪花站了起来。窑主闭了眼,心想来吧,来吧,往死里打吧,我要挡一下都不是人养的!把厢房的人都吵起来,窗台上有斧子有镰刀,门后边有锹有杠子,一块儿来打吧,杀吧,我他娘的早就活腻歪啦!门轴咯吱吱开合,睁开热眼冷看,发现断肠人已去,视野里只剩下庞大的黑与琐碎的白了。

女人和孩子已睡下。窑主懒得开灯,脱光了衣服却不想睡,站在地上吸烟,冻着想着,从大冷的寒气中品尝了令人心酸的快意。女人不知何时醒来,从枕头上抛出了长长的浅哭,像一只老鼠在纸棚上悄悄奔走。他抚一掌她的发,钻进被筒,被角即刻被拆开,续进来一条热腾腾烧乏了的肉滚儿。一冷一热缠住,就染了悲了。窑主为别人更为自己解除囚禁,泪颗子顿时淋淋漓漓,把两个胸打得一片精湿。他真心痛悼了小舅子的惨死,哀叹了自己的无力,又依着惯性发誓绝不怠慢了老丈人,进而叹息不能替死去的死替伤的去伤,活得真是无趣了。他感到一种陌生的情绪把他托得飞了起来,便多少有点惊讶。自己认不出自己毕竟是值得惊讶的。女人的手徐徐探他的伤，泣声渐无，他就求援地偎住她奇怪的殷勤了。

"他们要三万。"

他像是不懂话，半天没有明白女人的意思。

"他们想要咱们三万，冤家！"

"你爹吐口了？"

"我隔窗户听三涝他们嘀咕来。"

"亮家伙了！你咋想哩？"

"我头昏了一天，要死了。"

"三万？咱一家三口都别活了！"

"金标，我和儿子可都指望你啦。"

"我指望谁去？"

长夜难眠。四枝藤缠紧了两棵树，两棵树撑软了四枝藤，朽液干涸，枕席间只剩了一对儿窒息。窑主在乏味中撒了手，苦望着檩条与檩条拼凑的漆黑格局，找那张永远也找不到的脸。他沿着梦意开始搜捕逝去的一个日子。他发现了初七前响在窑后的荒岗上表演人生戏剧的李三更，小舅子摆弄着五管考核用的黑色炸药，嘴里叼着一条长长的银白色的导火索。他点燃了它们。

李三更慢悠悠地往下走，身后是引爆的缕缕青烟。他走了不到五丈，就在一块刚刚没过头顶的岩石后边蹲下了。他笑得很松快，在对面山坡上观察的窑主和另一位受试者听不到他的声音，但是可以看到他厚唇里两行白白的大牙。那大牙亮晶晶的，在五炮连响的时候都没有消失。爆破的碎石片反射向天空，像一团逆雨。窑主当时就体味了一种非凡的傻气和一种非凡的炮工气概。他受了嘲弄，破口大骂，却容忍了小舅子反常的做作，从而把生死攸关的判断丧失了。

"混账！谁让你玩急捻子炮？"

"我想给你们露一手儿哩！姐夫我还行吧？兴来，你见过这个点法么？大渠工地上十炮里我有五炮这么点，挣菜票儿哩！"

以后就有了两位炮工持久的对立和严肃。窑主却大意了。躺在雪夜的火炕上，他怎么也吞不下这颗苦果。为六个西瓜肯点连环炮的人，是胆壮却智衰的人，无论如何是不能做炮工的。他在这儿犯了致命的错误。他惕于亲情，也毁于亲情，用区区六块小钱把小舅子给钓死了，而死者含了饵下沉，正把他一步一步地拖下去。

正月十五夜，窑主咀嚼了众多的秘密和细节，像溺水的人在捕求赖以攀援的浮体，最终却只抓到了满把稻草，艰难的呼吸便更窘迫了。

后半夜女人哭醒了两次，大约是被三万吓坏了吧？要么是悲着不幸的弟弟？她哭得很轻却屡屡上不来气，弟弟不会掐她脖子，一定是那万恶的三万块把她掐住了。

第二天窑主陈金标采取了先发制人的步骤。款待了早饭，他把桑峪柏峪的两方亲戚邀进正屋，说了许多有关无关的话，然后抛出了他手里的最后两张底牌：死者五千，伤者四千，一共九千。他像三更那样笨拙地扳着手指头，加加去去地算了一番，嘴脸像遭受屠宰一样痛苦，这痛苦甚至让三秀也感到了莫大的真实，一边听一边流畅地落着眼泪。她的润眼哀求每一张棺材板似的面孔，可叹连父亲都不肯软化，而弟弟三涝的脸竟活似一个凶犯了。听的人都有藐视，以为看着一出无趣而可恶的双簧。说的和哭的却只想一厢情愿地演下去，执意要有所打动。这难道不是亲戚对着亲戚而是这山狼逢了那山狼么？

"都抬举我说我足了，他们不知我平日有多大的开销！村里收我的管理费，乡里也收我的管理费，加上税款加上贷款的利息，我把总数交代出来你们可能不信，我一笔一笔给你们算……"

"你跟我们算不着那个！呸呸！什么屌茶叶！"

三涝首先发难，把茶水倒在火膛里，扑地溅起一股烟腥味儿。三秀拎了茶壶慌慌地出去换档，壶盖啪一声摔碎了。窑主想骂她蠢，想到斥桑伤槐，怕留出更大的破绽，就强行忍住。他依赖的是微笑，是天地间把人与畜区别开来的微微之笑。他认为自己笑得善到极点了。

"三涝兄弟，有话慢慢说么。"

"我跟你说不着！"

"那你给我个主意行不？"

"你主意够到天了！你要脸有不要脸的！五千买一条命，你陈金标亏大了，想想吧！"

"亏不亏也是它，我咋想咋说了。"

"说吧你说吧，我今天长长见识。"

"三涝你真抬举你姐夫了。"

窑主温和地挣扎着，端起手指，却突然说不下去了。这是干他娘的啥哩？我这遭的是他娘的哪一门儿的罪哩！我日他亲娘祖奶奶的，杀便杀剐便剐，我缘何在这破锅里炖他娘的烂豆腐哩！你们把我煮了吧！

他的微笑颤动着腐败，有些变味儿了。姑夫没有激烈反应，正在桌旁与岳父窃窃低语，两个老头子相挨，显示了一种仓促而坚强的配合。当初为九块钱一个炮工位子斗得昏天黑地，人牙都变了狗牙，而今受到了天大的报应，却悲降一处且要同仇敌忾了！窑主斜视着他们，仍旧说不下去，说什么都得撞在一面死硬的壁上，他只想跳过去把那摆满烟茶的桌子掀个底掉儿，刮一场有理无理都不再讲理的疯疯魔魔。没有别的办法了。没有了。

一群突如其来的客人将酝酿着决战的窑主救了出来。镶红镶黄的绿色制服吹进了一股安静，讨伐迅速平息。窑主不惊，倒是对手们在惊着了。窑主惊是不惊，只是没想到事情来得这么快，往一张小卡片上签名时没能写得较好，他在买卖的各种发票上写的大小文字一向是漂亮的，这回较差些。女人鼻子扑拉扑拉地又要哭，让他一声痛快淋漓的大吼噎了回去。他噎了他们全休。

"闭你爹那臭嘴！哭鸡巴啥！"

窑主陈金标让县公安局带走了。他端着手铐子，三五个警察拥着他，有个年轻的民警还为他夹着一个瘦瘦的行李卷。盘山路滑，那舒适的车一定是停在七里之外的喇叭沟门儿了。积雪在他们脚底下翻着浪，一个警察在小河的冰上跌个马爬子，棉帽山鸡似的飞出老远，聚在村口的看客们有人哧哧地笑了起来。过河走不远，窑主的铐子给摘掉了，行李却也给了他，让他自己扛。又走了几步，他把行李往雪里一甩，晕头转向地给几个人上烟，没人抽，他自己也没抽，死心塌地地上了路。追到冰河岸边的李三涝不知想起了啥，痛苦地大叫了一声。

"陈金标！你躲得了初一躲不过十五！"

那群人都回过头来看他。不知道咋回事的民警看了看还是不知道咋回事，知道咋回事的窑主却得意于知道咋回事，竟然向李三涝和村口那些亲的不亲的各色人物举起了手臂，胜利地摇了又摇。

"五！四！咱们回来商量！"

那些警察简直糊涂了。

窑主陈金标做了赴汤蹈火的准备，然而拘留所的气氛较大柳峪的腾腾杀气要闲适得多了。每天都有传讯，问些不难回答的问题，炮工、炸药、死的、伤的，问了有八百遍，他也答了八百遍。正月十五前后的事，除了与老婆行房和拉屎撒尿没交代，其余的作为一概和盘托出，连李三更贿赂他三只母鸡的事也说了。警察态度不亲热，但不打人不骂人，比他的想象要强得远。他觉得心情不赖，不像在村里那样死活上不来气，只要能把伤了的心劲儿复原，在拘留所多待些日子还是不错的。他在号房里吃得饱睡得着，每天都积极打扫卫生，没完没了地跟人聊天，嘻嘻哈哈地讲述自己好心不得好报，如何过五关斩六将又如何一败涂地走了麦城。同屋的人有开拖拉机撞死老太太的，有承包建筑队盖小学校结果房倒屋塌把孩子们砸死的，还有一位在集市上摆摊卖变了质的酱羊肉，搞得一百多号人窜了稀，里面一位体弱的生生给窜死了。他与这帮难兄难弟交流不幸，彼此真真假假地替对方开脱罪责，虽说那些话听着虚，但窑主深感多少天以来总算找到一种共同语言了。天地宽大，倒了霉的人多着哩！他因而释然，不再眺望自己的下场。

过了一个礼拜，乡政府不知出于何种目的四处活动，为窑主办了一个取保候审。他出来的时候，见安检干事正蹲在拘留所大门对面等他，愁眉苦脸的像是不妙。朋友相逢，窑主竟没一点儿谢意，等干事一五一十刚要说出背景，窑主就有扭头回监的意思了。

"你家闹赔偿哩，乡里管不了，公安局又不肯管，只好先把你请出来啦。公安员在大柳峪守了几天了，乡里派我来接你……走吧。"

"案子结了我能不赔？"

"那伙急了眼的不肯等哩！"

"我要么回拘留所，要么打张火车票出去散散心，大柳峪我待得够够的了。"

"玩笑话，乡里可是给你做了保的！"

窑主运了半天气，只好乖乖上路。搭长途车之前先拐了一趟县医院，拎着些罐头水果，第一次来，又担心姑姑劈头盖脸地撒泼，进病房时腿肚子有点儿转筋。姑和姑夫却不在，兴来的弟弟友来旺来也不在，里面陪着的只有兴来的媳妇一个人。兴来头上裹着纱布，露了大半张脸，两只眼原来都没伤，只是呆呆地睁着，像是目中无人，问话也不答，又不像听不见。窑主就有点儿慌乱了。他硬着头皮将自问了多日的难题挤了出来。

"兴来兄弟，十五那天，窑里到底是咋回事哩？是三更把炮点闹了么？是捻子留急了么？"

兴来把眼睛转到另一边去了。那媳妇本应对窑主有怨愤，可她脸上时时流露一点两点惊惶，使窑主大感意外。媳妇告诉他，兴来不记得以前的事了，医生说是吓的，以后记得起记不起还不敢说哩！窑主心里咯噔一下子，不知是难过了，还是轻松了。他感到了一种无足轻重的打击和解脱。人傻了，这不好。不记事了，也不好，但也不能说是坏了。窑主觉得轮到自己不记事那才真叫痛快哩。他问别人哪儿去了，那媳妇支支吾吾说不清，却说清了别的一些话。她眼里又蹦出一颗惶色。

"大哥看兴来这样子，你要不管就没人管了。"

"我管！我啥时候说不管来？"

"别人咋闹我们不闹，我们知道大哥也难，只求大哥可怜我和兴来，日后给我们个照应。"

"放心，我有吃的就不能让你们饿着。"

窑主说得持重，但小媳妇话里闪展腾挪的诸多意味让他有了清晰的预感。他的预感在返回大柳峪之后成了令人震惊的真实景象。他尚未踏过河冰，就在村后融雪斑斑的山冈上看到了大群背煤的人流，清凉涧小窑的一百多吨存煤正在一篓一篓地往大柳峪各家各户缓慢转移。窑主除金标躯体里仅剩的一点儿黑血开始最后一次滴落，他站在家乡的荒凉雪坡上僵硬了。

远近山峰的雪帽洁白整肃，山腰以下的雪阵却溃败了，到处是岩石布的黑斑，枯树林乱糟糟立着，像山地肮脏的伤口。窑主在漫天的冷气里嗅到了他心爱的煤炭的淡淡腥味儿，甚至也嗅到了臭烘烘的腐血的气息。

他首先去了老屋。教书先生坐在炕沿上，额头上显着一块伤，正由女人柔和地抹着紫药水。见到弟弟，他甚至没有一点儿激动和焦虑，平淡的话带着旁观者的口吻。

"他们抢你的窑哩，去看看吧。"

"你头咋了。"

"让他们用锹把抢着了。"

"咱爹哩？"

"屋里呢。那群羊昨夜叫人摸了。"

"谁干的？"

"说不好。有人昨晚上见羊圈走影子，像是柏峪的，也有人说是桑峪那边来的，谁知道是哪个。你别进爹的屋，那屋眼下连我也进不去。"

窑主在长辈的屋外徘徊，让屋里那受伤的老兽听出了动静，以前所未见的暴怒咆哮起来。

"滚出去！滚！"

"爹，我回来啦。"

"你给我滚！都给我滚！"

"爹，羊丢了就丢了，日后我再给你盘一群，你别急坏了身子，为几只烂羊不值当！"

"你真有那孝心眼下就给我把羊找回来！有种你给我把偷羊的畜生宰了，给我剁了兔崽子们！金标，你要是我的儿，眼下就宰了狗日的们，你给我杀他们去！……我那羊……羊哩！"

爹的吼叫有些失常了。

"爹，你心静静，我这就宰他们去。"

窑主有气无力地敷衍了一句就出来了。新宅没锁门，女人和孩子却不在，屋里灶里一塌糊涂地乱，似乎好久无心收拾了。窑主溜了一眼鸡窝，铁皮顶完好无损，他假装过去看鸡，用手拍了拍那结实的顶子。夏天收拾它的时候，他把东西布置进去，连女人也瞒过了。除了自己，他不想让任何人知道自己财富的底蕴。他不像有些人那样在身边搁许多现钱，好像生怕它们一觉醒来会突然飞走。他的办法是用死期存折囚禁它们，就像给它们判了有期徒刑或无期徒刑一样。他是它们的主人，它们将服侍他的人生，这一点谁也不能改变。不可改变。但是他不太信任本县的银行，说不出为什么。他曾经花两天时间乘长途车串了邻近三个县的银行，神不知鬼不觉，遍地下种，满天开花，自己怀里结果。他当然不是心地狭窄的抠索汉子，但是他常在夜里默默地清算他的利息，有时在白天也这么干。那些东西已经是他心脏的一部分。他保卫它们是在保卫他的生命。他们要放他的血，但是他血的源泉将永不枯竭！窑主陈金标告别神圣的鸡窝，毅然决然地去了清凉涧，以不战而胜的决心投向那场奇异的暴动。窑场上聚集了撕抢的人群，在他眼里犹如狗队一样可厌而可恕了。他像横空出世的侠客，沿着荒梁子蹓蹓跶跶地走了下去。

他看见了大柳峪人，桑峪人，柏峪人，甚至看到了兴来丈母娘家的老槐峪人，三沟六峪有关无关的人似乎都聚到这小小的窑场上来了。窑棚的油毡顶和柁檩已经被掀掉，库房的门窗也不知去了哪里，对面山岭的小路上，不知哪位正顶着灶间的大铁锅在逃窜，白雪地里像生了一株巨大的黑色蘑菇。三秀正勇士一样跟一位叔伯抢夺窑车，那桑峪的本家占了上风拖了车把就走，三秀把胳膊卡在车条里，横着把自己塞到了车轮之下。窑主听到了女人的尖啸，冰凉的鼻子竟酸楚了。

"我跟你们拼啦！"

到底是自己的女人。嘴唇厚得格外了一些，此时却出奇的漂亮。女人待他果然不薄，日后必得多施温软，再不可平日无故地揍她。窑主又看见了站在煤堆上哇哇哭泣的儿子，有人要装那丘煤，竟把小儿搡了下来。窑主闭目安神，别发火！别发火！不能发火！

他看见了副乡长、乡公安员和狡猾的安检干事。他们已经无计可施，正胆怯地发表断断续续的演说，那些轻飘飘的话像是给不断深化的抢劫伴奏似的。

"乡亲们，不要忘了法律，法律是无情的！你们这样做不能达到目的！我们再次代表乡政府向你们保证，一定配合有关部门满足你们的赔偿要求。乡亲们，不要听信谣言，陈金标是事故的首要责任者，他要承担法律责任，更要承担赔偿责任，两者是不能互相代替的。他欠你们的赔偿费，一旦事故调查结束，一定会付清，请相信我们代表乡政府说的话，我们说话是算数的！我们再次警告，抢劫是犯法的，不听劝告死路一条，到时候鸡飞蛋打，你们后悔也来不及了！乡亲们……"

"日你奶奶个毯！陈金标的红包子把你们喂足了，跑这儿拉他娘的歪屎橛子！"

有人扎了一锹煤，兜头扬了过去。

村委会的人首先发现了窑主，连忙迎过来向他解释，说这煤自己村不抢也让外村给抢走了，不如各家各户一块儿下手，抢一篓是一篓，咋着也是大柳峪地底下的东西，自己得了比外人得了强。窑主说很对，就算我把大伙的东西还给大伙吧，加油干，煤剩得不多了。

此时分，窑场顿时静了下来。一片红了的眼和白了的眼，一片黄了的面孔和黑了的面孔，都直对了翩翩而至的窑主。这众人心目中的罪犯，如凯旋的英雄临坡挺立，造成了极大的意外。他的微笑又甜又毒，仿佛有三十六番招数在走着马灯，就没人敢接了。

"忙吧，忙你们的。"

这一招不知啥套路，没人动弹。副乡长像见了宝，用袄袖子擦着汗，命窑主给大家说一说。窑主问说啥，乡长说你说啥都行，只要把这帮干蠢事的愚昧人对付明白，有啥说啥，我们不把你当罪人看，你自己还把自己当个说话管用的窑主就是了。

窑主就高高地站到了被拆散的一堆窑柱上。

"我回来看看，明儿还得回去。我是半个犯人，站这儿说话脸臊得慌。我说说我在里面吃的啥，一顿两棒子面窝窝，一碗白菜汤，睡的呢是硬铺板，臭虫碌碌地走大队，能把人咬死。扫地干活儿累了想蹲蹲，有人踹你屁股，瘾烟了想抽两口，不给你火柴，还把你当孙子熊。我陈金标没受过这么大罪，这是命，谁让咱的窑炸了呢！你们现在干的事，我不拦着，这窑说到底是村里的，早晚你们两边掰扯，我入了监倒落个自在。可是你们也想进去自在自在，我可不答应。里面怎么回事我知道，你们数数人头大半上是我亲戚，有罪我一个人顶，牵连了你我心里不好受。这窑给抢成这样儿，我也不说什么了，东西你们想拿拿去，钱我照给。三更那边五千，兴来那边四千，今天晚上咱们结账。我跟谁都没仇，走到哪儿也认得谁是我亲戚，我没给闹到家败人亡是万幸，日后我报答你们。出了监我一家三口要混不上饭吃，免不得到桑峪柏峪讨一口，你们别嫌我寒碜，谁让咱们是亲戚呢！有你们在我就饿不死，你们忙你们的吧，别忘了晚上结账，我到窑里看看，不陪了。说差了你们担待，忙吧各位忙吧。"

105

一律呆了，麻木了。一夫当关万夫莫开，痛心人都不知自己一瞬间败在了哪里。窑主找不到矿灯，晓得已被悉数劫掠，就到摧毁的灶间里拾了一把引火的文柴，穿过人群往窑里走。身旁闪去许多熟脸，那曾经是他的亲人，是人海里与他紧密相连的极小的一部分，如今却让大浪击去，泡沫一般消散了。他不看他们，他怕自己的眼睛会呕吐，把深伏的那颗累心给呕出来。

三秀凑到身边揪他的袄。他把头往低处埋，害羞似的扭着脖子，直至走到窑口才还给她一眼。那身心交瘁的丑样子吓了她一跳，而白花花的泪光则令她迷痴了。

"我进去祭祭窑神，这窑跟姓陈的没关系了。"

踏入一片黑暗窑主才感到自己软透了，撑不住了。在离掌子面几丈之遥处，他终于莫名其妙地号啕起来。引柴燃着熟杏大的火斑，漆黑的煤壁上星星点点的黄光在跳舞，他泪眼昏朦，竟在窑柱的顶梁一侧盯住了半截细长的青影。那既像一根悬梁自尽的麻绳，又像一条寻机待动的毒蛇。他用碎煤连击，不动，缠得好紧，他便鬼使神差地举手触了过去。很软，也很黏，举火照射，看清了上边的结节、绿膜、一条一条的红色纤维以及碎布头似的裂口。这是一节肠子。是李三更遗在人世的一根鼓鼓囊囊正日益瘪下去的肠子。窑主用鞋底蹭着手指，嗅到了那种熟悉的浓烈的气味儿。他突然安静了，对自己的哭泣感到不好意思了。他想到了自己的躯体，从而想到了里面的肠子和肠子里面那些司空见惯的充塞物质。他又想到了黑暗之外那些光天化日之下来来去去的同类们，人人都有肠子，肠子里的货色彼此雷同。老娘人人都有，可说到底大家都是一个娘养的，上口子进下口子出，一模一样活似双胞连了双胞，都不缺呱呱叫的好下水！穷了富了死了活了还有几多趣味呢？死了的，有人替他活着，活着的，已有人代他死了。

死死活活凑成一个无尽头的人世，任凭每一位怀着一团大肠在天地间尽情玩耍！

窑主搜索了事故现场，各种设想不能成立，就持着火把心地坦荡地向外走。引柴燃尽，舒适的绝顶的黑暗吞噬了他。他不动声色，巷道像家里的炕，煤路像炕上的女人，他已熟透这墨一般的境界了。天光一束射来，仙界悠然临了尽头，心脏腾腾搏动的窑主陈金标竟迟疑着不想出去，竟害怕那一孔灿烂夺目的雪白颜色了。

他伤眼盯着白，暗知那悄悄附体的恰是仁慈而狰狞的窑神，那有限的白就无边无际地大了，大了。

狼　窝

一

已经是深冬的节气了，仍旧不见雪，山干巴巴的没有一丝湿气。枯了身子的蒿草，一丛一片地伏在山地上，任懒洋洋的风在自己头上游来荡去。谷底的小溪结了一条曲曲弯弯的白带子，上面粘了一层淡淡的黄尘，像是从冻裂的山肚子里淌出来的大股的脓水。

史天会顺着荒弃多年的大车道走出狼窝沟，在这条小溪跟前站住。丈把宽的冰面让老汉有点儿犹豫，他知道自己老了，一旦栽个跟头，很可能再也爬不起来，他不能小看了它。他用六道子棍这儿那儿地戳着，眼前一片亮晃晃的刺得人心痛的白光。

狼窝沟山口对面的坡岗上，坐落着处在冬闲状态的洪水峪村。太阳光从一百二十户农家的石屋群落掠过去，渐渐被西峰遮住了。冷风添了一些劲力，从西北方的山口灌进这条三十里长的大谷，把村子晚炊的青烟吹个干净。谁家的狗叫起来。供销社门口那盏巷子灯也亮了。懒汉张广良在唤他的猪，嗓子尖得像个挨了揍的娘儿们。

史天会听着，轻蔑地笑了笑。他从冰上硬朗朗地走过来了，踏上落着牛粪的进村的石道。拐过村口的井台，他看见了女儿。那瘦瘦的孩子背对着他，倚着供销社高大的石阶墙，悄悄观望着那里的买卖。老人不喜欢女儿这副样子。

"春芝！"他压低了声音，可听来仍有些严厉。

"爹，你才回？"

"饭成了吗？"

"成了，娘让我来等你……"

女儿慌张张跑过来挽住他，低垂着让风吹得火炭似的红脸。这是最让他省心的一个孩子。可眼下却是最让他操心的了。二十五岁的待嫁女，成了老人的一块心病。村里像她这样的大女只不多的几个了，再不嫁出去怕会窝在自家的灶间里。她泼得出力，吃得下苦，可她没有性子，没有模样，讨不到年轻后生的喜欢。嫁一个二憨子么，软性的女儿受屈不说，做长辈的慈心也难忍。他要为女儿寻一个地道的婆家。他相信自己做得到的。

他叮嘱女儿："你要少来这里，看人家笑话你！知啦？"

"知啦，爹。"

"媒人还没说成哩，呆呆地跑来，小心误了事。"

"知啦，我知啦，爹！"

"你先回吧，我上去喝一口。"

女儿抿着嘴巴，缩着身子走了。她有些伤心，她是经常伤心的。这孩子嘴唇松弛的时候，总露出两颗大大的、结了黄垢的前牙，使下半个脸堆起来，懂事以后，她总是抿着，怕露出丑女的模样。这模样是爹给她的，一抿再抿也不能改变了它。史天会望着女儿走去，重叹了一声。如果事情办得妥帖顺当，那么供销社掌柜的刘九更就是他的亲家了。可现在还不是。也可能永远不是。他知道九更的为人，好心好人好肠子，但是心小也心多，像泉坑里的鱼，惹不着谁，抓它也不易。他的独子玉山又是个白面子，宝贝似的，心气高得很，村上没有哪个女子入得他的眼窝里。但是史天会相中了他，他要争这个体面的孩子做女婿。如果他以前做不到，那么他现在恐怕是可以做到了，至少是有了一些希望。

史天会弯上石阶，推开了供销社的门。黑脏的柜台后面，忙碌的刘九更已经冲他笑开了。史天会摘下毡帽头，在条凳上坐稳。刘九更马上给他递过一个酒盅，上上下下地打量他。

"回来啦？时候不短呀。"

"从哪儿回来？你知我上哪儿啦？"

"瞒我不行。你吃了晌午饭从井台弯下去的，我看着你进了狼窝。过冰的时候差些闪了你的老骨吧？我的大哥唉！"

"哈，我要栽在冰窟里就真不起了，把柏木大棺让给你！"

"可巧你活着回来，你那大棺不是给我睡的么……二两？"

"一两。"

"逢了喜事，二两吧？"

"一两，说一两就一两，晚上有会。"

"啥会？"

"开窑的会。"

刘九更把嘴闭严了，默默地斟上酒，又往柜台上扔了两个鸡蛋大的冻梨。今天这一两酒格外盈满，快要溢出来了。史天会不上手，先垂下白发苍苍的脑袋在盅沿上美滋滋地吮了一嘴。他不想显得过于轻狂，但仍旧忍不住大声地吧嗒着嘴唇，像饮足了水的牲口一样。

"玉山呢？"他问，瞪着突然红起来的眼珠子。

"窑没包上，赌了气，一早背着土枪打野物去了。"

"没包上是福气。我家倒抢上了手，一年给队里三千块，弄不出煤来就背大饥荒啦！"

"说老实话，玉山出两千五让你们给压了，又想出三千二百块，不是我挡着，这窑真让他给揽过来了……"

"你眼力强。"

"你家大笨十三岁就在社里走窑，二笨又是个壮牛，春芝那闺女也是个不惜力的。下死力干，三千块不多，不多！你自家得落下这个数……"

刘九更伸出了两个手指头。

"二千？"

"不对。得加个圈。"

"笑话！九更，我喝酒，你也醉了么？哈哈……"

史天会满面红气，用手指捻了洒在柜台上的盐粒子，一下一下地往舌头上抹，笑得眼睛汪满了水光。他的胸口让酒焐暖了，觉得老朽的身子又有了力气。刚才他在狼窝沟的旧窑上看了，那坍了的窑口让他颇失望、沮丧了一阵子。但是现在他很得意。他在，他的大儿大女在，只要不让那鬼窑砸死，不愁挖不出万把块钱的煤块来。九更也看出这里的眉目来了，那就好，很好。

"我要雇你家玉山！"他干了一口，把空盅放在柜台上，用脏袄袖抹着湿漉漉的下巴，紧盯着刘九更那躲避的眼神儿。

"背煤么？"

"窑背子让大笨到别处去雇。"

"他一个嫩身子，能干了什么？"

"俏活儿随他挑，伤筋骨的事不让他做。"

"等他回来，我跟他说。我做不下他的主，他的事我可是一件也做不得主。"

"要来，今晚来开会。不来，也给个信儿。"

史天会扔下一张五块钱的票子，补上他赊了近一月的酒账，又买了一个四十度的灯泡，准备安在大北屋开会用。现在那个八瓦的小灯点了几年了，一闪一闪地瞧不准人形，连在合同上签字都看不真哩。他把找回的零钱塞进毡帽壳，一边往外走一边叮咛："让玉山来吧！月月开支，年底分红，多分他！让他来呀……"

"我做不得他的主，我跟他说，让他去就是了。"

刘九更意味深长地叹着气，把喝得喘吁吁的老汉送出了门。他知道史天会为什么要雇自己的儿子。这是为了那门儿子尚未松口的婚事。但是他不想挑明这层薄纸，不想让老汉难堪。他佩服史老汉，那是个本分的庄户人，拖着个病身子也要为妻儿死挣的人！包窑会上，多少让狼窝煤馋得流涎的乡亲被那吓人的三千块压垮了啊，可老汉用六道子棍捅了怯阵的儿子的腰眼，大叫"包啦，包啦！"六十九岁的人啦，想在入土前为儿孙拼下一份家业哩。"这老东西真是个硬种呀……"刘九更想着，不由得摇头叹气，史家闺女要生成个俊模样，儿子也就不会那么左推右挡的了。他知道儿子的心，那小子八成早就恋上哪家的粉脸丫头了。若真是那样，也就由他去吧，他总归是做不了儿子的主的。

天暗得很了，没有星星，石巷里溜着嗖嗖的小风。史天会把半个冻梨核儿咬烂，含在嘴里嘬着，慢吞吞地往家走。他对刘九更那副吞吞吐吐的样子不太满意，但是他不急，也没有气，倒是人家用两个手指头为他预示了包窑的好兆头，使他非常快活。等挖出了煤，等黑黑的煤块子换成了沙沙响的钱票，什么事情都好办了。春芝不会在玉山这棵树上吊死。牛脖子后生硬是不允，他就到外村、到河北为女儿寻个殷实的婆家,他要把她嫁到富庶的大平原的村镇上去,让她享一辈子福。

"我的命给了,我把孩子的命也给你啦……"

史天会捂着毡帽头,想起狼窝那口暂时属于自己的小窑,眼窝竟湿了起来。把凉冰冰的梨核儿渣子狠啐了出去。

二

刘玉山卧在半人高的枯草丛中,那土枪在横放的荆条篓上架稳,瞄准了三丈开外的猎物。那是一只傻乎乎野兔子,不知从什么鬼地方蹿蹦出来,正挨着一棵露了根的老桦树蹭嘴巴。透过稀疏的草茎,土枪的枪口对准了它肥胖的肚子,那灰白掺杂的绒毛正在轻轻抖动。刘玉山的腮帮子在冰凉的枪托上磨得生疼,情不自禁地扣动了扳机。

枪响了,声音很大,火药燎焦了枪口前面的几根草棵子,飞溅的枪砂喷在桦树根上,激起了几星冻土和木屑。野兔子蹿开去,以惊人的速度飞过了山冈。刘玉山并不遗憾,他揉揉被撞疼的肩胛骨,提着枪走过去,用脚踢了踢粘在草棍上的几撮兔毛。便宜它了,小东西!想到那胖乎乎的畜生也许仍在山那边的灌木丛里没命地狂奔,他开心地笑了。

他在苗儿安梁奔走了将近一天,这是他遇到的第一个值得放一枪的猎物。他很满足,背好篓子和枪,把装了火药和铁砂的骡子拐像铃铛似的架在通条上,他离开了这个野兔子的再生之地,下山了。

这道山梁离村十五里,往南翻上阳坡是县界;往北溜过去,是一条透迤下垂的山脊。山脊右侧的宽谷里隐着洪水峪村，左侧那条窄谷的密林深处就是那想起来便令人心烦意乱的狼窝。刘玉山发誓不上那里去，尽管他知道那里有条早年修筑的大车道，下山走路会省些力气。他鄙夷地往狼窝方向啐了口唾沫，走了几步，却又站住了。那一带禁伐的森林吸引了他的目光，那森林下的煤层似乎泛出了乌亮的黑花。还是去看看吧，看看他是怎么失败的，为什么败得那么惨。他这二十五年的生命就是一场满盘子的失败啊！刘玉山想着，心都哆嗦起来了。他摇摇晃晃地折回山脊左侧，沿着羊肠小道滑了下去。骡子拐沉甸甸地在枪口上晃荡，拍打着他爹戴了多年的那顶旧皮帽子。

刘玉山想哭。

他的失败从童年开始。两岁的时候，他爹在公社的供销社当主任。娘得了肺痨，病情沉重。五岁的时候，娘病终于不治，死在县城的矿山医院。在洪水峪的刘家坟地里埋葬了娘身，爹带着他由公社搬回村子里。解放战争的功臣，平津战役打完后，复员回乡的军人，工作一向勤恳，待妻待子一向仁爱的爹爹，竟然利用工作之便贪污九百六十四元七角的售货款，被开除了公职。刘玉山是在公社中学念书的时候知道这一切的。中学的老校长曾经摸着这个品学兼优的孩子的脑袋叹息："这是老主任的独苗啊！"可是他听到的却是："这是个贪污犯的儿子吗？"他在娘的坟上哭过。九百六十四元七角钱是多少呢？这些钱没能治好娘的病。

从那时候起，他没有尊重过这个父亲。

在公社念高中的时候，他结识了一个北山的女孩子。她问他为什么总不回家，难道不能帮助挣点儿工分，贴补学费吗？他流着泪回答了她："不，我不回去！我要上大学，然后远走高飞，等我攒够了工资，从一个不知道的地方，给我那死了的爹爹寄回九百六十四元七角钱！我要让他看看，让我娘看看，儿子活得多么硬气。"

刘玉山又失败了。他没有考上大学，第二年也没有考上。那个北山的姑娘大学毕业了，分在南方一个小城市里，并且很快就结了婚。她经常有信寄到这个北方的小山沟里来，安慰、问候她过去的朋友。他读了那些信，一封封叠好，然后压在炕席的角落里。那个角落爹是不能碰的。有次撒臭虫药，爹无意间掀起那角炕席，他顿时咆哮起来："你别动！"爹溜出门去，拿药瓶的手哆嗦着，苍老的脊背垂下去。刘玉山真想把炕刨了，把石屋一把火烧光啊！

刘玉山钻出了树林，看见了狼窝窑那坍塌的窑口，碎石和泥土堵在那里，只露出一个冲天的黑洞，有水缸那么大小。他怕陷落，不敢从窑上走，只得踏上那露着半截墙头的、早就被人掀了顶盖的窑工棚，在没膝深的蒿子中蹚过去。他放下背篓，提着枪转了一遭，像一个冲上了废墟的勇士。

他在窑工棚的墙基里找到一块空地，拾来了一抱干柴，垂头丧气地坐了下来。脚走得很热，手指头却冻硬了，好不容易才点燃了篝火。他从背篓的布袋里掏出吃剩的干粮，用一根枯树枝插了半块玉米面贴饼，悬在火苗子里吱吱拉拉地熏烤，焦黄的饼子冒出了馋人的香味儿。天有些黑了，狼窝里飘着阴沉的暮气，火光越来越亮堂。他不想急着回家，情愿守着这堆温暖的焰火在野地里睡一夜，沉沉地梦想一下自己的将来。他倚着让火烤热的半截墙头，咬了一口冻得硬邦邦的腌菜疙瘩，小心地嚼着。

他想起了包窑会上的可笑场面。他的失败在一片哄笑声中被注定了，可当时他竟然没有一丝警觉。

"我包了！我交二百，二百……我交二百五！不能再多了。"

懒汉张广良尖着嗓子抢包，惹得他当村长的哥哥直拿眼斜他。乡亲们都笑了。史家兄弟没有笑,他们的爹爹史天会也没有笑。他当时没有在意。

"我交五百元,保证不拖欠。"他试探着抛出了一个圈套,但话音未落就被几个焦灼的噪音淹灭了。

"七百元。"

"九百!"

"一千块,我交个整儿的!"

"我跟爹商量了,我们包一年,交两千块。"

史家长子史大笨吐出了这个吓人的数字之后,吵声才平息了。他料想史大笨不会再有别的对手,便过于自信地站起来,来到村长张广路的桌前,把经过认真计算的一些数据递了过去,那几张写了秀丽的钢笔字的白纸像蝴蝶一样在张村长的手里乱抖。

"两千五?"张村长不大相信。

"两千五!"

"几月出煤?"

"四月,二季度。"

"塌方怎么办?"

"认砸!"

"一年出不来煤呢?"

"……出得来……"

他愣住了;他没有认真想过这个问题。有人有窑还能出不来煤么?他鼓足勇气保证:"年底交村里两千五,交不起借,借不来我明年给村里白干!"

人们笑了。村长摇着头。正在这时候,史大笨让爹推到前边来了。他要了三千的数,像打架似的凑在村长眼皮底下,红头涨脸地说:"我走过窑,知道这里的深浅。我们豁出去了。你随便说个数,这窑我们包定了!"

他真想对着大笨那张扁脸狠狠地揍一拳头。他的挣扎被乡亲们的笑声和父亲的哀劝瓦解了。三千块,对洪水峪村的哪个人来说,都称得上是个神圣的、莫名其妙的数字。它是父亲贪污款的三倍呀!父亲就为这些钱的三分之一而被撤了职,想一想真有些不可思议。

他就这么失败了。不是第一次,显然也不会是最后一次。这该死的、迷人的窑啊!它吸引了他这么些日子,又把他抛弃了,使他当一个强有力的窑主的愿望变成了梦想。

火苗子矮下去,烟大了,有点儿呛鼻子。刘玉山站起来,听到身后不远的灌木丛里有扑扑地扇动翅膀的声音。大概是一只被火光引来的山鸡。他悄悄地取过土枪,填了一些黑药和铁砂,用通条墩了墩。声音消失了。没有再响起。他转了一圈,确认周围除了自己之外没有任何一只活物。刚才听到的也许是山禽飞起的声音。他把枪口对准了没有星星的夜空,待了一会儿又慢慢放下。他辨认着窑口那个水缸大的黑洞,一步一步挨过去。那里冒出冰人的冷气,像一只巨兽的没有牙齿的大嘴。枪筒伸进去了。他咬着牙扣了扳机。脚下的冻土颤了一下,几块碎石沿着煤窑的斜巷滚了下去。他退下来,背好篓子,在残火上哗哗地浇了一泡尿。

三

夜里悄悄下起了雪。太阳没有出来,山谷却亮了,村子上空一片耀眼的白光。史天会家的院落显得干净了许多。台阶上的鸡屎，猪圈木栏前的灶火渣子，墙角被掏了一个洞的煤堆，都盖上了白净的雪。码放在北屋房檐下的石板垛上，在长出来的那条边缘，也镶了一道整齐的、一掌宽的白边儿。雪改变了小院零乱的格局，使这个不太富裕的农家露出一些殷实。

史春芝起得早，在西厢房灶台的两个火口上分别煮了人吃的玉米粥和猪吃的榆树叶。鸡窝的石挡也挪开了，但里面没有动静，只有低低的整夜都不曾断过的咕咕声传出来。这些不足一岁的小母鸡怯雪呢！

春芝踏上煤堆，从石墙上边往坡底的场院里观望。全白啦。邻居家的屋顶像一块块白格子，一户挨一户地一直延伸到场院的牲口棚那里。井台上传来几声铁桶撞击的声音。老歪家的黄狗拖着扫帚似的大尾巴，急匆匆地从石巷里拐了出去。场院里没有人。他没有去。高中毕业以后，他本是天天在那里绕圈子跑步的。昨晚的开窑会他也没有来。听爹说他打野物去了。他回家晚啦，正呼呼地睡着哩。春芝这样安慰了自己。北屋的爹又在咳嗽了。咳呀，咳呀，响声大而古怪，显得十分痛苦。她小心听着。

"二笨！"爹在唤弟弟起炕。

"二笨！……到队里借推车去。"

"啥队里队里的，早分给老黑子家了……你忘了？"

"起你娘的！找黑子爹去借，不借来别吃！"

"急啥，你急啥……"

娘也醒了，又在心疼二笨。她总是不让小儿子受一点儿屈，二笨都懒到骨头里去了。春芝故意跺了跺脚，用扫把使劲扫起雪来。二笨迷迷糊糊地出了院门。哥哥一家也起了。嫂嫂在东厢房里急促地笑了几声，又使劲忍住，低低地嗔着什么。春芝脸红红的，偷着往那边瞟了一眼。过了好一会儿，哥哥才叼着烟卷走出来，脸上挂着心满意足的笑容。

史大笨穿了一件洗淡了的红绒衣，雪使他显得很快活。他把烟卷撂在窗台上，举着两个拳头，冲着白了的山冈张开宽阔的大嘴巴，"啊啊"地连声吼起来。

"耍疯！"春芝笑着往他脑袋上撩了一点儿雪。

"凉快！真凉快……好好下吧！"

大笨嘿嘿笑着，绷紧了裹在绒衣里的胀鼓鼓的肌肉，连那方大的扁脸都透着男人的蛮力。他的长相与弟妹不同，春芝的鼓牙脸像父亲；二笨长得帅多了，但是谁也不像。他长得像母亲，扁平的面孔尤其像，只是没有那密密的麻坑。他觉得自己很俊。至少现在他觉得自己有十分的英武和洒脱。从今天开始，他就是狼窝窑的窑主了。

他十三岁在邻村走窑，二十岁当了公社大窑的合同工。瓦斯熏过他，窑石砸过他，他都熬过来了，身子长在了窑坑里。他用血汗为史家带来每月百元的收入，他爱煤就像孝敬自己的父亲。半年前，一道厄运结束了他十七年的掘煤生涯。几个懒惰的窑工把五辆矿车掀倒在大窑的主巷上，堵死了煤路。他这个班长笨嘴拙舌，想不出别的办法，只好用一块五斤重的煤石砸了为首闹事者的脑袋。赔了二百多块钱的医药费不说，又和几个懒鬼一起被解除了合同。他不甘受辱，连夜卷起铺盖翻过山梁，扎回了洪水峪。他走了好运。一年来，地包了，猪场包了，羊群包了，蜂场、磨房、苇子地全包了，单单剩下了一个大头——狼窝窑，好像就等他回村似的。他一腔子凉血又热烘烘地滚起来了。他添了十倍的力气，两只铁手恨不能开了大山的膛，把那些黑花花的肠子掏出来，卖出去。史家该发一发了，美好的日子像雪后的太阳，总要升起来。他甘心为此舍了长子的命，把血泼在狼窝里。

春芝把院子扫净了，可雪还在下。史大笨拎了锨头，顺着东厢房的夹道绕到北屋后面。这里和北边梯田的石堰之间有一长条空地，一丈来宽。西边竖着五六个一人见方的灌木桩子，那是爹爹给自留地编的挡栅，没有用完。东面堆着几百斤乏了的石灰，是夏天翻盖东厢房时剩下的，冻得很硬。史大笨用锨头试探着在灰堆上刨了刨，然后就风车似的抡圆胳膊猛干起来。静静落下的雪花被他搅乱了，一锨头挨着一锨头，整个院子都"咚咚"地响起来。

儿子干得真猛。史天会觉得从后墙传来的声音很好听。他蜷在炕上，含了一块饼干，想把发作的哮喘压下去。昨天的会没有开好，他一夜都在想这个心事。九更的儿子没有来，可能是拉不下脸子。读过书的人，脸面是很值钱的，他不怪那孩子。倒是村长张广路，这个办事一向通达的人，怎么突然变得那么阴损？合同上明明写了，雇工由窑主任选，双方自愿。他和大笨商量好只在村里雇一个刘玉山，剩下的到更穷落的深山里去雇。那边的人为几个钱肯下死力，不像村里的人，干活挑拣，又轻易说不得，弄不好就伤了乡邻的和气，臭了史家的名声。可是，张广路硬让大笨雇他的兄弟张广良和广良的小女白杏。广良是什么东西？他闺女是什么东西？一个猪都不理的懒汉；一个在公社中学就浪，一直浪回村里来的骚货！这不是存心要砸史家的窑吗？

"史大哥，求你哩！你们扯上我兄弟吧，除了你村里谁瞧得上他？他不是个种地的人，别的营生又包不下，你不帮他谁帮他哩？"

村长这么低三下四地央求他，他的心也就软了。儿子比他想得远。村长走后，大笨对他说："咱们帮了他，他也得帮咱们。他不是村长么，以后使得上他。"

"广路是明眼人,你别跟人家使心!"

"他跟咱们使心!白杏好说,广良是人吗?……山里林子禁伐,窑柱没着落,让村长到公社给弄个准伐证回来,什么都好说。公社税务所那边也让村长去应酬,别找咱们的茬子。维持利索了,给他开双份的支……爹,你说哩?"

儿子这番话一直在他心里翻腾。大笨的话有理,但他觉得什么地方不对味儿。自家包的窑,得靠自家的力,靠别人算什么呢?不顺心也不吉利,大概也靠不住。倒是别人会靠你吃你挖你,像虫一样吸你的油水。他觉着广良和白杏就是两条虫,张广路把这两条虫放在他领子里了,他得忍着。

只有窑主让他放心。"咚、咚"的刨灰声传出了他的雄心和牛力,靠了这个孝儿的硬肩,史家的担子会稳当当地挑下去,撂不了坡。

"还没吃粥哩,小子等不及啦……"

史天会把耳朵贴在后墙上,仿佛听到了雪花在墙外瑟瑟掉落的声音,那漫天的飞雪也像是让儿子的镢头给震下来的。

史家吃饱了黏稠的玉米粥,分头去忙自己的活路。大笨媳妇背着大花篓往麦地里背雪去了,六岁的女儿也背了小篓颠颠地跟着她。史天会站在北屋台阶上叮咛:"上羊道上背,那下边有粪……一畦两篓够啦。"

春芝拉着装满工具的推车,身子往后倾斜,顺着石巷的坡道慢慢往下溜。大笨兄弟每人背了一篓石灰在后面跟着。娘追出来,往二笨的篓子上搭了一件破皮袄。

"压死我啦!"。二笨懒洋洋地嘟囔着。

"背一截给你姐,冷了把皮袄披上。"

"过了冰我就给她,膀子疼……"

"你这个懒驴!"

大笨悄声骂他,不是二百斤冻灰压着,真想踹他一脚。在井台下边拐弯的地方,张白杏赶上了他们。她穿了一件男人的制服棉袄,顶着像雪片似的白纱巾,戴了红线手套的小手的身子两边甩搭着,干活也治不了她的俏哩。二笨出神地盯着她的两片嫩嘴唇。

"窑主,我起晚了,扣我支钱吧!"白杏的声音像鸟唱一样。

"本来也没指望你们么。你爹呢?"

"上县城看我娘和我姐去了!"

"他倒会挑日子,不知道今天垒工棚吗?"

"要不人家怎么叫他'张大懒'哩。"

"你就这么说你爹吗,总是你爹呀……"

"说他?在家还骂他哩!"

白杏噘着带笑的小嘴巴,跑到推车前边把拉绳搭在肩上。这姑娘名声不好,但大笨不讨厌她。跟大窑周围那些与窑工胡浪的姑娘相比,她强得多哩。性子喜人,声音也好听,人是精明的。开窑之后,大笨准备让她当会计,管秤掌钱。当然,她得听使唤,不要惹出什么骚事来。

村旁的梯田里,几个背雪的人站住了,呆呆地看着这个窑工队伍。老黑子站在坡上喊:"二笨,给推车打气了吗?"

"我放进几个屁,它鼓鼓的啦!"

"使坏了你赔!"

"赔你个……"

老黑子在上面嘎嘎地笑起来。二笨得意地看了白杏一眼。他跟春芝换了灰篓,一只手推着车,两只眼不住地在白杏的腿上、背上瞟来瞟去。他不使劲儿,就看她在前边弓腰拉绳那副俏样儿。她在夏天是穿裙子的,全村只有她一个姑娘敢光着两条长腿在石巷里走来走去。二笨还记得她像蘑菇一样的白腿肚子和圆圆的像小母马一样的臀部。他希望冬天快点儿过去。

　　三里长的大车道到了尽头。大笨在窑场上升起了火。他刨开冻土块,取出松干的黄土,掺在烤软的石灰里。春芝把从水泉冰下取来的清水哗哗地浇在上面,用铁锹飞快地搅拌着。二笨和白杏在山根底下寻找垒墙的扁石,用推车把石头掀倒在窑工棚的墙基前边。几个人踩脏了窑场上的白雪,火堆旁飘散着化了的脏雪的湿气和石灰的呛味儿。春芝把泥摊在断墙头儿上,大笨一刻也不敢耽搁,不住地弯腰、直腰,把石头一块挨一块地码上去。他的手让石头砸了一下,闪电般地跳开,大口地往肚子吸气,热腾腾的脑袋在雪花里冒着白烟儿。白杏扶着推车,用吃惊的目光盯着他。他把淌了血的手插在泥里泡了一会儿,又在火苗子上烤了烤,皱着扁脸回到墙边去了。那墙一点儿一点儿地升了上去。

　　响午雪停了,还是没有风,狼窝沟静静的。大笨看着齐腰高的石墙,决定不回家吃饭了,让春芝去取,再顺便背一篓灰来。他甩着那只伤手,像赶蚊子一样走到水桶旁边。自己喝了几口,又往带来的电石灯里灌了点儿水,用火柴点着。小铁灯里的电石咝咝地响着,细长的铁嘴上喷出了蓝晃晃的小火苗。他提着灯走到窑口,半截身子钻了进去。

　　"窑主,看砸了你!"白杏尖声尖气地喊他。

　　"我下去过,不往深走。"

　　"哥,我也跟你去吗?把白杏留下喂狼。"

　　"二笨臭!比电石还臭……"

　　白杏笑着把二笨从窑口上推了下去。大笨的声音从那吓人黑洞里瓮声瓮气地传出来:"饭来了在口子上喊我!"

二笨往火里添了柴,找块干净地方铺下皮袄,白杏不来坐,他就自己躺下了。他想给白杏说几个聪明的乐子,但想不起来。

"白杏,你爹给你到县城寻婆家了吧?"

"烂你的牙!"

"说真的哩,你看着……村里谁最漂亮?"

"我!"

"男的?"

"刘玉山呗。"

二笨愣了一下,失望地眨巴着眼睛。白杏狡猾地蹲在火堆那边,故意逗他:"第二个漂亮的小伙子就是你啦。"

二笨又恢复了信心。

"白杏,你知道不……我在公社中学谈过对象哩!"

"我比你早两年毕业,你那些鬼事我怎么知道?"

"高一那个打篮球的高个子你认识吧?"

"说过话,不熟。"

"就是她。她是齐家庄的……"

"人家瞧得上你?"

"瞧你说的。我跟她在粮库后面亲过嘴。那嘴,呀呀,别提啦……像杏一样,像樱桃球一样……"

二笨编着瞎话,自己先陶醉地眯起了眼睛。他梦想自己亲了白杏鲜嫩的嘴唇,就像在电影上看过的那样。他嗅到了一股怪味儿,琢磨了半天才一下子蹿起来,把燎了毛的皮袄使劲儿往雪里摔打,像抡着一把大扫帚。

白杏溜到山坡上拾柴,看见躺着的二笨突然在窑场上跳起了舞,那狂颠的样子把她逗笑了。

四

　　离阳历年还有十几天，窑工棚上了顶。新盘的土炕用煤火熏了三遍。炕泥终于变硬了，布满像蜘蛛网一样的细小的裂纹儿。窑场旁边的蒿草、灌木已经砍净，留出运煤大车转弯的空地，低洼的地方用窑口的坍土填平了。狼窝窑的真面露了出来，半扇山墙那么大的黑孔由南朝北平视着光溜溜的窑场，它要把煤呕在那上面。窑里下了柱。史大笨用光了家里的旧木头，勉强撑住了四十米的斜巷。他精心选择的那个废掌子面在一百多米以外，一月一日合同正式生效以前他无论如何是到不了那里了。他缺了至少三百根窑柱。二笨和白杏不知愁，孩子似的在整平的斜巷里爬进爬出。白杏问蹲在窑里抽烟的大笨：

　　"里面没柱，你不是也走到掌子面了吗？"

　　"走？……我他妈像猫一样在里面爬哩！"大笨对着白杏苦笑，"找你大伯去想办法吧！"

　　张广路跑了几趟公社，准伐证没有开来。他比窑主更关心这个煤窑的前景，这是外人不知道的。这一带方圆百里，几乎村村有煤，唯独洪水峪是个干山。一九六八年，他请来外村的窑工帮助找煤，打瞎了两、三个石洞，总算在狼窝沟见了黑。不是烧煤，是上好的焦碴子，收购价贵了一倍。那一年队里得了十六万。好景不长远，没几年就干了窑，碎了全村的富梦。事隔多年，承包风又扇醉了乡亲们的心，纷纷打起了狼窝的主意。他不想蛮干，背了全村人跟着受累。如果有哪一户敢为全村冒这个险,倒很对他的心思。合同期只有一年,可以续订也可以不续订。出了煤,他就把窑权收回村里,乡亲们不会不拥护他。他也为史大笨留了后路,见不着煤的话,他就代表村委会撕毁合同,免了那没有影子的三千块。这些心思他深埋在肚子里,不打算向任何人透露。

张广路最后一次从公社回来,很惭愧地找到了史大笨:"你看看我的嘴,皮子破了没有?不让伐,说多少话也没用。买吧,我看公社的集上有……"

"多少钱一根?"

"贵点儿,六块钱一根。"他用手比划着,"这么壮,可以截开当两根用。"

"开一个窑只给五百块贷款,我上哪儿找钱买呀?"

"村里的底子你知道。钱不够,我借给你……三几百的不成问题。"

"不啦!我们自己想办法……"

张广路还想说什么,看了大笨那阴沉的脸,只好尴尬地走开了。他的腿跑得生疼,搭了好几盒好烟。但是说这些干什么呢?大笨的愁样怪可怜的。

史天会搬到窑上去住了。眼看着阳历年一天天临近,谁劝他也不回家,春芝只好每天给他送饭。村里不断有人到这里来,用好奇和嫉妒的眼光看着收拾得整整齐齐的窑场,往黑漆漆的窑口里探望。史天会站在旁边,拄着拐棍咳嗽,一边用沙哑的声音回答乡亲们的祝愿,一边威胁那些胆敢进窑的半大后生。

"出来!看石头砸了屌,娶不上媳妇!"

"娶不上媳妇,娶麻子……"

"我要你的小命儿……我把你肠子打断喽……我揍你个屁股!"他

颤颤颠地挥舞着六道子棍，追打满窑场乱窜的蛮子们，直到把他们赶到大车道上去。他很愉快，觉得自己变得很年轻。但是一站住脚，马上喘作一团，不得不缩到工棚的土炕上去。

刘九更也到窑上来了。他夸了大笨的能干，夸了窑场的利索，然后掏出了酒瓶和酒盅，给史老汉摆在炕席上。九更告诉他，他找到窑柱了。

"椴木沟你知道不？"

"听说过，离这儿七八十里吧？"

"那儿的村长姓赵，我们一块儿当过兵，他们那儿开了山场。让玉山带上大笨去买吧，我已经写好了信……"

"玉山肯去吗？"

"让大笨再找他说说，那小子倔，自己是不吐口。"

"我的九更兄弟哎，史家谢你啦……"

史天会核桃皮一样的老脸哆嗦着，饮了半盅酒，把剩下的半盅给了九更。九更喝红了脸，五十几岁的人显得老了许多，感叹起养儿的艰难和儿子的不孝来了。史天会跟着他连连叹息。

春芝给爹送去晚饭，又给大笨带来了好消息。这是一件棘手的事。大笨在井台的风里吹了半天，才犹犹豫豫地踏上了去九更家的石道。他在拐弯的地方撞上了一个人，那人在黑影里往后跌了两步，终于大张着两只乱摇的手臂摔在石头上了。大笨看清了月光底下的那张白脸。

"摔疼了吗？"他的声音木呆呆的。刘玉山默默地站起来，靠在墙上，没有理会他，大笨递给他一支烟，他接过去了，狠狠地抽了几口："好疼！总算喘上气来了。"

玉山的声音很平淡，大笨紧张地笑起来："我想给你烧香哩，倒把菩萨给撞啦！窑柱的事可全靠你帮我了……"

"帮你容易，事情成不成就难说啦。"

"我听你的……"

"你凑齐六百块钱，明天早上动身。"

"你够朋友！以后用得着我说声儿，我干了亏你的事，窑石砸死也不怨……兄弟，我一早等你哩！"

大笨脑袋热烘烘地往家走。他想不到玉山是这样爽快的人。他一向不把这个高傲的书生放在眼里，妹妹的婚事和包窑会上的争夺使他加深了原有的轻蔑。但是求这个对头办事又使他非常紧张，现在总算放松啦！他看出自己原来也是怕这个瘦弱的小伙子的。爹爹把我这个人看准了。那就再想办法把他拉到窑里来吧，妹妹的婚事不成也干！

老婆已经睡下了，头发耷拉在炕沿上。大笨摸索着爬上炕头，把老婆的头发捏在手里搓了搓，一冬没有用香皂洗头，都是黏的啦。七年前，他从上马台村把她娶来的时候，她还是个像白杏一个爱俏的姑娘，如今成了脏乎乎的、睡觉打响酣的壮妇。她为他生了个女儿，再也不抱窝了。他在公社上窑的时候，回家的机会不多，所以一直以为是运气不好。可回村半年多了，夜夜在一个炕上滚，她还是什么也没有怀上。爹娘想孙子想得不行啦，那火辣辣的目光让大笨又惭愧又焦急。

"枝子！枝子……你醒醒。"

"回来啦？你……你进来不？"老婆翻过身来，声音含混不清，像个反刍的母牛似的哼哼着，给他掀开了被窝，"我困啦……你轻些，看把小果弄醒来。"

大笨把手从在黑暗中闪着蓝光的女人胸脯上拿开，给她盖严被子，自己在一边躺下了，女人碰了碰他的胳膊。

"想啥呢？"

"儿子。"

"想你不来？"

"明天要早起，上椴木沟买窑柱去，阳历年回不来啦……"

"跟谁同去呀？"

"会计。"

"白杏？"

"看你急的，眼睛出火啦，逗你玩儿哩……枝子，你看春芝和玉山的婚事能说成吗？"

"说出来你不高兴，我看爹是做梦哩！那么俊的人儿，能把春芝看在眼里？还是让妹子死了心吧……"

"不见准，我不是就看上你了吗？"

"嚼牙根！你那驴脸还想咋样？"

"咋样？我要治你！"

"睡吧，睡吧……要起早哩……盖上膀子，猫洞窑有风，把手拿出去……我困急啦……"

窗户纸响着，小风在屋檐下盘旋。月亮冷冰冰地在山谷上空向西移动，把灰蒙蒙的银光洒上洪水峪深蓝的山冈，在庄户人沉寂的小院里留下大片大片的影子。

五

史大笨和刘玉山背着干粮袋出了村子。他们穿过三个村庄，走出洪水峪所在的那条长谷，在太阳升起来的时候踏上了邻县的地界。一条开阔的、更为宽大的山谷展现在面前，它截住了从西北方像洪水一样滚滚而来的山峰。远方的老林子像一片片干褐色的绒毛飘浮在陡峭的山尖上，闪着绿色光芒的松林这儿那儿地散布着，像是掉在山涛里的几片叶子。他们沿着冻硬的大车道，走过干枯的河滩，在几乎看不见的隐藏在山麓的公路上，爬上了一辆河北农民的马车。两头瘦削有力的骡子拉着他们嗒嗒地一直向西走去。

史大笨睡着了，很舒服地伸展着四肢，什么也没枕的脑袋在坚硬的车板上滚来滚去。刘玉山给河北人递了烟，自己也闷头吸起来。他看着窑主露着半个眼珠的眼睛，觉得这副睡相很愚蠢。

"像条死鱼一样……这家伙晚上肯定没睡踏实。"

他暗自笑了笑。这张丑陋的扁脸使他想起了春芝。他不喜欢那个姑娘，父亲向他提那件可笑的婚事以前，他几乎没注意过她。她在小学念了三年书就辍学了，跟他也很少接触。他只记得小时候在场院麦秸垛里玩耍的情景，她像个小老鼠一样垛子里钻来钻去，逃避他的追逐。那时候她还很活泼，露出前唇的牙齿显得很有趣。怎么也不会想到，她会长成像现在这样没有魅力的一个丑姑娘。跟这样的女人过一辈子，除了生孩子做活，能有什么乐趣呢？年年月月面对着一个悲哀的、卖力地干活的女人，那是再糟糕不过的啦！生活不应该是这个样子。

掌灯时分，马车把他们拉进椴木沟，在村子里转了几个弯，停在人声嘈杂的大车店前边了。他们给了赶车的几块钱，在店里号了两个铺，急匆匆地来到村间的大道上，听到鞭炮声，他们才猛然想起明天是阳历年，心里都莫名其妙地有点儿不自在。

赵村长是个很胖的男人，他们走进那大院的时候，他正陪着一些不像本地人的汉子喝酒，笑声活像一只嘎嘎乱叫的肥鸭。他不认识玉山，看了九更的信才若有所悟地上下打量着他，不太热情地问："你爹恢复公职了吗？"

"公社让他回去，他嫌寒碜，就在村里供销社干了。"

"九百块钱算个屌毛！把他整惨啦。你爹也是，打天津的时候枪子儿呼呼地都没蹭了他，挺老实个人栽在那上面了……不提啦，你们要多少棵柱？"

"三百根。"大笨连忙插话。

"带多少钱？"

"六百块，按两块钱一根打的。"

"两块钱？最小的柱也三块来钱呐！"

喝酒的陌生人用嘲弄的眼光看着两个疲惫不堪的小伙子。赵村长那酒气醺醺、漫不经心的样子把玉山激怒了。他克制着自己，用皮帽抹了抹暴起筋来的前额，坚决地说："你给想想办法，父亲托你了。"

"你是窑主吗？"

"他是。"

"用二十吨煤换怎么样？"

村长用笤帚须剔着牙缝，盯着大笨那显得有点儿傻乎乎的扁脸。大笨拿着一根来不及点着的香烟，有点儿不知所措。

"洞里还没见煤哩。我们是小窑，不用大柱，给点儿便宜货吧……"

"算啦，算啦……"村长想了想，对玉山说，"山上有些新伐的柱，你们自己背下来，按两块钱一根算，大家不吃亏。怎么样？"

玉山咽了口唾沫。大笨搓着手，下巴都哆嗦起来："谢啦，谢啦！……我们今夜就背……找个兄弟带我们去吧！"

喝酒的人堆里传出嗤嗤的笑声。村长给看山人写了条子，指了上山的路，然后客气地留他们吃饭。两个人推辞着，红着脸从酒席上逃了出来。

"妈的,这人卖木头一定发了大财!"玉山像吐沙子一样向路上啐着。

"咱们捡了个便宜,用力气换钱,值啦!"

"大笨,你的口气太软了。"

"我没做过买卖……腿都哆嗦啦。"

窑主心满意足的样子使玉山感到很可悲。如果他是窑主,一定答应用煤换,等胖家伙来拉煤的时候再治他,让他懂得对外乡的客人应该有诚意,有人情,哪怕不是在除夕的晚上。

看山人的小棚在村后的小山上,离大车店不远。棚子旁边的空地上堆满了腿肚子粗细的、二米来长的木头段子。他们向看山人借了背架和手电,就着看山人给的开水吃尽了冷干粮,一刻不停地干了起来。玉山一次背五根,下山时腿脚勉强可以撑住。大笨一次背八根,把背架压得吱呀乱响,步子却仍像骡子一样敏捷有力。在村道上奔跑耍戏的孩子们,给两个像牲口一样的外乡人让路,好奇地盯着他们冒着热气的脑袋。玉山有点儿支持不住了。他忘记已经背了几次,只是苦笑着不住地问自己:"我这是图个啥呢?图个啥呢……"可是大笨那副狠样子使他不能有别的选择。

冷风在黑暗的村道上盘旋,手电光哆嗦着照亮了身前的路,村子黑了,大车店的客房也熄了灯。店主揣着袖子站在大门口,怜悯地劝着他们:"歇了吧,要把半辈子的活儿都干喽哇?……卸木头轻点,轻点!……河北的车老板脾气大着哩!"

"大笨,我的腿不行了,歇吧,迟一天回去不碍事……"

玉山感到了自己的软弱,他不是窑主的对手。再背一次,他有可能让背架砸在坡上,丢人现眼不说,真出了事就糟了。

"你先歇下，我再背一次。"

大笨摇晃着身子走了，两只破棉鞋在村道上踏拉踏拉地响着。玉山心里涌出一股很古怪的滋味，他哆嗦着两条腿肚子，摸到店房的火炕上，挨着一个浑身冒着酒气的陌生人躺下。他记起了自己那个窑主的梦想，觉得很可笑，五根窑柱就把自己压垮了，在那黑而潮的煤洞里又能干什么呢？南方那个姑娘的脸用恬静的、研究的神情对着他了，他挣扎着，挣扎着，想逼迫自己做出一副孔武有力的样子，但是强烈的悲哀把他压在这肮脏的土炕上，两只疲劳过度的瘦腿在炕席上不停地轻轻颤抖。

"入窑吧……"

一个无可奈何的念头在他心里跳动，他睡着了。牲口蹄子捣地的声音惊醒了他。炕上人都睡着，窗纸有些发白，屋子里飘着温暖的睡眠的气息和新鲜的草料味儿。大笨的铺上没人，毡子没有放下。

院子里弥漫着林区清晨的雾气，所有马车的辕架上都结了薄薄的一层白霜，像一些乱七八糟的炮筒子斜指着无风的天空。大车店的围棚前边堆了小山似的地窑柱，史大笨四仰八叉地歪在上面，像亲嘴儿似的把脸贴在一根木头上。玉山窘迫地走过去，盯着那张累得发青的脸看了半天。睡死了，推都不醒。玉山索性抽出压在他身下的一根窑柱。

"谁？干啥！"史大笨用手胡乱地扒着，想拽住那根移动的木头，没有抓住便迷迷糊糊地蹿了起来。他看着是玉山，难堪地咧了咧嘴巴子，刚刚站稳的身体又咕咚一声摔在木头堆上。

"怎么不叫我？"玉山靠着他蹲下，为他点上一支烟。

"不知道哪来的力气，干得痛快呀……"

"不到炕上睡，冻伤了枝子嫂要怪我哩。"

"我怕人偷了柱……"

"要柱不要命，这套干法不对头。"

"咱的命值几个钱，挖不出煤来活着都没劲……你去雇两辆拉脚的大车，吃了早饭就装车回家，晚上爹就能看上这些命根子啦……"

"你歇一下，迟就迟了吧。"

"到车上睡……给我买一斤饼，饿煞了，买了饼叫我……"

大笨摇晃着脑袋，嗓子咕噜着，叼着半截烟卷睡着了。玉山叹了口气，叫过一个店伙把大笨抬到店房里去，店伙不可思议地晃着下巴，表示从来没有见过这么下苦力的做活人。窑是自己的，身子就是别人的么？

玉山没有讨价，花三十块钱雇了两辆大车。窑柱绑扎实了，他叫醒大笨，塞过一个装满烧饼的布袋。大笨爬到车顶上，接连从布袋里掏出六个白面饼，最后手插在袋子里睡着了。不论马车怎样颠簸，车把式如何吆喝，他一直没有醒，似乎跟那些与他躺在一起的窑柱一样，成了没有生命的东西。

那天后半夜，几头被山道折磨得筋疲力尽的牲口用最后的力气踢踏着，在赶车人声嘶力竭的恐吓声中，把大车拖上了狼窝窑的窑场。

"爹，窑柱拉回来啦……"

大笨看见白发苍苍的父亲提着马灯出现在窑工棚的门槛上，高兴得快要哭起来了。

六

巷道撑住了，黑暗中亮起了电石灯的黄火。在狼窝的深处，响着断断续续的锤声,整个腊月都没有消失过。刘玉山入了窑,跟着大笨在掌子面上做起了凿头,这是仅次于窑主的职务。张广良从县城回来了,干着从掌子面往旧巷里填石土的活路。跟他一块儿背篓子的还有春芝和白杏。二笨是个自由工,砍柱、背石、扶钎子,哪儿的活儿紧,就在哪儿帮一手。

死了的狼窝窑,慢慢地有了一点儿活气。

史大笨在马蹄表的提梁上拴了一个铁钩子,把它和电石灯一块儿挂在窑柱上。马蹄表滴滴答答地响着,灯火照亮了一寸一寸向前推进的掌子面。新巷已经延伸了三十来米,但史大笨脸上的笑容却越来越少。寻鸡窝煤本来就是碰运气的事,可是一想到无煤的前景,想到这么多人一个月来也许白干了一场。他就禁不住烦躁起来。他想发火,但找不到合适的对象,只好跪在巷道里,疯狂地挥舞着铁镐,任黑色的矸石埋没上了双腿也不停歇。玉山抢去替换他,经常被他粗暴地推开。玉山看着这个沉不住气的、脾气变化无常的窑主,觉得很可怜也很可笑。一个干了十七年的老窑工,包窑时的勇气哪去了呢?

矸子石挖尽了,掌子面上出现了叠落在一起的褐色的岩石。这是个令人绝望的时刻。史大笨打闪了锤子,柳条帽重重地磕在石壁上。

"你吃了没?连他妈个钎子也扶不住!"

"你砸了我的手,还让我负责吗?"

"我瞎了眼,雇了一群废物!"

"是我自己要来的吗?有你一句话,我现在就可以滚蛋!"

"你说啥?"

史大笨惊愕地跪在低矮的掌子面上,看着像狮子一样发怒的玉山,稍稍冷静了一些。他不该这样对待同甘苦的伙伴,但是又不想服输,他要护住窑主的面子。两个人像野兽一样对峙着,黑不溜秋的脸上闪着凶光。

"哥,你咋啦?"

春芝听到动静,胆怯地摸到新巷里来了。她低着头,放稳篓子,把筐里的碎石倒进去。没有人理她。她穿了一身十分破旧、肮脏的衣服,零乱的头发上落满了尘土,玉山那张冷酷的脸使她感到很窘迫,不知道说些什么才好。

"你背篓子出去。"大笨命令她。

"哥,该收工了吧?广良叔又在骂街啦……"

"咒窑石砸死他!这懒东西……"

大笨看了闹钟,停了,怪不得没有响铃。他当着玉山和春芝的面,仿佛漫不经心似的用锤子把闹钟砸碎了。他那故作镇静的脸突然颤抖起来,烫了手似的把锤子甩出去,连声吼着:"滚!都滚吧……"

玉山冷笑着,提起自己的灯向外走。春芝走在后面,用哀求的声音追着他:"玉山,别在意呀,他就是这个脾气,明天就好好的啦!"他没有回头,瘦弱的身子在灯影里磕磕绊绊地摇晃着。他隐约听到了从掌子面那儿传来的像野獾子叫一样的呻吟声,连忙加快了脚步。

大笨的脊梁顶着凉森森的岩石,一动不动地缩在巷道的尽头。他用黑手抹抹湿乎乎的面孔,点了根烟默默抽起来。他不想出窑,倒希望窑顶落下来埋住他,他就舒舒服服地永远也用不着动了。掌子面已经耗尽了他的力气,他知道自己投入的一千来块钱已经白喂了它。那都是一家人跟着父亲一年又一年慢慢积攒起来的呀!舍不得用炸药,舍不得拴电,就用锤子、镐头一下一下地钻进来,流了多少汗,可还是输啦!

史大笨很亲切地摸着身边的石头,眼睛又湿了起来。电石灯的小火苗像小牛舌头似的卷了几下,终于缩回去,灭了。史大笨没有摸到闹钟在什么地方,叹了口气,摸索着向窑外走。

窑工棚只剩爹一个人了,就着小油灯在炕上坐着。大笨垂头丧气地在炕席上躺下,不敢看爹从皱巴巴的眼皮里射出的目光。史天会用六道子棍拍着炕席,喘吁地向儿子发话了:"你出息了!你出息了……"

"爹!我干不动了……新巷废啦!"

"你骂玉山干啥?"

"那是骂自己哩。我是个笨蛋,选错了巷累了大伙跟着白干。我的心堵得慌……"

"巷废了重开!往后不许骂人家,人家少干吗?你给了人家几个支钱?你一人能挖出煤来,我也回家算啦……"

老汉的声音突然低了下去,儿子因为悲伤和劳累而变了形的脸一下子揪住了他的心。他眨巴着眼睛,一声挨一声地咳嗽起来。

"枝子刚才送饭来,说场上有电影,兴许演半截子了,你去看吧。别愁着脸,村子里都看着你哩,争口气吧……"

"我看窑,你去看吧。"

"我动不得,喘得不行……"

"……过两天,我到乡里给你请个医生。"

"管啥用,我瞧不上那些子人!大笨,有个事你告诉春芝吧……"

大笨看着爹的棉袄袖子,等着他,老人却迟迟疑疑地不肯开口,有点儿慌乱地把拐棍放下又拿起,不小心掉在地上了。

"九更跟我交代了,玉山不愿意和春芝谈对象,九更给咱使了力气,跟我回话的时候还骂他儿哩。我给他话:不是你家玉山没福气,就是我家春芝没福气,谈不成没关系,让他们各顾各的吧……玉山,嗨,说起来是挺好的一个孩儿,咱家春芝怕真是配不上哩……"

"我跟春芝说啥?"

"告诉她硬气些,在玉山跟前别低眉矮眼的……别恋着人家啦!"

"我告诉她!"

"你给玉山赔个礼,别让小子以为骂他是为春芝的事,史家的眼窝子没那么浅……"

老人的喉结抖动着,像个滚来滚去的核桃。

史大笨从场院走过的时候,看见挑在长杆子上的白幕布还是黑黑的。挺好的一个外国电影,演了个开头就停电了。几个坐在牲口槽上的年轻人骂骂咧咧地冲围着放映机乱转的村干部们发火,村长张广路指使人从库房里抬来一架柴油发电机,电工急得满头大汗,那老掉牙的机器却怎么也发动不起来。乡亲们很有耐心,那儿一堆这儿一堆在黑漆漆的场院里抽烟、聊天,仿佛电影什么时间续演是一件与他们无关的事情。张广路看见了大笨,从人堆里走出来:"我看着像你……腰都塌塌了,干得太狠伤身呀!"他把手电关掉,大笨恶狠狠的眼神使他很不舒服。

"不狠,让我家喝西北风去?我不得扒了房还你三千块!"

"别说气话……找煤不是一两天的事,劝你爹歇歇,过了年再下力干,一口吃不成个胖子。"

"等窑葬了我,我就歇……村长,你得说说你兄弟,他那么大的汉子,干活儿还赶不上白杏哩,我还能追着屁股赶他?"

"我说他多少次了,这个广良……不成形的东西!老啦老啦倒更不要个脸子了。他再不正经干你就辞了他……"

张广良不知什么时候从黑影里钻了出来,嬉皮笑脸地叼着个烟袋锅子。村长和大笨的话他都听见了,但是并不生气,反而很亲热地拍拍大笨的肩膀:"窑主别捣我的瞎话。凭良心说,你那窑里连个风口子都没有,我干一天吃下多少土?抽烟都没有滋味了……白杏和春芝的支钱跟我一样多,你让我的老脸往哪儿搁呀?我觉着我干得不错哩……"

"你那脸搁在鞋底子上了,还说个啥!"张广路把他轰开,显得比大笨还要恼怒。如果狼窝窑出不了煤,不如让广良辞退出来,省得让大笨多支一份工资,赊一份亏账。他想着,无可奈何地摇了摇头。眼下,对史家的困境他实在也帮不了什么别的忙了。

牲口棚那边,张广良的尖嗓子叫了起来:"我的板凳哪儿去了?哪个王八羔子拿我的板凳了。杏儿,杏儿!看见爹的板凳了没?杏儿!"

"杏儿让王八羔子啃啦!"

"杏儿在我口袋里哩……"

槽上的小伙子们七嘴八舌地嚷嚷起来,场院里一片斥声和笑声。张广良举着烟袋向人群扑了过去,但立即就被按倒在槽帮上,一阵挣扎和骚乱过后,精力过剩的小伙子们把这个无人尊敬的长辈扔在草料堆里了。

史大笨垂头丧气地往家里走,从坡上溜下来的小风吹着他的脸蛋子,没吃晚饭,肚子里咕咕地爬着饿虫,腿也软软的了。他看见了在井台上打水的春芝。

"没去看电影?"他要过扁担来。

"哥回来啦?明天一早上窑,我把缸挑满,明早好帮着嫂子煮饭……"

"二笨死啦!……春芝,爹让我告诉你……"

"啥?"

大笨突然不知道说什么了。他挑起水桶说:"家去,我细细对你讲。"扁担给拽住了,春芝盯着他:"是玉山和我的事吗?"

大笨点了点头,把妹子的手扒拉开:"你别难受……我看那白脸子不一定是个多么好的东西……"

"这事我早知道啦……饭在灶上热着哩，你快去吃吧。"

月光照在妹妹的脸上，显得平静而安详。大笨的心里酸酸的了，妹妹窑里窑外的苦做，可当哥的给不了她应有报偿呀！

"春芝，跟着哥好好干！出了煤，日子就好过啦！"

他挑起水桶沿坡向上走，桶里的水泼溅着，星星点点地滴在石路上。春芝在井台上坐下。场院传来突突的电机声，电影又演上啦。几个走回村子的人又急急忙忙地跑回去，电筒光在牲口棚上闪了几下，淹没在场院的黑暗里。亮而大的白幕上，有了说话的人影儿，像是从天上掉下来的一样。

井绳上的铁钩子碰着石台子，在风里呻吟着。春芝慢慢走回家去，走到门口仿佛再也走不动了，靠着栅门蹲了下来。二条细细的长辫子在黑暗里跳着，从她背上滑下去了。

七

冬天变得很暖和。在巷子里走路，不用像串街的狗似的贴着墙根紧颠了。二笨在老黑子家打了几手牌，耳朵上夹着赢来的卷烟，神气活现地来到村道上。街上的门洞里聚着一些聊天的人，看见二笨走过，都不做声了，用一种说不清楚的眼神打量着他。

"又在编排我家小窑哩，出不了煤，他们全乐啦！"

这个沮丧的念头在他心里闪了一下，但马上就消失了。他吹着口哨，晃着膀子从那些人前边走过。拐过两道巷子，是白杏家的院落，他犹豫了一下，慢悠悠地顺着台阶走了上去。

"广良叔，我哥让我告你个事……"

他冲北屋喊着，眼睛却往白杏的小西屋乱瞟。那里没动静，他大胆地往窗户边上走了几步。

"凑啥！有话上北屋说来……"广良的瘦脸贴在北屋的窗玻璃上，那两只大眼珠子把二笨吓了一跳。二笨脖子有点儿发热，不住地舔着嘴唇。

"我哥让你明天晌午上我家吃饭去……割了五斤肉哩！"

"初一宴客，我早知道啦！晌午歇工时你哥告诉我了，怎么又支你来？你到底有啥事？"

"……晚上落马岭的剧团来唱大戏，你看去不？"

"看！咋不看？那村有个老娘儿们唱佘太君唱得好着哩，可惜她是个破鞋！你没见她年轻时的俏样儿哩……"

广良在玻璃后边咧着嘴笑起来，二笨也嘿嘿笑着，又扯了几句没咸淡的话，这才不太满足地从院里走出来。白杏不在家，上哪儿去了呢？

"破鞋……破鞋……"

广良那带着猥亵意味的笑声一直在他耳朵里响着，搅得他心神不安。他知道破鞋是什么意思，但又不明白这究竟是怎么回事。他心里似乎总有一种可怕的声音在暗示他，告诉他破鞋并不是那么丑恶的东西，非但不丑恶，甚至还蒙着一层诱人的神秘的色彩。乡亲们谈起这些来总是嗤之以鼻，但在私下里的那些粗鲁而开心的议论，却向他揭示了他尚未理解的某些东西。

"白杏也是破鞋……"

他想着，手心都渗出汗来了。他希望她不是，又希望她是那样的女人。这些矛盾重重的古怪念头把他搅得非常苦恼。他毫无目的地在村子里转来转去，像丢了魂似的耷拉着脑袋，真想往遇到的鸡呀、狗呀或人的身上胡乱地踢打一顿，撒一撒憋在身子里的烦躁和懊丧。从刘九更家墙外走过的时候，他突然听到了一个令他心悸的笑声，这笑声太熟悉啦！他连忙靠在石巷的拐角处，院门那里闪出了一个人影，一蹦一跳地往西边的坡道跑去了。果然是白杏。她上玉山这儿干啥来啦？在窑里的时候，她和玉山谁也不搭理谁，闹了半天都是假正经哩！

"妈的！破鞋！……"

他恶狠狠地骂着，心里却涌出一大股酸溜溜的东西，噎得他喘不上气来。他觉得有个比石头还坚硬的东西砸了他的身子，全身的肌肉都疼得缩了起来。他试着吹起口哨，那空虚的响声从哆嗦的嘴唇喷出，听起来跟往常是完全两样的了。

村东头哪家在杀年猪，尖利的嚎叫声在山谷里飞扬起来，持续了很久。一些孩子已经跑到场院上，把自家的板凳摆在土台子前边。娘的声音也在石巷的尽头响起来了："二笨，饭成哩！二笨……"

"来啦！"

二笨摇摇晃晃地向家里走去，烟从耳朵上掉了下来，被他用大脚踩烂了。

院子里飘着煮肉的香味儿，可饭桌上的吃食仍旧是小米干饭和炖土豆块子。二笨吃了几口干饭，跑到厢房从肉锅里夹了一块肉条子。娘过来看火，瞧见他急匆匆地把白花花的肉块子塞进嘴里，叹着气说："急啥？明天让你吃个够。"

"自家舍不得吃，倒知道喂别人……"

"别人也不是外人，都是一个窑上的。"

"还窑哩！连个煤星儿都见不着，咱家……"

"说的是哩……别当着你爹说这些，他愁坏了。"

娘让锅里的热气熏了眼睛，用衣襟擦抹着，转来转去地寻找盐罐子。二笨又把筷子伸进锅里。

因为过年，史天会不得不从窑上回来了。他在窑口两边栽了桩子，拴了一个栅栏门，还是不放心，又嘱咐大笨搬来一块七八十斤重的大石头挡在那里，似乎只有这样才能阻拦什么莫名其妙的东西对他家这口小窑的伤害。史大笨觉得用不着这么小心，但还是照爹的话办了，封了窑口，给窑工棚上了锁。

吃了饭，女人们到场院看戏去了。二笨懒得动，歪在炕角里想心事，史大笨从大板柜里拿出一个白布包，和爹爹面对面坐在炕上，半天没有说话。大笨不放心地看着二笨的脊梁。可爹爹已经抖抖索索地打开白布包，露出了捆成三叠的三百元整齐的钱票。那钱像火炭一样，谁也不敢碰它。

"咱家的存款和信用社的贷款统共就这些了……"

大笨像是自言自语地嘟囔着，看了爹一眼。老人的眉毛奇怪地跳起来，怕疼似的眯起了眼睛。

"一月的支钱怎么开呀？"

"广良和白杏每人六十块。玉山是凿头，九十块。加起来是二百一十块钱。剩给咱家的还有……九十，枝子手里还有办年货余的钱，也就二十来块……家底子算是空啦！"

"能不能少给他们开点儿？"

"不行，爹！开窑时都说妥了……"

老汉喘着，对自己突然冒出来的念头感到不好意思，低头咳嗽起来。大笨用拳头给爹捶背，疏远地盯着那些冷冰冰的钱票子。二笨也在看着它们，他想着另外的事情。

"哥，初二我要上县城，跟老黑子他们一块儿坐大车去……给我开点儿支钱吧，三十块……想买一双鞋……"

"鞋？……"大笨斜着眼角，嘴唇耷拉下来，恶声恶气地说，"家都快败啦，你还想着鞋！啥鞋？金子做的还是银子打的……"

二笨爬下炕，不服气地走出门去："咱家的钱有我的份儿，不能你说了算，你不给我跟别人借。"

"你回！妈的……我看你敢借！"

大笨正要窜出去，爹爹用拐棍把他拦在炕上，喘得脊背佝偻起来。老人的嗓子咕噜着，大笨把耳朵贴近，低声问："说啥？"

"给他开吧！二笨和春芝每人十块，让他们把年过去。"

大笨咧着干巴巴的嘴唇，用指头摸着炕席的毛边儿，认真地听着从爹爹嗓子里发出的吱吱的、古怪的出气声。

村夜里响起乱糟糟的锣鼓，场院土台子上的大戏开唱了！懒散而愉快的庄户人聚在一起，看着落坡岭的戏子们舞来舞去，吐字不清而又变化无常的高腔梆子调引起他们阵阵的叫声和畅笑，一年的劳作和入冬来闲居造成的烦闷情绪一下子飞上了冷冷的夜空，随着风飘到岭南去啦！唯独史家父子愁坐在自家的土炕上，默默地为那口三里外的小窑叹息和焦急。

二笨听了几句唱文，听不清是什么意思。那个演佘太君的大嗓子娘儿们原来是个黑黑的干巴巴的瘦女人，没有一点儿看头儿。他来到牲口棚的料房里，看见白杏正挤在几个姑娘中间织毛衣，便漫不经心地凑了过去。炕上是一帮男女混坐在一起的年轻人，正吵吵嚷嚷地打牌，输了的姑娘们把牌一扔，逃避着小伙子们伸到腿上来的大手，嗤嗤地笑着。厉害的姑娘则按住男人的头往炕席上碰，小伙子装模作样地哼哼着，像狗一样滚在姑娘的腿边。这帮十七、八岁的比他还小的人，玩耍的胆子是越来越大啦，拿腔拿调的臭梆子戏才引不起他们的兴趣哩！

二笨跳起来坐在几个撂在一起的麻袋上，里面的黑豆让他压得沙沙直响。白杏冲他笑了笑，指指外边说："都说落坡岭的戏好，唱得啥呀！"

"你扮一扮要漂亮多哩！你嗓子也好……"

"胡扯！我一张口就走调儿……"

二笨呆呆地看着她的下巴，那圆圆的下巴底下是细长的雪白的脖子，他真想伸出巴掌在上面摸一摸，炕上的少男少女们打起来了，扑克牌散了一炕，穿着棉衣的胳膊和大腿胡乱地混在一起，笑声和骂声像火苗子一样燎了二笨的心。

"白杏，初二咱们搭伴上县城吧，好好逛逛……"

"不去，好好歇歇，过了十五还得上窑哩。"

"你不看你姐和你娘啦？"

"姐嫁到县城是她的福气，我不想沾光。娘给人看孩子哩，我去了算干什么呀？在村里过年挺好……"

"白杏……你不想在县城找对象啦？"

"咱的命苦，根长在洪水峪拔不动了，谁知道有没有那个福气？"

白杏扮了个鬼脸，毛衣针在手里飞快地穿动着。二笨咬着嘴唇，默默地盯着她一闪一闪的黑睫毛。他觉得自己的心软软的了，像烧乏了的柴炭一样。他压低了声音，哆哆嗦嗦地凑到她脸前边说："白杏……我要跟你好！"

他被自己的声音吓了一跳，脸刷地一下白了。

"你说什么？……别乱搅！"

白杏以为他在开玩笑,连头都没抬起来。二笨又用不可思议的坚决的声音重复说:"真的!我要跟你好……别人说你闲话,我不嫌弃。我……我跟爹说去,我要娶你!"

白杏那弯弯的眼睛拉长了,脸冷得像窑石一样,盯着二笨咬得发肿的嘴唇,半天没有说出话来。炕上的人打乏了,但不知哪个家伙突然拉熄了电灯,女孩子们惊恐地尖叫起来。

"老歪!我告你爹去……"

"秀花,你干吗咬我手?哎哟……"

"你往那儿抓挠,我喊啦!"

骂声和低低的嗤笑声混在一起,搅起一股令人迷醉的浑浊的气息。二笨的手受不了自己的控制,像个野兽的爪子似的向白杏伸了过去。白杏的身子抖了一下,轻轻地,急促地从料房飘出去了。二笨失魂落魄地从麻袋上滑下来,穿过场院上的人群,一直走出村子。脑子里烧起大火,焚毁了一个又一个阴暗的可怕的念头,使他什么也不能想,什么也想不清楚。

他在村前小溪的冰上跌倒了,脸在冰面上狠狠地蹭了一下。他想起了公社中学的体育教师。那个总穿着一身蓝运动衣的汉子表面上和和气气,却在自己的宿舍里搞大了白杏的肚子。他对人说是白杏自己去的,可他还是受了处分,让北山的老婆追得满操场乱跳乱窜,脸上留着让女人抓下的血道子。

二笨趴在冰上,野蛮而粗野地笑起来。

"破鞋!破鞋!我摸了她的下巴,我摸了破鞋的下巴……"

八

　　客人们脱鞋上炕了，玉山还没有来。史大笨穿着一身蓝制服来到院门外边的台阶上，向村道上张望。邻家的院落里传出欢快的笑声，空气里弥漫着炸年糕的香味儿，远方的苗儿安梁横在灰蓝的天边，山脊像一些美妙的花纹似的镶在上面，一直延伸到深深的看不见的山谷后面去。

　　他来了。大笨不自然地倒着脚，把烟头扔在鞋跟底下。

　　"来啦？"

　　"来啦。"

　　"年好！"

　　"年好……"

　　玉山低着头，从他身边擦了过去，大笨殷切地跟着他走进院子。自从上次吵架之后，俩人之间一直是这个样子。大笨觉得面不自在，但脸上依旧挂着宽厚的笑容，故意把宽阔的厚肩闪拉下来，好像受了委屈似的。

　　席上并排摆了两张炕桌，油腻的桌面上摊着一堆水果糖。史家父子坐在靠窗户这边，对面从里往外坐着广良、广路、白杏和玉山。玉山没有脱鞋，把两条长腿斜挂在炕沿上，胳膊支住桌子。

　　史大笨看看父亲递过来的眼色，把分成几叠的钱摆在桌面上。

　　"各位辛苦啦！这是一月的支钱。虽说没挖出煤来，各位都出了大力……收下吧。"

他想笑笑，但一阵抽搐从嘴角闪过，使他的脸变得异常严肃了。广良不客气地把自己和女儿的两份钱抓在一起，迫不及待地点起来，不住地用指头抹着吐出半截的舌尖。

"吃糖！吃糖！二笨，把烟递过来……"

史天会老汉用很大的嗓门招呼着。玉山把钱拿在手里掂了掂，塞在口袋里。张广路用肘子碰碰广良的肋巴，说："把白杏的钱给她，放你手里存不下，别又糟蹋了。"

"杏儿，爹拿还是你拿？"广良贪婪的小眼睛盯着女儿。

"我的钱是我的，你的钱是你的。"

广良又把钱数了一遍，不情愿地分给女儿一半儿。白杏红着脸，害羞似的把钱揣了起来。大家仿佛都松了一口气，嘿嘿地笑着，说起了年节的吉利话。二笨靠在窗台上，好像什么也不曾发生过似的追着白杏的眼睛，用赤裸裸的目光盯住她。

酒瓶子开了口，大笨用袖子把糖拂到席上，枝子和春芝穿梭似的端来了午饭。炖肉、豆腐丸子、肉片炒葫芦条儿用大碗盛着，冒出香喷喷的热气。炸年糕闪着白色的小油泡，破了的地方淌出了黑色的糖水，筷子在碗边叮当响着，酒盅在嘴边发出吱吱的声音，洒了的酒顺着桌沿一滴一滴地淌到炕上和人们罩了新衣的腿上。

"我敢说，出不了正月，那窑准得见黑……"张广路把酒吸进嗓子眼儿，冲史天会发出乐观的预言。

"是哩，是哩。"史老汉脸上的笑容一闪而过，一块白肉在他筷子头上裂成了两半，他连忙在桌上逮住它们，塞进嘴里。

史大笨头有点儿晕，酒烫了他的胸口，像一把小刀子似的在里边剜着。他看着吃得很欢的张广良，那张填满了肥肉的油乎乎的大嘴直让他恶心，但他仍旧不断地说着："吃！吃……再来一盅。"

148

"来一盅……就来一盅……我怕这个,我的量……洪水峪谁比得了?"

广良的舌头硬了,脸白得像纸一样,酒顺着下巴直往衣襟上滴答。他奇怪地咧着嘴巴,布满红丝的眼睛盯住大笨,手指头在大笨鼻子底下划着圆圈。大笨往后欠欠身子。

"你有什么话要说就说吧。"

"大笨,凭良心说,我张广良干得怎么样?六十块……比玉山少了三十,你们史家算计得也太狠啦!"

"你胡嚼什么!"

张广路夺下他的筷子,谁想到他竟一下子从炕上爬起来,揪住哥哥的袖子:"你是我哥?我没你这个哥!……你还算个哥?!"

"你丢人吧!"白杏下了炕,脸红红地走出去了。

"他……醉啦!"二笨傻乎乎地笑起来。

广良像摊稀泥一样滚在炕席上,穿着脏袜的脚蹬着桌子腿,用沙哑的声音哼哼着,吐着昏话:"闺女不孝,她娘不待见我,你们都欺我呀……我受不了啦……大笨,我撂下话吧,你那窑出不了煤,永世出不了煤!你们想发大财,做梦吧!……天会大哥,你可怜我,给我开支钱吧,把一年的支钱开给我吧,我上县城跟孩子她娘享福去……给我蜂蜜……用年糕蘸蜂蜜……"

醉了的广良流着口水,使劲捂住棉帽子,身子像个虫一样蠕动着。在厨房忙碌的女人们都跑到北屋来,吃惊地站在炕前边。

"天!这是咋啦……"

大笨的麻脸娘用围裙擦着手,脸皱成了一团,像是马上就要哭起来了,张广路手忙脚乱地把弟弟拉到炕边,指挥二笨和玉山把他抬回家去。二笨拖住那双瘦腿,看着广良使劲往后仰着的尖下巴,不停地哧哧地笑着。白杏有这么一个父亲,很让他开心。

广良的棉袄后襟拖了地,帽子滚到玉山脚底下,夹在帽壳里的钱洒了出来。广路为他们拾起来,一行人像抬着一只待杀的猪似的顺着村道走了下去。各家院门呼啦啦涌出了看热闹的乡亲,洪水峪初一的晴空下面,响起了醉汉疯狂的、不祥的嘶叫。

"狼窝窑坍啦!狼窝窑下顶啦!……史家出了人命啦……"

史家屋里一片狼藉,被愤怒和悲哀的气氛笼罩了。史天会不动声色地把用蒜拌了的凉肉塞进嘴里,一盅接一盅地灌着老酒,他吩咐家人说:"你们都吃吧!"枝子靠着门框抽泣起来。

史老汉的白发哆嗦着,哆嗦着,慢慢地垂了下去。

初二天不亮,二笨就起身跟着村里一帮小子逛县城去了。他们初三才能赶回来,当晚要宿在那里。史大笨找村长开了介绍信,准备初五公社大窑开工之后,上哪儿的货栈买些炸药回来。他从大板柜里拿出白布包数钱的时候,才发觉少了二十块,立即就想到是让二笨牵走了。二笨不在眼前,使他失了泻火的对象,不住地骂一切使他不顺眼的事情。一家人看他像个炸蹶子的悍骡子,知道他诸事不顺心,都避着他。熬到初三后晌,估摸二笨快回来了,他才渐渐安静下来。但他的脸阴沉得可怕,使一家人不知道将发生什么事情。

二笨是穿着三结头皮鞋走进院子的。鞋黑亮而有光,在书包里待了一路,进了村口才套在这双等急了的大脚上。二笨看到蹲在北屋台阶上的哥哥。站在院子里不动了,心里有点儿害怕,脸上却是一副无赖相,似乎对什么都不在乎。

"县上热闹不?"

"热闹。我们逛街,老黑子连看了三场电影,回大车店不见他回来。才知是睡在电影院里啦……"

哥哥的声音很温和，使他一下来了情绪，两只大脚没处放似的颤动着。大笨围着他转了一圈，欣赏那双皮鞋，二笨抬起一只脚给他看。

"帅不？都抢哩，我们一人来了一双。"

"多少钱？"

"二十四，贵的还有三十多的哩！"

话音未落，他感到耳后一股风声，连忙闪身，肩上已重重地挨了一下。他挣扎着跌了几步，两只胳膊像老鹰翅膀一样扇动着，可还是没有站稳，斜着摔倒在墙根底下了。

"我宰了你！我宰了你……"

大笨呼呼地喘着粗气，张着两只大手满院子寻找硬家伙，什么也没逮着，又扬着碗大的拳头向二笨扑过来。

"你个败家的，我捶死你……"

"是你败家还是我败家？挖不出东西来找人撒气……给你杀！给你杀！"

二笨把发青的脸伸过来，下巴上立即挨了一拳。

娘拦在两个儿子中间，尖声嚷着，却说不出一句整话来。枝子和春芝让大笨搡到一边去了。二笨捂着嘴，指缝里流出了两条红血。他用惊讶的目光看着巴掌上黏稠的东西，突然令人恐怖地大叫了一声，疯了似的抱起屋檐下的石板，没头没脑地向哥哥砸了过去。

石板飞到半路掉下来，摔了几瓣！大笨僵住了，眼眶里突着两个湿淋淋的眼珠子。

"你个贼呀！偷家里买炸药的钱，窑算让你毁啦……"

"我不跟你们过了！把几年的工分款给我，把我种了地的血汗钱给我，把下窑一月的支钱给我！给我！你有吗？你个窑鬼把一家的钱都扔在黑洞里了，是你把家毁啦！我买一双鞋你就起了恶心……你算个人吗……"

二笨叫哑了嗓子，突然觉得万分伤心，咧着淌血的大嘴失声恸哭，浑身抽筋似的乱抖。

"儿子！儿子……"

娘抚着二笨的胳膊，给他揉着胸脯，眼泪在麻脸上大颗大颗地滚下。史天会站在北屋门口，用拐棍指着她："孩儿娘，你给我砸他们！枝子，把石板递给你娘，砸他们腿！给我砸他们……"

没有人动，他喘得弯下背，半步半步地挪下台阶，拐棍在手里呼呼地响着。二笨推开娘，兔子似的跑出了院子。大笨抱着脑袋，背上结结实实地挨了几下。史天会看他站着不动，气昏了头，又发狠地打下去。棍子在儿子的肩膀上弹了一下，带着响声飞了出去，掉到煤堆那边了。

"儿没出息，干不成事，你打吧……"

史天会又给了儿子一个脖子拐，终于支持不住，让春芝和枝子扶到北屋去了。大笨的脖子上肿起了一条红肉，一直伸到领子里边。他水淋淋的眼窝子干了，脑袋也耷拉下来，毫无目的地在院子里转了一圈，很悲哀地眨巴着眼睛。听到北屋安静下来，他舀了一盆泔水喂猪去了。

二笨半夜才回来。皮鞋的硬跟儿咔咔地蹬过院子，一直傲慢地响到北屋的台阶上。月光在门上闪了一下，不动了。

九

初五早晨，刘玉山背着土枪上山了。走时告诉九更，他去邻村看几个同学，几天之后才能回来。他的同学都在北山一带，而他却一直往南走，翻到了苗儿安梁南麓，到口音和习俗都不同的别一县的村落里去了。熬到正月十三，九更才把杳无音信的儿子等回来。

玉山变了人形，衣鞋肮脏而黑污，脸瘦得只显出两只似乎大了许多的眼睛，手背上结了一层黑垢，像什么动物的爪子似的蜷曲着。这副样子让村道上的乡亲们大为惊奇，一向干净整洁的后生怎么变得这么邋遢！一点儿精神气儿也没了，跟他土枪上挑着的那只死兔子差不到哪去啦。

"扎老林子让山鬼迷了吧？"有人问他。

他龇龇牙，仿佛没了回话的力气。九更为他热了饭，烧了水，伺候他吃了、洗了，用忧虑的目光看着他睡下了。

他睁开眼来，已是第二天清晨。爹上供销社去了，毡子上没有人，但是脑后边是窸窸窣窣的声音。他揉了半天眼睛，才看清炕前的小柜上坐着白杏。他有点儿紧张，心里很不舒服，脸上不由得沉下来。

"我爹呢？"

"不知道，我来时他就不在。"

"你有啥事？"

"把书还你，还想再借一本。"

"白天来不行吗？"

"现在不是白天？太阳都晒屁股啦！这几天找你找不着，上哪儿了？"

白杏撩撩头发，有点儿窘，眼神儿飘忽不定，竟竭力想使自己镇定下来。玉山的目光在她漂亮的脸蛋上停了一会儿，把涌上心头的不满压了下去。他担心地向窗外看了看。

"你来的太早了……你先出去一会儿。"

"我在院里等你。"

玉山穿好衣服，慢吞吞地收拾着屋子。这个名声很不好的姑娘使他难堪。她在公社中学陷入那件丑闻的时候，他已经毕业两年了。当时他正住在父亲的一位同事家里，准备参加第二次高考，所以轻易地听到了丑闻的内幕消息。那个体育教师是个骗子，在县师范的时候就有劣迹，调到公社中学之后才老实了一阵子。白杏功课不错，又是中学的文体骨干，和那人的接触自然多些。一个十八岁的活泼天真的山里姑娘，终于落入了那个家伙精心布置的圈套。白杏在县运动会上拿了跳远第一名，体育老师在宿舍里摆酒庆贺，事情就这么发生了。三个月之后，她做了流产手术，没有参加高考就毕业回乡，从此便声名狼藉。外村和本村都把她看成是勾引了男人的坏女人，而她又不肯低着脑袋做人，话声和笑声依旧是活泼泼的，音量丝毫不比往日低些，这就触了庄户人的心眼，名声越发地臭了下去。

玉山并不把她看得多么可厌，但她的迷误究竟是正直的人无法原谅的，所以理会她的机会很少，进了狼窝窑，眼前总晃着那么一副俊人的脸蛋子，当她提出要借他一本书看看的时候，他竟稀里糊涂地答应了。

"我让这人粘上啦！"

玉山这么想着，但马上又觉得自己的这个念头很可鄙。他来到院子里，脸上有了点儿热情，见白杏坐在石桌上，就招呼她："我吃下早饭，你帮我把兔子砸了吧。"

九更已经把兔子剥好，挂在灶间的门上。白杏用水洗了石桌，将红红的兔身摆在上面，用斧子的平头儿捶起来，碎了的兔骨啪啪地响着，和肉泥混在一起了。白杏很愉快地哼着小曲儿，前额的头发一蹦一蹦地跳，引得玉山不时地看她。

"玉山，你接到史家的信儿了吗？"白杏说。

"什么信儿？"

"二月不让咱们上窑啦。"

"为什么？"

"谁知道。窑主说是见不着煤，干也白干。可枝子私下告诉我，他家底子空了，怕开不出支钱。"

"他们想毁合同？"

"哪儿呀，大笨初六就上窑了，后来春芝和二笨也去了，听说在窑里炸了个大口子，都露了天了。"

玉山沉思起来，对窑主的举动感到迷惑不解。他接过白杏的斧子，用力捣烂那个像大鸭梨似的兔子脑袋。白杏拉拉他的胳膊。

"轻些，把石末儿都砸起来了，不怕牙碜？玉山，你说咱们怎么办？"

"按老规矩，十五上窑。他不是怕支钱吗，咱们不要不就行了！有了煤再说，没煤就拉倒。"

"那不白干啦？"

"史家也白干哩！他屁股后头还吊着三千块呢……"

"是呀，史老汉也怪可怜的……"

玉山用斧刃把兔肉刮成一堆，盛到一个小瓷盆里。石桌结了一层薄冰，里面凝结着几缕粉红色的肉丝和白色的骨末。白杏拿了一本书走了。走时对玉山说："你这人真怪，怨不得村里人都嘀咕你哩。"

"嘀咕啥？"玉山皱着眉头，认真听着。

"说是你独性子，肚子里东西多不往外拿……瞧不起村里人。"

"你觉着呢？"

"说不来。一个人的心思别人是不知道的……"

白杏抬抬眼皮，低头走了。玉山看着她的背影，真想问问她："你知道别人怎么嘀咕你吗？"但是不用问，想必她是知道的，就像她知道自己的处境一样。他甚至已经感觉到，白杏三番五次来家找他这件事，恐怕也是村里人新近嘀咕的一项内容。由他们去，他犯不着把闲言压在身上。

他锁住院门，进了狼窝沟。史老汉坐在窑工棚的炕上，见玉山走进来感到很突然。当玉山把九十元钱原封不动塞给他的时候，老人简直有点儿不知所措了，他模模糊糊以为玉山是在发泄什么不满。

"老伯，这钱你先拿着。我不是想退工，也不是嫌少，我就是不明白，为什么二月不让我们上工？"

"这钱……这是咋啦？"史老汉搔了半天头发，叹了口气说，"玉山，二月我家开不出支钱啦！不能让你们白干……你没包下窑真是福气呀！"

"让我干吧。工钱以后再说，我就不信挖不出煤来。"

玉山提着电石灯下窑了，史老汉感慨地摇着脑袋，不停地嘟囔着："我没看错，……是个好小伙子，多么仁义……可惜……"他小心地把钱揣了起来，在长久的哀愁之中多出了一点儿信心和希望。

窑变了样子。巷边放着从新巷里撤出的窑柱。在进巷六十来米的地方，右壁已经塌落，出现一条向西拐进的短巷。短巷只有七八米长，左侧是巨大的完整的石壁；上方已经塌空，电石灯照不见巷顶，不知有多么高。炸得太狠啦！

玉山在短巷的尽头看见了正在往篓子里装石的春芝和跪着向外扒石的大笨。春芝默默地看着他，背上篓子从他身边走过，一条散了的辫子零乱地盖住了她半个脸颊，大笨坐在石头上，把电石灯往高处放放，有气无力地说："带烟了没？瘾得不行了……"

"歇歇吧。"玉山把烟给他,"干得挺快呀。"

"七、八天没睡个整觉,家也没回……"他大口吞着香烟,疲劳过度的脸上露出伤心的表情,"真想点个雷管,把自己崩了!"

"你想怎么干?"

"想打个竖巷……炸成这副样子,坍下来的石头足背了六天。也好,有了通风口。你上我这儿来往那边看……"

玉山换了个位置,在黑乎乎的窑顶看到了碗大的一块亮光。

"那么深,掉东西下来可了不得!"他担心地说。

"悬石都落干净了,棚搭结实一点儿,没事儿!"大笨拍拍左壁的巨石,"我想在这块石头顶上拉横巷,有煤没煤就这一锤子了。"

"石头大不?"

"有两房高,斜的,人可以爬上去。上面稀松,估摸往南走不费事……"

大笨甩掉烟头,把烫了的手指在膝盖上摔打着,一脸苦笑,玉山把自家的马蹄表从后腰上摘下来,递给大笨。

"我也插一手吧……你别说了,我知道是怎么回事。我不赖你的支钱,等有了煤,你少给我一分也不行。"

"看你说的……我是个粗人,一急就没主意啦!"大笨双手托住马蹄表,像捧着个热汤盆似的,显得很不自在。

玉山犹豫了半天,终于没有说出自己岭南之行的秘密。他在六个村子的小窑里请教了老窑工,知道苗儿安梁的鸡窝煤横槽多于竖槽,与北山那一带的本县煤窑不同。大笨一直在北山走窑,大概是忽略了这一点,也许是根本不知道,所以碰壁。玉山本来以为自己这一发现会成为狼窝窑再生的开始,没想到大笨已经这么干了。

"窑主,你离煤不远了。"玉山拍拍他的肩膀,内心略微有些遗憾。

"看吧，不把命搭上就是便宜事……我已经想还债的事了。"

"你亏不了！"

玉山拾起耙子，呼啦啦地扒起窑底的积石。大笨挪到后边，看着眼前这个像虾一样弯着的瘦身子，感激得不知道说些什么才好。二笨有人家一半的心肠和能耐也好啊，史家的担子就不用他一人担了。

正月十五以后，白杏也来上窑，当着玉山的面把一月的支钱还给了窑主。玉山不知道她为什么采取和自己一样的行动，但那漂亮脸蛋上意味深长的微笑却向他暗示了许多东西。他的心里多了一层陌生的思绪。广良没有上工，他乐得歇一个二月。他堵在村口骂了收工回来的女儿："贱货！不让干还干！钱哩！你的支钱哩，你充什么能人？史家给你熬了蜜啦？你个丢人现眼的东西……"

白杏披着在窑里穿的脏坎肩，贴着墙根跑回家去。她难为情的、哀伤的眼神，深深地印在玉山心上了。

十

春分过后，风里有了融化的土地的腥味儿。冬天从苗儿安梁撤下来，顺着山谷溜到北山一带去了。谷底的冰裂了口子，清凉的水挤上冰面，匆忙、欢快地奔流，终于将坚硬的冰一点一点地蚕食掉了，只在溪边的石棱上留下一小片一小片的像透明的玻璃一样的东西。

闲了一冬的牛，缓慢地蹚过溪水，被人赶到承包的土地里，拉出了一道道黑色的犁沟。羊群在山脚浮动，啃着去年的枯草，断了的草茬上淌出了甜滋滋的汁液。狼窝窑后面的山坡变黑了，地皮散发着潮气，一些绿茸茸的东西在太阳的黄光照射下像雾一样蔓延着。寂静的林子里有了鸟的叫声。

史天会蹲在窑工棚的门口晒太阳，觉得身子不如往年，胸里好像有个零件失灵了。春天一来，这个零件本应咔咔地转起来，搅碎堵在喉底的那个贼物，使他的哮喘平复下去。今年却不行了，零件已经锈成一坨，喉里出气的路越来越窄，直想在身上扒个口子，让浊气出个畅快。

"完了。离盖着黄土睡觉的时辰不远啦……"

他悲哀地想起了村后山冈上的史家坟地，那里睡着他没有见过的先人和抚养他长大的父亲以及拉着他到河北要过饭的母亲。他快要和这些别离多年的亲人聚到一处了。清明节一到，他要上那儿烧纸，同时为自己寻一块地，把山石、蒿草清理干净。往年他想不起做这件事，但今年他要做。西厢房炕上那口大棺也要搬出来晒一晒，里面的陈粮和杂物需腾到别处去，他不想使自己永睡的地方老是那么一股霉味儿。

他种了一辈子地。苦了前半辈子，后半辈子有了吃喝，有了穿用，没有什么使他过于伤心的不幸事情。他很满意自己没有遭了大害，虽说没有大福可享，但洪水峪哪个庄户人不是这样呢？他唯一感到不安的，是他平生所做的第一件惊天动地的事情变得捉摸不定了，他怀了太多的梦想，以为儿女会由此过上与他不同的生活。这些梦想压迫了他，使几乎被土地耗尽的生命受着难以忍受的折磨。狼窝窑一旦垮了，儿女们怎么还清那三千块钱的债呢？做牲口买卖？当小工儿？如果史家在他死后闹到了这一步，他睡在坟里也会睁着眼的。他希望在走以前，看到煤像水一样流出来……

史老汉喘成了一团儿，靠着门框大口地吸气。二笨走出窑来，有点吃惊地看了爹一会儿，然后从老人身边擦过，到棚里找水喝。他的单衣背上让汗浸湿了一块,太短的裤子下面露出半截脏腿肚子,右脚上的鞋开了掌,大拇脚趾像个蛇脑袋一样伸出来。他下巴上淌着水珠,想靠在墙根外边歇歇,老汉叫住了他。

"墙根潮。那边有块石头,太阳把它晒暖啦,你去搬来……"老人无神的眼睛显得很慈祥,"你哥打到哪儿啦?"

"谁知道,锤子一直响哩……他自己不歇,也不让别人歇。"

二笨皱着眉头嘟囔,石头有点硌屁股,身子不停地动着。

"你大啦,该学着你哥你姐的样儿做活。往后的日月长着哩,养个懒身子,自己遭罪,别人也不待见……"

"我……我干得不少。现在这日子,干多干少谁稀罕?梁各庄我那同学,做衣服买卖,跑一趟回来就发了!他还没我勤快……"

"人家是人家,你是你,凭力气做活不会错。"

"不见准。像大笨这样,我姐这样,累死也咋着不了。"

"你胡缠!"

二笨缩缩脖子,不言声了,跟老人说这些怪没滋味。史老汉看着这个不争气的儿子,心里只是一阵阵发痛,生不出火来。

"过年该给你说媳妇啦,你这么个软蛋样儿怎么得了?我指你啥?!"

"儿给你养老。我二笨不比别人差啥,我还想比别人过得自在哩……"二笨不安分地坐着,有点儿胆怯地瞧着父亲干黄的瘦脸。他添了些勇气,凑到爹身边来。

"爹,有个事想给你说。"

"啥事。"

"我……你跟村长说说,他比广良管用些。"

"你说哩,啥事!"

"我……我想跟白杏好,我想娶她!"

史老汉哆嗦了一下，眼睛瞪得大大的。二笨本能地跳开来，脸憋得彤红。爹并不想揍他，只是被惊呆了。他用拐棍指着儿子，过了半天才威吓似的问道："你是不是做下了丑事？"

"想哪儿去啦！"二笨沮丧地咧开嘴，后悔不该这么冒失。

"我活一天，你就别想！我死了，大笨在哩。我留下话，你敢把事做下，史家砸断你的腿！听好了没？"

二笨垂头丧气地往窑口挪，老汉冲着他背后喝道："记着，你敢沾一下骚货，我就砸……"

"记下啦！记下啦！我的事不用你们管……"

二笨闯进窑里，失望地大喊大叫起来。老人追到窑口，向里面恐吓地挥舞着拐杖，胸口像风箱一样起伏，喘声骇人。儿子早就不见了。老人在原地转着圈子，肥大的棉裤腰紧紧地皱了起来。

二笨回到短巷，看见春芝和白杏正守着电石灯歇着，两个人的脸脏得都像鬼一样。女人下窑，像牲口一样没完没了地背呀、背呀，在他看来是一件荒谬的事情。她们算是毁了。他想起了在县城街上看到的女人，打扮得漂漂亮亮，穿得暖暖和和，干净的脸像亮苹果一样闪着粉光。姐姐是苦命，可白杏丝毫不比那些女人差，为什么要像个老鼠似的生活在地底下呢？她不应该过这种日子，自己也不应该过这种日子。为了钱，也不值得这么苦做。钱是活的，凭巧路子同样可以挣得钱来。

"瞧你们的脸，像两只丑猴子！"二笨靠着篓子坐下来，用电石灯照照她们，讥讽地冷笑着。

"你的哩？像巴克夏，还是个瘦的！"

"白杏，别搭理他。"

白杏凑在春芝身过小声笑着，叽叽喳喳说着什么，春芝也笑了，

161

挥挥手。窑里很静，石壁上边一片漆黑，深处传来断断续续的镐声和石土滚落的声音。这块向左倾斜的石壁有几米高，上面凿了一溜脚窝，顶端往西南方向打出一条巷，窑柱四立，像天棚一样护住了巷口和下面的短巷。

　　大笨花六十元买下了老黑子家那辆手推车，把车轮和车身分开，用大绳吊上石壁。随着新巷的延伸，推车的作用越来越大，顶了好几架背篓。推车运出掌子面的石土，从石壁顶端倾倒在下面的短巷里，余下的人再用篓子往旧巷里回填。大笨和玉山的劳作更繁重，但效率比在平巷里不低。他们都同意就这么干下去。

　　大笨干得很沉着，见不到煤层，不再使他恐惧。即便没有煤，他也准备干到合同期满为止。他知道除了苦做之外，任何事情都不能解救他。如果苦做无效，那是命。一个人可以认命，但不能认输。他得干下去。

　　他光着脊梁，肌肉随着镐头的抡动不停颤抖，上面爬满了一道道黑色的汗沟，在电石灯下闪着亮光。他成了一架油污斑斑的机器。

　　"换换。"玉山扒住窑主的膀子。

　　他退下来了，靠在车轱辘上喘息，吐出流进嘴里的汗水，玉山变得强健了。瘦弱的身子有了弹力。他把镐头插进掌子面底部，不停地掘呀、撬呀。似乎可以无休止地干下去，就像钟摆一样不知疲倦。大笨不知道这个助手哪来的力气。他是雇工，但他的蛮勇和勤苦却不下于他这个窑主。他在公社大窑干了那么多年，从未见过像这样卖力的窑工。这个书生身上有一层让人琢磨不透的东西。就像埋在石层深处看不见的煤一样。这使他觉得又亲近、又疏远，甚至还怀着一些隐约的担心。这个外人对史家的小窑是不是太热心啦？他不是没有这么想过。但答案却捉不到。为了钱，他是不会这么没死没活地干的。那又为了什么呢？

掌子面轰地塌下一块，玉山大叫了一声。

"咋啦！"大笨嗖一下跳起来。

"快看！这是什么?！"玉山的嗓子因为干渴，而变尖了。

大笨举起电石灯在掌子面上寻看，嘴唇难看地张着，像僵住了一样。掌子面上方自左向右斜着一条二指宽的黑线，在火苗子的照射下闪出一星一星的晶光。玉山喘着粗气，喷得他的光脊梁一阵发痒，他用手摸摸，又不放心地用镐头刨了几下。血涌到头上来了，他觉得发晕，身子软得像要飘起来。他抓住玉山的胳膊，摇着头，哆嗦得说不上话来。

"煤头！咱们找到了煤头……"窑主坐在地上一点儿声音也没有地抽动着肩膀，像一个受尽了委屈和侮辱的人。

玉山用衣襟装了几块煤，跑到石壁顶端喊："闪开！我扔东西下去，你们好好看看。"

安静了一会儿，接着是一阵骚乱，有人在跌跌撞撞地往窑外跑。白杏尖声笑着，二笨骂着脏话，但声音轻松了许多。春芝搀着父亲拐进短巷的时候，大笨和玉山正从石壁上爬下来。老人喘着，不住地伸手在石头上乱摸，像个瞎子一样。大笨滑到老人身边，就着火光看见了父亲那泪痕斑斑的脸，连忙把脸扭到一边去。老人没有理他，却伸手摸了摸玉山的脑袋。

"好孩子！……好好歇几天吧，把你们累苦啦！"

"春芝，你不知事，干啥让爹进来？"

大笨故意装出严厉的样子，紧接着叹了口气，把春芝的篓子夺下来扔在地上。他对众人说："歇两天工，憋足了劲儿再干！"

人们往外走了，史老汉仍蹲在巷里摸来摸去。大笨举着灯，为老人把散落的煤块捡到一堆。老人看看，闻闻，嘟囔着什么，把煤装在毡帽壳里。从窑里向外走的时候，大笨觉得老人的身子晃得厉害，喉咙像添足了柴的火口，呼呼地向外喷着吓人的声音。

"你在工棚住几日啦？"老人问道。

"一个多月。"

"今晚回家跟媳妇睡去，听见没？"

"我一躺下怕三天睡不醒哩！"

"没黑儿没白儿地干，牛也死啦！……咱们干得不赖。"

"不赖。"

大笨把灯提高些，扶着爹爬上斜巷。窑口的亮像水一样流进来，闪着刺眼的白光。大笨眯起眼睛站了一会儿，枝子那胖胖的身子晃悠起来，好像就在他眼前边一样。

"光顾着跟窑亲热。把女人都忘啦！"

十一

歇窑期间，史家把两亩冬麦浇了，在余下的三亩六分梯田里种了玉米和谷子。自留地是史老汉亲手操持的，种了三畦黄瓜，两畦茄子，地边上点了一爬南瓜子，预先搭好爬蔓的棚子。大笨抽闲给九更、广良家帮工，每人八分的几条窄地很快就种妥了。地里一安稳下来，窑主和雇工全数上窑，只等那煤源源地吐到窑场上。

广良无煤时一直没有上工，此时死皮赖脸地跑来，比别人都麻利地背着篓子往窑里钻。一月的支钱已经吃光、喝光、抽光、口袋里净了，他不能不爬上寻钱的路子。狼窝窑见了煤，他觉得不会枉干一场了。每月六十块总还算个大数，出力气固然不好，但钱是不坏的。他不能丢了碗。史家看了他哥的面子，看了他闺女跟着苦干的面子，没有让他多么低三下四地央求，一吐口，立即便答应了。

张广路舒了一口大气。史家出了困境，使他少了一桩操心事。更让他欢喜的，是洪水峪再度有了煤源，好比撂空的鸡窝里突然蹦出了一只鸡雏，等史家养壮了它，他还指望它给全村下金蛋哩。埋伏着这个念头，他把村里一台大磅秤无限期地借给狼窝窑使用，作为全村的无偿援助。

狼窝窑确是活了。它像一头憋久的奶牛，一挤压便哗哗地流出了黑奶。有时多些，有时少些，每天总有个三几吨。窑场上堆起了亮晶晶的煤块子，上好的焦煤，每吨二十三块呀！公社那边派来了运煤的大车，每天往国营的煤栈运煤。煤栈把不多几个运费支给雇佣的车把式，却把大笔款子转到信用社用史大笨名字新开的那个户头上。一个四月下来，百多吨煤运出了窑场，户头上的款子已经到了四位数。缴了六百块税款，搁在手里的仍有近两千块钱。史大笨给大家补足了欠亏的支钱，又新购了一批窑柱和工具，给家里换了两口新锅，抓了三头猪崽，余下的钱他就不敢动了。他老战战兢兢想起过去的那些日子。

史家似乎一夜之间就发起来了。洪水峪的庄户人只在广播里听过农民发大财的消息，都觉得是太遥远，太了不起的事情，自己村里人是做不下那番大事业的。可眼下就出了这么一户，史家烧起了大火，把全村人的眼睛都烤得红红的啦！到地里施肥的人，赶羊路过的人，都少不了到窑工棚里坐坐，很谦卑地给史老汉敬上几句吉利话，往神秘的窑里探探。他们都怀着嫉妒和不安离去了。狼窝窑受困的时候，他们没有帮上一手。如今窑里流了油，他们想摸一把都是不能够的了。

他们扑到自家地里,睡进承包的果园,或是跑到口外去倒卖牲口,都想寻一条能使心灵得到某种安慰的办法,使狼窝窑的发迹不致时时刺痛自己的心,失了做活、过日子、养儿育女的力气和信念。

　　史大笨今天才觉出自己像一个地地道道的窑主了。煤给了他信心,使他挺直了腰板,用宽厚的笑容回答一切人的注视。他要小心翼翼地干下去,把史家的幸福牢牢抓在手里,再也不让它失掉。他跟村长打了招呼,让他在史家院子后身的梯田上划出两分宅基地,明年开春准备盖三间北房。他秘密地托了外乡有亲戚的村邻,让他们给妹妹寻一个对象。西厢房要翻修,猪圈要扩大,重垒院墙,砌一个高些的门楼……许许多多的事在他心中暗暗筹划,他觉得没有一件是办不妥的。

　　五月的一天,公社医院的大夫搭了运煤的大车来给史老汉看病了。在窑工棚里号了脉,听了胸,医生一边皱着眉头观看老人的脸色,一边写写停停地开了一个方子。他把大笨叫到外边,很不满意地说:"怎么让你父亲住在这种鬼地方?"

　　"他守窑,不住这儿,住煤洞里?"

　　"这个样子,守什么窑,你们做儿子的就不能担待一下?不要为了钱,连老人的命都不顾了!"

　　"我爹的病……"

　　"……没关系。他七十了吧?你先抓十五副药吃吃,不行再抓十五副,只要不加重就没有关系。重了……你们再到公社找我。最好让他回家去住,身边得有人照顾……"

　　医生提着包走了,看着漏风的窗洞不住摇头。药费、出诊费加在一起,史大笨花了三十多块,没敢告诉父亲。他劝父亲回家去住,父亲拒绝了,只让他把家里的小药锅拿到窑上来。

　　窑工棚里长时间地飘积着中药味儿了,闻来又苦又甜。

史老汉一向是警觉的。晚上喘得睡不着,他就趴在炕上,耳朵捕捉着夜色里的每一个动静。他能听到山鸡在林子里起落的翅声,甚至能听到松鼠在窑场边草丛中的走动声。一切都静下来的时候,他也能不倦地谛听下去,注意力毫不分散。小窑在缓缓地吐气,它睡得很香。老人却觉着心里异常的安适和满足。

小满那天晚上,老人和往常一样,喝了药汤就睡下了。天下起了小雨,起初是沙沙的声音,以后房檐上就滴滴答答地响个不停了。地上也有了滚动的水声。老人听到窑场上有异常的响动,连忙坐起来把耳朵贴在窗户上。他慢慢挪下地去,把拐棍紧紧攥住。铁锹铲煤的嚓嚓声消失了,有人蹚着雨水慢慢向大车道上走去,脚步很沉。老人镇静地点亮了马灯。

"哪一位?!"老人靠在敞开的屋门上,并不追过去。那人吓了一跳,脚底下像生了根,背着一篓煤愣在那里。

"避避雨再走吧。"

史老汉不想使这个偷煤的乡邻难堪,但绝不让他把煤背了去。俩人一明一暗地对峙着,偷煤人终于抵挡不住,把煤篓扔在煤堆上,磨磨蹭蹭地向工棚走来。马灯照出了张广良那张让雨淋湿了的瘦脸,两只惊惶不安的眼珠子滴溜滴溜地看着自己的脏手和老人的拐棍,不敢抬起头。史老汉气得哆嗦起来,差点儿把马灯砸在广良脑袋上。

广良蹲在炕边,从裤腿上滴下的水湿了一摊。他一副听天由命的样子,脸上装出哭似的赖笑。老人不知如何处置他,喘了半天才狠狠地说:"你……你还算个人?你的人味儿哩?"

"天会大哥,饶我一次!我心想你家这么多煤,我背一篓算啥哩?这一想就犯了糊涂。大哥,你别跟我生气。"

他的口气很可怜,眼睛却狡猾地直往史老汉脸上瞟。

"都说你是懒汉,今下又偷上了,越活越不抵个畜生!"

"大哥,这不能算偷哩。我在窑上干着,也是使了力的……"

广良看老汉的怒气平息下去,嘴又硬了起来。老人不说话了,跟这个油嘴滑舌的人磨牙,实在没有什么用处。广良松了口气,知道事情不会闹大。他拧着身上的水,嘿嘿笑着:"窑发了,想来拿煤的不止我一个人哩!你瞧着,不等你们挣足钱,就得有人把窑给撬塌喽。他们说的那些话,我听多啦……"

"谁的心那么毒?除了你个懒人!"

"有钱的人心毒,没钱的人心更毒,你们史家得防着些……"

"防着哩,史家还有几条命!"

"我走啦。"

"快滚远些!"

"……我明天来上工。"见史老汉没言语,他又加了一句,"大哥,别给大笨说,你让我过去吧!才说的那些话,别往心里去,瞎嚼哩!"

他钻进雨地里,像个幽灵一样消失在大车道上。他的一番胡说八道,使老汉受到了威胁。村邻们熟悉的面影一个挨一个浮现出来,都变成了不怀好意的样子,恶狠狠地看着他。他拖着颤抖的身子,拎着马灯在窑场上转起来,嘴里发出含混不清的呓语:"窑是我家的,窑是我家的……"

山林一片雨声。马灯照着阴惨惨的窑口,老人白发上的雨珠像豆子一样滚下来,亮晶晶地消失在雨地里。第二天,老人病倒了。他什么也没告诉儿子,死扒着炕席不肯让大笨把他背回家去,枝子熬了姜糖水给老人送来,娘也来了,坐在炕沿上叹气掉泪:"回去吧!你要死啦……犟人!"

"死不了……"

老人蜷在脏被里,两只眼瞪得大大的,透过窗洞看着绿色的山林。窑主在掌子面干一会儿就跑出来看看爹爹,每一回都受到老人低低的严厉的训斥,然后再泪汪汪钻进窑里去,把力气疯狂地掷在煤层上。这一天每个人都干得很卖力气,张广良干得尤其卖力,篓里的煤堆成小山,把他压得脖子不得不拼命探出去,平时贼溜溜的眼睛也变得黯淡无光。

过了几天阴沉的日子,史老汉终于在炕上坐起来了,一家人有了喜色。史大笨再不敢回家去住,夜夜守在窑工棚里,睡在爹的身边。他给爹端水,递夜壶,每夜还得让爹爹叫醒两次,提上马灯到窑场上寻看。他很乐意,凡是爹爹让他做的,他都愿做,而且做得一丝不苟。

爹和哥哥都不在家,使二笨有了行动的自由,几乎天天半夜才回来。娘问他干啥去了,他要么说打牌去了,要么支支吾吾地不肯说,人是熬得一天比一天瘦了。除了在老黑子家耍牌赌烟之外,他办的那些事,是不能让任何人知道的。他也知道这事不对头,见不得人,却像被鬼迷住了一样,一次一次去做,没有罢休的念头。

从老黑子家院子拐出来,顺着梯田横插过去,不远就是白杏家的后墙。爬过猪圈的棚顶,白杏那间房的后窗就清清楚楚地露在眼前边了。这儿很隐蔽,有几棵杏树围着,一片昏暗。他第一次悄悄潜来的时候,紧张得浑身出了冷汗。他像个恶魔一样咬住嘴唇,贪婪地注视着白杏的睡态,双腿因为兴奋和恐惧而不住乱抖。白杏放下书,把灯熄掉了。他躺在猪棚上久久不敢动弹。

"他妈的,活着没劲透了……"

他眼前浮现着两条长长的女人的光腿,心里感到巨大的空虚。他模模糊糊觉得自己要干出可怕的事情来,一连串闪电似的念头把他自己也吓呆了。他昏昏沉沉地走回家去,发誓再不干这种事情,但是,他内心的渴望还是把他逼上了那条路，一次又一次地去窥测一个女人的秘密。

他觉得自己完了。

十二

又是一个红火的六月，信用社史家的户头是越来越肿了，已经积了将近四千块钱。履行合同是不用愁了。而且结余的利润仍在一层一层地叠上去，使狼窝窑的煤闪出了耀眼的金光。

史大笨到公社给父亲抓了一次药，回来的时候变得满腹心事。他人好像很乏了，干活使不出力气，这让刘玉山非常吃惊。史老汉看儿子没了神采，也时时用狐疑的目光打量他。儿子有话不想跟他说，老人看出来了："你咋啦？"

"好好的！"他连忙笑笑，搪塞说，"外边都传，咱狼窝窑出好煤！"

"煤么，咱的是不孬。"

说过了，史大笨还是没精打采的样子，额头的肉皱成一堆总也不松开。这天收工之后，众人都离了窑，史大笨把玉山叫住了。他们来到窑场外的水泉边，找了块平坦的草地坐下，抽着烟，细细地聊起来。

"近时的煤老是给压价，挑出鸡蛋大的矸石就压价，老子受不下他们这个啦！"大笨哭丧着脸。

"你愁的就是这事？"

"个把月少进几百块，咋不愁。"

"装车时心再细些，闲时往煤栈多跑几趟，脸一熟就妥了。"

"他们脸是石头的，敲也敲不出笑纹儿来！"

"忍了吧……"

玉山折了草棍塞嘴里，在牙缝上磨，看山尖上回圈的羊群在那儿飘过。史大笨小心地注视他的脸色，把大口的烟一团团吐出来。

"我在公社碰上了几个河北佬。知道我开着窑，把人缠了个死……他们出四十五块的价，有多少要多少……"

"是正经人么？"

"说不上，嘴倒甜。看路数不像要坑人。他们给现款……我让他们把心说活动啦！"

"应人家了么？"

"等信哩。"

大笨显得轻松了些，一头躺在草地上。玉山严肃起来了，认真琢磨了半天，才试探着问："你想咋办？"

"干一锤子！到手边的钱不能让它流了。你说哩？"

"偷税的事……怕是干不得。咱们这一带的煤，都是国营煤栈收购，私卖出去要出事。"

"妈的，我就愁这个哩……"大笨叹了口气，把鼻子扎在草丛里嗅着，伸手碾死了一只爬上脖子的黑蚁。枝子送饭来了。他们顺着草地走下来，彼此都低着头，好像都有什么心事没有想透。

"吃了走吧？"

"不了。"

"这事……我没告诉我爹。"大笨躲着玉山的目光。

"大笨，我不会说出去。"

"我就要你这个话。"

"你拿稳主意，别把好好的窑弄塌喽……"

大笨看着玉山消失在大车道上的背影，细细地琢磨他的话和他的态度，有点儿后悔。他是窑主，本来用不着跟外人说这些的，说了反而添愁。跟家人也不便说，爹胆子小，女人嘴不严，弄不好就搅了事，一肚子筹划就完了。

枝子撂下饭，提着空篮子走出棚子。大笨端着碗跟出来，眼睛盯着女人衣背上的一大块汗迹。她黑了许多，鼻尖上让太阳晒脱了几星白皮儿，没了精神。大笨有些心疼。

"谷子锄完了吗？"

"完了，给玉米锄二遍哩。今年草厚得不行，大锄使不上……"

"你先撂着，我哪天歇了去帮你一手。"

"你有个歇？地里的事不用你管啦……"枝子垂下腰，揪住他裤子看了看，上面有个新的三角口，口里是一块青肉，她啧啧嘴又说，"干活也不利落着点儿……刚才你跟玉山在坡上说啥哩？"

"没说啥，到水泉喝水就拣个地儿躺下了，都累。"

"村里都传，说玉山跟白杏好上了，是真的？"

"胡说！"大笨心里一惊，"俩人都在窑上，有事我还看不出来……"

"你能看出个啥？眼里就有个镐，有个煤！"

"玉山是精明人，干不出那号傻事，他知道白杏是个什么……"

"那人怪，做事独一个路数。我倒觉得俩人还般配，白杏比春芝多些灵气，男人怕是看重这个的……"

"正经男人不会让狐媚脸迷住。"

"得啦……吃了饭把药给爹熬上，你累了，早些睡下。"

他用筷子根捣了女人头发一下，枝子笑嘻嘻地走了。他扒拉一口小米饭，慢慢嚼着，把一粒沙子用舌头运出来。冷了春芝的玉山，跟白杏热乎起来了，这真叫他难堪，像挨了个嘴巴子。爹若知道了还不知怎么气哩！春芝是清白的，不论怎么丑，也要强出白杏百倍去。白杏多么活性，多么鲜俊，究竟不是净身子了，人价已低到常人之下。玉山不是瞎了眼，就是让鬼迷了。连金子和石头都分不出，他倒觉着自己聪明得不行哩！淡了的轻蔑又涌上大笨心头，他觉得玉山是不可信的了。

进了暑期，雨水多起来，山冈变成墨绿的一片。窑里淌起了淋头水，像有无数个小儿蹲在上面滴尿，做活人的身上水汗分不清了，进窑出窑总是湿漉漉的。巷底也积了水，一部分渗到地底，一部分汪成些大大小小的水洼，深处能没了鞋子。窑主买了胶靴和雨披分给大家，心下指望这恼人的雨季快些过去。潮湿的地气熏着人的身子，在里面待久了竟不能自持，脊骨生了霉毛似的难以忍受。大笨增加了出窑歇息的时间，工棚的火口也连日不熄，使那盛了茶叶水的铁壶总冒出一股暖人的热气来。

这天刚干到十点，大笨就招呼大家出去晾晾。谁也不推诿，都忙忙地挤到茶炉那里去。二笨扔了篓子，提着电石灯往旧巷里走，刚拐进一条巷叉子就呆住了，白杏低低地叫了一声从地上站起来。她提着裤子，电石灯的火影在她羞怯的脸蛋上狂跳。二笨本可以继续往里走，重寻个解溲的暗处，但他竟傻了似的没有动。白杏的嘴角抽动着，眼里有了惊恐的神色。

"你快过去！"她的声音都变了，像羊羔子叫。

"我干啥要过去？我倒要看看，你在这儿等谁哩！"

"你……你胡说啥？！"

二笨的心让她点着了，这个坏过事的女人不能阻挡他的行动，她是装样子哩。二笨下作地盯着女人那双抓住裤腰的小脏手，脑子里像洪水一样涌来了一连串疯狂的念头。白杏在他侮辱的注视下系好了裤子,把电石灯提起来。

"闪一下,让我过去。"

"过你的……"

二笨靠在一边,待白杏走过的时候突然扳住了她的膀子。电石灯滚到地上,白杏的叫声让二笨那欲火烧干的嘴唇给堵住了。他喉咙里发出咯咯的声音,大手在女人的身上抓扯,身子紧紧地把她抵在巷壁上。

白杏的身子软了,发出哀伤的哭声:"你要毁我呀,你要毁我呀……"

"求求你!求求你……别哭!跟我到里边去……我求求你啦!"

二笨突然跪了下来,两只手抱住白杏的腿肚子,身子触了电似的猛烈抽搐。他脑袋要炸裂了,血似乎要从额头喷出来。他害怕,他怕极了。女人的哭声像刀子一样捅了他,使那股蛮勇的兽力粉碎了。白杏用拳头打了他的脸,他松了手,瘫坐在水洼里,冰凉的窑水淹湿了他的大腿。他看着那个柔软的细长的身子走出去,永远地离开了他。他知道自己再也得不着她了。

"这撩人的破鞋!玉山把她心抓去啦……"

他想着,愚蠢地认为不是玉山迷了她,他是上得了手的。他恨他们。老黑子告诉他白杏常往玉山那儿跑,他就一直小心盯着。他想象的那种行奸的丑事连影子也没有。他要等下去,要抓住他们当众羞辱!他爬起来,摸到了熄灭的小灯,这才重又想起刚刚发生的事情。他往旧巷尽头走去,惶惶不安地骂着自己,不时停下来把昏沉的脑袋往巷壁上轻轻碰撞。不论那嘴唇多么甜香,也不论女人的胸脯多么温软,他知道自己干了一件十分可怕的事。

那天收工的时候,白杏故意拉玉山走在后面。一直忍着不曾失色的她,终于控制不住心头的哀伤,坐在道边的蒿草中哭起来了。她哭得很轻,脑袋一点一点地碰着蒿子梢儿,像是给山坡磕头。玉山见她脸上洗了似的流下大量的泪水，觉得莫名其妙，惊慌地上去扶她。

"别动我，让我歇歇……"

她泪眼望着玉山，似要把那张涂了煤黑的男人的俊脸吞进心里去。这副神情让玉山不知所措。他闪开一些，看着她长时间哭泣。她的脏衣服还没有干，泪又流到上面去了。这宽大的旧衣不合她的身子，大概是他父亲的，不是入窑她是不肯穿的吧。一个人伤心到什么程度才能哭成这种样子呢？玉山第一次觉出这美丽的姑娘的悲哀和无助。

"有什么话告诉我，哭重了伤身。"

"你走吧，快回村吧……我歇歇……"

"一定出了事，你不肯说？"

白杏哭出了声，伏下的身子压折了一片蒿草。玉山蹲下来，把脸垂得低低地大声问她："到底出了什么事！你说呀，告诉我！"

"玉山，你要帮我呢……"

女人把泪脸投在他胳膊上了。天暗下来，两个人影蹲在蒿草丛中，像两只亲昵的野兽似的依偎着。哭声低下去，变成了断断续续的怨诉。凉爽的风在林子里吹过，叶子一阵碎响，盖过了凄然的人声。

玉山似已不能抗拒，听任自己一颗孤傲的心让这悲哀的不清白的女人抓了去。他承认自己是喜欢她的了。

十三

刘九更怕儿子，但有些事他是不好不说的。村子里的风声越来越难入耳，但是白杏和玉山的来往却丝毫没有收敛，反而是越发抬眉扬眼，无所顾忌了。他为儿子担忧，可是儿子似乎并不把他的担忧或不担忧放在心上。儿子做一切事情，都凭自己的主见，全不把父亲的劝导和约束放在眼里。他心疼儿子，儿子对他感情上的淡漠也不能使他沉默无声，他要尽为父的责任。

白杏从他家的院门飘进飘出，他决体察不到儿子所觉着的那种韵味儿来，只成了一种刺激，使他不舒服。院门当街，眼细的乡邻隔着墙头怕是少看不了这招人的一幕。

"她又来借书吧？"九更的口气肃然，甚至含了少见的讽刺。

"不借书就不能来么？"

"整天一处挖煤，有什么话不好在窑上说。"

"只要想说，话总是有的说的，在哪儿都一样。"

儿子拿钉子给他碰，他觉着痛了。

"……让人说闲话，我的脸都挂不住！"

"闲话不能当饭吃，他说了你听了，完了。"

"你到底想做什么呢？事理你也明白，尽做些怪事，好话又听不进，我看你是毁自家的前程……"

"扯不上，我的前程我看着哩，你操心没用。"

玉山不以为然地离去，把忧愁的九更扔在院子里。他不想与爹纠缠，白杏来不来、为什么来全是她和自己的事。他就是有朝一日真娶了她，也不准备把爹的失望和乡人的讥讽放在眼里。众人眼里的白杏是个"破鞋"，但她和他的接近并未使他痛苦，也没有让他感到羞耻，别人的闲言又算得了什么呢？他只想照着自己想做的去做。

玉山来到溪边的石滩上，将映着黄昏的清水泼上面孔，把光滑的石头子捞出水再扔进去，听几声叮咚的低响。

几挂大车从山谷下面爬上来了，车把式跳下车冲他走来。

"狼窝窑从哪走儿啊嘿?!"河北口音，问得很谦卑。

"过溪往南，直走。"

"姓史的窑主在没？"

"在……他睡窑上。你们是煤栈雇的吗？"

"……是哩，是哩！驾，驾！……多谢！无哦、无哦……驾！"

赶车人愣了一下，仓促地驱车过河，马蹄和胶轮搅起了大片水花。玉山知道大笨已经动手了，愚蠢的事情已经成为事实。他感到震惊。他恼怒窑主为什么只贪小利而把狼窝窑的大业押在这种偷偷摸摸的事情上。他从大笨魁梧的身子里察见了那颗狭小的心，钱把这颗心搅烂了，为多得哪怕一分钱那人也会这么干的！如果换一个精明的窑主，比如他刘玉山，绝对干不出这种不计后果的蠢事。他像一个旁观者那样冷笑了。笑过之后，他又觉得不舒服，心好像让人用指头掐住了，在一点一点儿地挤压、揉搓。他想起了史老汉那张风霜重重的老脸和忧虑的眼睛。大笨是想要老人的命哩！一旦事败，老人受得了吗？

"我应该去一下，拦不住也要把道理讲明白。"

他回家拿了手电，匆匆赶到窑上去。二笨、春芝跟着几个外乡人在装车。史老汉拎着马灯立在一边指点着，见二笨用力不均，将一锹煤扔在辕马的屁股上，立即斥骂起来："瞎你娘的眼！离远着点儿……春芝，你站那边去！"

大笨没有在外边装煤车，他正在窑棚里跟一个领头的密谈，玉山进来的时候，恰见到他把一叠钱塞进衣袋。领头的寒暄了几句，借故出去了。大笨给玉山递过一支烟，神情十分小心，可他并不想掩饰什么。

"老子干啦！挨砸认了……"

"你爹知道吗？"

"他和春芝都不知道,只当是煤栈的车。二笨小子机灵,怕是看出来了,可我料他也不敢说,他明白我的脸色……"

这后一句话像一根刺,从旁边扎了玉山一下。

"你这么干要坏事,想瞒住税务所没那么容易,他们设了活卡子,查出来够你受的!你要指望窑有个好前景,不如趁早停了这一套,我说的是真心话……"

"你的好心我领了,只求你别说出去……"

"我只跟你说,听不听是你的事。"

"就卖三十吨,拉完就洗手不干了,我说话算数。亏就亏我一人,绝不连累外人……"

大笨将白眼翻了几翻,心里很恼火。他干这事本来就吊着胆,玉山却总拿个刀在他眼前晃,似乎故意吓他,使他干不畅快。他把烟头扔在地上,多余地用脚掌使劲去踩,发出挺大的响声来。玉山觉得没趣,也就不想再说什么。他走出棚来,看着很用心地装车的那一伙人,觉得他们像几只偷蜜的野蜂一样,还不知道有人将点火烧他们了。

"玉山干啥来啦?"史老汉站在黑地里问大笨。

"他想帮着装车,我说工钱不好算,就打发他回家啦……"

大笨请那伙人喝了茶,将买好的烟散给每人一包,约定了下一次拉煤的时间。几挂大车顶着夜色驶离了狼窝沟,山谷的风里啪啪的鞭声断断续续炸响,走了老远还能听见。

史大笨像个桩子似的立在煤堆上,一个人在那儿竖了半天。

那伙河北人几天之后又来了一趟。他们将这上好的煤块转卖给私营的铁匠铺,得了意想不到的高价,尝足了甜头。他们和大笨讨乖,希望拉完三十吨后,再能继续合作下去,把煤价再提一些也没关系。

"以后再说……你们别使劲儿推我,我肚子上顶着锥子哩,扎出了血也没各位的好处。"

他们觉得这位窑主的胆子太小，干这个行当手伸出去是不兴缩回来的。钱还能烫了手吗？

史大笨的手还是让钱给烫了，烫得他再也忘不掉这件事。一天傍晌午，村子里来了一个红脸的中年人，是个胖子，谁也不认识他。他问村长住哪里，孩子们指给了他。不一会儿，人们看见沉着的张广路把那人带到村委会去了。俩人在屋子里关着门待了许久，后来张广路一人走出来，在村道上逮了个半大小子。

"你到狼窝窑把大笨找来，有急事，快去！"

史大笨来了，满脸满身是煤末子，好像很累，慢吞吞地在村道上走着。他一看见张广路的长脸就什么都明白了，乖乖地、有点儿不知所措地跟他进了那间屋子，像一个自首的犯人似的。

村道上聚了一群闲荡的多事的娘儿们，像闻到味儿的一群飞虫似的嗡嗡着。她们的眼睛不知为什么都神采飞扬，嘴皮子像打枪一样。

"大笨别是犯法了吧？"

"没错，他犯了法啦！那夜我家小三醒来吵着吃黄瓜，我到梨园子给掐，你们猜我瞧见什么啦？一长溜大车，牲口都让煤压死啦，装得小山包似的……赶车的都是外地口音，贼声贼气的……天一亮东头郭家的菜园子里少了六个南瓜，一准儿是那伙贼偷的……"

"那胖男人是公安局的……"

"瞎说，他是税务所的！我男人到集上卖蜂蜜见过他。"

"史家出了祸了，不得了了……"

"该！挖煤挖黑了心，想把天下的钱都往怀里搂！"

"分给你点儿，你就不这么说啦。"

史大笨从村委会靠着牲口棚那间破石屋出来了，脖子上爬着蚯蚓似的汗道子，一张扁脸像块破门板一样耷拉下来，身子摇得像个瘸腿骡子。女人们轰地一下散到各家的门洞里去了。枝子从家里跑出来，不停地拉他袖子，他懊恼地挥着手，像驱赶一只讨厌的蚊子。

"滚家去！"

他连踏石都没踩，就那么哗啦哗啦地蹚过溪去。他让人家给罚了。除了要补足三十吨的税款，还要交纳罚金五百块。那红脸男人没人味儿，怎么央求也不行，好像那罚款要入他自己腰包似的。张广路请他吃饭也不吃，自己带了个干烙饼啃起来。一边啃一边把大笨训了个狗血淋头。

第二天大笨带上钱去了公社，把罚款交齐，又到煤栈承认错误，挨了一通奚落。这事在洪水峪成了一件了不得的大事。也不知消息为什么传得那么快。同情史家的不多，有人幸灾乐祸说起这件事的时候，还要道出自己的惋惜：罚得太少了。史老汉不知道村里的这些事，窑上的人也都瞒着他，怕他气不过会出事。史大笨话少了，没了笑容，一脸青闪闪的凶气，看人时的眼睛像鞭子一样。

"妈的，是谁给捅的呢……"大笨老想着这件事。

"除了窑上的还有谁！"二笨把窑上的雇工都看成了死敌。

"不好说，我没亏待了哪个……"

"会不会是玉山，这事他最清楚！"二笨心里翻出了旧有的一切怨恨，蛮气十足地吟道："要是这小子，我就砍了他！"

"滚一边去，这事不用你管！"

大笨慢慢冷静下来，也觉得自己办了件傻事。但他不能原谅那个告密的人。那人会是谁呢？

玉山还像原来那么干着，脸上藏着只有他自己才知道的冷笑。他也不知道告密者是谁，但他对事情的结局很满意，窑主应该得这么一个教训。

张广良做活越来越不老实，篓子不装满，且背不了几趟就钻到旧巷的干处抽烟，打瞌睡。谁也奈何他不得。

"哪个敢管我？他找不自在，我就跟他爹说去……"

史大笨气得牙疼，但他不多说什么，只是干得比以往更加勤苦。吃罢晚饭，本该早早睡下，他却独自一人一篓一篓地把短巷里的存煤背上窑场。

"大笨，歇下吧。"

爹的咳声使他有所解脱。将深疚的酸楚渐渐压下去。

十四

窑里有了火药味儿。玉山看出来了，二笨在跟他找茬儿。早上扒窑的时候，他发觉雨靴里是湿的，有人给灌了泥汤；铁镐的木柄也让人用斧子削了，握在手里硌得不舒服，很容易打出血泡来。这一切小动作引不起他的愤怒，他只觉得可笑，不值得做出什么反映。可是二笨却像一头饿狼，紧紧追着他不放。俩人在窑里相错而过的时候，二笨终于抓住了机会，用力撞了他的膀子。

玉山毫无防备地跌在水洼里。二笨嘿嘿笑着想走过去，但玉山跳起来揪住他，手上的黑汤流了二笨一身。

"你有完没完？"玉山怕别人听见，有意压低了声音。

"实话说了吧，这事没个完！"

"你还想怎么样？"

"我就想看着你像孙子一样栽我眼前边!"

"好吧……我等着你。"

玉山松了手,二笨凶狠地提提领子,又说:"收了工走后边,老子有话跟你说!"玉山愣了一下,然后一声不吭地向窑里走去。二笨觉得他害怕了,得意地笑起来:"有种你就跟我会会,看我把你屎打出来!"

那天干活和歇晌的时候,玉山一直躲着二笨,脸色有点儿发青。他的眼神儿,使二笨感到不安。收工以后,二笨偷偷在袖筒里塞了一节镐把,早早地蹲到大车道边的灌木丛里等着。

玉山是最后一个下来的。太阳滑到西山梁后面,一层黄灿灿的光停留在东坡的林子和草地上,大车道上空无一人,道边的草像波浪一样在风里不停翻卷。风掀起了玉山的衣角,他背着手,东张西望地走来。

二笨站起来,脸上挂着古怪的笑容挡住了玉山的去路。玉山背着风点了一支烟,镇静地抽了几口,不动声色地说:"你不是有话么,讲吧,我听着……"

"别着急……你这酸样儿咱见过!"

"……我劝你别干傻事。"

二笨艰难地咽着唾沫,藏在袖里的镐把像蛇一样在胳膊上滑来滑去,使他又惊慌又兴奋。

"想打架么?"玉山笑着说。

"老子……要教训你!"二笨嘴角抽搐起来。

"算了吧,你已经害怕了……"

"站住!急什么?骚娘儿们等你了吧?你他妈表面像个人似的,尽干昧心事!我家卖私煤,干你什么屄事,用你使绊子?!有能耐把话明摆出来,让老子听听……"

"罚你们家应该!大笨在这儿,我也是这句话:该罚!你去告诉你哥吧……至于谁在等我,这不用你管!我劝你说话干净点儿,你是个什么东西自己明白。给你留了面子,别不识抬举……"

"娘的,老子受不下你这个……"

二笨脑袋发热,红头涨脸地冲上去,因为激动而喘粗气。俩人相互揪住了衣领,像牴角的公羊似的扭打起来。镐把掉在地上,玉山滑了一下,一脚将它踢开。二笨脖子上的青筋鼓起来,可怕地龇着牙齿,挥拳打在玉山的肋巴上。几乎是在同一时刻,玉山的结了茧子的巴掌打在他耳后的地方。这一掌不重,却出了巧力,使他的身子向一边偏去,一条腿跪在了地上。玉山就势一压,用胯将二笨夹在草地里了。二笨用力挣扎,下巴像哭一样抽动着。玉山用膝挤住了他的两臂,一只手抓住他的膀子,另一只手搁在他脖子上,使他的脑袋不能自由转动。

"你是个笨蛋!你爹没有把你揍够……"

玉山费了好大劲儿才克制了自己,没有把唾沫啐这小子脸上。二笨瞪着他,眼里滚出了像脏汗一样浑浊的泪水。玉山站起来,头也不回地沿村道走去。二笨就那么躺着,疯了似的塞了一嘴野草,哼哼叽叽地嘟囔着什么。

"你咋啦?!"

送饭的枝子看见了他,脸吓得惨白。二笨摇晃着站起来,在道边捡起镐把,闪着泪光的眼里露出绝望的神情。

"嫂子,我走啦,跟我哥说别找我,我死外边去了……"

"你站住……你干下啥啦?!"

枝子赶到窑上,一见到大笨就尖着嗓子哭起来。

"你快下去吧,二笨要出事啦!……"

晚了,等大笨跑回村子,刘九更家的院门外边已经聚满了乡邻。二笨在九更家的院墙外追上了玉山。有人看见他们面对面站了一会儿,然后玉山就瘫在地上了。郭家媳妇说是二笨用根棍子打了玉山的脑袋,打了两下,她看得真真的。黑子娘说不是这样,二笨是用石头打的,碗大的那么一块石头,那石头还在哩,就在台阶下边。一片吵嚷,一片惊慌,村子乱了,张广路在村道上跑着,吆喝车把式把最壮的大青骡子套好。大笨的麻脸娘站在井台上哭喊:

"二笨!二笨……你个该死的哪儿去啦!"

玉山躺在九更怀里,头上裹了一件撕破的白衬衣,衬衣是红的了,上窑穿的脏衣上,血和煤凝在一起,糊住了整个肩膀和半个袖子。九更抱住儿子的脑袋,血淋淋的巴掌捂在伤口上,人已经变呆了,大颗的眼泪在眼眶里滚。玉山神志还清醒,闭一会儿眼睛就睁开四下里看看,似乎周围的情景很让他牵挂。大笨挤到他跟前来的时候,他嘴唇动着想说些什么,但谁也没有听清。

"黑了心啦,黑了心啦……"九更的泪眼看着大笨,话不成声。

几个人把玉山抬到大车上,在他身下铺了厚厚的草,春芝拿来一床花被,是她自己平日盖的,也铺在上面了。广路、大笨拖着九更上了车。三尊泥塑似的守在玉山身边。大笨一句话也说不出,他觉得浑身发软,胸口让人给掏空了似的难受。他在大车边看见了低声抽泣的娘和枝子,连忙低下头去,眼前黑得什么都看不见了。

大车颠动着,在村道上留下一阵咯吱咯吱的大轴的响声,很悲哀地离开了村子。人群里响起了一个女人忘乎所以的哭声,白杏捂着脸跑回家去了。

"为了广良的闺女,二笨把玉山给杀啦……"

"天会一个菩萨,怎么生个狼性儿子!下手太狠……"

"听说大笨卖私煤是玉山给告的,有这事吗?"

"卖私煤的事村里知道的人多了,谁知哪个告的!再说告了又怎样,有错吗?该告!我到集上去,还顺嘴跟人说过这事哩……他妈的,我嚼这些干啥呀!"

"史家完啦!这一下子够他们受的……"

"大笨能饶了他?不拿斧子劈了他就好……"

叽叽喳喳的人群走散了,山梁上的月亮停在那里,望着这条黑深的山谷出神儿。几个孩子在九更家的院门外摸索,都声称自己找到了二笨用的那块石头,嘻嘻哈哈地叫着笑着,显得十分快活。

二笨没有回来,像一只逃避追捕的狼一样,不知跑到哪去了。玉山住了公社医院。他头皮上的血口子缝了七针,因为脑震荡而长时间昏睡,据医生说得这么躺一阵子,短时是不能回家的。大笨陪九更留下来,张广路第二天就跟着大车回村了。乡亲们在村口围住了他,七嘴八舌地问着各种各样的问题。他一夜未睡,倦了也烦了,嚷嚷起来:"别瞎操心!人是那么容易死的吗?各家干各家的去,别吵吵啦!"

村干部们开了会,大家对狼窝窑接连出事表示不满和担忧,张广路谈了将窑收归集体的主张,理所当然地获得了一致的赞同,等不及史大笨回来,张广路就带着村委会的决定去找史天会了。他在街上碰到了闲逛的广良。

"咋不上窑去?"

"一个伤了,一个跑了,窑主顾头顾不了屁股,我还上哪门子窑呀!我怕史家开了我的瓢儿哩……"

"人家有了难,咱可不能站边上看笑话!你快上窑吧,干多少是多少……"

"我先把两畦黄瓜浇浇……"

史天会不知道出了什么事。大笨一夜未归,第二天上窑的只有春芝和白杏,问她们,问枝子,又什么都不肯说给他。他骂了枝子,用拐棍拍打炕席,将团团灰土掀了起来。

"说!大笨、二笨哪去啦!不说就把饭拿回去……"

"送玉山去医院啦!爹……你别急……"

"玉山咋啦?"

"头……头跌破了……"

"好好的,咋跌了?"

"道黑,跌墙上啦。"

史天会觉得蹊跷,儿媳妇的泪眼成了谜。他拖着无力的老腿在窑场上来回走着,像是在徒劳地追赶着一只永远也追不上的野物。直到张广路来了,他才知道史家出了什么事。老人一下子就蔫了。

张广路把老汉扶到炕上躺下,想说的话全咽了回去。他不想把窑的事告诉老汉,看眼下的情景弄不好会出事的,还是等窑主回来再说吧。史老汉伏在毡子上喘息,手哆哆嗦嗦地摸着炕席,想抓起什么来,可炕席上光光的什么也没有。张广路走了以后,老人的肩膀才渐渐抽动起来。几颗青黄的老泪流出眼窝,弄湿了他的下巴和枯干的脖子。

那天中午他没有吃饭,晚上也没有吃。天黑的时候,史大笨回来了,他让春芝回家去,自己一声不吭地挨着父亲躺下。张广路已经找他谈过,他只回了一句:"村里让咋着就咋着,我没得说啦!"

村长原以为要说很多话的,想不到他竟答应得这么痛快。

父亲没有话,死了似的躺着。

"爹,你吃药吧,凉啦……"

老人嗓子咕噜着,闭着发青的眼皮,似乎睡得很熟。大笨担忧地看着他，心里说不上是什么滋味。睡到后半夜，大笨让拐棍扒拉醒了。

"儿……罚了几个？"老人咬得紧紧的牙关松了，哆哆嗦嗦地问儿子。

"……七百多。"

"二笨哩……"

"我明儿找他去。"

"别找啦，让他走远远的吧……"

剧烈的咳嗽把老人的话压了回去，黑黑的窑棚弥漫着哀伤的夜气。大笨用袖子抹着下巴，把悄悄流下的泪擦去。他对不起父亲呀。

"……我娶你娘的时候，穿的裤子还是跟广路他叔借的哩……"老人的声音突然清晰起来，"你娘跟着男人要饭要到咱们这儿了，他们是河北的家……孩子死啦。你娘的男人是病死的，在沟口大枕石后面让雪埋了半个身子……我把他葬了……把你娘娶下啦……"大笨呆呆地听着。

父亲说起了旧事，声音十分和缓。大笨的脊梁上爬着一股恐怖的凉气，他屏住呼吸听下去。爹这是怎么啦？

"养活了你们几个……不容易。你娘吃过几口好饭……我这一辈子做、做……我的身子都给吸干啦……儿，给我口水喝……"

老人喝了水，静了一会儿，又说起来，声音却含混得听不真了。

"好好侍弄枝子，让他生个儿……我还想活哩……孙儿替我活哩……"

"爹，我让她生！爹，你别说啦，歇歇吧……"

老人静静地睡下了，连喘气也平息了下去。天明了，大笨给父亲熬上药，披着衣服来到窑场上。苗儿安梁在白雾里隐着半个身子，绿莹莹的林子闪着白光，淡了的雾气像水一样流下来，流到山脚就不见了,像是让山吸了去。露水打湿了煤堆,像淋了雨一样。旁边的空地里野兔子在煤末上踩出了一条黑色的足迹,弯弯曲曲地消失在草棵子里面。远处的桦木林里几只鸟唱起了歌,又哄地一下把歌声带到天上去。

史大笨端着药碗走到炕边,史老汉的身子已经硬了。

黎明的大车道上,疯狂地跑着一个像野马一样的人,他喘着粗气穿过冷清的村道,撞开门闩,跌倒在史家北屋的台阶上了。

风将突然爆发的哭声吹散,惊醒了沉睡一夜的洪水峪村。

史老汉死啦……

十五

史天会睡到史家坟地他先人的身过去了。他的坟正对着狼窝沟的沟口,新鲜的黄土堆上栽了一棵小榆树,像老人伸出的一只手臂,日日夜夜永不疲倦地向南方召唤着什么。

他的丧事办得很体面。棺材里的铺盖里外三新,枕芯里填了澄黄的新谷,老人穿了黑色的、发亮的制服躺在粮食的香味儿里,那安详的样子很使依旧活着的同村老伙计们羡慕。盖棺前一刻,大笨将一把拇指粗的蜡烛塞在老人手边,那是为父亲耐不住九泉的黑暗时点亮儿用的。棺材抬出史家大院,大笨手里的瓦盆刚刚摔碎,送丧的行列里就响起了家人、亲友和乡邻的哭声。大家用哭声赞美了老汉的人品,他可以安息了。他发了财使乡人嫉妒,但他没有享受,一辈子过的是和大家一样的穷日子,这又使乡亲们伤心,情不自禁地为他掬一捧哀伤之泪。

　　史大笨送走了爹爹，整个人便垮了。他开足了雇工的支钱，给了九更一笔医药费，从此不再上窑。麦收之后，下了一场暴雨，将窑口淋塌了，巷子里灌了水。他听别人说起这些的时候心动了，但仍然没有去，用村里人的说法：窑不是他史家的了。是谁的谁去管吧，他是不管了。他想起为它拼命的那些日子就伤心难过。

　　村委会仍在争论不休。马上解除合同是大家都同意的，但在钱的问题上却看法不同，有人主张窑主应按合同向村里交纳承包款，因为合同提前解除，所交款项应比三千块低一些，但不能免除。张广路却坚持将窑工棚、窑柱、工具折款，此款与承包款相抵，三千块不能收。

　　"史家干成这样不容易。不是他们冒险干了，洪水峪能有煤么？史大哥把命都搭上了，咱们不能伤人家的心……"

　　"你要发慈悲，别毁合同呀！窑也收了，还想充好人……"

　　"收窑对全村有好处，这是明摆着的！大笨干了错事，解除合同应该……可他为开窑卖了力气，这也是明摆着的，咱不能装看不见！……三千块免了！"

　　一向温和恭良的张广路红了脸，变得武断了。他内心充满矛盾，觉得狼窝窑这个洪水峪的金蛋蛋变成了一只刺猬，看着喜人，摸着扎手，简直不知拿它怎么办好了。会上的争吵很快就在村子里传开，像在油锅里滴了凉水。史家因福得祸，焉知会不会因祸得福！三千块究竟不是个小数呀！庄户人们几乎忘了史家扔在窑里的那些如牛似马的日子，对史家在塌台之际又大捞了一笔深感不快和不满。狼窝窑不再由史家独占，这使许多人在不满之余又得到了一点儿安慰。但是，窑归了村，有再大的好处，匀到各家时也就不显什么了，绝对得不着史家那么大的便宜，所以，窑归史家不好，归村里好，如果归了"自家"

呢，当然就更好！让狼窝窑迷了的汉子们，不少人都在心里默念着一本内容相似的经文。史家的挫折没有吓住他们，反而助长了他们的勇气，他们在别人的失败里悄悄地发现了自己的希望。

史大笨对村委会的决定不感兴趣。信用社的户头已经冻结，钱一时谁也拿不去。跟父亲的死和失了狼窝窑这两件事相比，那笔款子的得失已经不能刺激他的情绪。钱可以再挣，可人呢！想起劳苦一世而一无所得的父亲，竟没有从狼窝窑尝到一点儿好处，他的心就像针扎一样痛。他觉得自己的魂儿有大半儿跟着父亲走了，狼窝窑再勾不起他红火的梦想。

二笨是在父亲掩埋之后第八天回村的。他逃到邻村一个同学家里，然后就跟人家合伙到口外贩骡子去了。他不知从哪儿听到了父亲病逝的消息，没敢耽搁就跑了回来。他没有进家门，在父亲的坟堆上坐了半夜，然后在老黑子那儿借了一角炕睡下了。老黑子家怕惹事，死说活说地在第二天早晨将他送进了史家的院子，史大笨没有揍他，留他吃了饭，然后给了他二百块钱。

"你爱上哪儿上哪儿吧，混出人样儿来就在外村找个拐。混得成人成鬼你掂量去，这村是容不下你啦！"大笨的嗓音有点发颤。

二笨流了眼泪。这个家，这个村没有什么可留恋的，可一旦被人离弃心里仍不免有些哀伤。

"我不信……我就不如别人！你们等着瞧吧，我让村里人瞧不成乐子……我早晚会回来……"

他带了二百块钱到外乡熟悉的买卖人那里入股、闯荡去了。

二笨走后，史大笨收到了刘玉山从公社卫生院发来的一封信。他细细地读了它，然后小心地揣起来。晚上睡觉的时候，他仍在心里悄悄读那些凿头写下的句子。

解除合同的事，白杏告诉我了。我认为事情不能这么简单了结。逃税、卖私煤的错误，罚款已是最妥的处置，村委会的决定似乎太重了。我到乡政府谈了这件事，他们答应研究一下。你要耐心，窑主该当还要当，半路退下去将来会后悔的。

　　前两天公安员找我了解二笨的事，我说这事我们已经调解妥了，不再麻烦政府，他们很满意。我希望你也满意。二笨小子手快，他慢一些，在这儿住院的就不是我了。总之，这是我和二笨的私事。我不想怎么着他，二笨今后如何做由他去。他见了我的血，吓得浑身乱哆嗦，我忘不掉他这副样子。他不是个真正手辣的人。

　　没赶上史老伯的丧事，很不安。老人家一向器重我，这我早已觉出，心里对他是敬重又敬重。但我违了老人的心愿，肯定使他多了一桩临终前的遗憾。可我还是不得不按我想做的去做。白杏是怎样一个女人，在我心里与在别人心里怕是很不同的。我只有先屈从自己的心了。

　　这信太书生气，大笨读了吃力，但那意思他是明白的，而且很合他的口味。玉山是条汉子，说话直白，又讲义气，选这人做凿头究竟是没有错的。可惜，他没有将这人的底蕴早早地看出来，现在得识他的真心，晚了！

　　村委会又在聚头了。

　　张广路去了一趟乡政府，汇报了解除合同的事，乡里领导没有同意他的做法，说不符合当前的政策。合同仍要执行，承包一年就收回村里太仓促了些，最好能延长合同期，丰富合同的内容，使承包户和全村都能从中得益。张广路本想讨支尚方宝剑的,不想这剑竟架到了自己脖子上。

村委会不再为狼窝窑争执,都添了新愁,开始为完全不同的问题纠缠不休。几天之内,消息灵通的村人向张广路递了十几份申请,都要在狼窝沟打孔开窑,好像在夺回自己长期被剥夺了的某种权利。他们不怕找不着煤而倾家荡产了,他们也不怕把命把血埋在黑洞里了。史家做出了样子,他们再也不能犹豫。史家吃的一切甜头,他们都想尝一尝,为此他们似乎也不怕吞下史家吃过的苦头和一切艰辛。村委会乱了方寸,办公室那盏灯泡晃着人眼,夜夜三更不闭。张广路熬红了眼睛,他眼看着几个村干部的心散了,都打起自家的小算盘,希望能订下条件最优越的合同。

"让几个鬼钱迷了!出不来煤我让你们一家一家都败喽!"

张广路恶狠狠地表示了自己的哀愁。

"乡里有话垫着,我们怕什么?多挖几个洞,多富几家,有什么不好?当干部也得花钱,也得盖房,也得娶媳妇……史家干的,我们咋干不得?"

"挖煤不是种地,没两下子会把命扔进去!"

"史家的人命不值钱?人家不怕,咱怕什么?"

有人把脸拉下来了,村委会开成了僵局。

狼窝沟的坡坎子上,性急的人们已经在东奔西突地寻找新窑的口子了,好像地底下埋的不是煤,不是石头,而是整块整块的金子。史大笨看着那些外行人笨拙而痴迷的样子,觉得很可笑。他知道,他们是成不了事的。但他也因此知道了自家半年多来在村人心目中的位置。一个人不论吃了多少苦,受了多少累,遭了多少险,只要他有了钱,就会被众人嫉妒和效法的。想到这一层,他那颗凉下去的心又热起来。

如果爹还活着，会怎么样呢？他会用六道子棍捅着自己，更加卖劲儿地干下去吧？那是一定的。

"爹死了，二笨兄弟逃了……可不管怎么着，咱史家还是干得不赖呀！全村人的眼都红啦……"

史大笨想着，得到了一些抚慰。他是史家的一家之主，他要让史家的日子好好过下去，不能泄气。

三合庄的媒人托人带话来了，过几天要来相亲，春芝为家里付了太多的力气，史大笨决心年内为妹妹完婚，热热闹闹地把她嫁出去。

"你想要什么，说吧，哥给你置。"

没等史大笨再许诺，春芝的眼泪已经吧嗒吧嗒地掉下来了。史大笨知道妹妹这是为什么，那些泪颗子是自己准备给她的两千元的嫁妆所换来的。看着她结了黑茧的那双不像姑娘的粗手，看着她因为深痛的哀伤而微微抽动的嘴角，他觉得那一叠叠的钱是多么无用的东西呀！

"日子久了，就忘啦！别挂念人家了……自己好好活，比什么都强！"

史大笨这么说着，鼻子也酸酸的了。

春芝默默地擦了泪，小心地抿住嘴巴，担起水桶挑水去了。她穿着旧衣的背消失在院门外，扁担的铁钩子一声接一声地呻吟开去。史大笨咬住牙……为了家，为了亲人，他还得下死力去干呀！

十六

八月底一个晴朗的日子，刘玉山出院了。九更带了一辆大车到乡供销社取货，白杏和玉山本该搭这辆大车回村的，但俩人却先走了一步，决定翻山走小路。这样近一些，还有许多其他好处。玉山躺在病床上做梦都想着自己在浓绿的林子里奔跑呢！

山上荆条花依旧开着，到处缀满了这淡蓝色的花簇。岗顶的桦木林、杨大林的白色树干闪着淡淡的绿光，像绿海里的几方怪岛。一坡齐膝深的蒿草在风里弯下头，整齐地、像一线一线的波浪似的滚上去、退下来，发出时缓时急的喧声，整个山体都在动了。

几只野鸽子从一团草棵子后面扑棱棱飞起来，在俩人头顶擦了过去，白杏惊得尖叫了一声。

"手边有枪就好啦……"玉山仰着脑袋，看几只灰色的小点儿在山谷里盘旋。

"你回村一边养身子一边打猎，我陪你去。"

"打猎是不需人陪的，除非你也有枪。"

"那就买一支去！"

"买吧，人家更有啥说了！"

"陪你，做什么都行。"

玉山笑了，挽住她的臂。她将胳膊绕到他背上，一蓬黑发贴在他下巴一侧，搔得他脖子微痒。她已经习惯了这样子，几次来医院探视她就是这么做的。玉山也习惯了，不再窘迫和激动，脸上露出很简单的、满足的表情。这个女子是他的了，因而她的一切好处和不足也已为他所有，他准备承担她承担不了的一切。

"玉山……我觉得配不上你呀……"白杏看着他翘着的下巴，叹了口气。

"听腻了，别说这没味道的话！"

"不说了，可心里老想……"

"想什么？想我结了婚会揍你！像东头老郭家一样，揪着媳妇的头发在地里拖……是么？"

"那我就死去，到苗儿安梁跳崖去……"

"跳去吧，你死不了，一跳就像鸽子一样飞起来了，你瞧……"

灰色的鸽子啪啪地拍着翅膀，顺着林梢飞到谷底，又箭一样升到山冈上，从桦木林前掠过。白杏眼窝湿了。往事像一朵灰云在心里留下不散的影子，未来的幸福似也不能将这沉重的云驱去。她要好好地小心地活，靠了这男人的扶助，总有一天她会把那阴影从身上抹掉的吧?!

"等我当了窑主，第一个就雇你！你一天给我背三吨煤出来，一定什么都不想啦。"玉山笑着说。

"你还不死心，窑主是好当的吗？"

"不死心。人不死心就不死，我要当窑主！"

"为啥哩？"

"说不出……当了窑主，就不会稀松地活着了，会干些精彩的事出来！"

"你当了窑主会是啥样子呀……"

"你等着瞧吧。"

玉山脱开身子，捡一块山石往对面山坡上抛去，山石笔直地斜插上天空，飞到顶点之后减慢了速度，然后飞快地落到山谷里，掉到一片绿色当中不见了。他像个孩子一样在草地上跑起来。

俩人进了村。一群孩子尾随着他们，迎面走来的乡邻闪开路，向他们点头、寒暄。靠街的墙头上露出一些女人的乱蓬蓬的脑袋，用惊奇、挑剔和平淡的眼神儿打量着他们。他们很亲切地并排走着，把那些听不见的议论和叽喳声扔在脑后边，玉山发了无声的宣言：不论你们怎样对待这个姑娘,她是我的了。

晚上,刘玉山来到史家。大笨不在。他用自己的健康的身体打消了大笨娘的不安,说了一些告慰史老汉的话。春芝一直躲在西厢房的灶间没有出来。她躲在暗影里,用手抓着麻袋里的玉米,一粒一粒摸着、数着,把玉山的面影在心上印了一遍又一遍。明天,外乡的媒人就要带着一个不认识的男人上家来了。不论他是个瞎子和瘸子,她都愿意跟上他远走高飞,永远离开这个村子。

山黑了,溪水闪着月亮的白斑,在寂静的山谷里流。夜色里漂浮着荆条花淡淡的香气和老核桃树枯裂的枝干分泌出的几丝苦味。大车道边的草丛喝饱了夏季的雨水,乱蓬蓬的绿茎都伸到道面上来了。

变得空旷了的窑场上,只剩下没有运走的坟堆那么大的一个煤丘。史大笨靠着这堆煤,像靠着铺盖一样半卧着,电石灯的小火隐约照亮了那张忧愁、沉思着的扁脸。刘玉山刚踏上窑场,两个人就彼此认出来了,虽然他们看不清对方的脸面。玉山把篓子放平,在大笨身旁坐下,拆开一包好烟扔到大笨腿上。

"知道你出院,也没去接……"大笨说。

"好好的,接什么。"玉山把烟点着,说"合同还要执行,你准备怎么干?"

"这事得谢你……可我干不动了。"

"人手不够,可以多雇几个。"

"雇谁呢?个个都成了窑神,都想自家掏洞。一天三块怕也没人肯干了……"

"不管怎么着,总得先干起来。窑闲一天不知亏多少……"

"又不是我要它闲……想妥了,不管赚多赚少,混到年底我是不干了。"

"你比谁都想干。"

"……你哩，你不想干？"

"想干。"

"那……过了年……你把这窑接过去吧，放别人手里我还不死心哩！"

玉山笑着，喷着烟团，眼睛在黑地里闪闪地放光。

"我不占你的窑，我要带人打个新孔……"

"……太冒险啦！"

"这滋味儿你我都尝过，熬一熬就闯过去了！"玉山晃晃电石灯，水快干了，火苗子大一点儿之后又渐渐缩小了。他接着说："你得干下去，把明年的合同也包下来。我还指望从你那借款哩！"

"村里让你干，我不盖房也得借你……亏了算我的！"

"亏了，我到你窑上白干！"

"算啦……别把事情想得太容易。你看村里那些红眼狼，把我看成什么啦！好像我那几个钱是从地里捡的……让小子们试试看，一年里就得多几个寡妇……"

大笨站起身伸个懒腰，用手拨了拨灭掉的电石灯。两人慢慢往村里走去，大车道映了月光，像一条弯曲的河。

"打新孔的主意，你在入窑时就有了吧？"

大笨突然问道。玉山踢着路上的石子，笑了笑。

"窑里的门道都让你学去啦，你小子真鬼！"

"我当了窑主，要比你干得好。"

"我说什么？……你心太野啦，小心点儿，窑不是好欺的。我要能干下去，咱们就比试比试吧！"大笨变得快活了，很亲热地拍拍玉山的肩膀，"都他妈让窑神迷了，图什么呢？"

"你说哩。"

大笨低着头，一时答不上来，最后吞吞吐吐地说："……还不是为了那几个钱，你哩？"

"我也是。"

"齐啦！钱总是好东西，她史姓刘一个屌样儿！"

玉山脸上藏着一丝不易察觉的暗笑。他想起了南方那个姑娘。她善良的眼睛将会看到他在家乡的深山腹地干了些什么。他在给她的一封信里曾把未来的自己描绘成洪水峪贫穷生活的一个毁灭者和新生活的开掘者，她回信说他太爱幻想了，二十五岁的人不应该那么虚妄。他承认为了在她面前显得强大些，他的口气是太粗了。一个人的力量是干不出这项伟业的。有了史大笨，有了那些在狼窝沟疯狂地寻找窑位、被贫穷逼急了的庄稼汉，有了自身的信心和勇气，洪水峪是会变个新样儿出来的。

这未来的窑主踏着山路，觉得双足充满力量。震得山冈都发出回响。史大笨挨着他走着，像一匹壮硕而无神的马，摆着脑袋，面无表情。他在想着死去的父亲给他讲过的一件往事。

在洪水峪还是个十几户人家的小村的年代，常有几匹恶狼从狼窝沟游荡下来，掠去村民的猪崽和羊羔。然后顺原路潜回山林，滴一路鲜血在狼窝沟底的草丛中。村民入山剿伐，将逮住的恶狼剥了皮，倒悬于村前的核桃树上。狼群被捉到只剩一匹了，那孤独的家伙仍旧在多雪的冬夜出现在村道上。它踩过狼枷，中过土枪的铁丸儿，但它狡猾而顽强地活了下来，使洪水峪多年未得安宁。以后有一年，它不再来了，雪地上永远失去了它小孩拳头那么大的爪迹。

"它老死啦，这个家伙累坏了！一趟一趟跑下来，家家敲桶，十几杆土枪追着它屁股死打，把它饿疯啦……"

老人对他说这些的时候，口气是很温和的。那时他还是个孩子，心里对那匹精瘦的野狼含了许多天真的同情。

"你看啥呢？"玉山问他。

"你看西坡，哪家搭了窑棚……瞎了眼，那儿能挖出煤来?!"

"别小看人家，挖不出煤来挖一口气……真带劲呀！"

大笨让石头绊了一下，晃晃身子站稳了。他不解地看看玉山，又看看黑漆漆的山影。四周笼罩着沉重的神秘的夜气，它那么小心翼翼、不动声色，似乎在有意掩盖一场即将爆发的骚乱和动荡……

冬之门

一

腊月一个停了雪的早晨,谷世财离开位于青火河北岸的治安军营地,到镇子里给他干爹送小米儿。他是二营长官灶的伙夫,入编前在赵记汤饼店做了多年徒工,干爹便是这小店的掌柜赵仁久。仁久老汉是个稀奇古怪的人,一入腊月终于将小店弄得倒闭了。

没有太阳,雪地却在阴天里发着亮光,刺得谷世财两眼落泪。他身子瘦小,二十来升的一个布袋便坠斜了肩胛,在厚厚的积雪上走路似乎要用尽了全部的力气。

路不长,沿着青火河蜿蜒不足二里地便陡然扎入了北大仓的屋群,与河水分道扬镳了。那条河上游是温泉,从山谷深处流来,在镇子边缘划了一道弧,热气腾腾地将四百来户人家罩在山谷平缓的北坡上。赵记汤饼店在东街把角处,布幡子老远便能看到,那老大一个赵字已在久荡的风中暗淡,布角也破碎了。

有熟人在街口拦住了谷世财,告诉他干爹家里来客人了。谷世财眨巴着小眼儿，将滑出鼻道的冷涕用力抽回去，轻轻咽了一下。

"……啥客人？"

"猜猜。"

"是讨账的么？"

"比讨账的厉害。"

"嗯？"

"是你姐，你姐回来了。"

"我姐？"

"快去看看吧，戴着孝哩！"

谷世财愣了一下便闷着头往街里走，走到一处停下了。他弓着背，一袋粮食坐在脊沟上；眼睛盯着雪地上乱糟糟的脚印，心思却不知飞到哪里去了。

他在想她的名字。他几乎忘了干爹家里还有这样一个人。他想起她的名字之后，又想她的脸，却无论如何凑不出一个确定的样子来了。

五年前她与口外一个江湖郎中私奔的时候，谷世财刚刚十五岁，到汤饼店学徒不到十天，低眉顺眼的几乎没敢看过这位掌柜的千金。只记得北大仓首富王楷山纳妾不成，气势汹汹跑到汤饼店讨还彩礼，将黏痰和唾沫啐了干爹一脸。干爹满面笑容，不急不恼，背着人擦脸时却掉了眼泪。那时候汤饼店生意不坏，而干爹的大烟瘾也稠得化不开了。

这遁去的女人竟回来了么？

谷世财扣了门环，站在台阶上磕鞋底儿，苦苦地忆着那张脸。都说是二十个村子出不来一个的美人儿，眉眼儿能烙死在人的心上，他却只记出一团秀灵灵的影子与额上一帘黑漆漆的刘海儿。那年她十八，如今是怎样老成一个娘们儿了呢？门道里有陌生的脚音踏过来，谷世财淡淡地吸着鼻涕,很天然地造出了一种悠闲。他的上衣很大,帽子也很大,却依然留着太多的遮不严的地方。在他踏着雪的鞋里是赤裸裸的脚踝,红红亮亮胖得有些不对头。他心里装了那么多的预备,门启时仍旧大吃了一惊,她就是她么?!门缝恰恰有一脸宽,她的头豁然镶在那里,雪光一样刺痛了他。

"……顺英姐。"

"你找哪个?"

"我……我找干爹。"

"……干爹?"

"我给他弄点子小米儿。"

"你是哪个?"

"谷世财……据点里的。"

他气馁得只想逃。他尚认得她,不论她怎样夺目,她却一点儿也不记得他了!她的高大身量使她的目光完全盖住了他,他抬不起头来,那大而黑的眸子像冻着,比雪后的风还冷。他试着挑挑眼皮,在她白棱棱的下巴上瞥到了一颗绿豆大的痦子,刹那间便从骨子里朝外软,目光赶紧丢开了。干爹在北屋里听到动静,切声唤他。好比羊崽子见了娘,他贴着她长大饱满的身子进了门道,不长眼似的一颠一摇地往院子里撞。

西厢房敞着门,木槛上坐个三岁大小的后生。一身孝衣衬粉了两个脸蛋子,眼睛里满满的溢着光,比那高大的娘们儿要暖得远了。谷世财断定这是干爹的外孙子,母子俩的孝布证明口外的郎中已经不在人世。赴黄泉做了客的家伙,来日再也不用指望拐骗人家的黄花大闺女,这世上多好的东西也没他的份儿了,真是报应!

干爹在北屋炕里躺着,弯得像个篮子把儿,目光灰灰的不见生气,一副动动手指也要乏的样子。谷世财撂下小米儿，从怀里掏出油布裹着的几撮烟土。干爹朽目中有电光一闪，竟嗖地竖起了半截儿身子，眨眼工夫便从炕席底下抽出了烟枪。老爷子装烟时浑身打颤，喉咙里咯咯吱吱动着些奇怪的声音，口涎拖下来足有一尺。

谷世财靠着炕沿蹲下，在炕膛的火中上烤手。他像往日那样沉默着，等着干爹缓过来。干爹的烟瘾走节气，夏季天儿淡些，一入冬便时时发作，厉害时仿佛这条命也要熬不下去了。

"这几泡不赖，不像北土么。"

"是高营副盘子里的，不是云土也是贵土，卡子里收啥他有啥，印度土也抽过了。"

"爪子别往远里伸，我有几口北土尽够了……小心逮你。"

"不怕，一次拿不多。"

"真难为了你……我算是不中用啦，咋就离不了这一口儿了？！"

干爹精神了不少，且为这突然的抖擞感到不好意思。他在装小米儿的布袋上挠了一把，很惬意地发出一串叹息。

"又是拿粮做饷了吧？"

"军饷下不来，有粮也凑合了。早知道家里添了人，我该多弄回几升，整天守个灶还愁这几颗粮食？日后有我吃的就有你们吃的……你老也不用焦心。"

"见着她们了？"

"见了。小子儿长得不赖。"

"她还有脸回来！"

"姐夫出事了吧？"

"说是病殁了，我掂量死也不是好死，那路人不短寿才怪。"

"……日后咋办哩？"

"郎中有钱，饿不着他们。这几年苦了你，也该顺英孝敬孝敬我啦。"

"咋着我也是干爹的儿，家里的事便是我的事，尽着做罢。"

俩人炕上炕下一紧一慢地叙着家常，口吻像膛口的火气一样暖。干爹将余下的烟土包好，塞入砖壁的一个洞里，将烟灰也包好，塞到苇席下以备来日窘急时再竭绝地消磨一番。俩人又谈了些给关板的铺子生火的事，有一搭无一搭地谈不出所以然，谷世财便将小米儿倒入一个瓮中，掖着空口袋踢踢踏踏地从干爹家里出来了。

那娘们儿跟到过道里闭门，他缩头缩脑地不敢回眼，倒是她不咸不淡地开了樱口。

"你是葫芦堡那个小叫花子吧？姓谷？"

"……是我。"

谷世财下意识应声，脸随即腾腾地红起来，她却不再问了，门缝仍旧一头宽，那张脸镶在那里，白净滑润，却又漠然木然，令人无以回味和品尝。她扫了一眼他的治安军全套的日式装束，不等他傻呵呵地笑完便将木门吭当闭住了。他在台阶上站了一会儿，又在丑巴巴的脸上摸了摸，很无力也很无奈地踏进了雪地。镇公所那条老狗很亲热地跟上了他，一直跟到东街以外的青火河河岸。母狗已老得不能再老了，却蹲在河边遥望对岸的雪坡与枯树，很奇怪地出了神儿，谷世财想推它下河，它终于猛醒，以无法想象的敏捷跳了起来。

"骚窟窿！"

谷世财笑眯眯地踢了它一脚，看着它逃远，消失在北大仓的街尾里面。天上是没有边缘的一层白气，太阳仍旧混沌，在气晕上映出一个不清的轮廓。与早晨比起来，雪光是更加伤眼了。

营地那边静着，营地对面的山腰上是昭仓大队的军舍，有号角声隐约荡来。忠勇勤奋的武士们又在集合啦！世上已没有更好的畜生了。谷世财含着笑意往营地走，想着母狗被推到河里时可能会出现的种种情景。那狗终于说起人话来。

"饶我！随你便儿哩！"

谷世财吃了一口雪，快活了。他把空口袋衬在帽子里，躲着强烈的雪光往前走，像一只狐。

二

马蹄表响了，像一只大蛾子扑腾翅膀。谷世财爬起来，到隔壁的灶间去磨他每日四更都要磨的豆腐。天黑着，马灯的光影罩着一盘屁股大的小磨，他闭着眼在那里摇，豆子们沙沙地变成奶汁了。他在似睡非睡之间做梦，想一些乱七八糟的事，也想不乱的事。

他想那个冰冷而长大的女人，想她在这寒夜里都做些什么。她会落泪以惦念那不在的郎中么？从温热的被筒里拔出来，硕而白的腰肢豆腐一般抖开了吧？谷世财随意地想下去，想得额头冰凉脚心和手心却热了。窗外有换岗的哨兵咔咔地踏着雪走过，话声如梦呓。

"世财，又流尿呢吧？"

"流哩，喂你娘！"

"喂你的油瓶子吧。"

"狗日的……喂你！"

豆子的液体很稠，沿着磨盘溢到一只桶里，白白地满上来。哨兵打趣的笑话让风卷开了，窗户纸扑扑索索地拦着风声，渐渐地衬出一层微蓝。

夜里睡得不好。二更时分，夜袭队捕人回来闹得很响，把人丢到牢里还在打，叫得猪一样。

"我冤枉！我冤枉呀！"

这人最终静了，谷世财依稀听见啪的一声，不知打在了哪里。让人静下来，这世上有数不清的办法，都不费事，大抵是一下子便能收场。眼下已是拂晓，被打的人睡着，或许竟永世不能醒来；打人的人也睡着，以备醒过来之后再打。幸与不幸的人都在睡，他却只能夜游神一样磨他永远也磨不完的白豆腐。谷世财觉着孤零零的自身真是惨，伙头军的没有尽头的日子实在是无趣，他已经劳乏得不行，连脚趾头都懒得动一动了！

他心头恨着，那盘小磨却在手里加速地旋转。长官们早晨要喝他的豆浆，晌午晚上要吃他的豆腐菜，干爹传给他的这些技艺固然使他受累，却也分明使他受宠。他无论如何不敢忘记，他现在是整个营地里最为操劳的人，为此得的好处，他比旁人要明白。

昭仓大队的晨号突兀地吹起来，应声虫一般，这边的铜号也响了。都是东洋调子，奏着奏着联了音，一边成了另一边的回声，最后便彼此融化了。谷世财做尽了该做的事，顶起后窗向外看。青火河南岸的雪地里跑着大群赤膊的日本兵，他们抓了雪往皮上擦，嗷嗷啸叫，像一伙出山觅食的狼。二营跑操的空地上却无声无息，只有三五个兵拎着裤腰匆匆穿越，去了角落里的茅厕。沉睡的二营一时还醒不过来。谷世财用食盒装了豆浆和烤烧饼，到睡不够的长官那里奉早餐。各位的毛病都一律，在吃上从来不含糊，每一碗浆里都搁了三块冰糖呢！各位也都累，在女人、牌九、烟枪上使绝了力气，端端饭碗都显得很难了。送餐归来，谷世财口袋里照例多了几块烟土，有赏的，有拿的，拿的时候多些。高营副那里最便当,他睡得沉,喝浆啃饼时也闭着眼;烟土又乱放,像给猫拉了一屋子屎。谷世财竟觉着营副从头到脚便是奇大的一块好土,迟早让人一撮撮抽净了他。

牢舍里又在惨叫,新一轮刑讯开始了。谷世财特意绕开那个鬼地方,却在牢舍的拐角撞了一个人,那人二话不说将他一条胳膊扭到脊梁上去了。

"世财,你袋子里有货!"

"你闹?我恼呀!"

"老子怕你恼?死人肉都吃不清了,还怕你恼?"

"放开……我拿给你。"

"先拿,拿了放你。"

谷世财疼得咧嘴,把拎食盒的手腾出来,从口袋里摸出一星半点东西。那个哈哈地松了手。他姓李,叫广泰,肥肥胖胖的一个人,有一张铜锣似的大脸,笑起来嗡嗡的。他是二营专设的一名刑务,做些说不出口的难堪事。这些事梳理起来只有两年,一是在牢里打人,二是在牢外杀人。他是刑场上专管搂枪的角色,也算得上山地的名人了。他脾气不错,但眼珠子汪着血,谷世财从心里惧他。

"你爪子是铁做的吧?"

"是吧,你听他们叫的!"

"八路么?"

"不像。一伙杂牌的游击。"

"哪村的?"

"岭南的口音……听日本人的声气,我料他们得弯在岭北啦!"

"又能落一笔赏钱了。"

"你想挣,我把活儿让给你,咋着?老子够儿够儿的了!"

"我做我的豆腐哩。"

李广泰不让谷世财走,拎小鸡似的把他揪到后山墙,哧哧地笑了片刻,然后正儿八经地说出了一件事。他说他看上了北大仓的小寡妇。他在梦里都惦记着×她。他发誓要做成这件事,不做成这件事他要活不成了。谷世财白着脸听他说,脑袋嗡嗡地大起来。梦里做事便做事,竟要做到梦外去,还要淫着嘴脸向外说!这一身肥膘的畜生啊!

"我到镇公所找酒喝,见她领了良民证出来,一张好脸加一步好走,整条街都给她摇颠了。啥东西做的么!我杀人杀了无数,这一回让她把我宰了……瞧你干爹那块料,咋日出这么妖的神仙!真是见他娘的鬼啦!"

"我看不咋的,大嘴叉子!"

"腚盘子也大,你咋瞧不见?"

"我没长那个眼。广泰,你趁早拉倒吧,暗门子有的是,惹人家寡妇算不上你有能耐,大哥你听我一句,别闹神儿啦。"

"咋着?你还真拿她当个姐了?别说她不是亲的,就算她是你老娘你也用不着给我摔这个脸……我不过说说,你替她揪着裤带算是咋回事?那×是你的了,用你心疼?!老子倒要看看你生了多大个屁!"

李广泰又将谷世财短小的身子獾住,半真半假地戏弄他,把他的脸往雪里按。谷世财已经恼火了,却嘻嘻地欢乐地笑着,蚂蚱一样从广泰手里蹦出来。

"手痒痒了,上牢里去!"

"回头告诉你姐,老子哪儿都痒痒,想杀人哩!"

"杀吧,杀了过来吃豆腐。"

"我吃你姐的脚趾甲!"

"噎死你狗日的!"

广泰做出要追人的样子,却并没有过来,扭身进了牢舍的栅栏门。不知又施了怎样的辣手,谷世财刚刚迈进灶间便听到了非人的尖叫。他靠着锅台抖个不住,耳边浪着广泰刚才的那些话,比受刑的哭嚎更喧嚣。他从案子上抄起一根擀面杖,一时想不起要做什么,竟把它丢进了灶眼儿。如此丑陋的肥猪也来拨她的算盘,往后显见是没有安稳日子过了。广泰是啥东西?蛮劲儿有酒催着,敢当街扒女人的裤子哩!

谷世财满满一天没踏实。做豆腐点多了卤水,炒出菜来很苦,连他自己也没法咽了。长官们没有踹他,体恤他过度的操劳,却也甩给他许多脸色,逼他在操劳之余尚需认真。他已顾不上这些,只急急地等天黑。他的心境一片混乱,仿佛头上的一角天空要塌下来了。

"那×是你的了,用你心疼?"

广泰这风凉话刺伤了他。她不是他的咋样?她是他的又咋样?她是不是他的能咋样哩!啥话也不用讲,有他在这儿立着,哪个也别惦记了。她是他干爹的亲闺女,是他的姐,是他尊不够的神!去北大仓的夜路上,谷世财一边走一边在心里给她找了恰当的位置。她明明是老天爷派下来的,要剜掉他的心,要瞎掉他的眼,要愁来愁去地愁死他了!他又得了啥呢?只远远地渴巴巴地看着一张脸而已。然而只这脸上的一个眼神儿,便足以让他把一条命草草地搭上去。他的梦早已是她的天下了!

谷世财在汤饼店的台阶上呆呆地站了半天。敲门,心也跟着咚咚的想弹出来。门启了,月光使冰冷的脸蛋子柔和,也使黑黑的眸子大到无限,深到无限,他整个身子只想悠悠地掉进去。

"……姐。"

"来了?"

"来啦。"

就没有别的话了。他擦着她进去,在过道里嗅出一股说不清道不明的体香,是甜甜的生豆子味儿。有她在张罗,熄了火的汤饼店不久便要开板。屋檐下的麻袋里有察哈尔产的黄豆,院子中间是洗净的磨盘,已请石匠细心地凿出了新的沟棱。烧锅的煤也备妥了,在院角垒着黑莽莽的一堆。女人给这清冷的院子灌了饱满的活气,比她父亲操持的那些日子泼辣得多了。

谷世财轻飘飘地往北屋走,不敢相信娇嫩的寡妇竟有如此猛壮的作为。这一次与往昔不同,顺英没有回她的西厢房,而是跟着谷世财进了北屋。谷世财被干爹的古怪样子吓了一跳。老人披了棉被蹲在炕角,两只手搭在席上,手脖让绳子紧紧地捆了。脸色已经不能看,被油灯照得像一块枯皮囊。面孔上有泪水也有鼻涕,前襟上的口涎拖了极大的一滩,席子上也汪着。他用眼缝瞄瞄谷世财,不说话,竭力地摇头,发出垂死一样的大声叹息。闹瘾啦!谷世财一步抢到炕上,在口袋里惊惶地挠他积下的烟土。

"上回的抽净啦?咋回事么!不用急……烟枪搁哪儿了?你老再忍忍。"

他扒开炕席,又扒开枕头,两眼四处寻摸,无意中撞了女人那双眼,像头朝下对准了井口,他不敢动弹了。

"不用找,我给他收了。"

"姐……这个戒法要死人哩。"

"死不了。我男人治得多了。"

"干爹上年纪……"

"上年纪还抽?抽得害了家,自己又得啥好了?!"

谷世财犹疑不定,见干爹向他摇着一根手指,连忙凑过去。

"听她的吧……我跟她一个意思……戒死了倒省心了。"

"戒也不用急么，还捆手?!"

"不捆头发毛也揪光了……世财你听她的吧！你真想孝敬我，从营里多弄些豆子回来……世财你弄把刀来把我收拾了吧,我实在受不了。"

干爹用后脑勺咚咚地砸墙，屋梁都在震。谷世财抓住他,不知如何是好。干爹泪水狂流，眼睛却死死盯着炕沿上的烟土。女人察觉了，一把摸过去，随手扔进了炕膛，火口扑拉旺了几束热苗儿，眨眼就平静如常了。干爹绝望地闭了眼睛，呼气却大为轻快，人软软地裹在被子里，很快就来了瞌睡。谷世财领略了女人的强硬，几乎没有办法开口了。人骠到这种地步，还用他来操心么？他不怕她笑死他么?!

谷世财一直忍到最后，在门道里终于憋不住了。夜很黑，谁也看不见谁的脸，他壮着胆子说了他的忧虑和劝诫。

"姐，铺子摘了板你得当心，这镇里镇外的畜生多着哩，弄不对付你得吃了亏！"

"……吃啥亏？"

"人不知道哪天就得让别人惦记上，走路说话多个心眼儿就是了。这年月人长五只眼也不够用。"

她不响了，俩人在门道里对峙着。谷世财直担心她手里会有什么东西砸下来，脑皮子一阵阵发紧。好心话一说出来活像是恫吓了。她不会疑到他的头上来吧？谷世财后悔自己多事。不远的地方有白牙闪动，她不说什么，只浅浅给了一笑。谷世财从这意味不明的笑里挣脱出来，已是在回营的路上了。

青火河流得很稳，月亮浸在水里不动，两岸的积雪泛着蓝光，越到高处蓝得越浓，终于在天底下化作没有边际的一团乌黑。熄灯的夜号尚未吹响，昭仓大队的翻译官立在南岸的夜色里，又在吊着尖嗓儿唱他的花旦了。他总是一边唱一边打着手电筒四处乱照，像游荡在青火河畔的一个鬼魂。这翻译官的长相和做派都像个娘们儿，胆子却十足是个男人。就说是沦陷区，有谁敢把戏唱到野地里去呢？

"唱得好！娘们儿！"

谷世财吼了一嗓子，沿着雪地的黑辙颠颠地跑起来。他恍惚看见两行白牙冲他妩媚地一闪，心里咯噔一下醉了。

三

腊月二十五，汤饼店闭了多日的铺面板子摘掉了。本钱不大，比鼎盛岁月要差得远，不办炒席，只有羊油豆腐汤和玉米面的贴饼。为了招徕得广些，也备了散酒，菜却是豆腐渣，只用辣椒油颠颠就上桌，滋味倒还不错。店是旧店，生意出奇地火爆，全为门面上立着个寡妇。女人出众的嘴脸是小北风，顷刻之间便在二营的队伍里抖开了，十个人里有八个人在琢磨她，窃问是回乡的窑姐，还是现卖的婊子呢？那一脸媚笑让他们说神了。

谷世财为长官灶忙碌过年的餐饮，不能抽身到镇里去，从别人嘴里听到小店的场面和女人的做派，心里一阵阵上火。灶间里的活儿很卖力地做着，人却害了大病一样，没有一点儿精神，脸上的血色也淡下去了。他想骂人，想把饭锅从后窗户丢到河岸上去！弟兄们却没有哪个能体会他的心境，不断有人悄悄溜过来，用野蚊子一样的声音探问他的姐。

"世财，你干姐属啥的？"

"属蝎子的,你想咋着!"

"好心问你,恼啥!"

"属啥也碍不着你,别问!憋不住尿泡了找你的碗,没碗拿巴掌兜着,胡问个啥么?!"

"狗日的,她是你相好么?"

"她是我姑奶奶,咋着!"

"你踮脚看看,够得上娘们儿的肚脐眼子么。"

"我够你娘那胯骨!"

问他的人怒了,他倒笑起来,用猥琐的服输的样子把袭来的拳脚挡回去。人一走,他就跳着脚踹锅台、踹笤帚,往酱缸里吐唾沫,也往没和好的面团里吐唾沫。他惶惶然像是要发疯,要把脑袋扔到轰轰燃着的灶口里去。

除夕晚上才拿了假,心绪不宁地来到汤饼店,见平日清冷的东街漾满食客的笑声,谷世财的心仿佛有蒺藜在扎着了。他躲开东厢房的铺面,穿过院子,鞠身进了北屋。干爹正与维持会会长王楷山说事,表情一个淡一个浓,谈得不大贴切。干爹见他进来,像遇到救星了。

"世财,你把那桶豆子磨了吧。卖一天汤花了四十斤豆腐,真是出鬼啦!"

干爹抓着青雾缭绕的烟枪,一副神清气爽的样子,显见是破了戒。谷世财坐在北墙的磨盘处,呵呵手,做起了他在营地里早已做乏的事情。这盘磨大些,得用上两只手臂,几勺豆子下来就落汗了。王楷山嫌世财碍眼,想走,又不起身,干爹便慰藉他。

"咱说咱的,世财不是外人,我还指望他帮我拿主意哩!"

"不说啥了,我等你话。"

王楷山是六十以上的人,比干爹还大些,却是个黑头白脸的秀才相，出口闭口全是教书先生般的举止，没有一丝财主的霸气。

"仁久兄弟，往年的事不提了。她这次回来本该对我有个说法儿，她不张嘴我也不逼她。人都知道好赖，我王楷山做事不贪利，图的是个周全……你们不能不给我面子。你把话替我递过去，她要是明白人，啥事都不难办了。"

"有多大好处我能不知道？我怕是做不了她的主！"

"不急，容你们慢慢掂量。我的好心先摆在这儿了。"

王楷山走的时候特意收了笑容，白净脸拉成个驴脸，好像别人在哪处得罪了他。这突如其来的冷淡使干爹吃了心，坐在炕上半天不说话。铺子里传来一声怪笑，是广泰锣一样的声音，笑完又咕呱咕呱地说了什么，引得别人也笑了。谷世财轻轻哆嗦了一下，他在一堆笑里把她的一丝笑声摘了出来，立即想到她正背着他盛开了大花似的俊脸，不由黯然神伤。他把沮丧和醋意泼给石磨，加倍用力地转起来，浆子亮晃晃甩出一道白帘儿。

"世财，歇歇吧。"

"待着也是待着……不是说戒了么，咋又抽上了？"

"你姐怕了。她可怜我。"

"王会长又琢磨啥呢？"

"他老宅子里缺个管家，惦记着让你姐过去……我早知道他得找后账，想不出是这个找法，到底是体面人。"

"你……你答应了？"

"我答应管啥用，得你姐看着合适。这回我啥也不说，说多了遭报应。"

"咱要不答应，他能咋着？"

"话早撂下了。这镇子里一家三口的户没有不支差的，大不了让我去苗儿安梁砌炮楼子。还能咋着？他敢让你姐给日本人出花差不成？我量他有那个胆也没那个心。"

"家里有在编的，不是免差么？不算数了?！"

"你在编是在编，不是赵家的人，保甲们肯得罪王家顺着你？"

"这老杂种，想挨刀呀！"

"别混说，没大没小！他惦记你姐不是一天两天了，这事落不清，哪个也别想踏实！该是啥命就啥命，争你也争不来，躲你还躲不走哩。人迟早得土里去。咋活不是活……我日他王楷山的祖宗，这一镇子的老户都败了，咋就他家旺得不到头？你轻些个……耍疯呀?！"

谷世财不听，屁股离了凳，哈在磨盘上没命摇那根枣木做的杵，汗珠滴滴答答落在磨口的豆瓣里了。他自以为是磨着王楷山，老东西的骨头正冒着泡儿旋出来。听到管家两个字，起初还不在意，越想越不对头，像含了一嘴苍蝇。但同时也在想，她穿了窄身儿的绸布衣，在王家的老宅子里柳枝儿一样摇进去摇出来。这猜度的情景又使他欲呕的嘴里含着醋了。

铺子里传来摔碟子打碗的声音，李广泰破口骂着一个人。谷世财顶着汗跑进东厢房，见不大的铺面已乱成一锅粥。肥大的广泰与二营一个弟兄揪把在一起，拉锯一样进退，已醉得不成样子。食客们高一声低一声地劝着架，却并不认真，似乎对他们一句叠一句的醉话更感兴趣。

"你不看看老子是干啥的，你再尿我的脸……老子毙了你！"

"你毙我我也说！你就是个见了娘们儿走不动道的东西！秋天那回，你大半夜颠到女牢干啥去了？你他娘的解了裤嘴儿亮家伙哩！"

"老子解手！"

"冲个女八路解手？亏你第二天还毙了人家！铁枪肉枪都招伙，

你李广泰的本事大到天啦。"

"我日你八辈祖宗！你当着大姐儿撕我的脸，我要饶你我不是人！兔崽子。"

广泰把一碗豆腐渣撩过去，那边回过来一碟醋。干爹也过来劝，刚一探头便被顶到门外去了。众人乱着，她却歪在灶间的门框上静静地看。脸比平时白，看不出怨的还是气的，笑容也比想象的冷，不知道是对着事还是对着人。谷世财看着她的脸，觉着身体吹气似的高起来，他向纠缠不清的两个家伙扑了过去！

"松手！出去！都出去！！"

人们都吃惊，不清楚这猴一样的小身子何以爆发了那么大的力量，广泰和对手踉踉跄跄险些跌翻了桌子。谷世财觉得这还不够，又连续在两个人身上踢了几脚，他知道她在看他，让她看吧！看吧！他气势汹汹地掉到一个梦里去了。

两个醉鬼反倒清醒过来，一左一右拧住了他。他有些慌乱，竭力忍着，直到他们要扒他的裤子他才丢脸地哀求不已。

"广泰大哥，你们俩没醉，是我醉了，饶我这一回！"

他笑着，尽力让别人以为他把前前后后都当个玩笑。他不敢再看她。他在哀求过程中突然觉得不对头，这哀求与看瓜不是一样丢丑么？他又出乎意料地疯狂地挣扎起来，这一下把广泰他们彻底惹恼了，不知哪个抽走了他的裤腰带，另一个用绊牲口的绊子撂平了他。他从下往上看见了她的腿，她的腹，她的下巴，她的深渊一样的俯视的目光！她苍白的脸上没了表情，那淡漠的眼神儿令谷世财发昏的脑袋浸到冰里去，冷得要裂开了。他想对她说这不怪他，他本来就不是人家的对手；他瘦弱，他没有能耐，他一辈子都在让人欺侮；世上没有哪个男人看得起他，除了干爹；更没有哪个女人看得起他，他在娘们儿眼里不如一条狗!

"几位大哥到街里闹去吧,也该容我们把铺子收拾收拾了!"

谷世财透过乱七八糟的腿,看见了她的腿,她边说边走,竟离开铺面进了院子!他想朝她大叫,他是狗!快来看吧!狗!狗!!他鼻子一酸,眼泪咸咸地进了牙缝,索性安静了。

广泰几个人也知道铺子里不是辱人的地方,又怕脏女人的眼,便将谷世财拎进了东街,找了背风的地方三下五除二将他看住了。自然都醉着,将他滚了几遭,踹了几脚,说了许多不着边际的骚话,竟乐呵呵地纷纷离开去,将他独自扔在除夕的风里了。

谷世财头和手被勒进裤裆,身子极冷,人们绑他时又抓了未化的积雪塞进来,胯里膝上都湿着。他听见干爹在汤饼店那边一声声唤他,但他执意不答应,他破裂的脑袋只装着一件事,他想死!这样一动不动,在自己或许是能够由此而洗刷了,然而天一亮乡亲们会看到一个绝大的笑话,那将更加不堪和不幸。谷世财顶不住周身的冷,终于奋力将自己从绑缚中褪了出来。人们挽了活扣,绕得也松,本不想与他为难的。他进而想到不论待他好或坏,人们从来不认真,一向不拿他当个正经物件。她眼里也含了这一层,那寡淡的眼神儿简直要了他的命了!

他想回营,走到青火河又绕回来,在汤饼店闭了板的门外来回游荡。他想见她,想说说刚才的事和心里的许多事。但他不知道如何开口,他怕她会羞辱他。他失了魂一样走来走去,把多少年前的苦日子也翻出来了。他看见了早逝的爹娘的脸,看见自己拎了讨饭棍在大雪里走,想到自己正孤零零走在除夕团圆的夜里,眼泪终于汹涌地落了下来。他最终还是敲了那扇门,像溺在水里的人徒劳地扑向一根稻草。他脸上可怜巴巴的抽搐的笑容一定吓坏了她,只在门缝里露给他一只眼。蔑视的意思射出来了,他却迎着,任她穿透了自己。他忘了要说什么,只谦卑地笑着,希望她骂他,哪怕骂他狗!泪水还在淌,他知道她看不见,但想全力忍住,以便开口时能自然些,也豁达些。

"……姐。"

"咋还没走?"

"……晚上丢人了。"

"闹呗,到年了么。"

"姐!"

"嗯?"

"……别答应王楷山!"

她静了一下,把门敞大些,似乎要迈出来。谷世财也吃惊自己的话,它是从哪儿冒出来的呢?她还是隐回了过道,没有出声,门咯吱吱徐徐地合上了。谷世财在最后关头把胳膊插了进去。

"姐,你别糊涂呀!"

"回吧,你懂啥么。"

"姐,我晚上丢人啦,你别笑话我……我这人谁欺我都忍!"

"回营吧世财,不早了。"

"哪个也别想欺负你。"

"……说醉话!"

"哪个敢欺负你……"

"嗯?"

"我……我杀了他!"

胳膊还在门里夹着,他百感交集,大抖着呻吟起来。他看见她重新拉开了门,连忙退下台阶,低低地重复了一声。

"我杀了他。"

不等她回话他便逃离了。他悄悄哽咽，被自己的大话弄得浑身发热。他不知道她一向怎么看待他，有了今天这一晚她又会怎么看待他。在听了他突发的誓言之后，他在她眼里比往昔会大大的不同了吧？然而只要想起她苍白的脸上那副从容的样子，他就知道自己的窝囊相在她那里是永难磨灭的了。他又想起了她的下巴，想起了她的从背后看过去的丰肥的腰肢，哀伤的心境便突兀地下作了。

镇公所那只老母狗跟到镇子外边，在河岸上停住，像往常那样聚精会神地看着对岸。他先抚摸它，随后把它踢进了冒着热气的静静的青火河。

"母狗！你个母狗！"

起初很快意，但听到它在水里艰难地扑腾，立即后悔了。走出很远还能听到河面哗哗的拨水的动静，那老狗陷在水里出不来啦！

谷世财狼狈逃窜了。

四

那天夜里没有风，白天也没有风，天气真好。天是蓝的，有太阳的地方泛着一团白，很乌涂。谷世财整豆腐整得迟了，来到营地西南角的岗楼时，垛子口已经站齐了人。他扎着围裙，扶着岗楼的旗杆爬到高处，两脚很稳地站在垛子顶上了。

青火河北岸的石滩上全是百姓，十几个村子依着各自的保甲很整齐地列着队伍，北大仓的四个保排在前边。谷世财在静静坐着的人群里看见了干爹一家人，女人抱着孩子的样子很拘束，怕光似的把头扎在干爹的脊梁后面。干爹却悠闲自在,与各村的熟人扬手点头地打招呼,不少人像是看戏来了。

南岸是昭仓大队和二营共同布置的警戒线,人网一直拉到山腰,将昭仓大队的军舍及仓库全都织在圈里。在军舍的石墙与河滩的结合部,有很大一片雷区,北大仓的狗曾有几只碎在这里了。雷区的边缘便是刑场,十一个倒霉鬼早已从二营的牢里提出来,正泥胎一样跪在土坎下边,后脑勺青青地对着北岸众人的眼。

谷世财看见了河边的李广泰。那胖子换了一身崭新的衣服,正从河里掬水喝。他还傲慢地往水中撸着鼻涕,向对岸的百姓们显示他的沉着和无畏。

在连接北岸与南岸的洋灰桥上,留着胡须的昭仓大队长抑扬顿挫地讲了话。娘们儿气的翻译官是另一个调子,把日本人杀气腾腾的恫吓转换成学堂里女学生的闲言碎语了。昭仓一点儿也不怪他,很有礼貌甚至很陶醉地听着他的译语。谷世财想起了在许多夜里听到的旦角戏,觉着昭仓和翻译官的眼神儿都有些不对头。东洋人的事哪个也说不清,他们喝茶用的壶跟山地的夜壶差不多,只略小一些罢了。

王楷山也讲了话,对跪在那儿的十一个人感到很惋惜,又为黑压压的百姓们感到庆幸,说只要规规矩矩地过日子,没有哪一个脑袋是保不住的。这老王八给大伙的脑袋打保票,转过身去还得给自己的老宅子找管家哩!

谷世财站在岗楼上狠狠啐了一口,只恨这块痰打不到他脸上去。接下来便是二营的长官讲话了。营长在县城里养伤不在位,轮到满脸烟色的高营副来张这个口。他的嘴食烟很利索,一说话便有点儿不像人了。

"……刚过了年,猪血羊血见了不少,今天洒几滩狗血给大家乐呵乐呵……日后哪个不老实，都这儿跪着来！广泰，时候不早了，得让乡亲们赶回去做晌午饭，咱赶紧走着吧！"

广泰一直在走来走去，搓手，看天，紧高帮鞋的鞋带，还跑上去拍一个临死者的肩膀，似乎在跟他说个笑话。他活像个急着登台的戏子，听到过门一下子来精神了。

谷世财抱着旗杆，后脑勺凉飕飕的，他看见李广泰拎着枪向头一个脑袋兴冲冲走过去，连忙从垛子上跳下来。三枪一过，人群里的孩子已哭成一片。谷世财极突然地听到了顺英的尖叫，慌忙攀到原处。

"小软儿！小软儿！"

她在追她的儿子。小东西顺着河滩往镇里跑，被警戒线挡回来，又往北岸后的山坡上跑，仍被挡回来。小小的年纪，跑得竟那么快，惊动了全场，枪都停了。她捕到了他，把他抱回干爹背后的那个位置，长大的腰身深深地埋下去，要把儿子含到肚子里。骚乱转瞬平息，但孩子们搅成一团的哭声却在高涨。李广泰很不耐烦地甩了一枪，立即让一个屁股冲了天。人挨了敲，竟留给世上这么一种怪样子，真让人看着不舒服。谷世财走下岗楼，想吐出早饭来，却只呕了一嘴酸水，把牙都浸酥了。

枪声戛然而止。十一个人毙了这么久，像是把世上的子弹打完了。那受惊的小兔儿一般的孩子进了谷世财的心，他能感到孩子的小脚拼命踏，把他浑身上下每一寸骨头都踢疼了。她像母虎一样追孩子的那一刻，让他从叫声里看到了她的畏惧和惊惶。他应该赶到他们身边去，但是他必须要做出满席的豆腐菜，让长官们款待昭仓大队长和那个娘们儿一样的翻译官。他还要侍候一个他最不愿侍候的人。李广泰每次行刑都要享受七长的长官灶，他的食量那么大，仿佛将死鬼们的那几份也一并吞下了！谷世财想着那些穿了洞的后脑勺，想着从洞里

221

冒出的大股大股的血，炒惯了的菜竟有些炒不下去。炒锅在灶口上冒着黑烟，他不想放油，他想往里面撒一泡尿，结结实实死腥死腥地灌他们一泡尿！

他的菜却炒得香极了。

昭仓大队长眼看着中国人又为他处理了一批中国人，中国人还为他炒了一桌中国菜，很兴奋，便多饮了几杯酒。他用古怪的眼神儿看着翻译官，大家用古怪的眼神儿看着他，看着看着他突然对中国人忍无可忍，发了武士的脾气。他说你们支那人没有良心，贪生怕死，做事不认真，是一群没有指望的动物！他险些打了高营副的耳光。他在撤席的时候搂住了李广泰的肩膀，大声地赞美他。广泰听不懂，翻译官柔声细气地对他说，昭仓夸你是支那的一只鹰！

"不敢当！不敢当！"

广泰的大脸笑成和面的盆儿了。谷世财收拾席面，见高营副孤零零坐在桌旁，以为他是受了昭仓的瘪，运不过气来。殊不料这烟鬼竟神秘地叫住了他。

"世财，喝酒那会儿，假娘们儿一直把手搭在昭仓腿上，你说这是咋回事儿？"

"闹不清。"

"他裤子里藏着个×不成？"

"谁知道哩。"

"日他昭仓的妈！怪老子们没有良心，做事不认真，他倒认真，他那个良心顶不上一截猪肠子！世财，你见广泰那个酸样儿了？他真拿自己当个鹰了！"

世财想起广泰打枪时的蛮样子，觉着屁股冲天面孔砸地的人实在是太下贱太惨巴了！看广泰行刑不是第一次，唯有这一次对他饱含了嫉妒和愤恨。毙人便毙人，乔模乔样地给谁看？把所有活人都不放在眼里了么!?

"世财，你干爹喜欢啥？"

"烟土。"

高营副问得太突然，世财答过之后才震惊。营副的笑委实太古怪，意思都明明白白浮在脸上了。

"他跟我一个好儿么！"

"营副想做啥？"

"想弄点儿礼孝敬孝敬他。"

"……干啥？"

"能干啥？你干爹家里那点儿事你还不知道么？一滴答血招来一堆绿豆蝇子，老子做不了蜜蜂，也得做个苍蝇拍子！"

"营副……是啥意思么？"

"妥妥做你的饭，啥也不用问，咋着也没你的亏吃。姓高的眼下啥都不缺，就缺个老丈人。"

高营副咕咕笑着，往外走时连连打着哈欠，瘾又来了。谷世财呆愣愣地立了许久，脑袋似乎被穿了一个洞，洞里嗖嗖地涌着凉气。他觉乎自己成了被广泰处理掉的一个人，还不如那个人，人家挨了敲便万事不愁，他这里淌着脑浆子还得给人洗碗洗筷子！他还算个人么？人家啥都不缺，独独缺个老丈人！他缺啥？除了嘴里和屁股里的一股气儿，他有啥！谷世财瞄瞄案板上的家伙，真想找把锋利的抹了自己！

他觉着自己就像那个受了惊的孩子，在一个没有路的坑里跑，撞得满脸满身都是血。他玄想着她来捕他，像漂亮高大的马一样飞奔而来，他躲着躲着，以为要被她撞翻了贴住了，她却看也不看地从他身旁跃了过去。他已经不能够追上她,她也不会去候他,她在北大仓冬天的雪地里没影儿啦!

白日里的好天气挨到晚上到底撑不住了。天一黑便落了雪,残破的雪迹很快就换了样子,在路上山坡上一层层肿起来。谷世财给岗哨塞去两只烧猪蹄,扛着半口袋黄豆悄悄地离了营。汤饼店仍旧热闹,院门却闭着。他绕到后山墙,踏着别人家的半截墙头将豆子丢进去。他又折回铺面,低头抬头地耗了好一会儿才推门踏进去。人们都好奇而惊讶地看着他。广泰正喝酒,也用疑惑不解的眼神儿打量他。他知道自己与往日或许有些不同,心里跳得很结实。他找个空座儿坐下,哪个也不看,从怀里摸出两张军票丢到桌子上。

"三两白酒,两盘豆腐渣。多搁辣子,油也多些!"

由北街雇的帮工拿了钱,想跟他打招呼,张张嘴又闭上了。他知道她正倚在灶间的门框子上看他,他却冷着,翻来覆去地拾掇宽大的衣服袖子。广泰扑哧笑了。

"世财,你脸上咋了?让驴蹄子蹬了吧?恼啥哩?"

"不恼啥。大哥咱自己吃自己的吧。"

"今天打枪那会儿,我见你猴在旗杆子上来,你知道我一下子想做个啥?"

"做啥?"

"我想一枪把你撂下来,只当撂了个鸟儿!挨着脑勺子搂枪太他娘的没有嚼头儿了。"

"大哥你下回撂我,我还给你猴上去,给你当个鸟儿。"

"我一枪打不着你的眉心子我就不是人揍的……咱撂个赌,下回老子一枪崩不折你的屌老子就不是人下的……大姐儿,你也听见了,下回我杀鸟儿给你儿子看,那可有意思,管保你撵他跑他都不肯跑!"

广泰已醉得很深了。世财不再理他，埋头饮酒，耳朵却听着她嗯啊地应答那个刚刚杀过人的人。广泰的醉话越发不成体统，她竟能听得下去么？世财忍不住抬抬眼皮，瞥见她确实在听，脸上是似笑非笑的样子，爱听不爱听倒看不出来。仅仅是听，便刺着谷世财的痛处了。

"……把女八路吓坏了，她说大哥你不能这样。我说大哥为啥不能这样，大哥可怜你，大哥想给你快活一下子，大哥想陪你到死哩……女八路哭啦……她是柳庄的小学教员，人真叫俊，比大姐儿不差，就是矬一块……"

她似笑非笑地听着，隔了桌子神秘而宁静地看着李广泰。谷世财被辣椒弄得眯起眼睛，她的脸，她的眼，她的下巴……一律模糊不清，失了原有的样子。但是，他听到她在呼气，他闻到了她的淡淡的甜甜的香味儿。那是新鲜的白豆腐的味道，他太熟了。

"……我不想弄她，可是……第二天毙了她，我难受了一个月份儿！日他奶奶，早知道这么放不下，头天晚上我掰她两条小白条腿儿干啥哩！真是可惜了，毙她还真不如留着她……"

广泰酸了鼻子，竟捂着摸着掉了几滴眼泪。她仍旧似笑非笑地听着，等待醉鬼语重心长地讲完动人而下作的故事。谷世财可一句也不要听了，他由穿堂门来到院子，将门板咣当一下撞在身后。他想让她感到他的这种力量，他要楔子一样打在她的眼里和心里！别人杀起人来眼都不眨了，他可怕啥哩！他怕她不成？他怕一个怪里怪气的寡妇不成?! 杀人不过头点地，他一个老爷们可怕啥哩！

干爹在炕角坐着，小软儿伏在他腋里，一老一少很静。谷世财把裹着烟土的小纸包搁在席上，话也不说，移到北墙去磨豆子。豆子泡得不软，磨盘涩拉拉的，他的身子因用力而弯弓一样勾起来。他浸在独自的心境里,许久才看出那老少有些异样。干爹一向是松散的人,如今连毛发里都流着大股的惊惶和瑟缩了。

"……咋啦?"

"这孩子惊了枪,眼瓷了,哄不过来。"

"有两天还不好?那么多孩子,就他是个不经吓的……干爹,你老这是咋了,抖啥么?"

"没啥。"

"土在席子上,抽罢了。"

"不是瘾闹的。你姐从西街给买了不少,够我抽的。往后你也不用抓挠了。"

"我是外人么?"

"世财你听我的吧,往后你不用管我,有你姐侍候着我啥也不愁,过一天算一天哩……"

"到底是咋回事?"

世财丢了磨杵,愣怔怔冲到炕前来,对干爹发了从未发过的不满。干爹也从他这里看出了异样,嚅着嘴越发不知道说什么,惊惶之外又添了哀伤了。

汤饼店在送客,东街里传来她清脆的语声和李广泰打锣似的醉笑。谷世财用发了瓷的眼神儿盯着干爹,意识到这院子或许将没有自己的立足之地,干爹不知何时将做了何许人的老丈人!他想哭,有三两白酒在冷腹里闹着,干脆将一肚子委屈喷出来,拨了不知多少回的算盘珠儿也滚上台面了。

"干爹,早有一句话想说给你,怕的是个不中听。你才说家里有你闺女侍候着,不用我管了,你老咋不想想,哪个管我哩!我在外面不算个人,在家里也不算个正经东西么?"

"……说啥？"

"晚说不如早说，老憋着我人也毁了。干爹要不嫌我，你闺女要不嫌我……我想跟你们一块儿过哩。干爹你听着不是味儿，赶我出去罢了……"

"狗日的……嚼啥?！"

"我意思定了，死也是这样。"

"疯魔了！大斗庄那边已捎过话儿去了，开春儿就能见人了！"

"我不见那路废人！"

"傻不傻的也是个娘们儿。你不是废人？你脑瓜顶儿赶不过锄把子，整日价想啥哩！你姐是啥人你看不出么？她能相中你？家里够乱了，你少惹她吧！"

"她相不中我，相中哪个了？干爹你替我看着，她相中哪个了你给我递个话儿。"

"她相中的家伙在坟里！你个鬼呀，咋就不开窍儿了。"

"我早晚死在这件事上！"

干爹眼里的惊恐爆出来，世财一下子醒了。他知道自己说了万万不该说的话。他真是昏了头啦！他紧紧绷着的身子骨缓下来，人是泥一样没有力气了。他羞愧地溜出屋去，万念俱灰。铺面里的油灯已熄了，她在东厢房的檐子下边站着，或许已听见了疯疯癫癫的那些话。他看不出她是啥人，却看得出她准定相不中他。他自己便相不中自己，还用她来挑拣么？然而，若果真与她活不到一个路上，谷世财也就不知道这世上还有什么事能够让他怕了。雪在下着，除了地哪儿都黑成一片，她的脸却淡淡地映着一块白。衣袄是平原的式样，那么紧束而周正，在腰肢上下勒出惑人的坟丘。他想做个死人埋进去了！

"……姐。"

"你酒猛了,不能跟他们比。"

"小软儿头一回看毙人吧?"

"孩子没出息。"

"我头一回也怕。"

"人么,该怕了都怕。"

"姐!"

"嗯?"

"我啥都不怕哩!"

"醉了,你回营吧。"

"姐你妥妥看着我,我谷世财啥都不怕!姐你看着我,你看着我……老子啥都不怕!"

他脊梁上暖着半个手掌,在软软地却坚决地搡着他。他听到院门吱扭一下闭住了,继而真切地听到了由自己嘴里冒出来的笑声。门板上啥也没有,他却傻笑着摸了它半天,他把她的脸摸出血来了。

东街里积着一脚厚的雪,背后响起沙沙的拖雪声,是那只母狗轻盈地跟来了。他这才记起口袋里还给它留着一块猪骨头。谷世财觉着自己真是疯了。他抠疼了它,看着它在雪地里斜着窜出去,衔着骨头不见了。

"回来,我日你呀!"

他笑着,身上白白的成了雪人儿。脸上也结着冰,把臭烘烘的眼泪凝住了。疯了。真疯了!不想笑却总笑!谷世财知道自己活不成啦。

五

几日后的一个清晨,给王楷山遛马的长工跑到营里来,说不好了,广泰那胖子给人吊死了!营副高子昆正在喝豆浆,听到消息皱了皱眉毛,坚持着把豆浆喝净,把小烧饼也吃净,对收碗的世财笑了笑。

"那只鹰出毛病了。"

谷世财跟着众人去看热闹。那是北大仓和营地之间的一个废弃的萝卜窖,在山坳的菜地中,四周丛生着灌木枝子,离岸边的土路有十几丈。他是在路上悠闲地走着,被人突然勒住的吧?

谷世财想着那晚狂暴的大雪,不记得路上有过异样的情景。广泰杀过人便不再露面,显见是当夜便遭了暗算了。

萝卜窖刚刚挑了顶,刑场上抖足了派头的广泰窝囊惨了。他挂在窖梁正中间,两脚居然落着地,裤带跑到脖子上,裤子便褪到了膝盖以下;青紫的大脸冻得发亮,害羞似的垂下去,正对着自己裸露冷缩的小腹。他像看着私处在陶醉地自言自语哩!

"你说大哥你不能这样,大哥我为啥不能这样?大哥是可怜你,大哥是想让你乐一下子,大哥想陪你到死哩……可是可是……大哥我咋我咋这个屌样儿了呢?!"

谷世财暗自笑了。弟兄们不知为什么也很快意。广泰这副死相使众人体味了滑稽和难堪,恐惧也让这赤条条的鬼样子给逗远了。广泰不可能有别的死法。谷世财明白,如果让他来做这件事,他也一定为广泰安排一副自言自语的样子。他的心里,在一个他自己也不轻易进去的地方，他因为许多事为许多人安排过许多种样子了。

调查广泰死因的时候，谷世财曾被叫到营部，回答了众位长官的问题。他最初感到恐慌，随后便释然了。

"广泰那王八蛋欺负人，早想宰了狗日的，动手动晚啦。我有啥说啥，广泰今天敢活过来，我明天就宰了他！"

"他咋着你了？"

"他把自己当个人，把别人全当是东西。他杀人杀成啥样儿了？早晚把枪点你们脑勺子上，有人宰他怕是大伙的福气！"

"广泰老勾搭你姐是不是？"

"他做梦。"

"你是为这事恨他吧？"

谷世财脸红了。长官们哧哧笑着，激恼了他。他狠狠心，开了极大的玩笑。

"为这事真杀了他也不冤！"

大家一愣，只有高营副仍在笑。谷世财低了头，在膝上摸。

"我还想勾搭你姐哩！"

"高营副说玩笑话。"

"谁他娘的有工夫跟你开玩笑，老子说真格的！"

众人又笑了。谷世财惊惶得抬不起头来。他闹不清哪个地方出了问题。含在心里的许多事，一下子便没有遮拦了！长官们居高临下地看着他，像一群猫斗着一只鼠，被他战战兢兢的样子乐坏啦。事后他很后悔，怪自己没有露出更多的蛮相，把勇莽的气度撑到底。

二营把刽子手李广泰埋葬了。葬礼中昭仓大队长再次把他称作支那的鹰。翻译官像花旦一样呻吟着：让支那的雄鹰在华北的山地永世飞翔吧！那只鹰躺在棺材里，肥胖的舌头吐不出来也塞不进去，顶在牙上像含了一枚腌鸡蛋。高营副在葬礼上犯了大烟瘾,不停地打嚏擦鼻涕,昭仓大队长再一次指着鼻子骂了他,说他是支那军人的败类,跟他合作是帝国军人的耻辱。营副窘得抬不起头来,却斜着目光扫那袅娜的翻译官,似乎深感大惑不解,已顾不上思索别的事情。

高营副很沮丧,在一个黄昏去了汤饼店,回来的时候高兴多了,把谷世财从被窝里拎出来,让他给自己炒几个鸡子儿下酒喝。

"你干爹啥时候戒烟了?"

"嗯……就前几日吧。"

"老滑头心眼儿真多!"

"他谁也绕不过,绕自己。"

"你姐倒真是乖巧人,嘴上话不多,眼里话可不少。"

谷世财颠着炒勺,太阳穴的筋嘣嘣乱跳,高营副端着鸡蛋向外走,站在灶间门口想起一句话。他不知道该怎么说,琢磨好一会儿才脱了口。

"真娘们儿就是比假娘们儿强。我还是那句话,昭仓是头驴!"

他发泄了对昭仓的怨恨,心满意足地离去了。谷世财却在被窝里烙开了饼。自从上次对干爹开过口,久久不敢登门,生怕有大不幸的情景在等着他。在他想来,此时的她对他一定怀了耻笑和怪罪,干爹对他则除了恼怒便是哀伤。老人受惊的样子他忘不掉,然而老人懊恼的样子他忘得掉么?干爹说他是个废人哩!

谷世财睡不着,却做出了很好的梦,把一屋子的夜气都搅热了。她的眼深深地黑黑地睁在房檩上,他冲着她箭一样把自己射出去,化在那弯月牙似的眸子里了。

那一夜的后半夜,昭仓大队紧急奔袭岭南白老屯的游击队,二营由高营副领着跟去了一个连。事后知道配合得很不好,高营副在冰天雪地里迷了方向，把队伍拉到离白老屯七里地的王家坡去了。谷世财便想，他是犯了瘾，还是中了邪呢？那天是翻译官传的令，有岗楼的马灯照着，营副和假娘们领在前面，弟兄们跟在后边羊群一般上了路。结果，一干人马去了王家坡。高营副八成就是昏了头了！

营副回营之后便卧床不起。他受了寒，发烧，拉稀，不肯吃饭，却肯喝谷世财给他熬的中药汤子。每逢把药碗给他搁在嘴边，他便马似的饮起来，然后喋喋不休说些辩解的话。

"……明明是在梁上走，走着走着进了沟了，不是冤鬼领了道才怪！我日他昭仓的妈，他要砍我！这东洋的小萝卜席还要砍我。"

说着说着便神秘了。

"……昭仓在雪地里跟翻译官手拉着手来，你说是咋回事么？那假娘们儿光手绢儿有七八条，她要不是真娘们儿我就是个娘们儿，不信咱们看，有昭仓兜不住的那一天……这东洋的小萝卜还想砍我的头，让狗日的砍吧！"

说着说着又伤感了。

"……老子十六岁出来当老抢，老子容易么？混到今天受了多大罪！在他昭仓手底下咱够服帖了，可人家指望骑在你头上拉屎哩……砍头随他砍去，好歹都是日本人的天下，老子过够了。"

说着说着竟下作了。

"老子一天到晚想你姐。没见过那么骠的俊娘们儿，捏她奶尖儿像捏了马奶子……品性也好，多浪也不浪到脸上来。你姐约我见天喝她的豆腐汤，……世财你给我捎个话，我病哪天缓过来哪天去看她，告她说我想她哩。"

谷世财点点头，心想昭仓个不正经的玩意儿，咋留着这货，不在王家坡野地里一刀砍翻了他！

谷世财把高子昆的美意带到了汤饼店，走在路上以为自己会撑不住，岂料一进东街便镇静了。铺面已早早地挂上板，一家三口都在北屋里坐着，院门竟没有关。他幽灵一样踏进屋，老的小的都惊了，却又旋即松下来。他不该是一个能够吓着人的人，那么，他们是在谈着外人听不得的话？谷世财把半袋子黄豆搁在磨盘上，把几个人一个挨一个看了看，异样地笑了。

"高营副让我给你们捎好儿！姐，高营副他想你，有病过不来。说让你也惦记着他……他的话我带到了。姐，你给我炒几盘豆腐渣，这么多日子不来馋死了！"

他阴阳怪气地靠着炕沿蹲下来。她不说什么，踏踏地去了铺面。干爹一时也无语，勾着炕沿往炕膛里甩长长的鼻涕水儿。老人戒烟已戒到一个境界，脸瘦瘦地凸着肉筋，鼻子辣椒一样坠着，两只老眼却漾着精神，全是听天由命的意思。

"咋又戒了？"

"想戒死来，没死成。"

"没死成再抽吧。"

"不抽了。你姐把烟枪塞我嘴里我也不抽了！今日有人供我，往后咋办？"

"还怕没人管你？"

"只怕想管也管不上！"

"我就不信，咋管不上？"

干爹的话令人糊涂，谷世财问着问着便绕了进去。干爹的脸在油灯的光里竟绿着，叹息时有大的恐惧从眼角流出来。

"世财，听我的话，你姐的事你不要管。我的事你也不要管。妥妥在营里做你的饭。你哪个的醋水也不要喝，哪个来黏你姐任他黏去，你好歹不要缠你姐就是了。缠她缠不出个子丑寅卯来,听我的吧!干爹是为你们好哩。"

"我还怕她是个夜叉么?"

"真是夜叉也不用怕了……别耍你的死心眼子,听我的吧。"

"我的事我自己管!"

谷世财对干爹的吃语有重重的不解,只以为她是怪异到了无望的女人,或许竟恰如高子昆所言,是个浪不到脸上来的浪货吧!

她在铺里面唤着他了。

豆腐渣已搁在桌上,比往日多了许多油,红红地泼着辣子。他自己到坛子里倒了酒,头一口便狠狠地呛住了。辣水儿逆在鼻洞深处,像戳着一把针,把脑浆子和眼泪一块儿扎了出来。她抱着臂偎在灶间的门框上,似笑非笑地看着他,这使他立即想到她看着广泰的样子。他坐在这儿,可是坐过这儿的广泰已经不在啦!

"……姐!"

"喝不来你少喝。"

"姐,广泰死了你知道么?"

"营里来人问过他。"

"你知道哪个弄死了他?"

"……哪个?"

"我!"

俩人都愣了一下。谷世财尚在惊奇自己的嘴,女人的嘴却已温软地启开了。

"笑话,你跟他有仇?"

"有仇!"

"你是有仇的人么?"

"不杀他我心里不踏实。"

"……为啥?"

"他拿你当个婊子!他跟人说起你来把你说成个不值钱的烂婊子!他算啥东西么?!"

她的笑意十分明确,却在一个念头上静止了。她用签子挑开灯芯儿,把灯座朝他肘边推了推。

"你不是能下手的人。"

"那姐就等着看下一个。"

"哪个?"

"给你带好的那个!"

灯芯儿剥剥地弹着火星,她的脸暗下来。最后一丝笑意也熄掉了。谷世财的心却软成水,只想朝这淡泊的情形泼过去,薄薄地盖她润她,渗到毛孔里做她丰肥的身上的一块肉。

他要做她身上的一块肉!

"别出蠢相。傻事不是你干的。妥妥做你的事,还轮不上你来黏这黏那的哩。"

"嫌我黏了,我这就走。"

"走吧。"

谷世财酒喝得浮了,看她看出了两张脸,上面的怜惜和警觉也走了样,恍然全是耻笑和戏耍了。

"把领子掖上,看凉着。"

他们站在门道的老地方。他听着,却不掖领子,而是伸出爪子捏牢了她的手腕。这想不到的做法惊住了她,竟迟迟不反应。他身里的油嘭一下燃了,爪子竟抵上了她的坟。他抵着她时感到了她的抖动,却未能伏住她。她叹息了一声,不大用力地抡动他,他便飘浮似的磕

235

在对面的墙上了。

"你个鬼!"

"你害死我啦!姐,你害我哩……"

"你找死!"

他的手固执地抓她的手,她却甩他,闪他。他自知了体力上的无望了,竟用整个身子朝她击过去!他瘦小的身子在墙上支住了她。脸也满满地埋在她上面了。

"轻些!"

"你害死我啦!日后哪个再碰你,我杀他!杀他!杀他!"

"你疯呀?!"

谷世财哈开嘴,隔着衣服咬住了她。她疼得硬起来,喉里低促呻吟,两只手静静地狠狠地扯他的背。俩人僵持着,已做不成别的事,他甚至不能如他所愿的那样,把手指按上她的眼睛。他只能含在她的胸上吞那件袄,把袄底的体香囫囵着吮进去。阻在背上的她的两只手是那么有力,几乎要让他悬起来,她令他心酸地把他拦住了!

他在将要窒息的一刻松开了她,软而有力的巴掌立即迎面扑过来。是来打他的下作的脸蛋子,却滚过了他的可怜巴巴的鼻囟,溅出的血呼一下淹了嘴。他哈着腰,直起来看看她,再哈下腰,两只手轮换着堵,堵不住便抹,被拦回去的血热辣辣地淌进嗓子眼儿,唤起他不屈的念头来了。

"我要娶你。"

"你蠢呀!"

"我要娶你!"

"谷世财,你毁吧!"

"我早晚娶了你!"

"……找死哩！"

女人的咒语像是哭了。他挺直了背，让自己高着走出去，把一滩凉血丢在过道里。多日里埋没着的说法儿总算出了口，他甚至也曾衔过他梦里衔过的肉了。

他和母狗一同来到青火河。狗毛上浇着他的血。他忘了给它带骨头，然而它一如既往地跟着他，直到它看着南岸的夜光出了神儿。谷世财血里冒着酒气，用刚刚捉了女人的爪子掐住了狗脖子。他感到温暖，同时感到快意。狗的四肢在舞蹈，不断有腥臊的气体排出来，它在抽搐了。

"我杀了你！"

他心一软又把它放掉啦。

六

营副高子昆的病恶化了。嗓子仍旧疼，肚子以及体内的所有地方都跟着疼，每天晚上发热，说许多下流的不下流的胡话。谷世财定时为他送饭过去，也送药过去，一边伺候他吃喝一边领略他的胡思乱想。依照高营副混沌的意思，北大仓的寡妇不仅是婊子，而且简直便是他颠熟的老婆，他已数清了她的毛。明知全是妄语，听得真切了，谷世财便推断出一种情景。情景中或许没有高营副，但肯定没有他谷世财，却必定有十恶不赦的人做那些十恶不赦的事了。

他便时时想起他许给她的话。他有时想得入了迷，觉着世上已没有做不来的事，各样的果子全在树上，甜的苦的凭他摘了！

他想起了点豆腐用的卤。他发现卤汤子活像中药汁，突然觉得高营副是个羊一样的可怜人。这发了昏的病鬼不仅妄以北大仓的寡妇为老婆，而且妄以为凡他浪迹过的地方遗满了他的相好。他甚至拿昭仓的翻译官做了来日的姘头。

"他是娘们儿，我见过她在城里的样子！她是钱庄老板的千金！"

翻译官却分明是个外省人。

翻译官代表昭仓大队长来看望高营副了。翻译官戴着雪白的手套，手绢一直捂在鼻子上没有拿下来。高营副远比往日清醒，拼命解释他为什么会在王家坡迷了路，他说他把王家坡当成白老屯了。他的目光咄咄逼人，频频点头的翻译官似乎随时准备从他床边跳起来。

翻译官走后，来了一八一联队的医务官。医务官走后，高营副被抬进了营地角落里的草料棚。他眼看人家从外边把门锁上，当场便号啕了。谷世财用怜悯的目光看着他。

"干啥！你们干啥！"

"……怕你是伤寒！"

"世财，你替我告诉日本人去，我是受风。把昭仓叫来，你们把昭仓叫来我跟他说。"

"昭仓让活埋你哩！"

"不行！他们这样待我不行！他们得治我的病！让他们把我送到城里去，我要治病！"

昔日的长官被遗弃了，只有谷世财把该送的东西送过去，还偷偷续上了长官不能离的烟土。当日午夜，病入膏肓的高子昆还是爆发了。他撞开草料棚的门，在跑操的空场上马一样横冲直撞，最后来到营地南缘的矮墙头，朝河对岸的昭仓部队狂呼乱叫。仓库里那些日本狗也跟着叫起来。

"昭仓！我日你九州的妈！昭仓！我日你的腚眼子！狗杂种你来呀，带上你的娘们儿来呀。"

他极度地绝望了，说出一串串谁也想不到的淫荡的话。谷世财就在矮墙旁边的窗户里，他不想动，在温热的被筒下边捏着自己的腿。血很热，正在肌肤里汩汩地流，流到心口的一个地方窝住了，急惶惶要裂个大口子喷出来。

他听到疯癫的营副被架走了，一路上仍旧操操地骂着。这骂声毫不相干地使谷世财想到了鼻子里的血，被筒里也涌出了那块袄的香味儿。他哈着嘴把被头咬住了，深深地往里含，直噎得舌根往上跳。他俯过去，让前身亲着炕，四肢里有大股的气体在飘浮，全身静着往起悬，似乎是被她抓住后背将他拎起来了。

他想出营。岗哨过不去就从东墙翻出去。他只想出营！他想到北大仓东街那黑漆漆的过道里去！到他不曾去过的一切美丽灿烂的地方去！去！去！

去啊！

这天夜里，北大仓的豪绅王楷山被人悄悄夺了性命，他死在他独睡的非常有名的花梨木大床上，很惨，也很有趣。他的佣人为他端去晨茶，在枕头下边发现了那颗六十二岁的不可一世的头颅。谷世财在长官灶的饭桌上听到这件事，立即拿个瓢扣在案板上，想看看单放的脑袋能是怎么一种样子。看得真情的人在一群吃饭的人面前表演，说那秃颈的断茬刚好从床栏的缝隙探出去，活像一张想喝水却被打烂了的马嘴。本是要宣扬王会长脑袋的恐怖的，谷世财一听竟当着众人哈哈地笑起来。刚刚掌管了二营的五连长很诧异地看着他。

"笑啥？"

"这脖子还想找个管家哩！"

"有啥笑的?"

"二和尚在,大和尚没啦!"

谷世财令人不可理解地笑得发了颤。他深感老天爷在搔他的胳肢窝,颠倒的祸福又颠倒了。

谷世财一副憋不住笑的怪样子,竟因一手豆腐菜,被二营派去布置丧席了。吊丧那天是个晴朗日子,积雪融黑了道路,没有风却一点儿也不暖和。谷世财奉命在王家磨了半夜豆腐,天一亮又张罗着为食客们宰羊,弄得脸上胳膊上都是血。他人弱,又劳累,那匹羊却极肥,但他三下五除二便将它处置了。他先整个儿剥下了它的皮,然后把它切成了大小不等的许多块儿。耷脸上酝酿着快意,却怕自己真会笑出来,便在刀上使出了惊人的手段,嘱咐着像切人一样来切它!

唁者中有年幼的家族后代,嬉走穿梭之余不免碰了灵床。谷世财远远地便已看到,那颗头滚动了。儿女们揪头发拎耳朵想把圆东西绕回去,缠颈的白绸带子却总是梳不拢。长辈们叹息了。

"混账!给酒桶上塞子么?"

"一群吃货,就不能缝上他!"

老妈子张四婶勉强纫上纳鞋用的粗针,没往主子的肉皮上扎便昏厥了。又请教了几个人,大抵摇头。谷世财看着那颗脑袋,心里是要避它,嘴上却喃喃地露了一个希望。他说如果实在没有人,他想试试。

"家里有缝马套的大针没有?没有牛皮绳,拆一根鞭子也凑合……人都冻硬了,把火盆拿来烤烤,茬口得熔上……家里人都出去吧,别看了窝心。"

凉飕飕的灵堂里只剩了谷世财一个人,他守着火盆,捧茶壶一样捧着王八脑袋,觉着自己不再是伙夫而是鞋匠。死人的白脸烤得渐渐有了红润,谷世财一边拾掇一边忍不住跟他聊起来。

"王会长，你没娶上赵家的大闺女你冤不冤？你没把寡妇拉到被筒里，你愁死了吧？老王八，你敢咧嘴笑哩，好样的……十里八村没人比你能了，要钱有钱要地有地，想当官了日本人给你纱帽子，想娘们儿了城里多白的×也能扎上，老杂种你真是不白活！你先别乐，老子要缝你啦。"

他欣喜地从这颗头上看到了许多脸。有葫芦堡老家的财主，有讨饭道上的无赖，二营里辱过他的人全附来了，镇子里点过他一指头的人也凑过来了。他想起了昭仓的胡须和翻译官鲜艳的嘴唇，他还想到了高子昆那张充满烟色的疯人的脸。他消灭了他所痛恨和鄙夷的人，他玩弄了他们的头！他们的头像球一样在他手上旋转，他将他们抛起来，接住，用一只小拇指扎进他们的鼻子，便将他们稳稳地支起来了！

谷世财用寸把长的大针脚将王楷山缝住了，这是给军马缝鞍垫儿用的针脚，密匝匝地排在这里倒也合适，像围了一件围脖儿，又似镶了一条花边儿。招呼外人进来之前，他掰开王楷山的嘴，吐瓜子皮儿似的往里啐开了唾沫。

"这一口啐你支我干爹的差！"

"下一口啐你勾搭我姐！"

"啐你领人屠了武家庄！"

"啐你手里有使不净的钱！"

"我是你管家，我喂你哩！"

他啐白了死人的舌头，欢乐得不知该拿这个脑袋怎么弄好了。吊丧的人对一脸奴才相的谷世财赞不绝口，既满意他的缝工，又满意他花样百出的豆腐菜。其中一道是羊头，热腾腾端上来闹得满席鸦雀无声。王楷山的遗孀哆嗦着闭上了眼，她已看够了一种头，眼下是什么头也看不得了。谷世财鼻尖上挂着汗，猥猥琐琐地凑过去，用牙签挑开了羊的天灵盖，往脑浆子般的东西上撒了一层香菜叶。

"我干爹的拿手菜，蒸豆腐脑儿。老太太，搁点儿辣子不？"

都说，真香！连不幸的王会长都有爬起来烩一勺意思了。王家人给谷世财数出不少票子，他一张不拿，却要了一口袋黄豆和一瓶酒。他衔着酒瓶子，负着一百二十斤黄豆蹒跚地赴了东街，那么大的口袋压着，他的身子越发矮下去，一路上不住摇摆，且嘿嘿地傻笑，每个毛孔都醉着了。

她给他开门时，他抬不起头来，只看到她的脚，脚底下的过道里是从他鼻子里冒出来的血，血像青火河源头的温泉水一样泛滥了！

"我把他切了，又缝上了！"

他感到口袋被她拎过去，腰却迟迟竖不起来，他听到有人咻咻地怪笑，疑惑地摸摸嘴，发现时远时近一直笑着的全是自己。他挣扎着爬上北屋的高台阶，靠着北墙根的石磨蹲下了。

干爹偎在炕角，眼里大的恐惧已经生了根，反倒显出一丝阴森的宁静。小软儿窝在他腋下，眼睛不可救药地瓷着，眼白把眼珠压得小而凸，像是要弹出来。这个受了惊吓的小东西完蛋了！

铺面冷清地闭着门板。她在院里走动，也来屋里走动，不停地摔打东西，却没有一句话。她的呼吸没有了，香味儿也没有了，她像一块墓碑冷冰冰地在他眼前移过来移过去，他想拦住她却一动不能动，不能动便动嘴，又不知这嘴含混地吐了什么。似乎描绘了那颗头，又讲述了切割的细节，但屋里没人搭理他。她在院里打了一只碗，又进屋摔了一盏灯，她的牙像母狼一样咯吱吱咯吱吱咬个不停了！

"……你把家掀了吧。"

"爹你混！你混！"

"姑奶奶，你来刨！"

"老糊涂，你拿来！"

"你吓我也罢了，吓孩子！"

"爹你当心！"

"你还找人杀了你爹不成？"

谷世财笑了，将交锋的声音逐出去。屋里重新静下来，他却自感成了石磨的一部分，在无效的挣扎中昏沉了。醒来的时候已在夜中，屋里墨黑，窗纸上浴着月光，将静静蹲着的干爹镀了一层银。孩子是黑黑的一个团，在老人腿旁的被底缩着，像是梦中也在抖，躲那永远躲不掉的枪弹。谷世财腿麻了，站了一半儿，发现腰以上也麻了，血液因突然的贯通冲上了胸腔，又在后脖梗阻塞着往头上窜。他被迫蹲下，等骚乱的身子静下来。

"干爹，我把王楷山脑袋切了。他日后再别指望支你的差，你妥妥在家闲着，让别人修炮楼子去吧。"

干爹不应声，却明明醒着。谷世财很迷惑，待了一会儿便默默地挨出去，爬进铺面，扎到水缸里饮了一肚子水。脑袋还热，索性舀了一瓢，脸冲着灶坑给自己浇起后胸勺来，走到院子里看来看去地看了看，在月光映得白白的地上看见了自己的影子，发现一向弱小的身材壮得像一棵枣树，直戳戳地引向西厢房。他踩着树干走过去，这树竟长上了她的窗子。

他要像倾倒的大树一般砸过去！他要从上到下囫囵着盖住她！他要用密密麻麻的树枝子拿住她！他要用伟力将她托到树梢儿上去，让她旗子一样在风里飘扬！

他哆嗦着往前走，却在院子的角落里看到了她。她臂里夹着一篮子冻豆腐，想必刚从山墙后边转过来。他又很奇怪地哧哧地笑了。

"姐,我给你带了一样好东西。你猜是啥?"

"酒可醒了吧?"

"真是好东西!"

她把冻豆腐放在东厢房的石阶上,本能地闪着他。他却潜行着凑上去,一意孤行地捉住了她的手。

他要杀他的神了!

她却没有甩他,将他塞过去的小东西攥住,淡然地就着月光看,满月的脸对着天上的月,发了动人的光芒。

"啥东西?"

"金子!"

"干啥?"

"给你打个戒指。"

"哪儿来的?"

"金牙托子,从王楷山嘴里扒的,洗净了!"

"不怕王家人逮住你。"

"天冷,浇点儿水把他嘴皮子冰严啦。"

"你真把他缝上了?"

"我给他做了个榫。"

"……啥榫?"

"我把火通条扎他脖子里啦!"

她与他几乎同时笑了,没有声音,只是身子在抖,然后摆动,喉咙里咽着低低的呻吟。她的腰向前弯,他也弯,他从侧面抱住了她,手臂树枝儿一样向怀里裹。怕发出大的声音来,他将她挤进了过道。她在抵抗他,却因笑而乏力。

"……火通条,你……"

"我顺他气嗓管扎进去……"

"……火通条!"

"想用筷子来,太短!"

"世财,你……"

"姐……我……"

"别犯傻啦,小心我打坏了你……火通条……"

他的手攀条一样伸进去了。她的肘撞疼了他的胸,他忍着,想在她笑着的时候拢住她。他想叫,想吓住腔子里附着的厉鬼,然而没有用。他要杀他朝思暮想的神了。

他跪下来,拢住了她的腿。她的笑渐渐消失,他却哭了。她试着往外挪,却已完全不可能,她便揪住了扑在她腹上的他的头发,手里啪啪地响出断裂的声音,他却更紧地附住她,她的身体突然触到了他的牙齿,她终于知道了自己的大意,然而一切都来不及了!她陷入了彻头彻尾的慌乱。谷世财在晕眩中想到永世不能磨灭的羞辱,他知道害他最深最重的便是这长长的一条肉这圆滚滚的一条肉了!

他想到了那颗头,想到了抚摸它的肉茬时麻酥酥的感觉。他把火通条插进他腔子的时候,就像扎进了一堆棉花,一堆裹了死人皮的棉花!他咬她!让她告饶!让她为瞧不起他羞辱他告饶!天啊,他要杀他的神了!

她在挣扎中与他共同跌倒在地,她将摆脱他的缠绕时,却又一次被扑平,谷世财抽出了白天剥羊用的小攮子。他用它压住了她的喉头,把疯了的嘴压上了她的嘴,他的另一只手伸上来摸住了他梦寐以求的眼睛,他的抚摸让它们绝望地闭上了。

"……畜生。"

"我不活啦!"

"……可怜的。"

"姐！你救我……"

"……可怜的。"

她的手摸到他的脖子，他便极恐惧地压那把小片刀，她索性一动不动了。他摸到了她的眼泪，他知道她许久以来害了他，他在这一刻也无法挽回地害了她了。他像落了坡的石头，不知道自己将滚到哪里去，也不知道如何使自己停下来。他两耳轰轰地掀动着，在疼痛中领略了飞翔的境遇，便在癫狂中将一切置于脑后了。他更像一条蹦到岸上来的鱼，前撅后弓地要弹回水里去，扭着蠕着拍着却还是绝望了，渴死了，在沉沉的冬夜里一点儿声息也没有了。

他逃离了那扇门。门道里遗着白大的美丽的尸首，她吸干了他的液体，他的眼泪一滴也没有了。他头一回逃避那条尾随他的狗。他把它抛弃在青火河的岸边，让她独自向南岸瞭望，他却仓皇地迫不及待地隐入浓墨般的夜色之中。

"你个可怜的狗东西！"

谷世财踏上万劫不复的路了。

七

丧礼之后，为王楷山缝了头的谷世财恍惚了。那道羊头豆腐脑的菜谱传来传去走了样儿，说谷世财主料用的不是豆腐脑，而是王楷山的脑浆子，他趁缝头的机会掉了包。有人干脆就说他把维持会会长的脑袋给蒸了！说说有趣而已，没有人相信他会真的那么做，换了谁也不会那么做。然而，人们一看谷世财那恍惚的呆愣愣的样子，又以为这是一个什么事情都能做得出来的可怕的人了。

谷世财日见恍惚，疯魔的高营副倒日甚一日地清醒。他的身体每况愈下，头发也掉稀了。十五服中药还剩两服，但吃不吃似乎已经关关紧要。他还在草料棚里圈着，昭仓大队长不同意放他出来，却也不急着活埋他了。人们干脆已经忘掉了他。只有谷世财按时为他送饭送药，隔着栅栏门，外边的这个常看到里边的那个泪流满面。

"……老子是二十九年春季大扫荡的功臣，老子有华北派遣军发的名誉武士勋章，老子死不瞑目。"

谷世财又想到点豆腐用的卤。他一想到它，便立即觉出这家伙是羊一样的可怜人。这咩咩的羊在遥远的平原也遗着一个真正的老婆和一群真正的崽儿哩！谷世财尽管恍惚，却知道高营副有一个疙瘩绕不开了。

"世财，我摸他来。"

"你摸谁来？"

"摸那个花旦来。"

"你咋摸来？"

"我摸是要摸他奶子的，像摸你姐……他没有！他胸脯上鼓着一只东洋自来笔！我这半年都把他当个娘们儿想，他没有！这狗日的啥也没有！"

"你摸的不是地方。"

"你说啥？"

"你摸的不是地方。"

谷世财恍惚地离开了草料棚。他又想起了那颗头，舌头塞在那张嘴里活像一条鱼，他手指头垫着这条鱼出出进进总算将金牙抠出来，

247

把真牙也一并扳掉了！这金牙不知落在了哪里，是院子呢，还是那洞穴一般的过道呢？

"你个可怜的狗东西！"

他杀了他的神。那尸首般的白大的肉体扔给他这句话，让他一天到晚不得安宁。他完蛋了。他该想想自己的事了。他竟然想起了广泰辞世的熊样子。支那的鹰拴了上吊绳，在一个黑洞洞的萝卜窖里再一次展翅翱翔！

那天，谷世财赶着大车到一八一联队的补给站拉小鱼儿。那是日本产的鱼罐头，有股酸不叽儿的味道，弟兄们喜欢拿它就酒喝，常常呼之为油浸东洋屌。出发之前，他到草料棚门口取碗筷，发现牲口似的高营副已经不行了。

"……老子想跟日本人过好日子，想不到他们这么陷害我。"

拉货归来，在黄昏的夜气中看到了草料棚蓝色的烟。人们把这座建筑物和里面的伤寒患者一并烧掉了。谷世财到营副过去的住处翻了翻，一件有用的东西也没有，只有一些发了霉的屎一样的生鸦片。营副早就说过，要不是好食这点儿烟土，他说不定就投了八路军。看样子是大烟把他害了。

第二天早晨，飘着冬天末季的小雪，雪花落在地上便化了。谷世财背着一口袋小米儿去了北大仓，小米儿里藏着五个鱼罐头。他走在路上想她的嘴，这嘴为含那小鱼儿洞开一个红软的孔，鱼肉嘬进去鱼刺儿却一截一截地吐出来了。

有熟人在街口拦住了谷世财，告诉他干姐赵顺英昨天骑着一头骡子走了，牵牲口的是她小叔子，那个郎中的亲弟弟。谷世财眨巴着一双小眼睛，鼻涕悠悠地垂下来，怎么抽也卷不回去。

"……她干啥去了？"

"猜猜。"

"给店里办货么?"

"男人死了百日,祭坟去了!"

"那小叔子啥样儿?"

"比他哥还猛,六尺的汉子。红脸膛,眼睛有铃铛那么大。你干姐肥不肥?让他一掐腰便举到鞍子上去了!"

谷世财弯进东街,挨着墙停下。他弓着背,盯着街上被雪花濡湿的石板道,心思飞到不伦不类的地方去了。

他想起了她横在过道里的尸首般的身子。他本以为自己是棵树,却原来女人才是一棵树,他成了一只猴。他是从大树顶滑下来的猴!他是供人戏耍的猴!

干爹仍旧在炕角里坐着,咔嘣咔嘣地嚼着炒黄豆。他气色很好,凝固在眼里的恐惧化开了。他用轻松而略含讽刺的目光看着谷世财,豆子在嘴里响成一个声音,像是要显示他的牙。谷世财进屋之后立即爬上炕,鞋也不脱便在干爹对面躺下。他心平气和地闭着眼,却分明听到地狱里的小鬼儿在给他嚼骨头。他短下去,短下去,将要小得不见了。

"干爹,高营副死啦。"

"又是你给弄死的么?"

"……我……"

"你算算你有几条人命了?"

"……我……"

"闭你娘的嘴吧!你弄死?你他娘的连个蚂蚁也弄不死!"

"不是我……是哪个?"

"你说哩?"

谷世财说不出,眼泪刷地流下脸。干爹长长一声叹息,将满把黄豆顺着席面抛过来。豆子们沙沙像扑来一群虫子,谷世财学着干爹的样儿,拈一颗狠狠地嚼起来。

"没出息,哭啥!"

"干爹……姐还回来么?"

"她个丧门星,走了不好?你倒盼她回来!"

"她祭了百日也不回来么?"

"百日个屁!她男人让鬼子崩了一年多,祭百日?怕是又浪到哪块充杀神去了。一个女人家,给人搭帮着干这号事,她就不怕报应!可惜了那孩子,小软儿眼里没旁的,单剩下一堆后脑勺子啦。"

干爹愤愤地说着,竟也酸楚地落了泪。俩人各据着一角炕,一边伤心一边吃着炒黄豆,咯吱咯吱地嚼着悲哀了。

"姐走的时候,没给留话么?"

"没有,她恼我哩。"

"也没留啥物件儿么?"

"她把一个金牙托子扔灶膛儿里了,说谁要谁上里边儿捡去,变着脸像个疯婆子!你姐妥妥是个疯婆子,不疯五年前她也不敢跑!这个丧门星,她可别回来啦。"

"干爹,姐恼你啥?"

"她在店里下药,毁我赵家汤饼店三代的名声!"

"……啥药?"

"白砒。"

"不能吃么?"

"吃了便是高营副了。"

"药哩?"

"让你们知道搁哪块儿,她也不会恼我,就差开我的膛儿了!"

"姐不知道的地方我可知道。那药啥样儿,我想看看。"

谷世财恍惚着,眼神儿里全是窝囊废的怯懦的呆气。干爹眯着眼打量他,终于欠起了屁股,从席子下面的密洞里取出了一个两升大的小口袋。老人把豆子拨开,将它蹾在席上,审贼一样得意扬扬地看着它。谷世财缩得更紧,像一只面对狼牙的兔子,他在抖,从身子到牙齿。干爹躺下了,找了个非常舒服的姿势。

"整天摆弄这些东西,怪不是日本人要毙他,搁我也把他毙了!"

谷世财憧憬而畏缩地看着白砒口袋,已经被彻底征服而陷入深深的绝望。

"死的死了,走的走了。我要瘾到今天可咋活?眼下踏实了,每日里有碗粥有把炒豆子人就死不了,我把自家给救下啦!"

干爹正陶醉,谷世财怕挨咬似的迟疑地抄走了小口袋;干爹刚要说什么,他已下了炕;干爹爬起来,他已离了屋;等干爹醒悟地尖声唤着他,他已经脚步腾腾地进了东街了!

他看见了过道里的尸首,看见了砖地上从自己的鼻子里和身子里淌出的液体,这些红的和不红的液体汪洋一片,将那美丽的白果树杈一样的尸身浮起来了。他像猴子一样蹦了过去,仓皇逃窜。

街上到处是眼,追上来的干爹不敢说话,只频频去拉世财的胳膊,像青皮后生戏弄他的相好。一直逐到东街之外,双双踏上了青火河北岸蒙着小雪的土路。俩人一块儿爆发了!

"老子还指望你养老哩!"

"你指望我,我指望谁?"

"你找死呀!"

"死呀!都死呀!"

"要吃自己吃，喂旁人你可当心点儿，连累了北大仓连累了我你来世也不能活！"

"再跟着，喂你呀！"

"畜生！养个闺女是畜生，收个儿子还是畜生，一窝儿畜生！"

镇公所的母狗蹲在岸上，看他们小风一样刮过去。干爹不敢跟了，谷世财立在河湾处转过身来，怯懦地心事重重地挥挥手，声音太小，没听清他说什么，蚂蚱大的身材一晃便不见了。

天一黑谷世财便开始磨豆子，沙楞沙楞地磨了整整一夜。起先还能听到翻译官在南岸的夜色中吟着花旦腔，随后便只能听到青火河在月下如泣如诉的流水声了。

最初几日反应不大。在昭仓大队和二营联合操办的春季大扫荡誓师聚餐会上，谷世财做了决定性的一道汤，他把豆腐、干菜、白砒和自己的生命一块儿熬进去了。酒宴上众人酩酊大醉，昭仓大队长甚至跑到灶间捉住了谷世财的胳膊，说这么好的豆腐菜使他想起了远在九州的母亲。说到母亲武士难过了。翻译官跑过来扶他，朝谷世财妩媚地可怕地一笑。

"味道好极了！"

谷世财看到了令人作呕的鸡蛋那么大的喉结。他运足了气，把满满一桶豆腐汤拎到人群中，激动得发出了老羊一般阴沉而颤抖的呼唤。

"汤……来……啦……！"

"醒酒的汤来……啦……！"

他说完扭头便走。他走进灶间之后继续朝前走，走上灶台，走出窗户，走上墙头，走下河滩，走进青火河，走上南岸，他像一头倔强的小猴子或一头愚笨的小毛驴，他义无反顾地踏上皇军仓库外边的雷区了！岗楼上的哨兵先是奇怪，继而叫他，继而大叫，最后叽叽地放响了三八枪。枪声立即被冲天而起的雷声所淹灭,小猴子或小毛驴美丽地翻着跟头飘起来,落地时又砸了一颗雷,分成更小的几部分继续美丽地翻着跟头飘起来。第三颗也响了,谷世财如愿以偿,像缤纷的鲜艳的花朵一样盛开在故乡的空中了。那些醉醺醺喝着汤的人却无动于衷,他们以为冒犯了雷区的肯定又是北大仓一条不懂事的狗,但是他们很快疼痛了,醒悟了,恐惧了,他们要找那做汤的人!他们遥望青火河静寂的南岸,只看到一些零零碎碎无足轻重的东西,像衰败的腐烂的花朵伏在地上。他们迟误了,伟大的人已经顺利逃亡。

那些没有被豆腐汤所害的人从北大仓捉来了一个奇怪的老头儿,他除了嘎嘣嘎嘣地吃炒黄豆一句话也不多说。仅有的几句话也都深思熟虑,像硬豆子一样脆生。

"他是咋回事?!"

"他想娶我闺女,我闺女不答应。癞蛤蟆想吃天鹅肉,吃不上,鹅也飞了,他就不指望活啦……就这回事。"

"你闺女哪儿去了?!"

"兔崽子老惦记着奸她,把她吓跑啦。换了我是小寡妇,老跟个小蚂蚱追着你扒裤子,我也跑,跑他娘的远远的,一辈子不回来!"

人们把奇怪的老人丢到牢里。他对守牢的弟兄说,幸亏戒了烟,如今啥也不怕了。但在月光如水的夜中,他会扒着牢窗往影影绰绰的南岸瞭望,眼泪便豆子一样扑簌簌滚下来了。

昭仓还活着,翻译官却给毒死了。死了不止一个,运灵柩的大车排了长长一队。昭仓扶着翻译官的棺材,跟着大车走了很久,这武士最后跪在路边化了雪的泥地里孩子一样哭啦!回去以后昭仓开始脱发,还有一些人也脱发。直到大据点向平原收缩,这条作为治安模范的幽长山谷陆陆续续出现了许多秃顶而忧郁的军人,这就使豆腐和豆腐汤的故事传遍广阔的原野了。

不知道从哪一天开始，也不知道从哪一张嘴开始，连一勺盐卤都不敢随便用的谷世财成了一个杀人如麻的东西。他不仅能吊死比自己大一倍的胖子，还能用人头蒸出香喷喷的豆腐脑，想宰谁便宰谁，宰了还把他们的骨头磨成粉，兑了水之后做豆腐。几十年之后，这条山谷里的人一提豆腐，仍免不了有些奇奇怪怪不可言传的感觉。那几乎是一种传统在隐隐作祟了。

出事那年夏天是发了旱汛的。变粗的青火河粗到了一个谁也没想到的地步，把半个二营和半个昭仓大队给卷跑了。大水过后，下游河滩两侧不时可见有南瓜蛋似的地雷挂在灌木丛上，而谷世财的残渣余孽却是永久地无影无踪了。

然而北大仓的人知道，那个四处奔走风尘仆仆的魂灵就在眼前，他用怯懦而恍惚的眼神寻找下一个合适的对象。

"我宰你呀?!"

那种恳求的商量的口吻令人毛骨悚然。而不论你答应不答应他，这凄楚的魂灵都会热泪盈眶了。

谷世财，眼下你在哪儿呢？老兄，累了你就歇着吧，不累请你接着干，拜托了！

虚　证

　　逻辑学教员是个年轻人，口齿好，学识渊博。他喜欢点名，每次开课都把大家搞得很紧张。那些经验丰富的老教员要随和得多了。初出茅庐的人大概都喜欢制造恐怖气氛，把别人搞得服服帖帖他会踏实一点儿。

　　哪一位被点到名字，就小学生似的或军人似的答一声"到"，老老实实站起来回答与作业有关的某个问题。吭吭哧哧答不出不算什么，大不了尴尬一下，有趣的是驴唇不对马嘴，态度又过于认真。面对这帮记忆力衰退的憨大哥傻大姐，不知年轻教员是否有一种智力上的优越感？我怀疑他是有的。一旦点到名字而没有得到回答，他就兴奋地勾一下花名册，口气恶狠狠地说道："再重复一遍，旷课三次，期末考试按不及格处理。"这不是太残忍了么？他很可能把自己当成严肃的启蒙者了。

　　专修班的大龄学员是为文凭而来的苦命人，很少有谁对这门有关思维规律的科学抱有真正的兴趣。"形式逻辑"是个什么玩意儿？人类花样翻新的自我折磨还少吗？教员不过是根胶皮管子，把大筒里的水抽进乱七八糟的瓶瓶罐罐，筒里是牛奶还是泔水根本没他什么事。他只是把一种折磨具体化罢了。抽查作业，点名，小考，叫人没处躲没处藏，一堂课都旷不成。假如他是亲弟弟，我就揍他，把他送到和尚庙去诵经。

当然，我对负有灌输"思维规律"或其他什么规律的人没有恶意，对那位年轻教员的点名嗜好也足以忍受，某次点名之后我甚至要感激他了。

"郭普云！"

声音跟往常一样，不高不低，却爆破似的涌出了惊心动魄的味道。窗外是十一月的白空，没有阳光，因为教室位于楼房的背阴面。三个高亢的音节之后是一阵意义模糊的沉默，靠墙的暖气片发出奇怪的震动，时断时续，好像有一台风钻埋伏在楼里。沉默通常意味着哪个倒霉蛋旷课了，但这回不是。"思维规律"在干什么呢？几十位同学显然陷入了短促的混沌状态，一个名词就使大家全体愣住了。郭普云。合格的概念，内涵和外延都没问题，可以作为判断和推理的基础。但是，这三个汉字果真那么顺从吗？我的第一个念头是："怎么搞的！"插曲来得太荒谬太辛辣，老半天品不出它的味道，只觉得周身笼罩着邪气，眼前的一切都不大真实了。

教员在勾名单，缓缓吟哦："旷课三次，期末考试按不及格处理。请课代表转告郭普云，下星期……"

没有人带头，一些嘴吐出"哧"的声音。教员以为是轻蔑，仍旧威严地说下去，暖气片适时地扫射起来，哒哒哒一通乱颤，"哧"的声音更响亮更齐心协力地汇成"轰"的一声，终于把大家从混沌和沉默中解救出来。笑的人里面居然也有我。教员遭到莫名其妙的袭击，脸皮浮粉，表情竟腼腆了。

"笑什么？"

"他不在了？"

"怎么回事"

"……自然除名！"

回答来自某个角落，仿佛相声里的抖包袱。笑不出来了，这使我成了聆听一种奇怪笑声的旁观者。一个人的窘态可以促发另一些人的快感，这是司空见惯的常识。那么，这一切都是针对假模假式的教员的了？然而我分明感到所有嘲弄和伤害都可怕地打到了另一个地方。"郭普云"背后已经一无所有。他是词，是字，是音节，是语言的三个外壳，是可以促发判断的一个概念。他对赞美和嘲弄都无动于衷，作为精神元素他是某些人记忆中可有可无可浓可淡的一个无形的东西，作为物质元素他只不过是地表三尺以下的一团泥土。奇怪的笑声像鞭子一样抽打他，他无血无肉的身躯还会疼得蜷缩起来么？他逃到那个鬼地方云难道比走在太阳底下更快活一些吗？

那堂课教员上得无精打采。下课后同学们三三两两地涌出教室，走路，上车，回家，做饭，吃饭，读书，谈情，造爱，每个人都面临一系列现实的课题。课堂上的偶然事件无碍生活的节奏，甚至没人提起它或想起它。郭普云的确什么都不是了，他已经没有任何意义。把他的消失说成"自然除名"未免冷酷，但已经不能对他构成任何伤害。除去的不是名字而是一块生动的肉体，名字留下来替他承担一切，包括人们因这名字而产生的种种沉思和闲想。

那次点名使郭普云再次占据我的脑海，成了想象中最有诱惑力的一个单元。我跟他也算得上朋友，但我不能说我时常怀念他，也拿不

257

准我偶尔想起他时的心情是否可以称为难过。最初觉得震惊，觉得不应该，觉得可惜，现在连这些也淡漠了。他已经不存在，而自己还马马虎虎活在世上，这种侥幸、得意的感觉似乎把人的心肝泡硬了。逻辑课上我毕竟笑了，凭这点儿证据不足以把自己说成混蛋，最可怕的是那种没有人带头而又众口一声的"轰轰"的窃笑，想起来就无地自容。面对记忆和联想中的郭普云，我相信自己有足够的冷静，但我更希望有人道主义来支撑我干枯的情愫。

思维规律是客观的，我的思想遵循思维规律，因此我的思想是客观的。如果逻辑学不是巫术，教员不是骗子，那么这个三段论将是我在冥冥之中拜访郭普云的护身符。我将寻找一种真实，或者造就一种地地道道的虚伪。我抓在手里的很可能是后者。那次点名的声音欲落未落之时，有谁能够立即判断将要发生正在发生的是什么现象吗？人心隔肚皮。把我和郭普云隔开的，是一扇沉重的地狱之门。

第一章

五月一日是劳动节，也是郭普云自杀的日子。他为什么选择这一天，谁也无法解释。总不会是向它献一份死的礼物吧，以死来侮辱它就更谈不上了。不过这个特定的日子的确令人费解，也使他的举动更加神秘，好像隐藏着什么难以言传的预谋似的。

那天清晨他去了农贸市场，快活地拎回一只活鸡和一篮新鲜蔬菜。他在阳台上把鸡杀了，干得很利索，他的父母甚至没有听到那只母鸡发出任何挣扎的声音，一个礼拜之后，当人们发现他的尸体，那碗鸡血还在阳台上搁着，凝结了一层尘土，像是发了霉的变质酱油。他父亲立即把它丢进了垃圾孔，那只破碗当一声碎在楼下了。

杀了鸡之后拔毛净膛，一向心细的郭普云弄破了鸡苦胆。他呻吟了一声。母亲以为他割伤了手指，赶到厨房却见他正在簸箕上扒拉那堆鲜艳零乱的内脏。

"完了。"

"怎么啦？"

"……完了。"

"胆破了吧？"

"真对不起，做不成鸡杂儿了。"

他笑得很勉强，犹豫了一会儿，好像在思考一个比较重要的问题。

"冰箱里有鱼吗？"

"有。"

"一块儿拾掇了吧……"

"等你妹妹来了再说。"

"今天我做菜。"

"可以。"

"您还有什么事么？"

"没有了，你歇会儿。我陪你爸到街上走走，很快就回来。"

"街上车多，慢些走。"

"……我们不过马路。"

他洗了手，钻到自己的房间里，一上午没有出来。他倚在床上读一本书，不知是随手抄起的还是有意挑选的，书名《雪国》，作者是日本人川端康成。他在书眉上写了许多字，潦草而精辟，外人乍一看有点儿莫名其妙。其中有这样一句："他是个文雅的骗子！"不像指斥主人公，很可能是对作者的评价。他对这个口含煤气管自杀的大作家显然有着异乎寻常的关注。他在探讨原因，并且寻找解释。"他的决断丑陋多情！"这句眉批留在《雪国》的第五十三页上，跟内容毫不相干。那一页有大半是平淡的官能描写，只有一句稍稍精彩——娇嫩得好似新剥开的百合花或是洋葱头的球根。

他读书时的思想一定在混乱中闯到别的地方去了。书已经不能束缚他。

十点钟，妹妹推开他的房门。她一下记得他当时的样子：侧卧在床上，身子朝里，脸朝外，肋上搭着那本书，好像给吓了一跳。

"我敲门你没听见？妈呢？"

"跟爸爸上街了。"

"我中午办点儿事，晚上再聚餐吧！"

"行……你能不能早点儿回来？"

"争取！我走啦，我们那位在楼下等着我呢，拜拜！"

"拜拜……"

他看了看手表，眼神儿很平静。中午吃了点儿面条，他又踅回房间，伏在写字台上写了五六封信。他从来没有一次写过这么多信。母亲过来招呼他炒菜的时候，他正在全神贯注地贴邮票。信封填得整整齐齐，每张邮票都端正地贴在同样的位置。这些信无一例外地全部寄达接信人的手中，他用精心选择的文字宣告了自己此生最为重大的决断。

晚餐吃得很活泼。妹夫是个幽默的小伙子，嘴里插着鸡骨头也挡不住他东拉西扯，两位老人听得非常开心，完全被他吸引住了。郭普云话不多，静静地吸吮葡萄酒，偶尔穿插一句"鸡烧得还行吧？"或者"鱼是不是淡了？"他喝了八杯，可是谁也没在意。他清理鱼刺时过分细心，脸红扑扑的好像在为什么事情感到窘迫和羞愧。妹夫问到红烧鱼的做法，他平心静气地解释了足有五分钟，父亲看了他一眼。他停顿片刻，又自言自语地补充了一句："我个人体会，料酒的投放量和投放时间是个关键。"妹夫频频点头，和其他几位交换着眼色。不论怎样掩饰，郭普云给人的印象是心事重重，但是谁也没有能力接近那个巨大的秘密。心事重重毕竟是一种常规的神态。

郭普云提前离席了。他在房间里收拾了一下，背着瘪皱的挎包出现在大家面前，挎包里只有几封信。他依旧平静，甚至有点儿神采奕奕，说他想利用节假日回单位看看朋友，上学半年多一直没回去，朋友们都埋怨他了。

"去几天？"母亲问。

"顶多两天。"

他笑了笑就走了。没有特意注视哪个地方或哪个人，没有特意说几句意味深长的话，目光里也没有任何留恋，和千百次离家没有什么明显的不一致。他那双穿旧的猪皮鞋踏踏地在楼道里下降，最终消失了。

他由百万庄乘坐102路无轨电车，八点五分赶到了永定门火车站。西去的郊区列车靠在三站台，旅客稀少，大都是上班的矿工和归家的农村小贩。去三站台要跨过离地八米的钢架天桥，但是它和机车那庞大有力的铁轮都未能引起他的注意。他选中最后一节车厢，在一个三人座椅上躺下来。同一时刻，在另一节车厢里确实有一些相熟的同事，但在以后的回忆中他们否认见到过他，他们甚至否认他坐过这趟车。列车十点抵达下苇店小站，下车的超不过十个人，根本没他的影子。

那些信却是在下苇店发出的。站台短小，最后一节车厢一直甩到车站的信号灯附近。郭普云从那儿跳下路基，沿着泄洪道往北走，在穿过下苇店的街道时，把那些信一封一封地塞进了副食店墙上的邮箱。斑驳的绿色铁皮箱挂在那儿不知多少年了，他早就认识它，如今它也成了他周密计划中的一部分。周围的几盏路灯大都破碎了，五月的山风使夜色中的街道更加凄冷，郭普云摸索长方形的窄小的信孔时，想必注意到牛皮纸和铁皮箱摩擦的声音了。他怀着阴森的快感投向西北方的山峦。路上经过一座吊桥和一条厂用铁路支线，唯一的一条小道把他领到海拔六百米的驹子峰山顶。山下灯火辉煌。右侧山坳里是国营煤矿的居民区，左侧靠近山麓的地方是他效力达十七年之久的兵工企业。无法分辨试验靶场所在的那条狭谷，它被一堵闪着蓝光的山脊挡住了。一列运煤的货车缓慢地穿过盆地，咣咣地钻进了东南方驶往平原的第十三号隧道，把呜呜咽咽的汽笛声带进了山腹。这司空见惯的一切没有增添也没有削弱郭普云的勇气。他在一块背风的石头后面瞭望、思索、吸烟，把他的生命延续到五月一日午夜。驹子峰北坡下面有一座库容三十万立方米的水坝，在最后奔赴那里之前，他遗失了许多人都熟悉的一只气体打火机，还有一个长乐牌空烟盒及十几枚一寸来长的显得过分奢侈的烟蒂。他匆匆地吸过它们，好像疾速地不大负责任地完成了一项任务。

五月八日上午，天空晴朗。一位中年农民乘着轮胎筏子在小水库里打鱼，划到离南岸二十来米的地方，他觉得筏子有些不利索，用网杆子捣了捣，突然发觉一蓬头发像一朵黑花似的开上了水面。不等再动，黑花自动翻转，露出了一张大白蘑菇似的胖胖的人脸。好奇心压倒了恐惧，他哆哆嗦嗦地把尸体往陆地方向拨，竹杆子好几次捅进了雪白的腐肉，人已经烂得脱骨了。

郭普云头朝下躺在岸边，人们甚至不屑为他换一个更协调的姿势。他的体积膨胀了不止一倍，所有的衣扣都挣脱了，背心像透明舞服一样裹着圆大的肚子。他的猪皮鞋丢了一只,另一只仍旧紧紧地镶在足肉里,像黑皮一样长在上面了。他的脸让鱼类啄食过,五官已经完全破损。他通体散发着一股说不出的怪味儿。他如愿以偿,终于使自己远离了他想远离的一切,没有思想,没有痛苦,甚至没有了人的属性。农民的网笼里有几条停止呼吸的淡水鱼,跟人的尸身相比,它们挺拔浑圆晶莹的身体无疑要漂亮多了。

兵工厂保卫科的人赶来之前,那位农民已经翻遍了郭普云的口袋和肩腋上勒着的挎包。他动了恻隐之心,用一块塑料布蒙严那张可怕的面孔。每一个新到的人都经不住诱惑,急促地揭一下蒙布,嘴里大抵是几个字:"真味儿!"或者"够吓人的!"然后跳开,扎成一堆很有见地地交流各自的猜测以及对自杀的看法。他们谁也不掩饰对死人的轻蔑。奇丑奇臭的尸体对同情心产生排斥,并且恫吓了人的注意力。郭普云正处于人生最悲惨的境地,但他周围的同类们似乎更关心事件的戏剧性。暴露在光天化日之下的死尸就像一位哑剧演员。怎么死的?为什么死?与女人有关吗?

保卫科的人在挎包里翻出几块残留的石头,规格均匀,有铁锈痕迹。这是支线铁路上的铺道碴子,郭普云为了有效下沉在登上驹子峰之前就装上了它们。水库边有的是石头,他那样做是为了领略把石头边走边塞进挎包的诗意呢,还是在大惩罚之前安排了一个小惩罚的前奏?背着沉甸甸的石头登山,这种举动充满了自我虐待的味道,在他倒是和谐的。

郭普云回来了,但他迟了一步。早在五月三号,兵工厂、学校、家庭陆续接到了他赴死的诀别信。最初的震惊和慌乱过后,人们对寻找他不抱多大希望,只是耐心等待他何时从何地冒出来罢了。他在驹子峰水库的出现并没有超出大家的想象。他给人的感觉似乎是竭尽全力地演出了一场注定要失败的戏剧。一出从悲剧中派生出来的恶作剧。他丑陋的尸体是他赢得的最大倒彩。

他的信一共六封，或许还有旁人不知的收信人。他在每封信里用不同的措辞阐述了自己的理由，他想证明他的选择是可取的、是无法改变的，他希望人们理解他。但是，他的理由不能使人信服。像所有自杀者的遗书一样，文字上出奇的冷静，表达了一种近乎完美的自欺欺人。除了他自身之外，大概没有人会看不出他所谓理智的荒谬性。

整理遗物时，她的妹妹无意中发现了那本眉批累累的《雪国》。她起初很感兴趣，但是读着读着便厌倦了。她发觉那些尖刻的评论全是死者自我赞美的反语。她终于认定她的哥哥在精神上是一个不可救药的人了。

郭普云追悼会于五月十四日在兵工厂举行，停灵的地点是闲置的四号仓库。过去这里堆满了装箱的无后坐力炮，军转民之后，空荡荡的水泥梁下便只有尘埃和空气了。

追悼会上没有哀乐。

第二章

郭普云是个美男子，只是体格有些瘦小，他自称身高一米七二，看上去似乎达不到这个高度。他的面孔相当漂亮，五官搭配的好，皮肤白，眼睛很大，眉毛极清秀地弯出两道蓝弧，牙齿也整齐，他三十六岁，最有光彩的年华已经消逝，但他仍旧比同龄人显得年轻许多。这张脸的缺陷是过于文静，多多少少的带点儿女性气质，说话时声调又不太响亮，初次接触便使人感到他是个性格软弱的人。

联合大学分校在城市北郊，只有一座像样的楼房，专修班教室在二层。开学比本科生晚，九月七日才正式上课。那天讲的是现代汉语，我迟到了几分钟，推门进去听到女教师正在讲汉语拼音，马上产生了是不是闯进了小学一年级教室的不良感觉。六排桌椅分三路摆开，我灰溜溜地向后走，在最后一行中间捡个空位子坐下了。到处是尘土，又不好意思擦，只好用大腿托着书包直呆呆坐着。我发觉左侧有人在看我，我偏过头去，那人却把目光移开了。我看见了他的白脸和挺拔的鼻梁以及那薄薄的仿佛失血的耳朵。他就是郭普云。十分钟之后他隔着两排桌子扔给我一块抹布，他还扬起一张单子晃了晃，我不明白是什么意思，冲他笑了笑，他也笑笑。我悄悄擦净桌子，这才发觉手中是一块半新的蓝格子手绢。课间休息时我主动走过去递上一支香烟，他推拒了一下便接了，掏出打火机先给我点上。打火机镀成铜色，气塞没调好，扣出的火苗有两寸长，我像躲耳光一样闪了一下。这只打火机后来被他有意无意地丢在驹子峰山顶的蒿草里了。我们互相通报姓名，客套了一番，他说报到领书时看到过我，但我没有印象。他又说他是考勤员，以后有事晚来一会儿没关系，他保我全勤。

"哥们儿在哪儿混事？"

"文联。"

"够闲在的！"

"瞎凑合。你呢？"

"哥们儿是山里人，瘪三儿一个！"

他的兵工厂有个没有任何火药味儿的名字：红都机械制造有限公司。他的职务是宣传科长，他喜欢绘画和写诗。他的坦率使人感动，但我总感到他自嘲豪爽的谈吐与他恬静的表情很不相称。刚才打火机险些燎了我的眉毛，他突然的慌乱和狼狈说明他本质上是个心胸不大开阔的人。

开课几周之后，借故不来的人渐渐增多，教室经常坐不满。我借机占领了郭普云旁边的课桌，听得枯燥了就天南地北地聊一会儿。班里大都是三十岁左右的人，有不少见面熟，无奈我没有交友的闲心，能把话说深一些的只有郭普云一个。他跟我不同，跟谁都能搭得上口，女人们也愿意接近他。他是单身汉，不知是没有结过婚还是结婚以后又离异了。我一直没好意思深入盘问，他自己说起这件事也吞吞吐吐半真半假，似乎很乐意做一个独身主义者。他回避恋爱话题，却热情从容地跟女同学接触，完全不像爱心淡漠的人。这个矛盾令人不解。我在好长时间里都认为他在悄悄地选择目标，独身论调不过是排除干扰的手段罢了。我觉得他对自己的相貌和其他条件很有信心，拖到这般年纪全是因为眼界高傲。此外能有什么解释呢？他肯定不是见了女人就黏糊的色棍，那些家伙一般都比较丑，而且阴险。郭普云却漂亮随和，大大咧咧跟女人开玩笑的样子怎么看怎么不真实。

他对某些细微的问题很敏感。那次分校请北大一位老教授讲解辛弃疾的词风，中间休息时我发觉他的神态不对头，眼睛死死地盯着黑板前的过道。一个本科中文系的女孩儿妩媚地走出教室，他立即松懈下来。他难为情地避开我的目光，喃喃地说道："像不像林黛玉？"美丽的女孩儿返回时，他再次恢复了痴迷的神态，不由自主地把目光倾泻过去。她坐下了，他叹了口气，掏出一支香烟疲倦地叼在嘴上。他不想掩饰自己的想法。

"两只眼睛隔得太开……身材也太高了，有没有一米六八？"

"谁？"

"刚才那个。"

"哪个？"

"第二排靠窗户，正跟人说话，头发上扎红发带，脸转过来了……"

"她像林黛玉？"

"气质上……有点儿吧？"

"太胖！"

"你看错了，左边那个。"

"我知道，够摩登的。"

"摩登吗？"

他的注意力许久才离开那个女孩儿。教授的课很精彩，郭普云却在笔记本上涂了满满一页素描，密密麻麻的全是女人的脸、鼻子、眼睛和小樱桃一样的嘴巴。那丫头的确是丽人，男子汉留意几眼不为过，可是他的关注异乎寻常，难道仅仅是出于绘画者艺术上的兴趣吗？他把两片小嘴唇描了又描，流露了对异性优点极端美化的愿望。

他擅长水彩画，专修班的墙报由他布置，稿件的空当里夹着花草、小人儿和动物，搞得美极了。别的班级也来请他画，有求必应，他从来都不拒绝这种额外的操劳。放学后只要走晚点儿，穿过走廊总能看到他的某间空荡荡的教室里蹬着课桌忙碌，旁边围着一些邀请他或崇拜他的少男少女。我曾经看到那位"林黛玉"为他端着颜料盘，表情光彩夺目。这情景像一幅含义神秘的写生，比他那些中等水平的所有绘画都耐人寻味。

分校门外有一条东西走向的窄马路，学生们由两个不同的方向来去，日复一日。郭普云住在北太平庄，放了学往西走。我一般走东边，只有去岳母家才跟他同道。我打月票，学校离车站又远，凡一路时他就用自行车带着我。他骑一辆老式凤凰牌女车，座低把高，骑起来像端着什么东西。只要走同一方向，他就把带我当成一件郑重的事情。

他的责任心和善良往往渗透到那些微不足道的角落。一次带我到中途，他突然"哎呀"了一声，两只手交替着摸索上衣口袋。当时离开校园有一里地，距汽车站的路程稍远些。

"怎么了？"我问他。

"没事儿！"

"你忘东西了吧？"

"……没有。"

"忘了你就回去取，我走走就到了。"

"没事儿！"

骑到公共汽车站，我跳下来，见他没有去马甸立交桥而是调转了车把。我知道自己冒傻气了，不禁有些埋怨他。

"嗨！瞧你，何必呢！"

"没事儿！我回去交一下党费……我跟你不一样，晚点儿回家没关系，再见！"

他好像比我还不好意思，急匆匆地骑回去了。他端着车把的样子和瘦小的身材加剧了我的感激之情。虽然谈不上受了多大恩惠，可是想到如此友善的人至今仍旧孤身独处，不免觉得惋惜和关切。人过三十岁城府就深得不行了，外人能接触他内心的隐秘吗？

他首先关心的却是我。他是专修班临时党支部的宣传委员，跟我谈起支部会议的情况，说毕业前夕要发展两批党员，问我有什么想法没有。我说我没有想法，不够格，散漫惯了，努力争取恐怕太吃力，因此不存奢望。他摇了摇头，叹息道："你是不是太认真了？"

"不是。的确不够条件，玩儿真的觉悟水平不稳定，玩儿假的又不自然，绷不住劲。跟着好好干就行了，我不指望混进去得什么好处……你别打我的主意了。"

"不开玩笑,这是个机会。"

"让给别人吧,班里不是有几个挺迫切吗,你们别让人家失望就行了。"

"真的没想法?"

"真的!"

"也是……省心了。有些党员就那么回事,还不如老百姓呢!"

"可不是么。"

"不过,你考虑问题太简单了。以后有想法就告诉我,哥们儿这儿没问题。"

我倒觉得他太简单了。这件事再没有提起,他选择了另一个培养对象。那人负责班里的文体工作,极热心地干些出头露面的事,照这样干下去,他的入党愿望非叫嫉妒淹死不行。不知郭普云私下里是否劝过他。很可能没有,他自杀之前那人一直干得很火爆,结局可想而知。

我比郭普云固执得多。爱人单位里有不少单身女医生,其中一个和他条件相当,漂亮,白,文静,工农兵学员,出身知识分子家庭。一切准备就绪,却怕出师不利,一个钉子碰死就全白搭了。现代文学课恰好讲到鲁迅先生,教员超出讲义涉及了许多伟人的私生活,主要内容是爱情,有些情节听起来很新鲜。这比杂文和小说都有趣,课堂气氛活跃。郭普云悄悄嘀咕:"这有什么,早就听说过……"他显得漠不关心,待一会儿又急躁地拍拍我的胳膊肘,低声问:"你觉得《伤逝》怎么样?"

"够可以的,你觉得呢?"

"绝了!顶峰之作……"

"那阿Q呢?"

"阿Q是阿Q，子涓的悲剧更纯，阿Q有点儿闹得慌。"

"子涓写得太柔了。"

"是么？反正里边的悲哀特真实，都是从心里冒出来的……"

"概括力不如阿Q深厚。"

"反正鲁迅认识许广平之后就写不出这样的小说了！"

"他认识许广平使他摆脱了悲观主义，没有爱情鲁迅非完了蛋不可，你信不信？"

"我不这么看！"

"不这么看不等于不是！"

"爱情是多余的，就这样！"

"小郭，你想得太偏了。"

"听课，不说了……"

他耳根子发红，激动得苦笑了一下。如果我们是深交，他肯定会跟我吵起来。友谊既然有限度，他就不屑跟我表白什么了。我觉得他很幼稚，想开导开导他。

做完课间操之后，我跟他围着排球场蹓跶。打球的是些二十岁左右的年轻人，男孩子逞能，女孩子撒娇，连简单的做作都充满了青春活力，看着真叫人羡慕。郭普云闷头吸烟，不时躲过飞来的白球。他的警惕性是双重的，我刚开口他就哆嗦了一下。

"普云，爱情对谁都不可缺吗，做菜不搁味精怎么行，要想……"

"我炒菜从来不放味精，那是致癌物。"

"所以你才瘦呢！"

"老兄你不也杆儿似的。"

"少废话！你有女朋友没有？"

"有怎么样？没有怎么样？"

"有你给我一边儿玩儿去！没有我给你介绍一个，条件什么的对得起你。"

"你想做买卖？"

"对了，想卖你。值多少钱？"

"咱不谈这个，无聊！"

他跳起来捉住飞到头顶的排球，夸张地摆了摆发球姿势，一掌打过去却偏了，嘴里的香烟也弹到地上。女孩子们尖声笑着，他扮了个鬼脸，耳根子又有些泛红。不同情这个人是不可能的，哪怕他惹人恼怒。

"无聊的是你！百无聊赖，还要假模假式，你难受不难受？"

"挺好！我过得挺好，如果没人捣乱就更好了。"

"……真拿你没办法。"

"咱们是朋友，我不想伤你。以后别跟我提这些破事，我不感兴趣。真的！你别以为我过得挺惨，老想救我，我用不着！以后写了诗你多给看看就行了，想跟你学两手儿是真的。你别生气，能原谅就原谅吧，不原谅骂我好了，我这个人吃骂……"

他说得很严肃，我张不开嘴了。我算切切实实领略了独身者的怪癖，别人好心好意倒好像要害他们似的，犯得着吗？冷静下来才觉得自己太唐突了。了解他过去的经历是个关键，这件事比当媒人的吸引力更大。渴知别人私生活的秘密是人的卑劣共性，我的好奇心已经可以了，有些人则到了危险的地步。班里给他介绍对象的不止我一个，他用同样的态度拒绝了大家的好意。他失策了，这样做使他本人受到更大的关注，而且遭到难以左右的放肆的各种各样联想的长期威胁。他不改变态度，这种威胁就不会消失。面对无处不在的背后评价，每个人都是蒙在鼓里的被议论者。郭普云的防备更薄弱些，他守口如瓶，可是太善良，也太真诚。虚晃一枪，把自己的恋爱编得有鼻子有眼儿，哪个还有心找他的麻烦呢？本来就处在容易受攻击的地位，他却解除了甲胄和武装，谣言的袭扰就不可免了。

期中一个星期三，教师患病，大家四散回家。我走迟了一步，离开校门时有个同班女生赶上来，问了一些文学界的事。谁离婚了，谁写不出东西来了，谁出国出不去了，她消息还真灵。话传得走了样，我感到好笑，可看到耍笔杆的倒了霉让人家这么开心，还是觉得不寒而栗。这女生平时被唤做老大姐，在哪个机关当秘书，年已不惑，正是嘴刁嘴碎嘴毒的要命当口。不出所料，到丁字路口她话锋一转，神秘起来了。

"你知道郭普云的事吗？"

"什么事？"

"他没有结过婚！"

"我知道。"

"你知道为什么吗？"

"不太清楚。"

"据说……他有缺陷……"

"……噢。"

"可能是生理缺陷。"

"是吗？"

"他没告诉过你？我看他跟你不错……小伙子挺帅的，摊上这事真倒霉，你得让他早点儿治，别把岁数耽误了……"

她的仁慈不像装的，可她鬼鬼祟祟的样子真叫人受不了。我对她一向尊重，这下毁了。心想，这老娘们儿，他有缺陷没缺陷关你屁事！留那些臭话回家跟你老头子抖落去！又想，这些事她从哪儿打听来的？

她会不会逮着谁跟谁说？她舌头图个痛快，别人耳朵图个痛快，郭普云可就人不人鬼不鬼了。

"老大姐，这都是小郭的事，真的假的跟咱们没关系，听点儿什么装肚子里得了，说多了对谁也没好处，您说呢？"

"……我就是这个意思……"

"我了解小郭，他找对象挑花眼了，别的没什么。让他挑去吧，外人品头论足的不合适。操那份闲心有什么用！"

"就是、就是……"

"您慢走……车进站了，我走啦！您过马路慢点儿……"

我紧跑几步甩了她。心里不舒服。如果她真是个拨弄是非以传播闲言碎语为乐的娘们儿，那最好让马路上的汽车撞她一下，让她永远闭嘴。郭普云招谁惹谁了！有些家伙干嘛跟他过不去？我真为他担忧。这种用语言发动的袭击搁谁身上也受不了，何况他又比一般人敏感。生理缺隐，不就是指那玩意儿不利索吗？把这盆脏水泼在一个单身汉头上，跟说他不是男人也差不到哪儿去了。传这话的人是畜生。畜生！它就躲在我们班里，说人话拉人屎，人模狗样儿的说不定还挺有人缘儿。可他的确不是人做的！

郭普云，你他妈快划拉一个配偶吧！

我很快就冷静了。那说法要是真的，将意味着什么呢？传播它的人无非是客观地叙述了一个令人尴尬的事实。嘲弄和同情都无法改变这个事实。如果郭普云已经承受了事实本身，关于事实的言论他反而会招架不住吗？不管怎么说，他的处境真是惨到家了。

他的情绪没有波动，该干什么干什么。他友善地与人接触，一定以为别人对他也是友善的。他对那些卑鄙的议论显然一无所知，快快乐乐的模样就像个被大人蒙骗的孩子。我没办法提醒他，怕他承受不了那种可怕的现实。我只能扮演一个多嘴的媒婆的角色，明明知道是对牛弹琴，可还是不断地困扰他，希望他下决心以一场切实的恋爱使自身摆脱困境。我提供的人选，被他一一拒绝了。不谈，不见，不评论，彻底地不感兴趣。闹得我也失去耐心，怀疑他是不是真的有什么毛病。

期中考试，他的命题作文得了个优秀，我也是优秀。他拿到考试卷子美得乐颠颠的，得良得中的同学要借去看，他笑着不说话，却首先塞给我。我适宜地赞美了几句，心里着实以为他那个优不如我那个优。他文辞华丽，叙述嫩得不行，感情是少女式的。命题叫做《雨夜》，体裁规定是抒情散文。他文中有这样的句子：你绵绵不休的温柔的春雨呀？这样的感叹句堆砌了不少，给人的感觉是小题大做，他毕竟三十有六了。不纯粹是表达方式的问题，他感受内心世界的能力似乎还凝结在少年时代，一直没有成熟。这与他的爱情观念不无联系吧？他会不会是个崇拜纯情的人？如果是这样的傻瓜可就真没救了。

后来他第一次给我看了他的诗作，一共三首，整齐地抄在信纸上。因为有些成见，我读得敷衍了事，意见也不大中肯。水平确实未能吸引我，举国的诗人准诗人恨不得每天几十万首地制造这种东西，能有什么趣味。诗句很快就忘却。只记得三首中有这样的题目：《哟，驹子峰》。我始终没有领悟这种夸张的真诚，以为他的创造力是暗淡的。

现在想起来，痛心地感到对不起他。

第三章

那次糟糕的点名过后不久，发生了别的事。电视台举办元旦舞蹈大奖赛，二等奖中有个藏族独舞，英俊的小伙子跳得满场飞，两只靴子踢踢跶跶地像是灵活的机器。屏幕上打出了字幕，编导叫胡小芳，节目来自四川。我完完全全是下意识地想到了郭普云。但马上就紧张起来，盯着画面死看，恨不得钻到电视里去。音乐嘎然而止，小伙子转圈已经无数之际突然来个定式稳稳立住，好半天才作出正常人的动作，羞怯地鞠了一躬。字幕又亮了一次，编导胡小芳。我听说的是这个人吗？

发奖仪式上编导从台后出来了，我松了口气。胡小芳原来是个肥硕的中年妇女，大嘴厚墩墩的，与风韵无关，与美就更无关。小伙子抱着一台奖品电视机傻乎乎一边竖着，活像她儿子。她对着话筒激动得颠三倒四，鬼才听出她说了什么。她不是我听说的那个人。那个人的相片我见过。可小伙子修长的身材却使我看到了早年的郭普云。藏袍艺术化地抽短，透明紧身裤使舞靴像套在两条光腿上，一踢腿露半个屁股。胡小芳这么打扮他，似乎是出于一种复杂的趣味。我有一种预感，郭普云也让人这么打扮过。

他最初爱好的不是绘画，不是诗，而是舞蹈。他接触这件男孩子不适宜的事情，是小学老师的主意。因为他生一张好脸和两条长腿，也因为他驯顺和有一双无比优雅的大眼睛。他报考少年宫舞蹈班的时候，趴在女教师腿上，让人量了从后脖根到尾巴骨的长度，还让人揪着脚踝扳着膝盖把腿往头上抬，疼得他小脸儿变色。

"这孩子真漂亮！"

他不止一次得到这个赞美。他也知道自己漂亮，知道跳舞会使自己更漂亮。他迷上了舞蹈，不到十岁就听惯了掌声。他坐着大轿车参加各种演出，兔子、狐狸、公鸡、儿童团长、蒙族少年、雇农之子，演什么都引人注目，因为他总是主角。他在民族宫礼堂串演过哈萨克少女，戴着假发混迹在女孩子堆里，扮相和舞姿反而比她们好些。他腿挑得高，而且腰肢灵活，颈项柔软。他成了少年宫的大红人儿，女孩子们都跟他好。男孩子们却因嫉妒而恨他。他过度的自爱与自卑就是从这儿开始的吧？他天生的软弱性格使他无法对敌视采取傲慢的态度，受宠的男孩子本来很容易应付的问题，在他这儿成了攻不破的障碍。他很爱哭，一哭就让女孩子们跟他接通了共性，纷纷拢过来施放与生俱来的大量柔情。这又增强了男孩子对他的藐视。处境终于恶化了。最初是领巾、手帕被盗，喝水用的小茶缸也不翼而飞。一次由少年宫回家的路上，几个男舞伴串通起来揍了他一顿，恶狠狠地宣判似的叫嚣："我们是男的！你不是男的！叫你臭美！"

他淌着鼻血回家。父母震惊之后急匆匆去了少年宫，回来告诉他："咱们不去了。你踏踏实实学习，再跳舞功课就完了。"父母向他隐瞒了一件事，教舞的阿姨哭得很伤心，说他是她见过的最守纪律、最用功的孩子，一个非常非常好的孩子。郭普云却觉得阿姨抛弃了他，那些善良的小姑娘们抛弃了他。他流了许多眼泪，小小年纪便惯于默默自省了。他不知道问题出在什么地方，但他采取了主动的态度。从小学至中学，他在男孩子群儿里人缘儿不错。他从不拒绝帮助别人，不在背地说任何人的坏话，交谈时有意无意地作出大大咧咧、滔滔不绝的样子。男同学都认为他很讲义气。友情可以淡化敌意，他的绰号

"菜锅",始终未能叫起来。他是优等生。老师的青睐,女同学的亲近,是他不得不随时警惕的两大困扰。难以想象他用什么办法既得到师长和异性的关怀,又避免让自身的优点遭到嫉妒。为了和淘气的男同学们保持行为上的平衡,他一定多次受到了某些恶作剧的诱惑吧?他终归是个恬静柔和的人。当所谓朋友用弹弓在课堂上悄悄射击某位高傲的公主时,他顶多帮助人家用作业纸叠两颗软绵绵的子弹,或哧哧一笑而已。他的本心恐怕更乐意用自己的身体去保护那个受辱的少女。他的内心矛盾重重。

现在,过去的一些同班生已经不能清晰准确地回忆他当时的表现。老实,功课好,肯定的评价大抵是这些。只有一位做服装设计师的女同学提到一个显而易见的特征:"他长得好看,体型也好。"这个记忆似乎使她有点儿不好意思,但肯定代表了女同学的普遍看法。另一位在运输公司当司机的鲁莽汉子自称郭普云是他小学时最好的朋友,但他连郭普云的相貌特点都记不清了,只反反复复唠叨一件事:"他会劈叉,横劈竖劈都会,一叉能把腿裆挨地,自个儿能蹦起来,没治了!我跟他学过,太他妈疼了,跟把那儿撕了差不多……"看来,在少年宫学舞时培养的体能帮了郭普云不少忙。他瘦小娇弱,能使同性少年佩服的本事只有这一点了,他充分利用了它。让一圈腿脚笨拙的人围着,在教室走廊的水泥地上潇洒地表演绝招,他内心会不会轰鸣着那个饱含侮辱的声音:"他不是男的!"他炫耀常人不及的动作也可能出于对舞蹈的迷恋,父母毕竟不能完全斩断他与这门可以赢得掌声的艺术的联系。因为他有所作为的第一项事业就是舞蹈。他不大成熟的快乐与痛苦都来自这个地方,他不会轻易地忘掉它。初二那年暑假,阿尔巴尼亚民间舞蹈团访华演出,他从香山夏令营偷偷溜回市里,在天桥剧场门外等了一张退票,把车钱都搭上了。他沿着大马路中间往家走,在路灯底下操练刚刚见识的舞步,七扭八歪地像个小酒鬼。夏令营辅导员心急如焚地坐在他们家客厅里,他刚进门就挨了父亲一巴掌。文雅的父亲是不打人的,所以打的被打的都不曾忘掉这件事。郭普云生前与人谈起童年和家庭时常常提到这突如其来的一击,很勉强地暗示他和父亲的不和有着细微却久远的根源。他指着白白的脸膛一侧,苦笑着说:"就这儿……我当时都傻了。"

初三毕业之前,他说服了母亲,提前报考了解放军艺术学院,介绍人是文化宫的老师。当其他为报考高中而忙碌的同学未进考场的时候,他已经收到了红色的录取通知单。但紧接着又收到一份通知:暂停招生,考试无效。不久,大家都用不着再为考试操心,时局仿佛在一夜之间就乱得不可收拾了。郭普云参加了毛泽东思想文艺宣传队,很快就成了一个难以缺少的角色。

宣传队的隶属不停变动,最后归附了某个兵团。这个派别势力很大,有大学生和各种漂泊不定的小组织参加进来,主要成分还是干部、知识分子子弟比较集中的几所中学的红卫兵。文化革命第二年,宣传队占据了军艺的排演场。对别人没什么,对郭普云却是个意外的巧合。他觉得在这个混乱的天地里自己是主人,批判舞蹈系系主任的大字报别人看不出名堂,他却看得津津有味儿,因为此人是他的主考。他不相信这个严肃的军官会猥亵女学员。那年他不足十八岁,不管外界散布什么东西,他仍旧认定有些事情不可能发生。他善于自省,但过于依赖自己的判断,他自信不是为了利用这种判断去说服别人,而主要是为了指引自己。他思维深处牵挂些什么,别人是不知道的。这种状况实际上延续到了最后一天的最后一刻。他在军艺排练节目的短暂生涯,很可能是整个悲剧的一处不太醒目的起点。

军艺造反派为宣传队配置了一些服装和乐器,派出了音乐和舞蹈教员，队员们称这些人是"军代表"。到舞蹈队来的是一位二十四岁的女军人，苗条泼辣，美丽活跃，红卫兵们众星拱月似的围着她接受摆布。她军艺毕业后留校，已有两年教龄，水平令人叹服。她的嘲讽也是幽默的。

"你肚子里藏了什么？狗熊吗？"

"你们看他的台步像不像花旦，让他再扭扭给大家瞧瞧！说你呢……还笑？"

她可能一开始就注意到了郭普云，但她不露声色，只是很少挑剔他的动作。不满意了就轻轻拍他一下，低声说："样子满机灵，怎么不开窍？再来一遍，腰肌放松，呼气……"又在他后背上拍了一下。时间一久，郭普云说不定意识到那轻柔的身体接触并非是随意性的或职业性的，因此他耳朵老是红得发紫，舞也跳得特别卖力气。如果四目有所交流，他在对方黑亮的美眸子里看到了什么呢？总不会是母性的温柔吧？后来她知道他是四川人，便认了小老乡，互相以姐弟相称了。她的家乡是四川万县，离他的老家有半天儿路程。那时她正教授男女结对儿跳的藏族舞蹈，示范时让郭普云揽了她的细腰，两个身体几乎没有距离。她成熟的身体对他是一种诱惑也是一种威胁，他紫着耳朵伴舞时的思绪不可能是平静的。他有没有罪恶感无关紧要，事实上她吸引了他，使他第一次领略了发自异性的惊人信息。这和以往女孩子们的柔情是完全不同的两回事。一个英俊小伙子，在四周没人的情况下向一个比他年长六岁的美丽女子叫"姐姐"，情绪激动地接过包着巧克力的手绢，这种情形的潜在意义是什么呢？它至少不是无意义的，任何血缘之外的姐弟关系都隐藏着程度不等的感情密码，这恐怕是成年人的最一般的常识。

军艺排演场是一座厂房似的旧建筑，有很深的前厅，舞台比较矮，观众席的座椅是活动式的,平时折叠起来码在窗户旁边,腾出水泥地练功用。宣传队睡地铺,男的睡前厅,女的睡舞台,熄灯前后将幕布拉上,不良的视觉便挡住了。厕所在舞台后边的走廊里,与化妆室、道具库隔着几个门。女的很方便,男的要上厕所就麻烦了。不能走舞台,只能出前厅,绕过锅炉房走排演场的后门。夜深时若小便,胆大的在院子里找棵树便解决了,像郭普云那样的本分人就只能规规矩矩办事。公用手电筒挂在前厅的大门扶手上,它的光线是微弱的,但在那条阴暗的走廊里一定可以造成独特的气氛。如果碰上解手的女同志,更感到恐怖的应该是谁呢?某个夜深人静的时刻,有人听到女军代表在走廊里跟哪位说过话,黑夜太安宁了,轻微的声音成了激昂的活泼的絮语。那个神秘的对话者很可能是郭普云。

那年冬天有许多寒冷的夜晚,人们一般睡得很早。但一月份普普通通的一个雪夜,人们倾巢出动,沿着公路涌向市区中心,庆祝最新指示的发表。舞蹈队有个瘦弱的女红卫兵,中途掉队后返回军艺,在排演场走廊里看到了惊人的一幕。没有灯,却十分明亮,雪光从道具库旁边的大窗户外边射进来,把一种情景映得清清楚楚。舞蹈教员的军大衣没有系扣子,两条胳膊和两片大衣前襟紧紧地缠着另一个人。女红卫兵听到惊慌失措的剧烈喘息,逃似的退出来,同时看到衣襟里那个人像子弹一样射到走廊的深处。脚步声轰轰地响过舞台的榆木地板,窜到前厅去了。

女军代表在雪地里找到了目击者,得知掉队的原因是月经来潮,就殷切地从自己铺位底下抽出了洁净的卫生巾,谈了一些经验和知识,冷静而又温柔。女红卫兵直到宣传队解散才把秘密告诉别人。她不能很恰当地解释自己的发现。那两个人究竟在干什么,连她自己也将信将疑,最后才吞吞吐吐地找到了两个不太确定的字眼儿:接吻。

事隔多年，目击者的朋友说起这件事未免夸张，她认为整个事件的内容比"接吻"要深入得多。二十四岁面对十八岁，事情绝不会简单收束。动乱年代表面的严酷之下，往往蕴藏着末日的淫荡和混浊，行为本身也许是不堪的丑态，实质却是绝望中的个性反抗，以放纵手段达到内心的自由。

我不能同意这种看法。那不是丑态也不意味着自由，它是一种困境，对当事人来说美轮美奂、令人陶醉的困境。它同样深刻地反映了人情的丰满和局限性，证实了原始的快感对人的诱惑和支配。郭普云只不过是误入歧途而已。或者，这并不是歧途，而是常人不达的一隅仙境？十八岁以后的岁月里，郭普云频频回顾这段往事——如果他果真频频回顾的话，重温的未必是痛苦。只有回顾本身才是痛苦的，回顾对象给他的却是美妙的幻觉。

郭普云只披露过有数的几件事。接受巧克力，生病时得到照料，亲切的舞蹈动作，军艺校园小路上的娓娓长谈……。他说得很平淡，竭力让人相信一切都是正当的，是姐姐给弟弟的纯净关怀。但是他的眼神儿茫然，分明陷入了被时间斩断的温情之中，甚至接二连三地叹息道："……她对我太好啦……"

"你小子说老实话，她是不是勾引过你？别哄人……"

他不置可否地笑笑，仿佛要肯定别人的猜度似的。这种猜度使他愉快。她对我太好啦一类的表白，听起来像是知足者的炫耀。三十六岁的单身男人不论怎样强调他和女人的关系，在外人品起来都不乏凄凉的意味。我当时就感到，他获得的东西少得可怜。

这次谈话在他死前几个月。我背着六瓶啤酒一斤牛肉找到他居住的地方，想从他嘴里灌点儿东西出来，他没怎样我倒先不行了，糊里糊涂地讲起了不成功的初恋。事实和痛苦都放大了许多。虽然醉醺醺地觉得不好意思，但考虑到对他会有启发，就信马由缰地边喝边聊，终于使他感动了，再不能无动于衷。他拿出一张照片，向其中一位女军人点了一下。是宣传队员的合影，郭普云也穿着军装，表情像个甜蜜的洋娃娃。尽管女军人容貌非凡，但我仍旧看出他和她年龄上的差距。他的答案是：她是他姐姐，六九年复员回四川，已经多年没有联系了。一个谜一样的女人，美得无与伦比，我满以为会听到一些精彩的事情。然而，他的所有披露都没有那句感叹告诉我的东西多。

"她对我太好啦！"

是的，我当时就感到这个表白十分虚弱。现在我依然感到他的收获有限，不管他除了接吻之外还做了什么事，扑到一个二十四岁的女人怀里他的最大感受只能是恐惧。他纯真的官能是被劫掠的对象，他的初吻在颤抖和不知所措的情况下被一位强有力的异性夺走了！给他留下的只能是困惑重重的内心创伤，并使他常年为此忍受折磨。

今天，军艺的排演场早就改建为餐厅，作为餐厅它也陈旧了，潮湿滑腻的四堵墙破坏着人的食欲。但它的基础残留着前身的格调，深深的门厅，阴暗的走廊，连厕所都在原来的位置。情场拥吻之地如今到处是酸溜溜的面味儿和剩菜的香味儿，一星浪漫也寻不见了。

电视上的胡小芬不是那个女人。可那个女人在四川某地一定在从事相同的工作，教少男少女们如何更优美地支配形体。她知道自己用嘴唇接触过的那个男孩子发生了什么人生变故吗？如果婚姻正常，她自己的孩子也该那么大了。她的后代永远不会知道，母亲用怎样的手段抚慰了或者伤害了一个——弟弟。但愿她不是一个欲望超常的私生活紊乱的女人。否则郭普云不是太惨了么？

静悄悄的黑夜，雪光从窗外扑进走廊，两个人倚墙而立，两颗头颅像粘连在一起的导电物质，湿润的软唇上火花四溅，烧亮了坚硬的心脏，巨大的建筑物在狂抖中徐徐陷落。

自杀者都或多或少地受到幻觉的吸引，这是权威性的分析，许多法律和心理学著作中都提到过。郭普云在驹子峰顶浩荡的山风吹拂下，应该看到这个无比灿烂的动人景象。

第四章

几次努力都遭到拒绝，我乱点鸳鸯谱的闲心就淡漠了，既然他认为自己过得很好，不如由他这么孤独一人地过下去，单身汉的日子说不定真有一些妙不可言的好处，外人是不好理解又不便剥夺的。我仍旧像往常那样，不时到他那儿吃点儿，喝点儿，尝尝他做得很地道的炒菜。女人不提了，所谈的大抵是文艺、诗、经济、民风，居高临下地评判一切，有气势但没有深入探讨的能力。不论我还是他都经常为找不到合适的言辞而突然改变话题，他说得多因而窘况尤甚，有时候会吐出一连串含混的概念，让人听起来摸不着头脑。他喜欢电影，一些俗不可耐的片子也能让他看出好来。大概是电影有助于他的幻想吧。他的气质可以迎合并改造一切虚伪的画面。他在黑洞洞的电影院里玩味的是自己内心的真实，他在诗里画里寻找的可能是相似的东西。在生活里找不到的玩意儿在艺术里也找不到，他最后可能闹明白这一点了。他也行早就明白，因此他的兴致勃勃实在让人不好理解。

十二月份，在他零乱的小屋里，他郑重地告诉我他想写一史诗体裁的东西。他背靠团在床头的被子，两只猪皮鞋摇摇晃晃地蹭着床单，口气严肃认真。这副样子让我不忍心说出真实的想法，可让人说什么好呢?

"……构思差不多了吧?"

"差不多了。"

"准备什么时候动笔?"

"……还没想好。这几天一躲到床上就看见诗,一行一行地过,韵压得特别好,想看看清楚,又什么都没有了……再不写,脑袋要炸开了……"

"那就写吧,等什么?"

"我也闹不清……老怀疑自己有没有写完它的能力,写一半写不下去不如不写,你懂得多,你说我该怎么办?"

"干脆甭写。"

他瞪着我,左手轻轻地揉着脑门儿。我不想打击他,可他六神无主的样子真让人受不了。谁也不需要史诗,对他更没用。现时代的人宁肯听胡言乱语或骂大街,史诗算个屁!

"想写今天晚上就干,写不下去了就玩儿去,别把它当回事。这个世上能写史诗的人早就死绝了,写不出来不是你的问题,写出来倒怪了……你得这么看才行。"

"你不了解我……"

"别来假招子,我太了解你了。你的史诗跟自传差不多吧?你的经历再复杂,当史诗的主人公也不够格,太嫩了……"

"不提啦!哥们儿你不了解我。"

他的口袋里别着一支钢笔,那是刚刚得到的奖品。学生会为纪念一二·九运动组织征文,他得了全校唯一的一等奖。我没有应征,一是情绪不高,不屑作小打小闹的文章,二是怕万一评不上奖面子难堪。他上台领奖时面红耳赤,可见作此文的态度相当认真,对荣誉是敏感的。他撰写史诗的欲望可能跟这次小小的激励有关。此外，世界文学课程恰好讲到拜伦一节，那些优美的叙事长诗唤起他的创作勇气也不是不可能的。我自信了解他，实际上依赖的只是这些琐碎的事实。不理解他创作史诗的人生根源，却盲目地加以贬讽。这是我难以原谅的又一个错误。把他看成一个打肿脸充胖子的诗歌爱好者，与他渴望摆脱心灵压力的真实形象相距真是太远了。可惜，只是靠了他勇敢的抉择我才看清了这一谬误。为此我将尊重所有沉醉在诗歌里而又注定会失败的人。他们过多地分担了人类的痛苦，像郭普云一样。他们本可以活得轻松一些的。

但是，我或者别的外人可以承担的责任毕竟微不足道。桎梏了郭普云创造力的根本原因，是他自身的混乱。我一向认为诗人的生活即使不能井井有条，骨子里也应当维持某种清晰的坚定性。他应当知道自己在干什么，并且始终盯着自己的目标。郭普云缺少的正是这些。他思想的混乱有许多表面特征。至少当我走进他凌乱不堪的小屋时，便立即感到这是一个痛苦的巢穴，里面隐居着一位惰性十足的人。去过几次我就明白，写诗、恋爱等等，他没有一件能够干得成、干得痛快淋漓。他甚至不能利用单身汉的地位，把某个对他有兴趣的女人请进来，办点儿彼此都需要的事，哪怕他有这种胆量和相应的道德观，他能做的只有用混乱把自己埋起来，捂在有霉味儿的被子里重复那些折磨人的破碎思想。他拼凑这些碎片的结果，是把自己引向常人畏惧的绝路。他不支配这个房间，不能主动地让它舒适点儿干净点儿，这个房间就来支配他了，它用肮脏与压迫他的一切结合，最终把他赶了出去。

不知道换个人能否在这里居住。玻璃不透明，因为他长时间用煤油炉在屋里炒菜。家具不擦，看上去一层灰，摸摸却是油腻。老式大衣柜掉了一只合页，里面堆着袜子、手套、纸和他不时倒换的衣服，门扇像个秃翅膀似的耷拉在墙边。五斗柜上摆了足有几十件东西，布猫、铝勺、小闹钟、毛笔、旧信封、撕掉封面的刊物、针、药瓶，每看一眼都有新发现。桌子几乎看不出本色，空酒瓶和空烟盒让花生皮包围，瓶子里几口剩啤酒已经长了毛，烟头像白甲虫一样趴得到处都是。被子从来不叠，床单的蓝格子已成灰格子，黑不溜秋的枕巾一股袜子味儿。抽屉里是酒杯、筷子，再拉开一个抽屉是一团一团的废纸，写了一半的诗句或几笔潦草的素描依稀可辨。新的、旧的、破的书籍四处乱丢，窗台、枕头旁边、地上、锅盖上、被子卷里，哪儿都有。一切都没有秩序，一切都是彻头彻尾的破败芜杂，像一座阴暗宁静的废墟。如果不是自感踏上了穷途末路，人怎么也不会无所谓无聊赖到这步田地。他已经垮掉，除了他自己恐怕没有人能挽救他。

这间房子在筒子楼底层，窗户向阳。但是让不知干什么用的简易平房挡住了。它是医疗器械厂的宿舍，母亲退休前是这里医务室的大夫。让他单独住在这里，他母亲有难以推卸的责任。房子离百万庄的家有十几里，他只有节假日才回去。儿子过得这样，做母亲的一点儿不能体察，或者明明知道而不予理睬，似乎也太漠不关心了。我暗示过他，他烫了似的不断表白，说母亲待他很好。说得太冲动反而不自然，叫人没法相信。况且，大龄的独身者与家庭没有隔膜的很少见，他们一般都拒绝别人的怜悯和帮助。那个外表还算慈祥的老太婆对郭普云的固执已经厌烦，索性由他去了。情况一定是这样的。所谓母亲待他很好，是骗人，也是骗他自己。

郭普云的死前蛰伏之地不适合居住，更不适合写作，却是饮酒谈天的好地方。专修班至少有五六个男人到那儿喝过酒。去过的人都说他的菜烧得真是好，又说他的日子过得自由自在，好像单身汉的生活很值得羡慕似的。

郭普云酒量不大，不喝白酒和果子酒，桌上床下一律是啤酒瓶子。空瓶子很多，说明他每天都要灌一点儿。有客人他也不畅饮，满满一杯子老也喝不净。酒一落肚，他的面孔会出现细微变化，不细看看不出来。别人脸白脸红，他变色的是那双大眼，眼白由灰转青，亮亮的像是瓷器。再喝几口眼眶就充血了，还是不红，淤了似的发蓝，最突出的是左眼下面鼻子旁边，有一块小柿饼那么大的蓝皮肤长时间不褪色，好像叫人给打肿了。我以为那是睡眠严重不足，可他老是有意无意地抬手遮挡，我就怀疑那地方可能真有什么毛病。

"我这个人……老是不顺。"

他抿一口酒，伸手直接到碟子里抓花生米。手指头有点儿哆嗦，脸色也忧郁，硬撑出来的达观神态一扫而光，我听熟了他的叹息，也看惯了他酒后的紧张动作，但我知道他不会对自己的思索做更深入的说明。他像咀嚼下酒菜一样品尝心里的苦闷，不想让任何人来分享。不识相地追问他，只能得到一个淡然的重复，使质量极佳的啤酒都跟着变味儿。

"我，太不顺了……"

"你好好看看，有顺的么？"

"我跟别人不一样，你爱信不信，我碰上的倒霉事太多了……"

"谁都有倒霉的时候。有人混得越惨乐得越欢，有人擦破一点儿皮就哭起来没完没了。你大小爬了个宣传科长，你要喊冤别人就没法儿活了……"

"你不了解情况，趁早别说了吧？"

"那你到底哪儿不顺呢？"

"不说了……说了也没用。"

"不说拉倒,喝!"

我确实也懒得再问,总归什么也得不到,问得太馋倒使自己像个打探隐私的人,徒然增加他的戒备,彼此都无趣。不问了,他反而会不吐不快地抖落点儿什么出来。

"哥们儿笔头子可以,得帮帮我。"

"谁帮我呀?"

"你考过大学没有?"

他问得非常突然,眼睛瞪着一个地方,苍白的面孔像石膏模子。再凝固一会儿,这张脸恐怕要裂了。

"考过,语文四十多分,数学四分,政治九十多分,现眼现大了!"

"那些题咱们这样的不适应。"

"你也考过?"

"我总分差一点儿。"

"多少?"

他又哆哆嗦嗦地夹了两颗花生米,好像空气里藏着一只拳头随时准备揍他似的,目光惨淡地闪来闪去。

"差……六分。"

"是有点儿冤。"

"怪我自己,准备得不充分。"

"准备充分了得差二十分。老天没眼,该上的时候不让上,半截子入土了又把咱拉进来念书,一进教室就恶心得慌……"

"……六分。"

"这就是你的不顺?"

"你爱怎么想就怎么想吧。不提了……还有半瓶,你自己倒上,菜别剩下……"

他脊梁压着被子，两眼在天花板上找他想找的东西。除了灰尘和陈旧的蜘蛛网，那儿什么也没有。但它分明是块大方正的银幕，叫他看到一些悲哀的故事，他一言不发，似乎已走了进去。

　　那些差若干分数的小悲剧属于高中生。何况事隔多年，再大的愁绪也淡如水了，三十六岁的人理应视之为儿戏，没有任何理由如此念念不忘。他在转移我的视线。我觉得他的所谓不顺生在别处，很可能与惨痛的初恋有关。是青梅竹马的反目，还是山盟海誓的断裂？要么竟是衣带渐宽终不悔的单相思？不论哪种经历都注定没有独特性可言。有爱心的人千百年来上演的同是一出老戏，以后登台的还不知有多少雷同的角色。唯独把自己剔出来自封为大苦大难的失爱者，是短见，也是不智。不论郭普云怎么自怨自艾，我甚至不能对此抱以稍微诚挚一点儿的怜悯。他是作茧自缚。说得不客气，里面有活该的成分。

　　"太不顺了……"

　　这不是小题大做么？可能由于啤酒灌得太饱，我当时的心境是无边无沿的旷达，深感只有把该得的便宜不该得的便宜全捞到怀里，那才能叫顺呢，否则统统都是不顺。因此，顺是相对的。而不顺是绝对的，看不到挫折无时无处不在的绝对性，整日里唉声叹气，是老娘们儿的大惊小怪，堪笑而不堪究。这么一想，郭普云点滴流露的郁闷全都失了分量，使他看上去像个贪得无厌的家伙。脸俊人好家贵，有官儿当，有学上，能写诗，会画画，他可不顺个什么？缺老婆还是因为眼高心不凡。老叹气是便宜得的不够，好处不完满。

　　酒劲儿一过，觉得自己刻薄了，但仍旧找不到贴心理解他的基础。班里与他相熟的人也有相似的看法吧？多么好的朋友，心里总有彼此难通的地方。人与人的交流十分有限，你面前一个人皱着眉头，他是憋着一泡尿还是痔疮生痒，实在难以通晓。痛苦是高贵的感情，但只有在痛苦者本身看来是高贵的。一个乡下人睡在便道角落里，来来往往的同类们用多少不同的眼光看他或根本不看他？人与人的隔膜就像头生在脖子上、脚长在腿上一样简单。这个道理由郭普云再次证实了。他周围的所有人都未能阻止他，包括父母、密友。他做了他想做的事情，显然也没把任何人放在眼里。

"不说了……说了也没用。"

现在想起来，这话是他对我的最大藐视了。他请我喝酒，烧菜给我吃，都遏制不了他内心激荡不已的排他情绪。他不允许我接近他。而我确实也没有帮助他的能力。不独我，整个无边的外部世界都无力给他哪怕一点点的救护。破碎的心灵是无法补救的。

第一学期期末考试之前，他半个月没来上课，考勤员也换了。事前他没有跟我打招呼，只有班主任和班长似乎知道他的去向，却又吞吞吐吐地说不明白，显然受了他的嘱托，不打算让同学们知道他的行踪。离考试还有一个星期，他回来了。还是那件米色的羽绒服，还是那个沉甸甸的人造革书包。神态也依旧，很热情，很随便，向细心的女同学们借笔记和复习资料，嘻嘻哈哈地跟她们打趣。表面看上去没有任何变化。我还没有打听，他就主动告诉我，这些天他一直忙着治疗眼疾。治病也有必要搞得这么神秘吗？我觉得他有些言不由衷。看病又不是见不得人的事。

"你的眼怎么了？"

"眼底出血。"

"……看不出来。"

"我每年都得歇几次病假。老疼，整个脑袋都疼，看半个小时书都受不了。恐怕治不好了……"

"没那么严重吧？"

"我想过好几次，治不好就不回来了，退学！我不是开玩笑，真的……"

"医生怎么说？"

"他们也没办法，不失明就不错了。这辈子别想干成什么事，真想找个轻闲地方混日子……你说资料室怎么样？"

"那是女人的工作，再说也太闷得慌。你干可惜了……"

"我就想躲起来一个人待着，不着谁不惹谁，没事的时候翻翻资料，挺自在。眼看往四十去了，干这个挺合适。"

"你的眼怎么弄的？"

"早跟你说过……我这个人不顺……说起来挺没意思，反正没用了。你还有古典文学的参考题吗？我少一张第三页……"

他在书包里翻来翻去，不时下意识地偏过面孔，似乎想把左眼隐藏起来。那块蓝色的皮肤并不比往日更显眼，不知情的人绝不会注意它，如今那地方对他对别人都成了敏感的区域，他的感觉和别人的目光频频地关注在那里，把他搞得十分狼狈。这可能是他竭力避免又避免不了的事情。人体别的部位有衣服保护，脸却不能不露在众目睽睽之下。冬天班里戴口罩的人本来很多，但郭普云一放学就匆匆忙忙捂上大口罩，这动作多少有些不同的意味。

他不肯说，但秘密维持得并不很久。

他考大学是七八年，那时他的特长尚未得到发挥，在兵工厂修建队当班长。高考前后他一反往日的平静，显得烦躁不安。命运到了重要的转折关口，他的表现说明他对兵工厂的生涯很不满意，而且对自己的才能抱有希望。温习功课需要时间，他不好意思泡病假就请事假，为此还挨过厂领导不点名的批评。他请假的做法一直延续到高考之后。考前请假可以理解，考后仍旧三天两头往城里跑就不好理解了。人事上没有多少关系，总不会猥猥琐琐地找招生办公室乞怜吧，那种事他干不出来。他本质上是性格脆弱的人，很可能是受不了等待裁判的沉重压力，想脱离工作环境而使紧张的情绪放松一下。等录取通知那段时间，他经常骑着自行车毫无目的地到处跑，像个惶惶不可终日的逃避惩罚的人。

　　八月的一个黄昏，他串了几家书店之后来到西直门外大街，骑过高梁桥路的南口时，恰有一辆大卡车由北向东拐弯。车速不快，但郭普云骑得更慢，似乎在沉思某个问题。他向西骑行，猛然看见绿色的庞然大物挤到眼前，连忙朝北拐把。卡车适时地刹住了，他也捏紧了刹棍儿，不知是谁迟了一点点，卡车槽帮的木头在他左脸上轻轻磕了一下。他跌倒在地，却立刻爬起来，膝盖的疼痛更强些，使他忽视了左脸的麻木。司机惶恐地问他伤着没有，要不要去医院，他比司机还惶恐，因为大群的路人正围过来。他连说没事没事，反而安慰司机慢慢开，眼巴巴地把一个并非没有责任的当事人放走。出事前他可能的确在考虑什么事情，慌乱中以为责任主要在自己。他习惯自责，但这种习惯和他的善良使他犯了一个大错误。换上任何人，在自身利益受到损害的情况下，都不会如此愚蠢地善罢甘休。况且责任不清，即使罪在自己，混淆是非的余地也是相当大的，至少可以使所受损失得到一些补偿。他与人无争的好脾气使他失去了最一般的处事常识，单独承受了比事件本身严重得多的一系列打击。他屡次说到自己的不顺，其中也包括了对此事无可奈何的反省吧？

　　事后三天，母亲发觉他左眼眶有点儿肿，眼下一大块青色的淤血。他照照镜子，也有些害怕。连忙去医院诊治。家人知道车祸真相之后，曾有一番激烈的指责。更让他受不了的是医生的严峻口吻，眼底出血！弄不好将成终生残疾！即使那位幸运的司机承担了责任，出医疗费、营养费、病假期间的工资和奖金，甚至受到刑事处罚，像母亲诅咒的那样，这一后果也无法改变了，无法改变的还有它造成的心理影响。当得知考试成绩离录取分数线只差六分的消息后，郭普云的悔恨和沮丧情绪达到了顶点，并且始终未能摆脱这个精神上的泥沼，直至被它淹没。当寻找各种不幸的根源时，他一定非常轻易地抓住了它们之间并不存在的必然联系。他的自我责备愈演愈烈，最终导致了严厉的自我否定，除此之外他已经找不到别的手段冲破那无处不在的罗网。

此刻，司机先生正在国土某个角落里奔驰如飞，小小的惊吓之后，他的车开得更稳健了吧？郭普云没有记住他的车号，甚至说不清他的车型。但它分明从郭普云身上碾了过去。我祝司机好运。说到底，他是无辜的。尽管郭普云的自责太过分，但应当为不幸的后果负责的，的确只能是他本人。

郭普云自杀前多次提到左眼的创伤，它对周围的人来说已经不是秘密，但人们对它的悲剧性却不像他看得那么重。他说得很多，有点儿不着边际，许多同学大概私下里都嘲笑过他。不是相同心境的人，那些婆婆妈妈的唠叨听起来确实不可理解。荒谬、狭隘、零碎，还有点儿可笑的滑稽成分。我当时觉得他把这件事强调到不适当的程度可能有象征意义，他想说明的是别的事，那件事不是太抽象了就是太具体，让他无以言说。

我怎么也没想到，那竟是死。真的死。他的话可以汇集成字典。最专业化的字典，那里面任何一个貌似平庸的词汇，都有宣战的含义，可以看作自杀者悲壮的誓言了。

第五章

寒假以后，专修班课程减少，每天上午四节，午饭可以回家吃，大家对校方的这种安排很满意。但是，我从此再也享受不到搭车之便，因为郭普云对学校食堂的午餐产生了浓厚的好感。伙食糟得一塌糊涂，可他吃得有滋有味儿。不久，我就知道他的兴趣在什么地方了。我在察言观色方面自然是愚钝的，启发我智慧的是班里那位秘书大姐，是她娓娓不倦而又横扫一切的长舌头。她保养有术，粉嘟嘟的胖脸滑而生光，窃笑时肉鼻子耸成一颗圆不溜丢的大蒜。她把这颗大蒜顶给别人，用辣味儿和腥味儿挑逗好奇心。她无往不胜。

"你不在学校吃午饭？"

"太贵，又不好吃……"

"郭普云在学校吃。"

"他懒得自己做。"

"不吧？上学期他经常到太吉饭馆吃牛肉面，这学期他一次也没去过。下午没课谁不想早点儿回家？这儿的饭就那么好吃？"

"那您说是怎么了？"

"下课你晚点儿走就明白了，教室后边有戏，不信你就自己看看，我猜得没错！他骗得了别人骗不了我，老大姐可不是吃干饭的！"

我闹不清她的得意从何而来，也闹不清我的注意力为什么这么容易屈服，似是而非的一席话居然一下子勾起了我的兴趣。那天下课后我没有离校，到阅览室翻了会儿报纸，估计时间差不多了才往教室走。

楼梯和走道里不时有端着饭菜的本科生来来往往，我觉得自己像个心情阴险的密探，离目标越近越残忍。跨进教室的时候，我根本没考虑对方的处境，更没考虑这种有意的观察是否会对当事人形成骚扰。我愚蠢透顶的目光直逼向课桌后面的角落，连个样子都不给人家装一下。他看见我了，她没有看见，正把肥白的猪肉片拨到他的小瓷盆里。她坐在我平时坐的椅子上，身体微斜，与他靠得很近。她喃喃地说着什么，他一言不发，想掩饰慌乱却把脸扭成了严肃的怪样子。隔得挺远，可我看清了他的眼睛和那双瞬间变色的紫晶晶的小耳朵。她的脸也扭过来了，清秀，机敏，若无其事，比他冷静十倍。一个出色的爱情捕俘手，一个惯于闪电战的情场突击兵。独身者的大话成了肥皂泡，郭普云明摆着叫她摔了个嘴啃泥，正在缴械投降。他的尴尬令人惨不忍睹，偷春的和尚败事大概就是这个熊样儿。俗情终究不可违抗，他好歹也算个凡人了。他应该好好抡自己几个嘴巴。

我来不及撤退，索性朝他们走过去，借口是现成的，绝对没有破绽。请了半天儿假，明天可以不来听课了；借了几页古代汉语笔记，他记得不全，就从她的活页夹里挑了几张；临走跟他要了一支烟。他也想抽一支，刚要点燃就让她娇嗔地拦住了。

"吃完饭再吸吧！"

"你别走了，一块儿吃。"

他急切地拉住我，把烟悄悄扔在课桌上。他的手软绵绵的没有力气，我后退几步，见他严肃得不行，便也严肃地朝他摆手告别。走到教室中间，又听到那个悦耳的声音："你得多吃，多吃肉就胖了。"好像是故意要让外人听到，亲切的口吻里藏了许多复杂的内容。女人可真厉害。郭普云无论如何也招架不住。但是，她是不是太迫切了点儿？如果她对自己的爱意有信心，何必这么仔细地影响舆论呢？她在逼他就范。

教室里空空荡荡，墙报前聚着三五个边吃边看的外班学生。这些年轻男女不会注意教室后面的人，注意了也无从领略其中的名堂，他和她像两个正在商量工作的班干部，并在一起的饭盆体现了关系的融洽与和谐，实在说明不了别的什么。这是成熟的恋爱，偷偷摸摸的初恋者不会选择这种环境，不管郭普云对一顿接一顿的午餐怎么想，他的对手追求的是公开性和表面化。教室不是恋爱的堡垒，虽然班里的同学一下课便作鸟兽散，可随时都有可能闯入一双有意无意的热眼，对不同寻常的一幕进行各种猜疑和传播。秘书大姐已经这么干了。我也这么干了。我跟她唯一的不同，是舌头短些，好奇心的满足则彼此彼此。他终于拆除防线，作为朋友理应为他庆贺。但有一个问题我许久不敢正视。离开教室里的一对异性，隐隐约约浮上心头的是什么东西呢？是嘲讽。的的确确，那正是嘲讽。我现在可以承认了。

她并不是一个合适的人选。我说不准中等相貌应该包括哪些内容，但感觉告诉我她正是那种相貌中等，大街上比比皆是的女人。身材是好的，高而苗条，超过一米六五，看上去几乎与郭普云持平。脸上肉不多，五官不大不小，可谓清秀。但清秀与清秀有别，有的妩媚，有的恬淡，她多的却是苦相，青春已经从那上面衰退了。年龄将近三十，比郭普云小半轮，差距不大。她在班里待人和蔼；听课很仔细，不怎么出头露面，因而也不大引人注目。她中专毕业之后，在西郊一所中学当了八年教师，教过数学、地理，后来一直教初中语文。她的文章却不强，写作课布置的八篇小文，没有一篇得分显赫，职业显然没有给她多少帮助。她表情庄重，但苍白的额头与微黄的头发总给人一种尖刻的印象，觉得她很可能是让学生畏惧又让他们背地里不停诅咒的中学教员。尖刻的女人做妻子未必合适，做郭普云的妻子就更不合适了。他驾驭不了她。

　　她叫赵昆。一个没有女性色彩的名字。我没有理由怀疑她感情的真挚,但就在郭普云死后不久,她便随一伙青年男女到南方名胜游乐去了。死可以勾销一切,包括火爆爆的爱情。如果确有所谓真挚,这真挚大约是可以战胜遗忘的吧?现实却明明白白地展现了感情的可变性,不独感情,可变性控制着生活的每一个角落,它公正而强悍,不是人所能抗拒的。面对朋友的亡灵我必须承认,我苦思冥想并为之痛苦的不是他的死,而是造成死亡的种种根源,我痛苦是因为总也找不到它。比起他凄凉的死亡,我更关心的似乎是整个推导的逻辑过程以及它被人接受的程度。为了思维和想象机器的运转,我像检查道具一样地摆布他,无耻地在他不能对抗的身上投下了解剖刀。但是,我只能这么做,换了别人也会这么做,因为现实的目的在召唤。那次奇怪的点名事件在赵昆心里造成了什么结果呢?大概是淡淡的仇恨吧?善良的郭普云以自杀藐视了她的爱情,贬低了她的诱惑力,用尸体把她绊了一个终身难忘的大跟头,她的仇恨便是可以理解的了。她到名胜游乐,在风景地拍下甜蜜的照片,轻轻松松地过日子,芳心荡漾地为爱意寻找新的潜在的目标,也统统都是可以理解的了。伟大的死亡也好,渺小的死亡也好,能够带走的东西实在少得可怜。不论人们赋予生命的毁灭以何种意义,那句自作聪明的诙谐却一句中的,道出了普遍适用的原则:"自然除名!"消失的都是该消失的,没有消失的正在等待消失,物质好歹不灭,大家终归离不开庞大混沌的整体。这真是悲哀的讽刺。郭普云扎入碧水,我在深夜伏案苦想,别的人在别的地方干了点儿别的什么,这一切似乎都成了讽刺的对象。但是,我和我的同类们必须忍受这种耻辱。活着是正当的,合理的,而且十分美好。为了使它更美好,我们应当扎扎实实地从事手边的工作。追踪隐私,在死人枯萎的生命上跑马，作为一个苟存的人，我觉得自己没有理由拒绝这种至高无上的权力。

那年三月，以赵昆为对象，郭普云尝试了此生的最后一次性交。没有迹象表明这是唯一的一次肉体接触，但他确实没有给这次机会增添积极的意义，他在精神上肉体上同时遭到惨败。不可能有别的地点，不能想象他会在公园或旷野里参与一种野合。稳妥的场所只有他那间零乱的小屋。它也不安全，同学随时都可能找上门来，跟他对酌、谈诗、论天下。能够利用的是夜晚。漆黑一团、气味丰富、动作陌生的陋室之夜。他没有开灯的胆量。他也没有生理上的主动性。他的四肢可能会碰到什么东西，啤酒瓶、烟灰缸、书籍、衣物，但他肯定丧失了正常的感觉。他对自身官能反应的倾心关注，恐怕压倒了异性肉体的魅力，起始动作的无效使一系列努力迅速奔向破灭。他饱含羞愧地在夜色中颤抖，疲劳的中枢发给他一个错误荒谬的信号，让他嗅到了并不存在的尸体的气息。他的绝望更具体了吧？天平另一头的砝码加重了，他的人生轻飘飘地翘了起来。下滑的坡度短时间骤然增大，惯性和前冲力已经渐渐失去控制。他知道自己不行了。此刻离驹子峰的五·一之夜还有六七十天。然而结局正在明朗，地狱之光终于降临了。

赵昆当时的反应始终是个谜。她可能采取的态度有好几种。如果生理期待过于强烈，郭普云无能的窘状无疑会伤害她，使她羞愧和失望。如果她掌握了一定经验，最初的惊慌失措之后，她会抢先摆脱沮丧，用成熟或不太成熟的技巧安慰他、帮助他。她怎么也不会去埋怨一个气喘吁吁却一事无成的男人吧？绝对不会的，她的尖刻远没有达到这种地步。能在此时全盘利己的，只有良心泯灭的雌性动物。而她显然是爱他的，即便躯体不能彼此渗透，情感上的痛苦却是融而为一的了。宁静的小屋，伸手难见五指，混乱油腻的物件被漆一样的黑色掩盖。空气也是黑的，只剩下两个人的呼吸和体液淡淡的腥味儿，这一切都凝结成一个扎扎实实的失败，让郭普云无力承受，把他压扁在麻酥酥的粗糙的床单上。为了仅存的尊严，我相信他很快就穿上了衣服，把酒瓶里的剩酒喝干，扔掉一个又一个烟蒂，疼痛的大眼一直瞪到曙色微明。他还能干点儿什么呢？他什么也干不成。他什么也不打算干了。去他妈的吧！他诅咒了诗、艺术、女人、思想、道德、人类、历史，他咒骂一切，决定杀了自己。

　　他的决定和三月下旬发生的另一件事无关。不过那件事倒可以揭示他的生存环境，证明他忍耐力的脆弱不完全来自个性因素。

　　离郭普云出丑不到一个星期，赵昆耐不住寂寞了。她的家在郊区，平时常在城里亲戚或同学家里借宿。可悲的是，这次邀请她的是秘书大姐，而她竟应允了。大姐的丈夫到东北出差，抛下了一张空荡荡的双人床，姐妹俩边聊边诉直至深夜。女人谈男人跟男人谈女人沿用着同样的模式，然而当我事后得知有关这次谈话的传闻，仍旧为赵昆的坦率和不负责任而大吃一惊。她是幼稚呢，还是淫心太盛呢？难道这种羞于启齿的性感受真的不吐不快吗？对涉及恋爱对象名誉的事如此漫不经心，还能说她对郭普云的追求不是虚伪的么？她把郭普云的生理难题像说下流故事一样捅了出去。她是无法让人原谅的！听者是谁？一个熟得不能再熟的烂苹果似的中年妇人，她可逮着做一道大菜的机会了。传言大都走样变形，但我相信那句话肯定出自她的口吻。应该说，它太他妈没人味儿了，又太他妈生活化了，它体现了另一种意义上的精彩，让人目瞪口呆。

　　"你知道么，郭普云的家伙不好使！"

　　家伙？不好——使？

　　这是人话么？不得不承认，它是人话，是我的同胞们惯常使用的人话。语言是人类交际的工具,如今它变得越来越锋利了。如果一味遵从传统,所谓"家伙"应当叫作"笋"、"玉杵"等等,这太儒雅,显不出多少幽默。我尊敬的传话给我的同学也不肯使用"阳痿"两个字,似乎老祖宗赋予了它们太多太不相干的艺术性。我尊敬的热心议论这件事的全体同学更不肯说出"生殖器不能勃起"这句话,大概因为它太像西方化的医学术语。大家继承的是东方的智慧和平民的幽默感,朴素,深刻,保持了客观性,又渲染了主观色彩,还能找出比这更恰如其分的话来么?

"郭普云的家伙不好使!"

大家没有恶意。大家都佩服郭普云的人品。大家只是不像关心自己那样关心一个外人罢了。何况事关"家伙",自有一种天然趣味,大家在脐下三寸之地保留一点儿玩笑意识不能说是罪过。

郭普云,我要打破你在九泉之下的安宁,把这句话清清楚楚地告诉你。你善良、健全、聪明、高尚的同学们用这样的方式传播了一个曾经存在的事实,他们悲痛万分地说道:"郭普云的家伙不好使!"我请你相信,他们是悲痛万分的,你不必再羞愧了!

我永远忘不了这句话。五个字的力量就足以打败郭普云苦撰的所有诗句。他的诗总也写不好,都是因为他缺乏这种生机勃勃的毒笔。他的思想没有这么生动。我想,如果讽刺可以得到广泛正确的理解,那么应当把这句话作为被评价者的墓志铭。让它来证明没有被他的死亡带走的一切。

郭普云并不孤单,赵昆总算自食其果了,沉重的磨盘也绑到了她的背上。她故作轻松地走路,不是因为她比郭普云耐力大,而是因为她有健全的反击能力和适应性。

"你知道么,赵昆是二手货……"

"郭普云真傻，挑了半天挑了个叫人玩儿剩下的！"

"破锅找了个破锅盖，什么人都有人爱……他俩谁也别说谁，挺合适。"

发这种议论的同学都不是居心险恶的人，都有各自的优点，进电影院看到伤感处知道下泪，节骨眼儿上会很讲义气，帮朋友盖小厨房不惜大汗横流。可是转眼之间，他们就会鬼使神差地换上一副跟刽子手差不多的嘴脸，叽叽咕咕地说出毒汁四溅的鬼话。

赵昆无须自杀，这一点使她可爱。与人有染又被人抛弃的隐秘让那个老娘们儿晾出来曝光，与郭普云的性关系让人传得满城风雨，这些她都不怕。她的反击简练凶猛，一下子就解决问题。

她故意迟到五分钟，进教室后没有走向自己的座位，而是绕过讲台，径直走到秘书大姐的跟前。老师和同学都看着她，秘书大姐木呆呆地仰起脸来，空气紧张。她表情平静，连惯常的一丝尖刻都不见了。

"混——蛋！"

直到毕业，可亲可爱的老大姐再没有恢复元气。赵昆见了这个仇人横着走，把她挤向走廊的墙根、楼梯的角落、校门旁的垃圾桶。老大姐见了她像见了瘟神。

赵昆活得很好。活得很自然。可惜她只统治她自己的个性，无法让郭普云效法她的榜样。强弱与性别没有关系，这个让男子汉羞愧的事实再次得到明证。

恶语传得最盛那几天，郭普云没来听课。实际上，性失败的第二天他就主动断学了。借口当然是治疗眼疾。害怕同学拜访，也可能是害怕那间阴森森的屋子，他迁到百万庄父母身边去了。几个班干部和由他培养的入党对象看过他一次，回来说他正在联系好一点儿的医院，准备动手术。他们在他那儿意外地碰上了赵昆，据说郭普云心情很愉快，当着大家的面把头枕在赵昆腿上，有说有笑，像个春风得意的情郎。大家对他的现状很放心，也不担忧他的功课，他聪明，且有赵昆为他提供笔记。只有那个培养对象对他不太满意。说好去原单位党组织外调，竟撒手治自己的病去了！毕业时此人终于未能"混入党内"，他的前程让郭普云耽误了。换了我也会替自己惋惜。但是让郭普云把此人拉入党内再自杀，否则便不是尽善，似乎又太苛刻了，人终究善不到绝顶。在死的问题上自私一点儿可以饶恕。

我到医疗器械厂宿舍去过两次，没有遇到他。门锁得很严，门板是薄薄的胶合木，敲起来怪声怪气的。明明知道里面没人，但我老觉得他在，不是躺在床上就是胳膊肘支着桌子想东西，故意不让我进去。我当然不会想象他是不是喝了不该喝的玩意儿或用裤腰带把自己吊在大衣柜里了，尽管他曾经提到过那个字眼儿——死。

他和赵昆的关系公开之后，我一直犹豫，不敢询问，更不敢开玩笑。一次学校借部队的礼堂传达文件，散会出来恰好走同一方向，他便用车带我，边骑边聊些班里的事。路过青年湖，他提议到公园水边的长椅上坐坐，我说坐坐就坐坐。

坐下来抽了一会儿烟，他指指湖中心的小岛，欲言又止。一座水泥拱桥把小岛与陆地连接起来，湖冰已经融化，水色清蓝，但树木仍旧一片冬色。

小岛上动着几个蹒跚的老人。他又往那边指了指。我看着他，他紧吸了几口，把烟头扔出去。

"那儿……赵昆第一次约我就在桥头那儿……"

"口头约的？"

"不是。那天下课她塞给我一个信封，我还以为是习作呢……她让我第二天在那儿等她，信写得很厚……"

一个俗气平庸的故事开场了。但我既不能表示淡漠，也不能显得太兴奋。我只想鼓励他把要说的话都说出来。

"你就老老实实答应她了？"

"不是。我本来想跟她说明白，把真实想法告诉她……可是，她误会了，我又不想伤她……我真傻，怕人家等我，提前半小时就到了。她在公园门口一看见我就开始跑，她一上桥我就知道自己的话没法说了……我老是不顺，这么点儿事都不会处理……"

"你原先想跟她说什么？"

"我想拒绝。告诉她独身的事儿是真的，不是开玩笑。"

"……是不好开口。"

"那天谈得很晚。我以前不知道，原来她也挺不幸的……"

"怎么回事？"

他没有回答，大概感到自己说得太多了。他所称的不幸无疑就是我后来听到的传言。不知赵昆坦白到什么程度，可初次深谈就涉及到敏感的贞洁问题，说明她对郭普云的人品有相当充足的了解和信心。她的失身不仅没有成为障碍，反而使郭普云产生了同命相怜的感觉。可以设想，别人的痛苦多少减轻了他对自身痛苦的关注，为了抚慰别人他可以暂时摆脱自己内心的矛盾。他在以后的时间里维持了与赵昆的交往，显然是出于这种考虑。

矛盾却意外地加剧了。

在湖边我就感到他的恋爱很沉重，似乎不是坠入情网，而是不小心不果断掉了进去，头朝下悬在那儿了。他忧郁地注视水泥桥的桥头，就像在注视他人生挫折的一个新证据。我斗胆表示了我的疑虑。

"你……真的喜欢她？"

"……赵昆是个好姑娘。"

难道我说过赵昆不是个好姑娘了么?这个中性的判断适用于任何给人以好感的年轻女人,但赵昆对他来说并不仅仅意味着"好姑娘",前景中她将是做他妻子的那个人呀。对喜欢与否吞吞吐吐,表明了他的苦衷。我几乎要告诉他了——你俩不合适,好歹熬到三十六了,选择务必高雅谨慎些。但这自以为是的有点儿卑鄙味道的话终于没有说出口。他已经陷进去,犯不上再指责他的失误。别人不能代替他思想,当然也无法代替他忍受什么,他忧忧忡忡的样子委实令人毫无办法。

那天从公园长椅上站进来,他悠悠乎乎地长叹了一声:"你说我怎么办……"

"什么怎么办?"

"我没办法!"

"看准了就干下去,看不准就缩回来,对自己不合适的事别滥施好心……"

"我一点儿没办法!没办法……"

他在公园门口的水泥桩上踹了一脚,我也学着他踹了一脚,表示我对他的理解。青年湖不收门票,怕有汽车开进去,管理部门在大门口路当中埋了这块碑一样的桩子。它没日没夜地竖在那儿,像个丑陋而不知疲倦的无赖。郭普云心口上怕也梗着类似的一块东西,冰冷骄横且顽固不化。我们从水泥桩旁绕出公园,可他绕不过令他隐隐作痛的心灵阻碍。

"……真想死呀……"

"开什么玩笑?"

"真的!死,不是挺好么……全解决了,全妥当了……"

"怎么个死法儿?"

"办法多了。像根线一样一揪就断,这没什么大不了的。"

"那你就死吧，死了活该！放这种酸屁你就不嫌臊得慌？"

"你不了解我……"

这是他第一次郑重地谈到死的问题。我最初感到突兀，继而觉得可笑，非常非常可笑！他在故弄玄虚、自作多情。欲死的人未必把死挂到嘴边，说出来就滑稽了。他好像怕他的恋爱平庸得不够水平，要用夸张的寻死觅活来增添它的色彩。这是成熟的三十六岁的大老爷们儿干的事吗！直至表白兑现，人们一直未能领悟那种沉甸甸的夸张的实质。采取行动之前，他把死的问题向不同的谈话对象重复了不下一百遍，但听到的人恐怕都跟我一样，鄙夷他，瞧不起他。他使人想起早年的小学课文。

"狼来了！"

人们知道狼不会来，哪怕郭普云把脑袋按到狼牙上，人们也不认为他会玩儿完，因为那狼分明是他的道具，他操纵它是为了夸大自己的痛苦处境。

到头来却出现了和那篇课文完全雷同的不幸结尾。他迷惑了所有的人。

唠唠叨叨提到死，又继续一场无望的恋爱，他到底想干什么呢？是抱着最后一线期待，指望爱他的女人创造奇迹，把他从挫折的漩涡中拯救出来么？是在生命坠落之前，仓促地占领未曾见识过的异性世界么？不管怎么说，青年湖那次表白过后不久，他与赵昆携手宽衣登上了不太整洁的卧榻，神游云雨。也许是肉体器官的神秘力量片刻间占了上风。也许是为自我否定搜寻一个最后的最合理的证据，总之他裸露了自己。他预感到不行，想行一下，哪怕稍稍行一下，但终归是不行。同学们说得很对，他的"家伙不好使"。好使不好使无关紧要，他已经牢牢占有了一个证据，杀掉自己不中用的生命是不可避免的了。

成功了又怎样？生理满足能给他多少勇气？快感毕竟有限度，而且不能成为决定人生价值的重要标准。他迟早还会撞上新的解不开的难题，那时他会非常容易地找到另一个理由。

从赵昆那里是不便打听什么的。间接的知情人考虑到传播信息的危险性，也往往不肯启齿。涉及生者，有些话的确不好说。但我仍旧从赵昆女友的嘴里探得了一星半点用处不大的材料。

"她不在乎那个……"

我点头，暗示我明白"那个"的意思。

"她讨厌那个。"

未必吧？我觉得那次苟合应当是半疯狂的一幕，不饥渴会做出那种事来吗？

"她跟郭普云说过，没那个也没什么，两人好就够了，郭普云不听她的……"

"郭普云怎么说的？"

"不知道。听赵昆讲……他老说对不起她什么的，拿脑袋撞床头……"

"噢。"

"……我可什么也没说呀！"

她有点儿慌乱，大概后悔不该说什么撞床头不撞床头的，这个细节太具体。我感谢了她，同时感到赵昆真是个憋不住内心感受的人。这也好，像郭普云那样把什么都藏起来独自咀嚼，她的结局就更不妙了。

"她不在乎那个。"

我相信郭普云也不在乎那个，但这并不是说他也相信情感至高无上的地位。他在乎的是别的东西。他很在乎，也许太在乎了！

虚证

世界上一定有一些东西，让他感到比"那个"更大更沉痛的羞辱。它们是些什么鬼玩意儿呢？它们杀了他，又躲起来了。

我得找到它们。

第六章

美术馆和各种各样的画廊是郭普云经常光顾的场所。我陪他去过两次，一次是美术馆，一次是劳动人民文化宫。美术馆展出的是法国的抽象派绘画，作者叫皮特还是皮姆记不大清了。画框装潢精美，画可就难说了，稀奇古怪得看不大明白。他把大小相差悬殊的两个乳房画在一个类似屁股的东西上，猛一看像一堆切开的烂水果。这位异国知名艺术家给人的感觉是个吃饱了没事干的家伙，有点儿胡作非为，有点儿癔症，郭普云却连声吟好，把那屁股上的瘤子看了又看。

文化宫那次就不同了。好也说一些，但已经比较客观，而且指责得很仔细。办这次个人画展的是他的朋友，一个叫吴炎的年轻人，职业是美术学院助教。画展第一部分有他的相片和小传。人很严肃，不笑，眼睛盯着镜头，五官却是满慈祥的。小传里说得明白。他在某军工企业当过十年工人，从事过木工、瓦工、管儿工等多种体力劳动。这个介绍不同凡响，使那些画有了更丰富的意义。

"你看看人家！看看人家……"

郭普云指着朋友的相片，一进展室就莫名其妙地冲动起来了。第一幅是油画，两张桌面大小，山黑水白，是山地景色。

"多棒！"

转过几扇展格,他稍稍安静一些,眼神儿却十分痛苦地盯着一个又一个画面,低声嘟哝:"这小子真出息了……"

这样说过几句之后他闭了嘴,想抽支烟,还没点就让工作人员喝住了。他的表现让人无法理解,整个展室恐怕找不到一个比他更激动的人。打击他的力量来自艺术能量之外,他是不是有点儿嫉妒呢?才华横溢的画家毕竟来自同一个修建队,人家干过的工种他也干过,而且他学习绘画的起点比朋友还要高些。站在这个展室里他不得不置身于无情的对比,再一次直面命运的嘲笑。朋友恰如一轮满月当空,而他却因此黯淡无光,淹没在迷茫的星海里。只是嫉妒不能概括他此时此地的心情。我觉得他整个身心都让一种宿命的气氛笼罩了。

展厅深处,他让我注意一幅画面。这里光线不好,昏沉沉的,看客们不大停留,悠闲地踱到南侧的展格里去。我跟他却两根木头似的戳在这儿了。他退几步,又凑到画面跟前,来来回回好几次,最后在我身旁站定。

"你觉得怎么样?"

油画题名《黄泉》。单一的黑色把画框填满了,像一块黑帆布,又像新铺的柏油路面的一部分。走近看看,发觉颜料涂着浓淡交叉,似乎很有名堂,但究竟是些什么又说不清。

他摇了摇头。

"他的本钱是写实,这么干可不行,我见了他得骂他!"

"我觉得……还可以么。"

"不灵不灵,他不是玩儿这个的。"

他轻松了,大约是因为在朋友天衣无缝的才华上寻到了破绽。那以后他接连为几幅画挑毛病,语言泼辣而俏皮,画家的短处使他愉快。他的样子很开心。多少有点儿刻薄。

"他这么耍小聪明，非毁了不可！"

"这幅画也拿来展览，这是他十年前的水平，他昏了头了……"

"这小子，我早说过他不善于使用红颜色，他非往这陷坑里跳……"

他滔滔不绝似乎要证实什么，并且不断抓到把柄。说得未必不对，问题是他的情绪。我不懂画，但我知道他失态了。那人再怎么不完满，比那个叫皮特或皮姆的颠老外也地道得多吧？舍得给人家叫好，见到朋友的短处倒死扯着不放，这合适么？依他的为人，在朋友面前他也敢讲这些话，但对旁观者似乎应当讲些分寸。我当时不曾想到，那些苛刻的贬低是败阵的人虚张声势的反抗，对方辉煌的胜利早就压倒了他，他只是说说而已，目的无非是想把绝望的压迫稍稍抵消一些。

但艺术家并不给他更多的喘息机会。如果不是看到那幅画，他本可以暂时愉快地离开文化宫的。

这个足有两米宽的画框吊在展厅出口旁边，显然是压阵垫后之作。但是它给我的震动还不如那幅《黄泉》。主体是一枚枚奇大的黄色花朵，空隙里有一张枯瘦的叼着香烟的面孔。烟头引燃了花瓣和头发，人和植物正在燃烧，一些黄花变红而形状却依旧。人脸也不怕烧灼似的，平静，自然，淡漠。写实和变形两种手法奇怪地组合在一起，给人一种生硬的印象。我等着听郭普云的评论，他却茫然不知所措地呆在那儿不动了。又是常见的痛苦表情，好像被匕首扎了肚子，背驼下去，眼神凄凉，令人困惑的同时又令人怜悯。

走出文化宫大殿，他长叹了一声。

"……你看看人家，画素描那阵儿他还不如我呢！"

"人比人得死，还说他干嘛。"

"那些大花搞得真绝……"

"没见过那么匀溜的花儿。"

"那是木工房的刨花，黄松木的刨花儿，我们在那儿干过好几年……到南池子找个地方喝点儿去吧，累得要命，每次看画展都累得要命。"

酒桌上他彻底地赞扬了朋友，同时哀叹自己无能，友人的成功显然没有给他多少欣慰。他不时讲到朋友的轶事，卑微地炫耀他与画家的亲密关系。

"吴炎爱吃辣酱，吃起来满头大汗……我们净逗他。"

我劝他少喝点儿，他答应了，不一会儿却凑到柜台那儿又拎回两升来。他的话琐碎，带着淡淡的忧伤。

"吴炎的爱人不会炒菜，我每次去都自己掌勺，他们两口子服我。"

"你常去吗？"

"过去常见面，现在不了。我知道他应酬多，再说我也不想巴结人家……有几次骑车去看他，走半道就蹬不动了。觉得没意思，见了面怪寒碜，何必呢……我好长时间不去了。他常向单位的同事打听我，他人不错……"

"你不想跟他谈谈对画展的看法？"

"我算老几，我配说人家么？我们……不是一个档次了。"

"说实在的，你的水彩画再加几把劲儿也能拱上去。"

"别挤对我了。我没什么出息……再怎么弄也不行，全晚啦！"

那天酒喝得并不过量，可出饭馆向北走了没多远，他就扔下自行车守着一棵大树呕起来，怕难堪，自己摇摇晃晃地向旁边一条小胡同里扎，脸朝一个脏乎乎的墙角蹲了半天，起来时脸色淡青，嘴角上挂着食物残渣和一丝苦笑。我以为他又要说："我这个人老是不顺"。结果他什么也没表示，道过别就软绵绵地把那辆破自行车骑走了。

日后当他屡次谈到死，人们开玩笑地问他怎么个死法儿的时候，他往往故作神秘，我则短暂地想到那辆自行车，设想他会不会骑着它去干点儿什么。

在南池子小巷里干呕时他是那么痛苦，当时说他准备骑着车子去撞公共汽车不会没有人信的。他能有什么合适的目的地呢？回到阴冷的小屋，那一夜一定是悲愁难眠的吧！面对朋友的光辉。他像颗流星一样掉下来了，掉到他自己也闹不清的鬼地方来了。

郭普云曾经提到，他落伍的根源在于选择了水彩画而没有选择油画。这个分析避重就轻，但至少在表面上说明了偶然性对人的命运的影响。他们那一批学生有六个人分到了修建队，分到木工班的是他和吴炎。时值六八年秋季，凭一腔热情对体力劳动并无烦感。但他们还是向往早晚调到校验车间工作，因为那里可以舞枪弄炮，很威武的。从试验靶场传来的隆隆炮声很快就失去魅力，他们不得不长久地摆弄钢锯和刨子，过一种没有色彩的沉闷生活。他们常到厂区西侧的驹子峰闲荡，将野鸟和山蛇捉来烤着吃，直到遇上那位在矿区监督劳动的相当知名的画家，他们的生活才有了新的意义。画家过去是这儿的工人，五十年代末就调到总工会。如今被迫下野，重新投入深达百米的矿井。他上井后经常来不及更衣便夹着画夹往驹子峰跑，因为夕阳眼看就要落下去。这种性格坚韧且有些偏执的气质无疑把他们深深地吸引住了。那年郭普云十九，吴炎十八岁多一点儿，正是容易激发艺术幻想的年龄。他们全身心投入了献身艺术的美妙境界。

郭普云在写作课的一次作文练习中曾提到过这位满脸煤灰的启蒙者。我最初以为他是虚构，因为诗意把真实感破坏了。吴炎的文章朴素些，那是刊登在《中国美术》八四年第三期上的一篇创作回顾，里面谈到那位启蒙者时毕恭毕敬，但重点介绍的却是自己突破师长的艺术局限所感到的困惑和由此获得的成功。我读这篇文章时郭普云已经不在了，那位启蒙者也不在了。他于郭普云自杀前四年因肝硬化辞世，恰逢创作低潮和新一代画家崛起，死时相当寂寞。不是认识郭普云，我几乎不知道世界上还有这么一位默默无闻的画家，他伟大的启蒙同时造就了一个成功者和一个失败者，孰功孰罪，真也说不大清了。

过去的木工房现在还是木工房。它在后工厂西北角围墙的边缘，房后是陡峭的岩坡，房前是一片不大的贮木场。与清洁的厂区相比，这里显得破败僻静，房顶冒出的几蓬绿草和落水管留给墙壁的雨锈散发着忧伤的味道。工厂党委办公室副主任把我领来时木工已经下班了，门上别着一把铁锁。我趴在窗上看了看，只见满地都是黄灿灿的刨花，工具七零八落地埋在里面，墙角竖着的那些木头方子却光滑可爱。郭普云和吴炎躲开单身宿舍的喧闹，不知在这里度过了多少苦画之夜。想到那些孤独的时光。我觉得这地方一砖一草都是很令人感慨的了。经历过那番搏斗，人怎么能忍受失败呢？换了我可以忍受吗？

办公室副主任是和郭普云同期进厂的同事，据说郭普云和吴炎埋头学画的时候，他迷上了拉二胡。当时他是厂部办事员，经常为郭普云他们偷窃办公用纸，那几千张由生渐熟的素描里面有他一份功劳。他还多次穿着三角裤衩充当习画者的模特儿，或坐或立或卧，不停地在扎人却有趣的刨花堆里出入。郭普云死后，人们在那间小屋褥子底下发现了一部分早期绘画习作，其中一张勾勒了一位光着脬拉二胡的小伙子。书店画册上的素描也无非是这个水平，大家都觉得郭普云确有才份，倒是那些画中人让人觉得古怪。

"我们好几个一块儿进厂的朋友都让他俩画过。夏天让蚊子叮得够呛，冬天火炉子不热，就把被子扛来，捂一会儿光一会儿，受罪受大了……"

副主任谈起这些来兴致勃勃的。他举止坦率憨厚，看上去的确是个很讲义气的人。

"你们是自愿的么?"

"自愿什么!穷开心呗,画一次小郭管午饭,小吴管晚饭,我攒几次就够喝一顿的钱了,大家都有份儿。我拉二胡宿舍的人嫌吵,上木工房怎么拉都没人管,他们干他们的我干我的,两全其美……"

"你二胡拉得一定不错。"

"坚持下来说不定能混个专业干干,可惜扔了,不过一想也没劲。我这人天生没长性,跟吴炎没法比。那小子肯玩命,那年春节我们回城休假,他买了一网兜面包。在火炉上蹲了一壶水,扎在木工房好几天没动地方。我们回来一看,小子脸儿都绿了,衣服花花绿绿蹭得全是颜料!"

我注意到他没提郭普云。

"他比郭普云刻苦吧?"

"两人差不多。"

"郭普云怎么没画出来呢?"

"说不清。他一开始挺顺,他的水彩宣传画参加过部里的展览,后来又参加过矿区办的工农兵文艺巡展,在郊区县有点儿小名气。那时候吴炎还狗屁不是呢!"

"他俩关系怎么样?"

"我们几个哥们儿谁跟谁都没的说!"

"郭普云以后为什么不搞画儿了?"

"忘了从哪年开始了,不是七五年就是七六年,他老跟别人夸吴炎的画画得好,开始大家也没觉得什么,听多了就觉着有点儿不对味儿。后来他又老说自己不行,唉声叹气的,其实他的宣传画挺冲的……这人毁就毁在心太重!管别人干嘛,自己干自己的不就完了。"

"以后他就写诗了？"

"他以前也写，后来就把心思全放到诗上了。七七年吴炎考美术学院，小郭也报了名，快考了他又不想去，大伙儿劝他有枣没枣打一竿子再说，他不听，结果人家考上了。那次送别聚餐他醉得一塌糊涂，又可气又可怜……第二年他考中文系也没考上，人整个儿就完了……人真是大好人，就是……"

副主任摆着脑袋，不说了。他领我看了郭普云的宿舍和办公室，那清洁的床铺和同样清洁的写字台已经被活生生的新人占据，死者的遗迹一丝也没有了。环境依旧，并无多少压抑，然而一个人生却从这儿走上完结。精悍纯朴的副主任是与他同期提拔的青年干部，他完全可以胜任科长之职，把宣传工作搞得有声有色，过一种平淡愉快的日子。副主任活得多么健康，而他却在地下彻底地腐烂了。

他愚蠢地投入一种竞争是否值得？或者说，他愚蠢地计较竞争的结果是否值得？人固然会有意无意地被竞争的漩涡围困，固然会遭受梦想破灭的耻辱或领略无上的荣光，然而阔达奔放的态度还不是不可选择的吧？为此付出生命以上的代价无论如何也是愚蠢！郭普云把自己腐败的尸身晾在泥滩上，让世人像看一条死鱼一样欣赏他，不啻是登峰造极的蠢行。所有在竞争中搏战的人都将投以藐视。

我在城东光华小区找到吴炎的住宅，主人已经到联邦德国巴伐利亚艺术学院进修去了。我在兵工厂四号仓库见过他，那时他正在某个速成班突击德语，口袋里掖着许多小卡片，在会场外面与人谈话的间隙里不时掏出来看看。追悼会没有隆重气氛，郭普云的好友们默默地掉着眼泪，但是吴炎始终保持平静，两眼若有所思地盯着某个地方。他非常固执地不愿意表示哪怕一点点哀伤。我当时觉得这个人怎么这么冷酷，又觉得他性格里包藏着可怕而又令人难以揣测的东西。他在主观上与郭普云似乎处在两极世界,一个虚弱无力随时都被外部力量所左右,一个韧性十足我行我素随时都准备把外部阻碍掀翻在地。安顿了郭普云之后我本想找他谈谈,但是他拉走一个同事商量给对方调动工作的事去了。

他妻子给了我一个地址,我向欧洲发了一封厚厚的信件,几乎不能算信,它是一堆集合了众多询问的长长的单子。他的回信简单干脆,再一次证实了生者与死者、成功者与失败者本质上的重大差异。

信中他这样写道:

> 我不想以这种方式回忆我的朋友,他做了他自认为应该那样做、只能那样做的事情。我尊重他的选择。如果我们不能帮他摆脱痛苦,指责他是卑鄙的。我保留对他行为的不理解,但是假如让我完全理解,除非我也走上与他相同的道路。而这对我、对你、对别人都将是不可思议的。探讨根源没有意义,这不是唯一的现象,过去或未来都不能阻挡小部分人类踏上这条道路。这是他们选择自由的平凡手段。没有必要大惊小怪。如果有可能,请你不要打破我的朋友梦寐以求的宁静。以上是我对你二十四个问题的统一回答。我已无话可说。
>
> 驹子峰三八六铁路道标以北有他的坟墓,感兴趣可以去看看,那里有块石碑。我明年清明驻足西欧,请你代为祭奠。风光秀丽,仅为旅游也是值得一去的。拜托。

我再次驰信恳谈,一方面应诺清明祭奠之事,一方面求他务必回答几个与爱情有关的问题。他恋爱过吗?他失恋过吗?他生理有缺陷吗?最后一个问题问得既坚决又死皮赖脸——他是否有长期手淫的劣习？

没有得到复信。大概是过于唐突了。

那位副主任曾经肯定地表示，在兵工厂十几年间郭普云没有谈过恋爱，在城里交过朋友没有谁也不知道，他也不谈女人，碰到青工们说下流话他就远远躲开。他的清心寡欲在兵工厂是出了名的，许多人为他介绍对象都被婉拒，以后人们都知道忌讳，连朋友们也不跟他提这回事了。我没好意思问郭普云是否自渎的事，副主任即便知道也不会说的。它涉及到名誉，尽管人们心照不宣。

郭普云的坟墓四周的确很美。灌木林蜿蜒茂盛，各色野花如云如绣，山蝶与昆虫顺着山坡的草面滑上滑下，到处都可弹落亮晶晶的露水，闻到柔和的植物香气和泥土的腥味儿。

那块一米来高的花岗岩石碑上有字：来去匆匆者永在之地。字刻得好，刻得深沉，但细读却能感到一种隐约的讽刺。相对于"永在"，"来去匆匆"不是显得很多余么？然而正因"来去匆匆"之不幸，固"永在"之说到底不失为很深重的悼念了。

这是一块很好的墓碑，一行很好的碑文。但是我仍然觉得想完全而直截了当地概括这条不在的生命，没有比那几个字更妥帖的了。墓志铭写给死人，却是给活人看的。要想在数代活人面前保持一种辛辣，保持一种轰击力，必须让他们永远聆听一个新鲜的声音。大碑上应大书狂草：

　　他的家伙不好使

是的，用不着羞愧。躺在这块墓碑下的将不止一个人。它是什么——家伙？家伙是物质，也是精神。是肉体，也是魂灵。是生殖器，也是思想,是无边无沿的人性世界。

谁的家伙好使?请检查一下。

第七章

手术日期是四月七号。不知郭普云是怀着什么目的上手术台的。这次操作几乎算不得正经手术,它更像一次美容。与治疗眼疾没有关系,医生被要求做的是设法祛除他在眼窝下面的青色淤斑。手段是低温速冷。这种国外引进的新器械对消除姑娘脸上的雀斑、黑痣有显著功效。它的主攻方向是抑制癌症,但它在那方面暂时还无力大显身手,它的大部分工作与穿耳孔的激光器处在同一水平。

郭普云治眼在同仁医院,那里有他完整的病情记录。但是这次他避开了它,走进马神庙以西一家对市民开放的部队医院,挂了皮肤科的号。医生告诫他速冷效果因人而异,每人的皮肤承受能力不一样。况且他的永久性淤斑对相貌影响甚微,劝他谨慎考虑。他态度坚决,甚至还开了玩笑:"帮帮忙,哥们儿正谈着恋爱呢!"他一连三天挂号,最后那次敲定了手术时间,约定单上写得明明白白:四月七日九点,西五区低温操作室。他按部就班地在那张铝制的小床上躺了下来,闭上眼睛,器械沿轴杆移到床的上方,一个类似枪口的东西垂直对准了这个漂亮男子的面孔。医生是否觉得想要锦上添花的美男子十分可厌呢?没有理由怀疑白衣天使的注意力,操作是简单而熟练的。所有躺在这里的人都将受到平等公正的对待。医生按动了开关器。

那地方成了郭普云的断头台。

两天之后,揭掉半个烟盒大的白纱布,他、父母、妹妹、赵昆共同"呀"了一声。他毫不羞耻地当场便哭倒在地。他像个切双眼皮失误的无事生非的臭娘们儿,竟哭晕了。他看到了那块白。那以后他频繁地称自己为小丑,那块白就是他的脸谱。他廉价的自我嘲弄太轻松,大家都知道是怎么回事。

"他当时就晕过去了!"

"一揭橡皮膏,当时就傻啦!"

"这一下雪上加霜了不是?"

"他就不该去!真不知道他想干嘛……"

专修班充斥了这种议论。同学们普遍认为他对相貌缺陷的斤斤计较不像男人干的事,不可思议。刻毒的则认为这没什么,生理有问题的单身汉免不了举动怪癖,追求相貌的完美可能是为了弥补某些方面的不足。大家分析来分析去,却并不注重结论。探讨本身就是有趣的。没有人觉得那块白是一块灾难,设身处地想一想,都觉得没什么大不了的,谁都可以忍受。他竟受不了,竟晕过去,竟变本加厉地拿死唬人,全是因为他的恋爱和婚姻缺本钱,因为——他的家伙不好使。当灾难没有涉及自身的时候,怜悯是轻浮的,而且不能强求它保持悲哀气氛和一以贯之的严肃性。

但是许多同学都去慰问他了。他们付出了大量同情,有人可能也想看看那块白。看到的却是纱布,也白,但白得不够意思。郭普云不想给人看,对一切同情和劝慰付之一笑。他只详细地给大家讲解低温速冷是怎么一回事,器械是怎么一个形状,好像他不是它的牺牲品,倒是义不容辞的推销者了。他没有责怪医生,他们都是好样的。他不想打上门去追究责任,不是事故,肯定不是事故!责任在他自己,手术单上印了三条可预见的不良后果,他是签了字的。百分之一的可能性让他赶上了，他还有什么说的呢？他原来就不顺。他一向不顺。他从来就没有顺过。他是自讨没趣，他认了！可是，那台机器可真是好机器呀，花了二十多万美元呢！

　　郭普云到底也没有解释他遇上了什么性质的麻烦。怕那块纱布掉下来，他神经质地频频去按橡皮膏，压压这条压压那条，好像生怕它们出大问题。同学们让他闹得怪不好意思，不过他们确实想看看那块白究竟是怎么个白法。终于有个冒失鬼憋不住了，郭普云立即把他噎了回去。

　　"没法儿看！真的，没法儿看！京剧里小丑什么样儿我就什么样儿，你回家看电视就明白了……"

　　"像白癜风么？"

　　问得越发愚不可及。似乎还不够，一些人又七嘴八舌地提到偏方、提到老中医、提到针刺疗法，有人甚至请他到小汤山温泉去泡一泡。如果遇到相同麻烦他们想必会那样做的，但郭普云不会那样做，他知道自己失去了什么。超低温在一瞬间消灭了眼肌上的瘀结，却已杀死了皮肤内不可缺少的物质：黑色素。它存在的时候没人注意它，一旦失去就引人注目而且永久地留下死亡的标记。这是第二次车祸，是他主动接近了这次灾难，尽管他没有料到结果会这样惊人的相似。眼底出血永远不能根治，黑色素永远不能再生，诗歌永远不能写出光彩，生殖器永远不能勃起，命运永远不能把握……。难题山一样堆砌在眼前，他可能发现它们之间的强韧联系了吧？他淡然地谈到他无意义的生命，谈到死。不是因为活不下去了，而是因为死亡很有趣。口吻伤感，但仍旧没有达到让人当真的程度。

　　"你又来了、又来了……"

　　赵昆隔着椅背儿推了他一把。提到死，不自在的同学们反而放松了,谁都觉得这是玩笑话题,谈起来热闹。

"小郭你死的时候告诉我一声,哥们儿陪着你,我早活腻歪了……"

"你老说死死,你想怎么个死法儿?说出来让大伙听听,好让咱们学两手儿!"

"你小子一月一百多块钱拿着,死了你冤不冤,咱俩换换得了。"

"你心太狠了!你一蹬腿颠了,让人家赵昆怎么办?"

赵昆跳起来打了那个同学一巴掌。她面容不怒不哀,似乎也没觉得有什么不祥,很平静地给大家斟茶、递瓜子。

郭普云的母亲推门探了探头,又把门关上了。同学们起身告辞。他和赵昆站在楼前草坪上向大家挥手告别。赵昆偎着他,看来已经死心塌地要做他的好妻子了。既然那块白和别的什么都不能阻止她,郭普云的苦恼就没有存在的理由了。大家对他的前途绝对放心,过不了几天他就会来听课的,那时真有不少玩笑好开呢!

"替我向班主任问好!"

他又意味深长地加了一句。

"放心,我不会污染城市!"

"闭上你的臭嘴!再胡说八道我们都不理你了……你有完没完?好好休息,过两天我们还来看你,真是的……"

一位年龄大一些的女同学往回跑了几步,在大家的嬉笑声中朝郭普云边喊边挥舞拳头,似乎真动气了。转过身来她问谁跟她去农贸市场,那儿的黄瓜倍儿嫩倍儿便宜,来的时候她就瞄上了。没人去,她自己去了。剩下的人继续走路,扯了些关于白癜风、关于美容危害性、关于男人为什么越来越娘们儿气的闲话,然后四处散开,各自奔向属于自己的小小角落。庞大的城市笼罩着热腾腾的活力,死亡在它面前是荒谬的,人们都在疯狂半疯狂地寻找活得更好一些的办法。郭普云是这人欲横流中的一个泡沫,他不会沉下去,他也不会消失,他会老老实实随大溜儿一块儿漂下去的。他离死还远呢!

没有人注意警报已经拉响。那次探望离五月一日不到半个月。对于等待急救的病人来说半个月是太漫长也太充裕了。郭普云没有遇到一点儿像样的阻拦,直达目的地。自始至终,他没开一句玩笑。

"我是小丑。"

"我的确是个小丑!"

他念念不忘那块白纱布,好像生怕失去这个特征,不停地给它以关怀,使它与他的面孔牢固地合为一体,并一直把他带到水中。铁道线上的铺路石将他坠到水面以下,他两手抓到湖底淤泥的那个慌乱时刻,大脑神经下意识输送的恐怕还是这个念头。

"我是个该死的小丑!"

他重复这句禅言到了令人反感的程度,他的思想已经容纳不了别的内容。这是为什么?他凭什么认定自己充当了生活的滑稽角色?答案似乎是显而易见的,对此人们没有疑问,至少在他生前人们没有疑问。谁都有办糟了事情骂自己混蛋的经验,消沉的时候不来几句自嘲是说不过去的。他未必真把自己当作小丑,大家更不会把他当作小丑,严格说来谁不是小丑呢?谁没干过点儿阴差阳错、弄巧成拙的难堪事!他硬充小丑未免太牵强了。仅凭医疗事故、器官缺陷可以哀叹倒霉,却没有必要把一些过分的贬低强加给自己。

但是,郭普云偏执狂似的自嘲不能不让人疑心。如果他对自己的审判是周密而严肃的,他手里一定攥着别人不知道或被外人忽略的重要证据吧?小丑所干的是与身份相适的勾当。他,一个公认的善良人,一个交口称赞的品德高尚的人,曾经干过些什么呢?难道真是些见不得人的勾当而使他不得不一而再再而三地诅咒自己吗?

我几乎感到躺在驹子峰下的郭普云的不安了。我的朋友,请你息怒,不要担心一个活人的胡思乱想会伤害你。伤你最重的是你肩上的那颗头颅。疼痛对你来说已经不算什么了。来日黄泉,欠你的账将加倍还你。安睡吧,这些肆无忌惮的思索与你无关。

与你无关!

我想说的是——郭普云的母亲在一九七二年才正式成为他的母亲,她给郭普云带来一个不同姓氏、不同血缘、不同性别、不同年龄的家庭成员,按照坚定的传统信念,他称这个曾经毫不相干的人为:妹妹。这个从天而降、发育成熟的姑娘转眼间作了他的妹妹!那年他不到二十三。她,十八岁,多变的十八岁。她有了一个伤感、漂亮的哥哥。她的生父故去,他的生母故去,一对新婚的老夫妻驱使一对青年男女共同在百万庄那套三居室的单元里会合了。十四年以后,郭普云平静地离开这里,使这个近乎完美的家庭崩掉了一角。他缓缓走下楼梯的时候听到妹妹活泼的笑声了吗?那是笑声还是催促死亡的钟声?

专修班第一学期开学不久,他曾经漫不经心地提到过这个女人。他的描绘只留我留下一个印象,那姑娘似乎相当固执,固执得有点儿不尽情理。她放弃了攻读博士学位的良机,从吉林大学毅然杀回首都,以硕士身份钻进了响当当的物理所。理由很简单,东北入冬太冷,一年也熬不下去了。

"我写信劝她不能因小失大,她答应考虑,可没几天就拖着行李自己跑回来了!你说这人多幼稚……"

"她挺开放的吧?"

"大大咧咧的,娇气。"

"从小就这样儿?"

"嗯。"

"那可跟你正相反,不过脾气不一样的兄妹多的是……她漂亮么?"

"……还可以。"

以后他就没有提到过这个妹妹了。他没有告诉我她元旦举行了婚礼,更没有告诉我母亲是他后母,妹妹也不是他亲妹妹。这些情况是他死后我才从别人那里陆续听到的。不知他为什么要隐瞒这种没有特殊意义的事实?别人还提醒我注意,与他一贯的表白相反,他的家庭并不和睦,他和后母之间有一道捉摸不定的很深的裂痕。

我曾经参加过那次集体拜访,吸引我的除了郭普云脸上那块白,便是他母亲不寻常的冷淡态度。这是我第一次看到她。面孔非常慈祥,保养得很好,然而皱纹不多的脸上笑容也不多,表面的客气后面藏着一种淡然的疏远。她推开郭普云的房门,探探头又缩回去,好像不小心进错了房间似的。我从那动作上读到一个暗示:差不多了吧。同学们也都是有心人,片刻之后便告辞恐怕不能说与老太太的表现没有一点儿关系。这恰好迎合了我的想象,肯把儿子甩在医疗器械厂宿舍里而又不闻不问的,确实应当是如此这般的一个母亲。

她没有参加郭普云的追悼会。她的老伴儿,也就是死者的生父,同样没有参加。兵工厂路程崎岖遥远。不来是可以理解的。郭普云的父亲患有脑溢血后遗症,行动言语皆不便,不能看儿子最后一眼就更可以理解了。为了防止肿胀的肉体从骨头上松落,郭普云浑身上下缠满了纱布,只留下两只似睁未睁的眼睛。大老远赶来看这副惨景,确实没有必要。工厂在电话里也是这样劝两位老人的。不管他们的劝阻是否真诚,追悼会上看到郭普云孤零零地躺在那儿,他们一定感到了有什么地方不大对头。死者旁边似乎缺了点儿什么。至少在我不幸过早离开人世的时候,我不希望身边没有我的母亲。不能没有生我、养我而爱我的人。

以后我知道那是后母。我觉得我该明白那些事了,细想反而更加糊涂。依郭普云的为人品性来看,他不会阻挠父亲再婚,也不会由于眷念生母而故意把自己与后母的关系搞得很紧张。此外,后母刁难丈夫前妻之子的可能性也不大。即便是个泼妇,在郭普云的善良和忍让面前也会有所收敛的。老太太看上去绝不像挑衅成性的人。她很文雅。

但是裂痕确实存在。

我带着班主任到百万庄那个单元探访过一次。他的目的很明确,要找到郭普云生前的笔记,借到教导处好好研究一下,看看学生们到底在想些什么。我则想以公谋私,躲在班主任身后捞取些意想不到的材料。

郭普云的父亲打开门,但没让我们进去。他挂着拐杖,嘴角有点儿歪斜,两只迟钝的悲伤的眼睛在门缝里瞪着。他嘟囔的什么无法听清,但神态却告诉我们休想再往里迈一步。笑容可掬的班主任顿时尴尬得要命。

"我是郭普云的班主任,来看看……"

"没有人!里面没有人……"

这次听清了。门也关上了。班主任不甘心,拉我在楼梯台阶上坐下来,一边吸烟一边等郭普云的母亲。他说老太太可能买菜去了,我说老太太肯定在屋里,不愿见我们,故意让老头子出来搪塞。他不相信,还说不该用这种愤世嫉俗的语言指责一个让悲哀笼罩的家庭。

他说:"我们应该体谅人家。"

班主任是个很可爱的人。他猜得很对,当我们失去耐心来到楼门口时,郭普云的母亲拎着菜篮迎面走过来,她认出了我。寒暄之后没有往楼里让的意思,三个人便站在草坪旁边的空地上讲话,那样子一定很怪。

"你们校领导前些日子来过了……"

"是的、是的。我是班主任,我代表全班同学再一次……"

班主任老往身后瞧,似乎想给大家打个坐的地方。但老太太没有坐的意思,挽着一篮蔬菜直挺挺地立着,目光平静而专注。

"是这样,为了加强对学生的思想工作,便于掌握学生的思想动态,我们想把一些事情彻底剖析一下。我们过去了解情况太少,现在的困难是……"

"我能帮什么忙?"

"我们想借郭普云的笔记看一看。"

"他记笔记么?"

老太太反问我们,班主任一下子愣住了。郭普云有个谁也不让看的日记册,连赵昆都说没有读过。他平时公开的是个写诗的草稿本,里面记了不少格言,有些可能是他自己杜撰的。借不到日记,借到这个草稿本也将就了。我骗老太太:"他经常记笔记,他让我读过其中一部分。我们保证对笔记内容严守秘密,看完马上还给您……"

"没必要了。上个星期六他爸爸一直躲在屋里烧东西,不让我进去看。烧了不少书,连灰都捣烂了,里面可能有普云的日记……请你们原谅。"

"……太可惜了。"

"就是没有烧,他爸爸也不会借的,我也不会借。普云的事跟别人有什么关系?你们做思想工作用不着打他的主意……"

"对不起……"

班主任有点儿不自在,摇了摇头。他不知什么时候把菜篮子夺到自己手里了,大概很沉,不胜拖累似的歪着一只肩膀。我问了郭普云五月一日离家前的一些情况,老太太很耐心地回答了许多细节,似乎没有多大忌讳。这种局面没有维持多久，大概是因为我问了不该问的问题。我很后悔。问过之后就后悔了。

"郭普云平时跟家里有矛盾吗？"

"……什么矛盾？"

"他一个人住那边，很乱很脏……我觉得他是不是跟您……或者……"

"那是他自己闹的！他从来不和家里人说心里话。我们不知道他整天想什么，他不告诉我们我们也不问，三十多岁的人了，自己完全可以管好自己，他自己不想好好过日子有什么办法……"

"他脾气很好。"

"你什么意思？"

"他好面子，您要用刚才那种口气批评他，他会受不了的……他跟您吵过嘴吗"

"我是他母亲，该怎么批评他是我的事，做了错事就该批评……"

"他做了什么错事？"

老太太脸色苍白，班主任在背后扯我袖子，但我看到机会就在眼前，我得把它抓到手，不论自己将表现得多么愚蠢。

"大妈！普云做的错事跟他的死有关吗？他做了什么错事？"

"……我累了。班主任老师，请以后不要打扰我们，他爸爸身体不好，你们都知道，把菜篮子给我吧，我要上去了。"

"大妈，对不起您了！"

"别客气，我知道普云有许多朋友。家里待他一直很好，不信你们问问周围的邻居，你们可以随便敲开一家问一问……"

当然，这是完全用不着问的。

"普云……是个好孩子。"

老太太看看我，看看班主任，抱着一篮菜踱进了楼门。我们不怀疑老太太最后这句话。任何认识他并且有良心的人都会这么说。郭普云是个好孩子。这个评价的真理性是明摆着的。对此表示不信任的只有他自己。他恶狠狠地把自己叫做小丑。

　　班主任惋惜那个被烧掉的笔记本，他一本正经地认为它是开展学生思想政治工作的生动教材。他一点儿也不觉得这样充分地利用死者是否妥当，是否有悖人情。我比他强不了多少，也许更可鄙。我触了老太太的疼处，用郭普云缺乏照料的生活情景使她难堪。我还硬从她嘴里拽出一条线索，试图证明郭普云曾经做过难以被人接受的错事。我总感到，郭普云曾经十分狼狈地抗拒过一种来自异性的吸引力。与他和那位舞蹈教员的交往有别，这次朦胧的经历——很可能只是视觉上的心理上的经历——使他陷入了更深的罪恶感。

　　他的死离妹妹由东北归来半年多，离妹妹完婚刚好四个月。巧合不能说明问题。但是，他七五年在与吴炎的艺术竞争中突然转入颓唐，那时距他父亲再婚恰好三年，这期间难道没有发生一些别的事情吗？他与众不同地淡视恋爱问题，当时已经表现得很突出了。

　　郭普云的朋友之一，那位兵工厂党委办公室副主任对我讲过一件事。事情本身像笑话，但是他讲得很严肃。我也觉得这个笑话不简单，它的趣味非常深奥。

　　七六年春节前夕，休假的郭普云到菜市场办年货。售冻鸡的柜台前人多手杂，他抢到一只鸡之后便被挤到或主动撤到人群后边。他站了一会儿，这时有人揪住了他的胳膊，不等他明白怎么回事，已经被粗暴地拥进了柜台后面的办公室。工人民兵们指责这个文弱书生企图偷窃一只三斤二两重的母鸡。他们抓住了他！他跑不了了！说，为什么偷鸡？不说送你到派出所去！胜利的喧嚣压没了郭普云的申辩。他说他是准备去交款的,但没有人相信他。最后菜市场通知兵工厂保卫科来领人。

郭普云?

偷窃?

母鸡?

兵工厂没有谁认为这个指控可以成立。郭普云的饭票是公用饭票,谁都可以抽几张,想还就还不想还拉倒。他经常几块几十块地周济修建队生活困难的老师傅,大都是白给。这样善良的好心人会偷一只不值一提的母鸡么?真是笑话!

兵工厂说服了菜市场,事件总算平息了。但工人民兵们直到最后还在坚持自己的理由:他站的地方离门太近离柜台太远,他们以后见到这种人还是要抓的,他们从来就没有抓错过。他们是内行,他们十分清楚一个胆怯的偷窃者的种种表现。

兵工厂虽然保护了他,但他已经饱受了人格上的侮辱和打击。他一蹶不振,好长时间没有缓过来。

"他脸色惨白,人都傻了,谁劝也没用,以后我们都不跟他提这件事。"

"他肯定没有偷的意思?"

"那还用说么!"

"那他干嘛长时间抬不起头来?"

"老实人都这样!如果让大家待在一间屋子里,假定找一个小偷,最先脸红的肯定是郭普云,哪怕他一根线毛也没拿过。老实人知道自己清白,所以连一点儿别人的怀疑都接受不了……这种人我见过许多。"

"如果他并不怎么清白呢?"

"别人不好说,但对郭普云我可以百分之百打保票,他是难得的好人!"

　　副主任对朋友的真挚爱戴令人感动。我也始终认为,像郭普云这种与人为善的人的确不多。但是必须面对一个不得不面对的事实:郭普云自杀前坚定不移地指称自己为小丑。这不是通常意义上的自嘲,也不是通常意义上的比喻,它带着深不可测的人生烙印,是对自身遭遇的绝望而明确的悲痛概括。

　　作为一个品德受到称赞的人,郭普云某些时刻恐怕难于正视自己内心与常人无异的边边角角。他的生理缺陷不会是器质性的,很可能与长期的精神压力有关。也不能怀疑他没有正常男人的正常欲望,直至三十六岁他的道德观都是纯粹的,他满足欲望的唯一手段只能是自渎。这种行为造成的后果,许多科普小册子和青年卫生知识丛书都写得明白,它的副产品是思想上的自我谴责。郭普云为自娱付出的代价比别人更惨重,他拒绝与异性接触的时间太漫长了,而且他似乎被自己的欲望搞得无地自容。不论多么堂皇的人,在获得性愉悦时的种种失态与猥琐的人是相同的。那种不堪状对人的道貌岸然的确是一种讽刺,而且它的确类似于小丑的行为。大家同受七情六欲的制约,豁达的人随之任之,堕落的人更不以为然,而在郭普云看来却成了沉重的隐蔽的罪恶,更让他难堪的,恐怕是这种罪恶迫使他饥饿的思想产生许多企图和遐想。他在视觉上是否感受过异性身体无意的引诱呢?他屈服了吗?他的屈服被人发现了吗?

　　我绝对不承认他会偷窃。但是在菜市场大门与柜台之间恍惚片刻,那副拎着一只母鸡让人推推搡搡的样子,什么时候想起就什么时候感到一种深刻的悲哀。

　　联合大学分校二楼厕所的木头挡板上有一句放肆的秽语,用蓝色圆珠笔写的,字迹很漂亮,显然出自有文化的开放的当代大学生之手。

它精辟地表达了一种人生观，宣言似的炫耀了一种荒谬和坦率。佚名者写道：

"高尚了一天之后，不妨下流一下！"

聪明的年轻人为高尚和下流安排了这样的关系。虽然他在一天里未必高尚，但在试图下流一下的时候却没有掩盖，嬉皮笑脸地正视了自己。他知道这"一下"与高尚无关，并且认定它从形式到内容都千真万确地属于"下流"。不知名的大学生活得不够严肃，但他肯定活得比较轻松。只要高尚和下流适度，这个王八蛋肯定会前途无量的。就是颠倒了高尚和下流的位置，他也不会像郭普云那样骂自己为小丑。郭普云的不幸在于他不能容忍灵魂角落里的一点点污斑，况且那污斑未必就是污斑。厕所便池里的东西一般来说也是人的腹腔里的东西，人就拖着这些东西在世界上走来走去，这没有什么难为情的。我们身上还有干净的血。

他却"小丑、小丑"地嘟囔着，把自己干掉了。不过，没有自杀的人脸皮都有相应的厚度。有些活得很自在的人也不知道什么叫羞耻。仁义道德和男盗女娼的双簧戏仍在没完没了地演下去。郭普云让出了自己的位置，但他显然不知道自己带走了什么。他的离去不会使这个世界更美好，大约也不会使这个世界更丑恶。它还是它原来的样子。

但是，人群里少了一个好人。

第八章

出事前五天，郭普云来看我，情绪很好，我爱人上街买了几盒冰激凌，我和他边吃边聊，话题扯得很远，他脸上的纱布有点儿脏，但粘得很牢固，我竭力不去看它。他敷衍了事地翻了翻我扔在沙发上的刊物，叹息他的诗再也写不成了。我说只要肯写总会写得成的，没有大成也有小成。

"人都要死了，还写什么写？"

他竟然冲我爱人笑了笑，很开朗的样子。他做作得有点儿让人讨厌了。

"你说死呀死的有上千遍了吧？"

"这次是真的！"

"就为这个？"

我恶毒地指了指他的脸，想讽刺他，因为和风细雨地劝慰他已经听不进去。果然，他立即抬手往脸上摸，身体烫了似的一抖。

"我知道是怎么回事，有人劝我化妆，有人劝我找找土大夫，没用！但凡有一点儿办法我也不会……算啦！咱不谈这个。你们打算什么时候要孩子，打算拖到什么时候……"

他坐了一会儿就走了。走前跟我商量好在后天陶然亭的全班聚会上见，又满不在乎地跟我爱人开玩笑："大妹子瘦得可以！胃口不行吧？"把她说了个大红脸。郭普云走后，她断定他不会死，她觉得这个漂亮的小个子男人很乐观，也很幽默。

我多次设想，如果不用语言而用十几个大嘴巴打消他对死亡的迷恋，再大吼一声："孬种！小丫头养的！"效果不知是否会好一些？他会醒过来吗？当然，如果耳光打后还是个死，那么打人的人就不啻于杀人犯了。可见我当时没有装模作样地揍他是对的。

陶然亭的聚会只到了二十几个人，许多同学没有来。郭普云也可以不来的，但他早早地等在公园门口，在整个游玩过程中活跃得几乎可以说是上蹿下跳。我想，他是把这次活动当作他人生的告别式了。

我们租了六条船，由北岸向南岸冲刺，比赛的负者需在交船后于山坡的草地上表演节目。同学们争先恐后地挑选强壮的同伴登船，郭普云迟了一步，也可能是有意的，那条船除了他便是三个弱不禁风的女同学。班主任觉得不公平，想给他换个男的，他不干，女同学们叽叽喳喳地也不干。最后决定让他先划五十米，别的船稍后启动。

他划得很稳，船头笔直地切开水面。另外五条船待班主任一声令下便发疯般地追了上去。如果独船独桨他会保持相当的速度，在急迫的追逐之下他却慌乱了，水花儿时大时小，耳朵胀得紫红。第一条船刚刚超过他，他的船头便忽左忽右地摇摆起来。又一条船超过去，一个大嗓门儿快活地吼道："郭普云，你小子今天输定了！"

我乘的那条船最后一个擦过他的桨边，他面朝船尾，额头和发梢上全是汗水，两眼全神贯注地盯着桨柄。对输赢不在乎的女士们尖叫着，用水撩我们。但郭普云似乎是想赢的，埋头挥桨的样子有些悲怆。

我向他打了个手势。他不明白。

"往回划……"

他苦笑了一下，对我提出的恶作剧不感兴趣。不久南岸的胜利者发出一阵惊呼，我回头一看，发觉他竟然真的那么做了。船头调转一百八十度，有趣的是，他还摘下一片桨叶示威似的朝胜利者们挥舞，大声嘲笑着："你们中了鄙人调虎离山的诡计！他们输了！孩子们，到北岸来吧……"

数船齐发，像追兔子一样满湖乱窜，终于把他那条船逼抵了南岸的码头。水仗打得很激烈，衣服和头发上大都淋了水，郭普云拖着精湿的裤子上岸，一边告饶一边护着脸上那块纱布，怕水滴溅上去。大家起哄让他来个节目的时候，都觉得他肯定要推辞，万万没想到他一口就答应了。出事后大家回忆这件事，都把它当作一个迹象，认为它透露了一种必死的信念和决心。

他演的节目叫《醉汉》，是个不到五分钟的哑剧。草坪有坡度，他来回走了两趟，把几块石头扔到边上去，然后伫立不动进入角色。从那儿开始，二十几位同学鸦雀无声，他们被他的认真态度惊呆了。

他做举杯饮酒状，再做一次，眼神飘忽起来，随后开始踉踉跄跄地挪动，上身大俯大仰左右开合，似乎已不胜酒力。最后做了一个京剧的摔碑动作，又顺着草坡来了两个几乎成直体的后滚翻，挣扎几下之后终于静卧不动了。掌声四起，他敏捷灵活的肢体动作把大家震住了。他一定受了醉拳的启发，但一千个喜欢醉拳的武术迷里不准有一个能达到如此漂亮的表演水平。不愧是练过舞蹈的人！班里爱出风头的小子们可能在嫉妒他了。女同学们最冲动，叫着让他再来一个。

他拍拍肩膀和袖子，得意地说了一句："怎么样，小丑演得还像回事吧？"说完就默默地退到人圈后边去了。

我当时就感到这不像即兴表演，他背地里可能偷偷排练过。那种场合完全可以敷衍，何必把表演弄得那么精确那么不同凡响呢？怎么也忘不了当时的情景：他严肃地走进草坪中间，面向山脚下碧绿的大湖，四肢跃跃欲试。

"我演的这个节目叫《醉汉》。"

他知道那是一生中最后的表演了，他是演给自己看的。他把自己的生命历程浓缩成一个醉汉形象，用不到五分钟的时间再现了一次，重温了一次，节目完了。他也完了，他想以出色的表演证明：他根本就没醉！除此之外，他还想说明什么呢？

离开陶然亭的时候，他把自行车支在便道上，跟每一位同学招呼再见。我发现他身边的赵昆有些闷闷不乐，便没有多说什么，挥挥手就道别了。

"哥们儿,好好活!"

我已经走出挺远,因此不知道这句话是说给我还是说给身边其他同学的。总之,这是他留给我们那几个人的最后一句话。此分离竟成永诀,我都记不清他站在便道上是怎么一个姿势,怎么一副表情了。而我们在他眼里,恐怕一个个都是冷漠无情的吧?

据说,也是在陶然亭门口,他提出和赵昆断绝来往,对不起她呀,配不上她呀,废话说了一大堆。把赵昆说得挺烦。具体情况怎样不好说,但那儿也是赵昆跟他永别的地方,她再没有机会见到活的他了。他们的分手一定很冷淡,而这恐怕是郭普云希望的。他不忍心让自己将要采取的行动给她太大的打击。他明白自己不爱这个女人。他从第一天开始就没有爱过她。他纷乱的情绪本来就无力承受这种感情的重负,脆弱的线索在死的决断面前一下子就绷断了。他对她没有留恋,也许只有发自他本性的沉重内疚,和一种善意绵绵的祝福。

那天他没有谈到死。死已经成为显而易见、转瞬将至的事实,他无须也不屑提到它。据与他同船的女同学回忆,当那条小舟的落伍无法改变,而他已经划得筋疲力尽的时候,曾听到他哑着嗓子嘟囔了一句:"真他妈没有意思呀!没意思透了⋯⋯"她们当时颇感惊讶,因为他从来不骂人,话里也没有脏字。

那句话实际上阐明了一个老问题,一个生死攸关的重要思想。她们却以为他只是厌烦划船追逐这种低龄人的娱乐活动。她们本想接替他的,而他却调转了船头。他在一群乍一看无忧无虑的男男女女面前咀嚼他的计划,其心境是否充满了清高的快意呢?他想嘲弄这些将继续活下去的浑浑噩噩的人了吗?他很清楚自己制造的悬念,以及他们将为此遭到的小小的冲击。他不露声色是为了更好地玩味他们的愚蠢和麻木。我想，他既然已经瞧不上这个世界，要弃它而去，那么他未必还瞧得上这个世界上的人。他藐视他们。阴冷悲壮的决心鼓舞了他，使他有权利这样做。那些因廉价的娱乐而欢笑的同学们，在他眼里都一一现出了小丑的本相，大街上还有无数小丑来去匆匆，被七情六欲所折磨的高级动物堵塞了城市的各条通道。是的，他瞧不起他们。他顽固的自卑感在自绝前一定升华为辉煌的自负和自傲情绪，激励他勇敢地踏上了人生的最后一段归路。

五月一号是他战胜自己从而也战胜这个世界的永久纪念日。死亡成了他的战利品。

从五月三号开始，人们陆续读到了他的宣言。六封信表达了同一个主题：死是必要的、正当的、不可避免的。他选择它是因为他比别人更迫切地需要它，而且，也比别人更正确更深入地理解它。

然而，他的宣言并没有使哪怕一个人顿悟或惭愧，却使所有人体味到一种突兀的荒谬感。这或许就是活人与死人最显见的区别，也是活人与死人最重大的思想分野了。

致父母（信件一摘录）

不要为我难过。我是不肖之子，为我伤心落泪是多余，也没有什么意思。我想这么干不是一天两天了，我提过几次，你们不在意，我也没有办法。以前我想这个问题时心里老是乱糟糟的，说出来倒不是想吓唬谁，你们听不进去不是你们的责任。这纯粹是我个人的私事，与父母无关。你们千万要想开些。知道会给家里添好多麻烦，可这是最后一次了，你们就原谅我吧。

宿舍门后边有几个大编织袋子，里面有我用过的东西，主要是书和衣服，你们替我处理一下。卖掉，烧掉都行。几件家具还好，可留着用。父亲送给我的呢子大衣在床下的皮箱里，我穿着太长，所以没怎么动它，还给父亲。本来想把屋子收拾干净，几次都没有干到底，玻璃还脏着，请母亲不要怪我。

窗台上有几瓶煤油。炉子让厕所旁边那家借去一直没还，大概忘了。母亲想要回来可以去找他们。

致妹妹（信件二摘录）

你穿牛仔裤还是很好看的。母亲埋怨几句就会过去，只要季节合适，希望你总是穿着它，永远保持一个挺拔优美的形象。

那件事可能会吓你一跳，不过也没什么，第二天不再想它就是了。你现在过得很幸福，我的决定无损你一根毫毛，就当我早夭了吧。我是个软弱无能的人，思想可能和别人不一样。你别骂我就行了。

长期以来我想了很多事，现在我心里特别安静，空空的什么也没有，许多话一时也想不起来。我觉得你不适合钻研物理学，将来一旦没有成就，千万不要逞强或灰心丧气，做一个好妻子不是很好吗？以后你们有了孩子，不要跟他提我，要设法把他开导成性格爽朗的人，像你一样，别让他继承你和你丈夫的缺点，做事不能大大咧咧的。

我是父亲的独子，他老了，身体又不好，请你一定照顾好他老人家。有些事我不好说三道四。父亲曾经是很聪明的工程师，如今精神恍惚实出无奈。别冲他发火，他发火的时候不要理他。

我已经考虑成熟，自我感觉很好。真的很好。能把一切烦恼和一切秘密都带走，想起来感到很幸福。那件事对别人有利，对我更有利。我已经等不及了。

致赵昆（信件三摘录）

我再重复一遍，这件事跟你没有一点儿关系，不要自寻烦恼。你劝慰多次，我很感动，仍旧这么做的确是没有办法的事。如果有人责怪，可以让他们看这封信。

咱们刚刚开始交往的时候，我跟你谈过我的悲观想法，不知道你忘了没有。我没有明确的目的，你大概不以为然，因为你的表现说明你目的很明确。我虽然说了自己的想法，但在行动上却不由自主了，你的关怀使我过于激动，我没办法。这可能给你造成了错觉。我不值得你爱，这一点你一定要想通。我稀里糊涂干了什么，有时候自己也闹不清楚。索性不去想它。我觉得你是个好姑娘，早晚会得到你想得到的一切。这些我都不能给你，想起来心里很难受。把我忘掉，干你的事，这是最好的办法。

班里的人可能会议论你和我的事，我一走议论会更凶。我用不着怕这些了，可是你千万要挺住。我们年龄都不小，这种事已经见过许多，太认真了不好，不当回事又会遭受打击。一定要珍重。现在我很平静，只有这一个不安，希望你好自为之。我对不起你，如果真爱我，请分担这最后一点儿不幸吧。我没有什么报答的，在心里致最真诚的祝福。我的祝福只给你一个人。

周围的人如果向你提到我，请用最恶毒的话骂我，我只配得到这些。时间仓促，还有几封信要写。代我问候你的父母和弟弟，他们对我那么热情，我辜负了他们。

我走了以后，你会更快得到幸福。我坚信这一点。让我走吧，别恨我！我实在受不了了。这跟你没关系，你一定得明白呀！

致厂党委办公室（信件四摘录）

不要兴师动众找我，你们找不到的。我走得很远，那个地方很干净，对我来说非常合适。厂里工作那么忙碌，又给你们添麻烦，很过意不去。因此，收到信后不要采取任何行动，别向哥们儿和同事传播，让我安安静静地离开吧。我没有什么遗憾，十几年来工厂待我一向很好，又送我上了大学，可惜我不能报答同事们的好意了。组织上让我担任宣传科长，是很大的器重，我干的工作不多，有负大家的期待。请组织上选拔新的人选，把我的名字除掉。我入党八年多了，如今做下这种无可奈何的事，已经不配原有的称号，也请除名。我对不起领导、同事和朋友，但是请各位尽可能理解我的行动，也不要猜疑我这么做的动机。经过长期的思索，我觉得自己已经无路可走，而仅剩的这条路也并不像人们想象的那么可怕。我等待得太久，该行动了。唾弃我吧！这正是我所希望的。你们将来总会明白，这是我应得的下场。我过去办什么事老是犹犹豫豫，可这一次我觉得自己很有信心。我一定会成功。你们和别人都挡不住我了。

此事与政治没有任何关系，完全是我一个人的私事。原因也很简单，我就用不着说了。很久以来我就感到，脑子里纠缠不休的一些念头，在别人那里根本就不存在。我自己也不知道是怎么回事。我六岁的时候天天早上起来都想到死，后来忽然就不想了，可能是因为害怕。我现在的心情非常轻松，请不要怀疑我受到了什么压力，没有，根本没有！

四月份的工资没有领，请寄给我家里五十元，余下的交党费，办公桌和宿舍里的东西，请派人代我销毁，把公家的物品留下。

致中文系教研室（信件五摘录）

我不是好学生。如果有办法，我会减少这件事给学校带来的不安，可是我没有办法，相信老师和同学们会体谅我的难处。以前做梦都想上大学，上大学以后觉得的确很好，由于种种原因自己无力继续读下去了，非常遗憾。感谢老师给我上的那些很美好的课，知识对我这样的人已经没有用处，好在求知有为的人很多，他们会得益于老师的教诲，活得更充实的。我活得太累，只配半路灰溜溜地走掉，不提了。

赵昆是个很好的女同志，聪明、好学、热情，我的决定已经对她造成伤害，不希望她再忍受言论的打击了。请校领导和系领导设法保护她，这是我唯一的乞求。

老师们都是知识和阅历非常丰富的人，我用不着解释我的行为的种种理由。我只能这样走下去，道路非常明确，用不着仔细分辨就能找到。我却找了那么久。我得抓紧时间走到底。再耽搁我怕自己会走不动，会突然改变主意，那就真的不幸了。

我的组织关系可以不往原单位转，废掉算了。我不配做人，做党员就更不配。我欠的债太多，今生已经无法归还，一笔勾销了吧！

致吴炎（信件六摘录）

　　不要嘲笑我。我们相识甚久，曾经无话不谈，可是你不会了解我没有表达过的思想。我觉得自己的思考已经成熟，可以面对任何嘲笑和鄙视。你知道，我在公众场合有爱脸红的毛病，现在我敢于在大庭广众之下宣布我的思想，只是没有这个必要罢了。我要说服的只是自己，况且听众里理解我的人肯定极少，其中也包括你。你理解我吗？

　　我们也没有必要探讨生和死的意义，道理都明摆着，而这道理并不适合每一个人。我最好的生存方式恰恰是它的对立面，这一点过去连我自己也没有看到。总算想清楚了，这是我一生的幸运。我要走了，悲伤的感觉越来越淡，思想是一大片空白，觉得自己里里外外都很清洁。有时候我也怀疑自己对事物的感受有误差，可现在我放心了，我觉得自己正从牛角尖里一步一步地走出来，眼前马上就要出现一个崭新的陌生世界。我可以想象死是怎么一回事，我一点儿也不怕它，这几个晚上我一直在琢磨它给我造成的后果，我觉得它非常亲切。你又要骂我了吧？活着的问题我几乎不想，它比死可怕一百倍、一千倍。我思考它永远不会得到结论。而死亡给我的精神以极大的慰藉，我终于明白许多伟人为什么喜欢它了。

　　你的画越搞越精，真正见风格了。可是此时我要说出我的担忧，我觉得你有潜力，但已经没有挖掘这种潜力的奋斗意志，你已经累坏了。我败阵比你早，虽然保持了对艺术的喜爱，心里却知道自己没有靠得住的才能。我的诗你看过，我的惭愧来自内心深处，一碰就疼。你迟早也会败阵的，但你会画出很好的画，也会保住自己的名声。希望你继续走运。不要败得太惨。

今天我又翻了翻川端的《雪国》，不知怎么想到了三岛由纪夫。把自己的肚子切开，不就是一次惨败吗？死得那么辉煌，仍旧摆脱不了对生的绝望的悲哀。我自己想处理得平淡一些，到最后了还要哗众取宠，很不可取。还是更安静地离开吧。

我嫉妒过你，现在不了。活得疲乏的时候，请接受我在另一境地为你做的祈祷，希望你打起精神来，好好过你的日子。

这就是郭普云濒临死亡时的思想，简单而含混，冷静而热烈，是个极矛盾的统一体，多么锋利的刀子都剖不透它。信息已经失却了表面的含义，传达的是极遥远的冥冥之音，似乎是来自地狱的一连串密码。

我手里有这六封信的复印件，是从那位党委办公室副主任处搞到的。他们收集这些信的目的。最初只是为了从中发现郭普云失踪的线索，他们只看中了一句话："那个地方很干净。"有人在这行字下面勾了许多圆圈，复印机把这种苦心猜度的痕迹保留了下来，显示了说不清道不明的神秘感。

哪个地方干净呢？

干净到什么程度算干净呢？

面对辽阔的国土，惊惶失措的人们居然没有找到一块信得过的干干净净的地方。干净的地方本来很多，但是他们找人找昏了头，一概加以怀疑。某个失望的片刻，他们可能发出了短促的、显然是不科学的惊呼：妈的！这个世界竟然没有一块干净的地方了！

兵工厂在周围的山上拉出大队人马，像演习部队的散兵线一样，从山脚冲到山顶，又从山顶兜到山脚。战果只是抓到一对乱搞男女关系的城里人，一查却是夫妇，只是旅游期间一时性起罢了。这事把严峻的气氛彻底冲淡，满山嘻嘻哈哈地不住谈那个倒霉男人的大白腚，郭普云好一时都不在话下，人们似乎已经淡忘了他。校方根据郭普云父母的提示，向四川和东北的亲戚拍了电报。中文系草拟了寻人启事，派人迅速送到日报社。赵昆跟着兵工厂几位干部去了北戴河，起因是郭普云谈到死的问题时，曾屡次向她提到大海。找人要紧，假如郭普云提到过喜马拉雅山，人们想必也会去的。他们马不停蹄，忧心如焚。毕竟是为了挽救一条活泼泼的生命，不是为了找一只离家出走的猫或爱犬。五月五日，兵工厂的扫荡大队在驹子峰山顶捡到了郭普云的气体打火机，那个干净的地方显然就在附近，包围圈迅速收拢，大规模的寻觅被小范围的搜索代替。胜利在望，捉迷藏的游戏眼看就要结束了。生者的智慧似乎总是略逊一筹，他们忽略了垂钓者云集的水库。徒劳地钻进了附近被废弃多年的矿区煤窑，在半人高的黑穴里像狗一样爬了好几百米。他们对干净与否已经失去了判断力，像挖掘宝藏一样充满幻想地寻找那个僵硬的可怕的尸身。他们都认为他肯定死了。学校和家庭也都认为他肯定死了。他们对自己的肯定态度一点儿也不惊讶，而正是他们对郭普云的死之表白不屑一顾，并且很直接地嘲讽了它。他们后悔吗？他们不觉得什么地方出了什么毛病吗？学校照常上课；讲师仍旧滔滔不绝，赞美的是一位会写诗的古人；公告橱窗里贴着吉他培训班的授课时间表和对一位八四级本科生的处分决定，他到王府井书店窃书被罚款一百九十三元；传达室的老头儿在痛斥一位乱放自行车的学生，让人疑心他想掐死那个窘迫的年轻人；篮球场有人在卖弄弹跳力；食堂门口有人举着灰不溜秋的馒头骂大街；系里的女秘书抖动着两个钥匙环似的耳饰一上午在走廊里来回遛了八趟，涂了血似的嘴唇噘得活像紫色的肛门；刚刚粉刷的厕所墙壁上被一位天才刻画出新的美术作品，起伏的山丘似的玩意儿显示了欲望的骚动和不安。一切如常。一切都有条不紊。地球的引力没有受到损害，按老德性转动，很耐心地拖带着它的亿万生物。

然而，郭普云却深潜在浑浊的水底，拿自己身上的肉悄悄地喂鱼。

的确是出了毛病。但世界是健康的，生活是健康的，大家都是健康的。有毛病的是寻死的人，是郭普云那个倒霉鬼。他以空前丑陋的状态浮出水面的时候，加深并且丰富了人们的这一认识。

兵工厂医疗部门根据完美的医学科学作出死亡鉴定：忧郁症导致精神错乱。这个结论与领导的意图不谋而合，与死者朋友们的愿望也恰好合拍。科学是通人性的。他们珍惜死者作为一个党员的荣誉。他不可能是正常人，因为他不可能自绝于党、自绝于人民。作为一个疯子，他的行为就或多或少可以理解了。朋友们爱他，尊重他，惋惜他，但是他们毫不含糊地把他看成一个精神紊乱的人。他们对他的理解在这儿画了句号，友情已经无可挑剔。他们可以堂堂正正地为他开个追悼会，可以理直气壮地为他竖个永垂不朽的大石碑了。

追悼会上有花圈，但是没有哀乐。不是他不配，而是因为四号仓库离广播站太远，电线一时拉不过来。四号仓库是个废仓库，不在礼堂里送别死者，是因为那里正在筹备一个公司的会议，主席台都筹备好了。好歹有个仪式，对郭普云无知无觉的尸体来讲，冷清的仓库和废墟似的氛围不能算是对他的辱没。人世对他够慷慨的了，似应无憾。

学校给市报社去了电话，通知人已找到，寻人启事不必登了。回答也干脆，不登很好，但费用仍需交纳百分之五十，因为扰乱了人家的排版计划。派人去结账，发觉欲登的启事排着长队呢，郭普云不自己漂上来，那个启事耗半个月也未必能见报。跑腿儿的教导处干事回来以后直拍办公桌:"这小子!这小子!干的这叫什么事!真腻歪……"

小子,是指郭普云。

联合大学分校的党委书记到专修班来了。一个胖胖的很稳重的男人。他是第一次来,也是最后一次,直到毕业再没有见过他,也再没有听到他严肃的很讲原则的声音。他不来很好,可惜不论你走到哪儿,都会发现他坐在某个麦克风后面侃侃而谈。

"作为一个共产党员,郭普云采取的做法是非常错误的,也是难以原谅的!当然,考虑到具体情况,也有值得同情的因素,但是……我们……一定……"

洗耳恭听。你必须洗耳恭听。这里有哲学,有辩证法,有我们生活中最重要的学问。古典文学可以不及格,形式逻辑可以考鸭蛋,这门学问不过关可就麻烦了。

"事情已经结束,过去就过去了。大家不要受干扰,要专心学习,目前面临期中考试,希望大家取得好成绩。班里的党员和骨干同志们要起带头作用,不能因为个别人的行为妨碍正常工作。要相信组织,这件事一定可以处理好,而且它实际上已经解决了。我代表校党委向大家提出以上要求。希望……"

态度认真、恳切、周到,这个胖子很可能是个脾气随和、工作卖力的好人。但是他的话给班里凭空带来一种紧张和压抑,我觉得他是把面对教育局等上级机关时的惊惶情绪传染给他的学生了。大可不必。事情确实已经结束,不用他叮嘱,该过去的早就过去了。我甚至感到班里压根儿就没有受到什么干扰,班长不是在挨桌挨人地发电影票了么?

党委书记是个值得尊重的人,他说什么我都听得进去,听得有味道。我只为他担心一点,他儿子上吊了怎么办?

当然，过去就过去了。这个世界本来就没有什么过不去的。

同学里却有人愤慨了。

"他妈的！真没人味儿！"

"拍卖人道主义！谁要？"

"太冷酷了……"

有位同学递给我一支烟，皱着眉头问我，似乎想探讨一下。

"你觉得郭普云的死因是什么？"

"他杀。"

随口蹦出一句，把自己也吓了一跳。他看着我，连连摇头。

"我怀疑他打杜冷丁上瘾。"

"有证据吗？"

"没有。只是怀疑。他眼疼频繁，为了止疼有可能打杜冷丁。那玩意儿我听说过，上了瘾就控制不住，他会不会……"

我愕然。骂党委书记没人味儿的同学也凑过来。听着听着突然公布了自己的推理。声音悄悄的，可听起来像一声炸雷。

"我怀疑他是同性恋。你们不觉得他有点儿娘们儿气吗？"

我愕然至极。嗅到人味儿了。臭气熏天的人味儿。我差点儿晕过去。我好长时间不能明白，人们自由的猜想恰好是自杀者应得的侮辱。他留下了一个对活人来说不是没有意义，也不是没有趣味的谜，任何猜度都是公正的，人们对生活之谜的关心远远超过对一个死者的关注。为解谜的方便，人们不惜以死人的名誉来做抵押。这确实是一个充满人味儿的现象。党委书记也好，口出狂言的学生也好，校门口捡破烂的老翁也好，自作聪明的鄙人也好，大家看上去固然千差万别，但骨子里至少有一个共同点：都是人味儿十足的东西。同在一个酱缸子里腌着，味道不同那才叫怪呢。死人的悲哀和名誉不在话下，活人的悲哀和名誉的处境难道就好些吗？千万人拥拥挤挤熬成了一锅粥，郭普云随着一个气泡溅出来，是他的福分。福分也有限。同类们沸沸扬扬地并不肯饶了他，还得拿他给这锅粥来添佐料。他终归还是逃不出去。试问：这锅粥熬得可好？

味道好极了。不是么？

我疑心自己这支笔在干着同样的勾当。郭普云，你猜到我想写一篇好文章的充满功利主义的卑鄙目的了吗？我要告诉你，你的朋友正在事实和想象的双重诱惑面前垂死挣扎，他想咀嚼创造力焕发出的艺术快感，得到的却是沉甸甸的不堪品尝的人生痛苦。凭借你优越的地位，饶恕他并且怜悯他吧！

请再给我一点儿勇气。

尾之章

我把妻子买的塑料花丢火车上了。本来打算清明节早晨动身，临时改了主意。妻子恰好回娘家，一个人待在屋里很无聊，突然萌发了乘夜车去下苇店的念头。郭普云也是这时候走的，干嘛不体验一下？这个想法让我激动万分，浑身的肌肉都紧张起来。当我揣着几块早点，手捧祭奠花束走出住宅的时候，我提醒自己要尽量模仿郭普云当时的心境，看看它对我的视觉和动作有什么影响。

不行。一上汽车就让个乡巴佬撞个趔趄，气得我差点儿骂他。息怒。息怒。我冲他笑了笑，我觉得这笑里饱含了郭普云式的善良，对方却着着实实瞪了我一眼。操他妈的！眼看要死了，老子该怎么办？

打他个满脸花怎么样？没能打他个满脸花，只是趁下车的机会用屁股拱了他一下。情绪全完了。深感自己是个卑微小人，全没有死前的悲壮和豁达。看来我只适合马马虎虎活在世上，来不得半点儿超凡。

永定门火车站的灯火像是鬼火，闪烁不定而且不怀好意。广场上蹲着、坐着、躺着候车的旅客，一团团一簇簇像是坟场的土丘。我买了车票在候车室墙根儿蹲下来，刚点好一支烟就发觉眼前张开了一只魔爪。这个衣衫褴褛、故作悲哀的女人在向我乞讨。口袋里确实装着几张钱，我迟迟疑疑地摸到了它们。换了郭普云会倾囊相赠吧？钱对死人还有什么意义？我咬咬牙，费力地捏出了一个五分的钢镚儿。我马上感到难为情，周围几位人物都不理睬她，我的慷慨贬低、侮辱了他们。那区区五分小钱把我搞得怪难过。我对那个行乞的女人没有一点儿真实的怜悯，我疑心她是个骗子，肚子里一副好下水。郭普云没有这种眼光吧？我比他差得远，或者，差得远的倒是他。他的善良让这个不可知的世界给吓坏了。他胆子大点儿，人世说不定会多一个横冲直撞的人。

"走开！走开！"

车站工作人员把行乞者赶出了候车室，像赶走了一条狗。她攥着几个钢镚儿溜出大门，也确实是一副叼着骨头不撒嘴的样子。郭普云可能会为她伤心。我不。

列车进站了。一阵生气勃勃的骚动使黑夜活泼起来。人们先是互相拥挤，生怕离得太远，然后是手提肩扛负重冲刺，又生怕离别人太近，都想捷足先登。一个在检票口态度蛮横的家伙跑了十来步突然玩了个嘴啃泥，人流立刻像河水避开礁石一样从他两边绕过去，没人搭理他。郭普云可能会搀他一下，我却除了笑的欲望之外什么表示都没有。看他在地上摸来摸去，我真的笑了起来。我猜他会不会是寻找牙齿，这个念头不是很幽默吗？

人们不知出于什么心理，很热心地把自己往中间的车厢里塞，而两头儿的车厢却空荡荡的。我在客车的最后一节车厢找好座位，把车窗提了上去。郊区车不对号，设备陈旧，一股臭脚丫子味儿。濒死的人似乎不该有这么灵敏的嗅觉，他应该视而不见，充耳不闻，应当一动不动地盯住自己的内心，倾听它最后的可爱跳动。列车启动了，蒸气车头呜呜地鸣叫几声，开始嘶啦嘶啦地放气，窗外的黑夜向后流了起来，越流越快，直快到完全静止，凝固了似的。这种情景果然有助于酝酿悲哀，我看看身边没人，就在三人座椅上蜷腿躺好，闭目琢磨车轮咯噔咯噔的愚蠢震荡。这可是个可怜自己的好机会。想想不顺心的人和事吧，滋味倒满不错的。我把他们和它们一一塞入车轮和铁轨之间，听着不可阻挡、令人快意的破碎声，着了迷。郭普云体味到这些了吗？他最后不是把自己也塞进去了吗？我发觉自己不行，我把该宰的全宰了一遍，得到的是老大一个快活，快活得直想来一段口哨儿。这个熊样子是不配死的。郭普云做的事应该相反，他把一切应当破碎的东西从车轮下拯救出来，唯独留下了自己。这是不可及的伟大，我不行。我快活了一阵儿竟然迷迷糊糊地打起了瞌睡，醒过来的时候列车离下苇店只有一站了。乘务员在拖地板，擦汗时露出一张优美白皙的面孔。郭普云是不屑看的，美在死人眼里是臭大粪，是狗屎。我暗暗叮嘱自己，心管住了，目光可没有管住，我瞟了狗屎一眼。那是多美的一堆狗屎呀，秀色可餐乎？可餐！可餐！郭普云没有看到它，或者看到了而没有正常地感受它，否则他说不定会活下来。生活是美好的，只要活着，狗屎也是美好的。郭普云没有看到这一点，我可是看到了。

目光下流的结果是丢失了那束塑料花。我把它给忘了。我琢磨它很可能被哪位乘客拿走，插到他们家的花瓶里去了。让这个陌生人供着郭普云吧，死者不也是他的兄弟么？即便他有点儿沾沾自喜，仍不失为一个小小的节目，是献给郭普云的一出祭日舞蹈。心灵的舞蹈永无终结，让死人好好看看，好好回忆一下他们摆脱的大大小小的喜剧和悲剧吧。

我走出下苇店小镇，一条白晃晃的路把我引上摇摆不定的吊桥。桥下是干枯的灰蒙蒙的河滩，如果我想找死，会迫不及待地从这儿跳下去的。我实在不能忍受那种突如其来的恐怖感。我有点儿害怕，腿肚子哆嗦起来。一只有力的巨手在摇晃吊桥，是郭普云，还是魔鬼？星星近在眼前，灯光无比遥远，像是人的又像是野兽的眼睛。我自语：我是个即将死去的人，我无所畏惧！无所畏惧！

踏上铁路支线之后我平静了。我抓起枕木旁的石碴掭了掭，边走边抓边扔边听，黑暗中啪啪地响着石头敲打山坡的声音。没有别的响动，所有声音仿佛都是我一个人制造的，我让它们响它们就响，我控制着这个世界。我不想吓唬它，它也别想吓唬我。我们谁也不怕谁，我们是谁也离不开谁的同谋。黑夜和阴森森的山影顿时变得亲切了。我觉得自己正在触摸到曾经被郭普云触摸过的无形而无边的诗意，我无比轻松。

我在驹子峰山顶上吸了烟。我不能设想郭普云会不在这个优雅的地方美滋滋地喷云吐雾。哪怕全世界禁烟成功，肯定会保留一个法律允许的吸烟场所，这个地方就是山顶，无数险峻或平坦、温暖或寒冷的山顶。居高临下看到的东西是多么美好呀！呜咽的列车汽笛声和奋勇开进的撞击声回荡山谷，忽明忽暗的灯光穿透了深蓝色的山冈，仿佛到处都有人在喧哗、欢笑、哭泣、咒骂，而淡淡的月光和星光正无比恬静的注视着、保护着这一切。这是一个使思想和感觉达到无限自由的地方，是一个使苦和甜、哭和笑、幻想与现实、生存与死亡变得无所谓从而也无所求的地方！郭普云，你眼疾深重却不曾失明，难道你看不到也体味不到这灿烂的一切吗？

我无法理解你。

摸索着走下驹子峰，站到蓝色的大镜子似的水库边儿上，我发觉手里还攥着在铁道线上拣的两块石头，月光如水，而水里也淹着一颗清明的月亮。银色的水面无比清洁，我害怕再站一会儿自己会情不自禁地走下去。郭普云没有想到死，他只不过是跨进这潭清白之水，想好好地洗一洗，把自己荡涤得更加清洁美好，结果他在强烈的陶醉中睡着了，从此永远溶进了一个梦寐以求的宁静世界。

朋友，我理解你了吗？

我把石头抛出去，月亮碎裂了，长时间地颤动，抖出许多闪亮的弧和许多闪亮的点。我把另一块石头抛出去，抛得远些，月亮仍旧破裂了。是的，我可以击碎一个星球，只要我愿意，我可以把自己也抛进去。不论我是否把自己抛进去，破碎的或完整的星球都将与我同在，不论我活着还是死去，星球都将伴随我，伴随我达到无始无终的永恒境界。我有能力把握这一切。我知道抛出某种物体的时机、场合、方式和结果。现在我只想抛出冷冰冰、傻乎乎的两块顽石，跟我亲爱的月亮开开玩笑。我的下一个紧迫想法是找块不太潮湿的地方靠一靠，吸支烟，拿出口袋里作为早点的食品提前享受一下。我对淹没了郭普云的静水没有愤懑，我迟早也会走下去。对天发誓，只要没有人恶意推我，我不会穿着衣服下水的。我有游泳裤，而且水温必须得合适，不能激我一身鸡皮疙瘩，更不能把我泡感冒喽。我需要健康的体魄以工作，需要畅通的鼻子以呼吸，需要正常的食欲以吃饭。总之，我需要水，我需要满足体能的消耗，需要清洁的仪表，需要与水有关的一切娱乐。但是，我绝不允许它袭击我的肺部器官，绝不。

我在清明节凌晨的冷风中等待黎明，等待地个朝朝相遇的太阳。我从来没有这么迫切地希望见到它。我忘记了自己的使命。我对郭普云的拙劣模仿宣告失败。当我划了十几根火柴都点不着一根烟的时候，我沮丧地肯定了一个新的想法：我试图理解郭普云是犯了一个跟冒进差不多的左倾机会主义错误。从另一个角度讲，我犯了一个大傻蛋应当犯的大傻蛋式的错误。我挥舞解剖刀的结果只是虚张声势地泡制了一种沉思状态，思辨的随意性及其软弱无能，在这种华丽的状态中表现得淋漓尽致。归根结底，自杀，是一个实践的课题，而不是一个玄想的项目。任何一位主动死亡的人，既是大部队里怯懦的逃兵，又是英勇果敢的孤军奋战者。你不可能透彻地清理这种矛盾，除非你有勇气担当同样的角色。假如你在主观上没有太多拘束，实不妨把自杀者奉为一尊神，其意不在膜拜，而在于展示某种不可知，提醒你注意客观的无限可能和主观悲哀的局限性。那里似乎正是生存和死亡的共同基础。

我琢磨，思想飘到这个地方，解剖刀不可能不来点儿异化了。它变成一个果核，卡在我喉咙里，吞吞不下去，吐吐不出来。不过它确实激励了我的呼吸道，使我感到空前的亢奋和畅快。为了对付它，大脑里的马达正在轰轰地启动，我变得目空一切了。

凌晨三点，在水坝干燥处遇到一个阎罗似的钓鱼迷。他裹着一件雨衣，支援了鄙人一块塑料布。在将睡未睡的状态中聊着天，亲热得相见恨晚似的。

"半夜来钓鱼，老婆不说你？"

"敢说！老子扇不死她！"

这个粗人真可爱。他问我来干什么，我毫无保留地告诉了他。他

351

的胡须在香烟的微火里翘了翘,像根猪尾巴。

"傻帽!大傻帽!多余捞他!"

"可惜啦,难得的一个好人。"

"好个屁!我压根儿没见过好人……"

闹了半天这小子也愤世嫉俗得不行。我兴味索然,吐了一口痰就睡了。天亮时醒来,眼前一片血红。绿幽幽的水里掉着一枚初升的太阳,空气五彩缤纷。钓鱼迷背朝我站在岸边,雕塑似的叉着两条腿,正把膀胱里多余的液体射进埋葬了郭普云的神圣湖泊。那哗哗啦啦的响动好像生命嘹亮的钟声。他舒服了,哇哇地吼了几嗓子,就像他排泄的不是浊尿,而是那种使人类得以延续的腥味儿十足的黏液。

我告别了这个活得满地道的家伙。郭普云美丽的坟丘舒展在灿烂的阳光之下,但是我只停留了五分钟。我没有一点儿沉思默想的欲望,也失去了为死人设想点儿什么的兴致。我饿了,也乏了。生理感受直接影响了我的眼光,回头看看那块寄托了哀思的大碑,发觉它原来是一块相当委屈又相当窝囊的破石头。回去给吴炎编点儿什么呢?寄往西欧的信件将传达祭奠的信息,但是它和每日在世界上空飞来飞去的虚伪信件不会有任何区别,那是一篇真实而亲切的谎言。

我在下苇店最像样儿的小饭馆里喝了几杯啤酒。这个鬼地方居然有这么清冽纯净的啤酒,是我事前没有想到的。我看着桌子对面一位愁眉苦脸的青年矿工,差点儿走过去拥抱他一下。丫头养的,我爱你们!干杯吧!

太阳底下忙碌起来了。

白　涡

一

青龙观饭店周围是一大片菜地。透过二楼会议厅的窗口可以看到菜地的尽头，那里有一条公路在七月的烈日下闪闪发光。

周兆路的声音消失了。他听到了空调机轻微的音响，听众后面有人咳嗽，这人一直在咳嗽，咳得他的嗓子也跟着痒痒，论文几乎读不下去。

"谢谢大家！"

他离开讲台走向自己的沙发椅。掌声有点儿冷淡，直到他意外地在录音机导线上绊了一下，干巴巴的掌声才突然热烈起来，但又立即平息了。他倒并不怎样狼狈。

"谢谢！"

他平静地边走边点头，平静地坐下来。当人们不再注意他的时候，他的脸才略略泛红，嘴角沮丧地耷拉下去。公路上一辆鲜艳的小轿车在爬，像一只肥胖的虫子。

学术报告会有点儿不伦不类。他原以为规格较高的，来了才知道不是那么回事，尽是不认识的面孔，还有不少上了年纪的药工和一些官气十足的制药厂厂长之类的人物。对牛弹琴，好好的论文算是白糟蹋了一场。

跟在他后面发言的是同仁堂一个老药工，满口京腔生动极了，早年的学徒经历引来阵阵笑声。周兆路感到自己受了侮辱，但两只手没有忘了响应别人的掌声，他在任何场合都不是一个高傲的人。

他从来不知道这个市里有个中药协会。两个星期前他收到一封短信，被告知他是这个协会的理事了。紧跟着又接到一个电话，让他准备一篇发言，与中药有关的。要不是手边恰巧有这方面的论文，如此乏味的会议本可以避开的。他屡次被一些莫名其妙的会议拉去壮门面，起初欣然醉然，现在越来越感到不值当。中医研究院研究员的牌子，被人廉价利用了。他是气功协会、中西医交流协会等等五六个协会的会员，如今又冒出个市级中药协会，将来哪个热心人操办柴胡协会、甘草协会恐怕也免不了拉他入伙。他为人谦谨，但让人随便扣上一顶又一顶破帽子，毕竟不是一件有趣的事。有一顶皇冠足够了，全国中医学会的委员资格在职称评定时起了相当大的作用，但这种美妙的因果效应一生中难得遇见，这种机会当然应该牢牢抓住。他只有四十四岁，机遇的大门远远没有关闭，看来最要紧的还是在于识别，要认清隐藏在事情背后的意义。

他鼓掌微笑。他什么也没有听见。他打开瓷杯，空杯里有一撮茶叶。花茶，几朵干瘪的白花黄惨惨显得肮脏。他把它们扣在一张废纸上，取出随身携带的信封，里面是远在福建的老母亲给他寄来的红茶。他只喝红茶。家乡山岭上遍布茶林，他在崎岖的上学路上跋涉，肚里晃荡的是一碗碗温暖的红茶水。如今那一片山林留给他的痕迹，只有它了。他离不开它。他也不想改变它,像妻子那样去喝什么咖啡。她是上海人,生活却并不讲究,只是在饮食方面有一种出自本能的追时髦的欲望。好在他并不看重这一弱点。她是一个温顺的女人。他很爱她。对他这样循规蹈矩的人来说,自始至终爱一个女人并不困难,只要他打算担负起自己的责任。结婚近二十年来,他就是这么做的。他是一个好丈夫。大家都说他是一个好丈夫。

周兆路有点儿烦躁不安。讲台上有人在大谈某种制药工艺的改进,声音嗡嗡的像是回旋在一口菜缸里。太阳正悄悄西落,玻璃窗上的反光开始黯淡。公路上车辆如流,不一会儿又空荡无物,等半天才出现一堆缓慢蠕动的钢铁怪兽,像突然从地底下钻出来似的。他喝了一口茶,味道好极了。

"味道好极了。"

这是女儿常挂在嘴边的一句话,是她从电视广告中学来的。他讨厌一切广告,但女儿说什么他都爱听。他有一儿一女,小玲和小磊。小磊上小学五年级,学习成绩不如姐姐,但性格很老成。

"姐姐不要人云亦云!"

"你懂什么叫人云亦云?"

"爸爸妈妈快瞧,姐姐恼羞成怒了。"

这种早熟显然没有什么可担忧的。他的孩子令他骄傲和愉快,他爱他们。是的,他爱自己的家庭,没有什么力量能使他改变这一点。他也不想改变!

会散了。周兆路伤感地从沙发上站起来。他找到会议主持人,说不能参加晚宴,家里有急事。他一再请求谅解,同时为自己的欺骗感到内疚。这是他今天以来第二次撒谎。早上他告诉妻子,会议晚上结束,晚饭不必等他。他不知道当时自己的脸是否流露了一些痛苦的神情。即使流露了什么，妻子也不会察觉的。她根本不知道什么叫怀疑。她对他有过一丝一毫的不信任么？

他是一个好丈夫。

走廊里有人拦住他，索要论文底稿。他犹豫不决，但很快就找到了借口："我还要改一改，有几段论述不太清楚，拿不出手……"

对方是市里医药杂志的编辑，言辞恳切："您要多支持我们呀！"

"改后看，改后看……"

他心里想的是，论文应当拿到中央级的大刊物上去发表，那样影响会大一些。尊重别人是必要的，但更应当珍视自己的劳动成果。

"能不能改好我自己也没有信心，我对药学谈不上内行，出洋相就麻烦啦……"

对方有点儿失望，他只得用自嘲应付过去。他要了人家的通讯地址，答应以后联系。他样子很认真，好像认识对方正是他求之不得的事情。他不希望别人误解他。或者说，他正是需要某种误解，以便使内心的真实想法深深地掩盖起来，甚至深藏到连自己也捉摸不清的地步。他希望在一切有关人的心目中，中医研究院年轻的研究员是个随和而谦虚的人。这种人比那些本领高强却性格怪癖的家伙更容易被别人接受，他在上大学时就认识到这一点了。

那个编辑果然十分高兴。周兆路还很少让人不高兴过。这毕竟不是一件多么困难的事情，他做起来更是轻车熟路。他和那人愉快地分了手，脸色顿时拉了下来。

他走进洗手间，利用解手的机会把钱夹里的那张小纸条又看了一遍。纸叠得很工整，但好半天扯不开，他的手指在哆嗦。那些字使他心烦意乱。他已经读过多遍，但每一次都像第一次读到一样，有一种五雷轰顶的感觉。眼前一会儿昏天黑地，一会儿金光灿烂，还从来没有一件事情使他处在这样不知所措的境地。纸条是前天在办公室写字台抽屉里发现的。抽屉锁着,但留有足可以塞进一张工作证的缝隙。他做梦也没有想到这个缝隙成了如此神秘的信息通道。不是他的抽屉,而是他的思想遭到了侵犯。苦思一番之后,他毅然决定在这种大胆的进攻面前做出善意的反应,他要试探对手,但绝不会缴械投降。

他默记纸条末尾那行秀丽的小字:星期六晚七点,东单十字路口西南角孙悟空金箍棒下等你。他乘车路过时见过那个广告牌。日本电器商借助神猴开辟中国市场,大概不会料到金箍棒竟如此自然而然地介入一个中国人的私生活。他讨厌广告。

离开青龙观饭店,乘半小时近郊车抵达城区边缘。从德胜门到中山公园,从中山公园到东单,上上下下用去一小时。走近广告牌是六点半钟。车上下班的人拥挤不堪,但行车速度并不像他预料的那么艰难。

太阳悬在西方,从长安街尽头窥视着匆匆涌动的车流人流。便道上无穷尽的男女来来往往,平庸的人堆里不时闪出被薄薄的纺织物包裹的年轻女子出众的肉体。没有人知道他是谁,他可以随意地支配目光,去追逐他感兴趣的每一个人。这时候他是自由的,略微带点儿邪恶。他认识的那个人还没来,腾云驾雾的孙行者下面是空旷的铁栅栏。

他在摊车上买了一个果仁面包,越过斑马线,躲到一家服装店的门后边悄悄地吃起来。脸朝着玻璃,吃得很小心,顾客在他身后蹭来蹭去,但没有人注意他。他偶然回头,在一面大镜子里突如其来地看见了自己,好像发现了一个跟踪者。他吓了一跳。

"这就是你么?"

他真年轻。头发眉毛漆黑,皮肤却细白,长方脸上是端正的五官,身材高矮适中而肚子一点儿不凸。妻子喜欢他的鼻子,这鼻子不像南方人那样扁平，而是有棱有角恰到好处地耸起来。此外，他还有一双地地道道的南方人的眼睛，大而明亮。这双眼睛正兴奋地注视着他，最后停留在他抓在手里的面包纸上。

他很少这样审视自己的身体。在华东医学院上学时他是个美男子，但那是很久远的事了。现在他的自我欣赏有点儿犹犹豫豫，他疑心这家商店的穿衣镜质量有问题，甚至隐藏了店方的花招儿：制造错觉以便把顾客引入歧途。他不想再受这面镜子的诱惑，但跨出店门时又忍不住看了一眼，那里面有个苍老、忧郁、慌慌张张的男人。他茫然若失。他不知道该拿自己怎么办。他觉得自己正在堕落、即将堕落、或迟早要堕落，堕落到一个可怕的地方去。

太阳没有了，天空还留着阳光。周兆路把面包纸扔进果皮箱后，一抬眼便看见了那个人。一身淡绿色的束腰连衣裙。一双雪白的高跟皮凉鞋。同样白的不及一本书大的小挎包。一小片黑浪头似的卷发。两条亭亭玉立的长腿。她准时来到了。

他迈下便道，下意识地避开车辆，哆哆嗦嗦地向对面走去。他表情矜持却止不住喃喃自语。一个骑车人恶毒地咒骂他，而广告牌下一个灿烂的微笑正朝他飞来。那是一颗致命的子弹，但他已经无法逃避了。

"她……真美！"

他在心底暗自呻吟。

二

他们握了手。与各自的心情相比，这种握手未免有点儿冷淡。她的手很小很硬，握起来不太舒服，好像攥住了一小块骨头。他的手却很软，而且过于湿润。他是一个喜欢出汗的男人。

"你吃过了？"他坦然寒暄。

"吃过了。你呢？"

"吃过了。"

他们拉开一步的距离，沿着便道向南走。谁也没说上哪儿去，但两个人几乎同时在东单公园东门外放慢了脚步，互相看了一眼。他仍旧很坦然，他不知道这种坦然给她留下了什么印象。握手前的一瞬间，他本能地决定采取这种态度。他没有别的选择，这种幽会对他来说是太陌生了。

"进去坐坐？"她问。

"坐坐。"

椅子很多，大都空着。有人的长椅上坐着一些拥到一处的年轻恋人或一些形单影只的孤单老者。他们和这些人不同，他们好长时间不知道应该坐在哪儿，哪儿都不合适。绕了大半个公园，周光路首先下决心在一把绿椅上坐了下来。这里挨着路边，离大门也不远，眼前不时有人来去。他揣测她的本意是要找一个僻静的地方。

"今天不太热。"她说。

"有风，挺凉快的。"

"会开得怎么样？"

"还行。"

"论文反应好么？"

"效果一般，不大对口儿。"

那张奇怪的条子把他们拉到这儿来，但他们好像谁也不打算提它。周兆路盯着自己的两条腿。边儿上还有两条腿，修长、结实，光滑得出奇，潜伏着媚人的活力。他紧张得脊梁都皱了起来。但他不动声色。

　　他早就认识她，何止认识，他们是同一个研究室的同事。他是研究室的副主任，她是他的下属。她平时称呼他"您"或"周副主任"，气氛活跃时她叫他"老研"和"周公"等等有趣的绰号。她是那种泼泼辣辣到哪儿都有人缘的女人。她一向快言快语，但是现在，她的寡言和沉静让他害怕。他喜欢她，喜欢她的人在研究院里不止他一个。但是这些喜欢她的容貌和个性的人里面显然没有一个人了解她。她是一个谜。也许，竟是一个陷阱。关键只在一点，他肯不肯跳下去。

　　起因并不是那个条子。两个月前，她拿着硕士论文来找他。这是答辩前的最后一次润色。他曾经给她出了很多主意，也许是出了太多的主意。但他乐意这么做。办公室里只有他一个人，主任钱通奎老先生长期抱病，他可以独享这一雅致宁静的空间。她站在椅子旁边，一只手扶着椅背，一只手弯在写字台上。他起初有些局促不安，但走廊里寂静无声，他便接受了这一亲近的姿态。后来他想，他的沉默很像是一种鼓励。她的身体接触了他，他的背和肩膀一下子变得敏感，脑袋却沉得抬不起来。他忍耐着，若无其事地闪开了，直到她离开办公室，他都没敢看她的眼睛。那天他下班很迟，一直靠在椅子上品尝自己的罪恶，估计同室的人走光了，他才贼一样溜出来。第二天同事们发觉他比往常严肃了许多，都不知为什么。在餐厅里，她嘻嘻哈哈地跟他开玩笑，好像什么也没发生。这倒提醒了他。过于严肃是不正常的。但他打不起嬉笑的兴致。时隔不久，在乘班车由北苑返回城区的路上，她又一次主动逼迫了他。仿佛很凑巧，她跟他坐在同一排。汽车颠簸中，她用挎包掩着握住了他的手。这太过分了。他没有反抗，只是用哀求的目光看了她一眼。他分不清她脸上的微笑是得意还是嘲弄。他不知道她到底想干什么。她凭什么这样无所顾忌地折磨他？

灯亮了。到处都是暗影。小树像人一样立着，花坛一团黑色。京胡声从公园深处飘来，一个衰老的嗓子颤悠悠地吊上去，好像有人掐住了他的脖子。大街上有电车嗡嗡开过去的声音，卖冰棍的在吆喝，声音有点儿惨。

周兆路长叹了一声。他们谈了一会儿孩子，又没有话了，她爱人是钢铁学院的讲师，他从来没有听她谈过他。如果她和丈夫之间有什么不愉快，还是等她自己说吧。他不想问。她有一个八岁的儿子，她好像挺喜欢他，话题总往孩子身上绕。

"小虹功课拔尖儿，可惜长得像他爸爸，一个小地包天。"

"聪明就好。"

"我见过你女儿，上次春游。好漂亮的小姑娘，脸盘真像你。"

"很娇气，我经常批评她。"

"批评？我们那位是打。孩子要没有一个好爸爸，全完了！"

"这个……不过……"

"过得不顺心，真想找个地方大哭一场，可是又没有眼泪，心都死了。"

"你还年轻。"

"都三十六了，年轻的日子全扔了，找不回来了……活得真没意思。"

"你很开朗。"

"假的，装的！"

"我不相信，你是个乐观的人。今天你既然约我来，我们就索性好好谈谈。我比你年长，作为关系融洽的同事，我……"

"别说！别说了……"

她打断他，显得有些冲动。灯光昏暗，她的脸看不大清，小巧的鼻子白得发灰,嘴巴是黑的。她的嘴也很小,像少女。他一点儿没有防备,手就被拉到那个浑圆的膝盖上,她低下头,把脸埋了上去。她的鼻子硌在他手心上,有点儿痒痒。

"我只希望你陪我坐一会儿,看着我。咱们谁也别装模作样。你是个男人,我是个女人,我喜欢你……这就够了。你不会拒绝我,我知道……"

"你的苦恼……也许我无法知道,我的意思是……"

"求你别动,安静地待一会儿。"

手心发潮,他拿不准是汗还是别的什么。他不敢动,大概也不愿动。他发觉不仅在她而且在自己身上有一种十分动人的东西,尽管彼此的动作有点儿僵硬。一切都很简单,并不像他想象的那么令人震惊。他以为自己简直就没办法应付,简直会发心脏病,结果却异常平静自然,自然得连想都不用想便伸出了另一只手。他抚摸了她的头发,手指滑下来,又抚摸了她的脖子。他以前注意过这个脖子。他嗓子发干。

"这样……不好……"

"怎么才好?你说。"

她很任性,也很温柔。她用嘴巴触他,沿着小臂触上来。他们都有成熟透了的嘴唇,它们本能地相互寻找,明知道对方在哪儿,却偏要迂回着凑过去,来一场心照不宣的偷袭和搏斗。他做得很认真,就像读一本好书。书很厚,第一页就吸引了他,他不想翻得太快。

草坪上有人穿过,走远了,又过去一些人,小路上是悄悄的脚步声。没有人打扰他们。他们没有年龄,没有身份,只有性别。这里是性别的乐园。周兆路陶然醉想,如果这个世界上只有他和她,他会不会像条狗一样疯狂起来?别人处在他这个位置会怎么样?他觉得连夏夜的空气里都充满了理由,支持他去亲吻一个美丽的女人。

"真高兴,你呢?"她小声问。

"……不知道该怎么说。"

"那就别说。"

"有点儿难受。"

"哪儿?"

"心里。"

"为什么?"

"不清楚。"

"有犯罪感么?"

"……怎么会这样?我没想到,我们像小孩子……请你原谅……"

她笑了,几颗牙齿闪亮,挨他更紧些。他们不再说什么,动作比语言更有意义也更明确。语言忧心忡忡,而动作令人快慰。他们很忙碌,或者只是他感到她很忙碌。他已经确认她不是苦恼的人。她太迫切、太饥渴,把刚刚冒出一些的浪漫冲淡了。但是,她鲜艳而丰满。他愿意响应她的每一个暗示。这双唇微启的嘴巴是一团美丽的花朵,柔润无比。他弄痛了自己的嘴唇。他有点疲乏了,她不知什么时候已经倚到他腿上,弄得他很别扭。他为自己对这个天真的肉体的迷恋感到惊奇。她好像过于大胆了。他把手缩回来,摸摸脑门。她立即觉察了什么,用手帕擦了擦他的脸。她从他怀里蹦出来,像小兔子一样灵活,然后站在小路上歪着脑袋打量他。灯光映出了她的轮廓,脸上身上布满了神秘的阴影。

"去喝点儿冷饮吧?"

"冷饮?"

周兆路顿时清醒过来。她挽住他的胳膊。走出公园大门之后,她恋恋不舍地松了手。他很满意,没有任何窘迫感。他一时找不到话说,想说的话和心情不大合拍。

走过长安街,在空中步道的铁架子北边找到一家冷饮店。他喝的是红果冰激凌,她要了一杯菠萝的。灯光刺眼,周围不少人在等座位。他们不时交换一下目光,他在她眼里看到淡淡的柔情。如果她是一眼陷阱,也没有什么大不了的。他即使一头栽下去,仍旧可以从容地爬上来,不留任何痕迹。人生在世免不了陷入尴尬境地,挺一挺也就过去了。不能羞涩,不能退却,更不能忘乎所以。但愿这小小的插曲能像来时一样飞速地离去,让他和她在彼此的沉默中悄悄欣赏。

九点钟,他们在路西的电车站分手。

"今天的事我有责任……"他措辞谨慎。

"是我们共同的责任。"

"事情来得太突然,以后是否不用这种方式……"

"我知道该怎么做。"

"……我对你了解得不够。当然,我理解你的心情,我真心希望你幸福。"

"你有点儿不高兴吧?"

"我……"

"我反正敢作敢当,没什么可发愁的。"

"你很天真。"

"你不怨我吧?我喜欢直来直去,想好了就做,做了绝不后悔。"

"我们都是有家室的人……"

"家不会毁灭,如果那么容易毁灭就太好了!别愁眉苦脸的,谁也没有错。"

"车来了。"

"不要折磨自己,你还是你。"她跨上车后回头一笑,晃了晃小拐包:"星期一见!"

她的神态有点儿娇气。她的家在东四六条,不出半小时她就能和丈夫团聚,在那里她的这种媚态是不可想象的。她将带着另一个男人的气味走进家门。他也面临着同样的问题。他还是他,但他已不是今天早晨离开家门时那个他了。几个小时以前他还是清白的,在感情上领略了新奇的体验之后,他已经变得卑鄙。如果他不认为自己卑鄙,这种卑鄙还存在么?卑鄙可以隐藏。

周兆路在街头徘徊,心头甜苦交加。他回味那些细节,比当时还要激动,他几乎认不出自己。他何以失态到这种地步?也许他骨子里早就积压了罪恶的快感,只是借她的手发泄一下罢了。稳重了半生的正人君子,到头来还是自己把自己给嘲弄了。

他回到三里河的家,在楼道里站了半天,迟迟不想敲门。他把那张纸条又看了一遍,撕碎后扔进垃圾道的铁口。墙角里腾起许多蚊子,铁口里一股烂西红柿味儿。

我很苦恼,希望找个朋友谈谈。想到了你,也只有你!你知道你在我心目中的位置,我提醒过你。现在,我决定试试自己能干些什么,也许会让你吃惊。我自己不怕任何惩罚,包括你的拒绝。

他没有拒绝。他是她的同谋。但是直到此刻,纸条的内容以及由它引发的一切仍旧是不可思议的。他敲门,又莫名其妙地想起了那条滑腻腻的白脖子。

妻子在等他。罩着宽松的睡衣,脸皮皱巴巴的没有一点儿光泽。她比早上苍老多了。

"怎么才回来？"她细声细气地问。

"会拖了。"

他的笑容虚伪得可怕，但她已经转身给他熬咖啡去了，拖鞋啪啪地打着水泥地，就像在扇他的嘴巴。他钻进了厕所。

三

华乃倩获得了硕士学位。她的论文题目很长，《生脉注射液热稀释气囊导管研究及其血流动力学的一般状态》。她最初拟定的题目概括力不强，现在的题目是周兆路为她设计的。答辩时遇到了一点儿小麻烦。有人对八个病例都是男性这一点提出疑问，险些动摇了论文的基础。答辩台上的华乃倩没有思想准备，支支吾吾地解释不清。她缺乏经验，她不应该一上台就显得那么信心十足。你口气越大，人家越乐意看到你隐入窘境。如果你稍稍胆怯一些，哪怕是彻头彻尾的装相，人家就会同情你，甚至在关键的地方拉你一把。

周兆路恨不得冲上去替她驳斥对方。她求援的目光屡次射向他。他劝自己，要稳住，再等等看。他希望有人先于他站起来保护她，他不想直接出面。僵持中，消化系疾病研究室的刘副主任也跳出来发难了。他大概嗅出了论文题目中的周式气味。他从不放过与周兆路暗自作对的机会。

"病例的男性化导致整个研究结论的残缺，这一点难以否定。华乃倩同志经验不足是可以原谅的，但在研究方法的严肃性方面有值得反省的地方……"

周兆路干咳了几声。他坐不住了。旁听的人很多,有几位从附属医院的门诊大楼跑来,白大褂都来不及脱。不少人是冲着华乃倩来的,他知道。他们也许想亲眼见见识识研究院的大花瓶到底能盛多少水儿。

"病例主体的性别在这里没有决定性的意义,等论文全部宣读完了,这一点将更加明确,大家耐心一些。"

前排几位老研究员冲周兆路频频点头,他简短地发表了意见后便坐下了。不能纠缠。但姓刘的还不罢休。

"可以暂时认为这没有决定性的意义,但是否存在着有意义的影响呢?我认为这种影响是消极的……"

"任何研究都有局限性,任何结论都是相对的。华乃倩的病例选择受到病例本身的限制,她没有什么责任。如果说病例积累不足,那么这个责任我们整个研究室愿意承担,与这篇论文无关……"

"我完全同意你的看法。"

老刘眼镜邪光闪烁,主动休战了。周兆路觉得此人的表演令人作呕。但他客气地朝对方笑了笑。他显得宽容而且有风度。那个人却过于赤裸裸了,想攻击人家研究室何必绕圈子去难为一个弱女子呢?这屋里至少有百分之八十的人都同情她!

周兆路暗想:"你胜不了我。"

老刘是六二年毕业的北医大高材生,比他早两年进研究院。他们是院里的两颗星星,几乎从一开始就在业务上较量开了。他们先后入党,同时提升为研究室副主任,但在夺取研究员职称时,周兆路压倒了他。只有一个名额,试点文件中的评定标准又不太明确,最后起决定作用的是为人。老刘缺肚量,言辞坦露激烈,朋友和敌人一样多。周兆路则可以向一切人微笑。当然,他的英文、日文的译笔都比老刘漂亮,对手恐怕没有可能在这方面超越他了。他们的关系只有片刻亲密，那时他烧锅炉，老刘扫厕所，也曾相互唏嘘，共同承受压给"白专"典型的种种惩罚。事过境迁，老刘重新扑到医道上简直就像一头饿狼，而周兆路也时时感到一种强大的威胁，他不想在事业上被这个人抛在后面。他比姓刘的强。他始终这样认为。

答辩结束之后，在走廊里周兆路觉得情况有点儿不大对头。老刘扎在一堆人里叽叽咕咕地说着什么。他想下楼，老刘居心不良地跟了过来。瘦得像个虾米，眼镜仿佛随时有可能从瓦刀脸上脱落。周兆路警觉地看着他。

"鄙人有个问题想请教。"

"说吧，什么事？"

"据我所知，北医中医研究生班是去年结业的吧？"

"对，分到我们院三个，华乃倩是其中之一。工作满一年由所在单位考核授予学位，这些情况你应当知道。"

周兆路笑着，想照那丑脸上狠狠地砸一拳。他是诚心跟我们研究室过不去，那就试试看吧。

"你误会了。"老刘挠挠胳膊，说："华乃倩选的病例是不是有一年以前的？"

"……有。"

"有几个？"

"四个，也许是三个。"

"作为独立的研究……"

"这很正常，临床病例属大家所有，谁也不能独占档案。"

"你又误会了。我的记忆力还可以，至少有两个病例你在论文中使用过，它们怎么到了华乃倩笔下呢，是你同意的么？"

"我帮她选的。"

"这就对了。她在注释里没有提到这一点，这对论文的严谨是有害的。她应该用一两句话对病例的原有研究者表示感谢……"

"为什么不在会上提出来？"

"没必要！我有点儿可怜她，她的水平我不敢恭维，但她的确太漂亮了，也算咱们研究院的小小骄傲吧。不打扰了。"

"不客气……"

这个咬文嚼字的混蛋！周兆路感到不安。老刘无非是给他一点儿难堪，但也不排除那人对他和华乃倩的关系的敏感。他们没有证据。他们不可能有证据。他是研究室负责人，对下属进行业务上的指导无可非议。别有用心的人休想在这件事上打倒他。他是不可战胜的。他竭力使自己相信这一点。但是，他心里有点儿发虚。毕竟已经发生了什么，自欺欺人是不行的。以后要格外当心。

华乃倩在办公室里等他，脸色粉红，嘴唇紧抿，好像要哭出来似的。答辩的后半段，她完全失去了自信，嗓音羞涩得像个小姑娘。周兆路当时生出一个奇怪的念头，想摸摸她的头发，安慰她。现在，他觉得她就要投到自己怀里来了。他移开目光，心里发苦。门留着半尺大的缝隙，这很合适，可以阻止两个人干出蠢事。他有一种要拥抱她的强烈欲望。

"回自己的办公室去吧。"

"今天真丢人。"

她还没有从懊丧中解脱出来。

"这很正常，总的反应不错，估计最后评定没有问题。"

"没想到会这么挑剔……"

"不是冲你来的，这种小动作没什么了不起的，以后……处事要慎重……"

"我知道。多亏了你……"

"你去吧,以后再谈。快活一点儿,乃倩,我喜欢你快活的样子……"

她瞧了他一会儿,飞快地摸了摸他的手背,出去了。她裙下的腿肚子在门口闪了一下,像消逝的弧光。他经常为她的一举一动发呆,在班车或餐桌上,不时为追想她的某一个眼神儿而苦恼。她的魅力难以抗拒,她把他拽入了类似初恋似的痛苦之中。大学二年级时他单恋过一个比他高一届的同系女生,直到那人毕业他没跟人家说过一句话,绝望的单相思持续了很久。这段往事已经埋葬。在与华乃倩的关系中他是被动的,但那种绝望的情绪却十分相似。他只能在无望的感情动荡中随波逐流。他害怕现在,更害怕将来。他感到异常孤独。紧挨着那个星期六,他们曾经又一次幽会。他们是从卫生部一个报告会上分头溜出来的,在天坛公园找了一块僻静的草地,缠绵了整整一下午。他很克制,却晕头晕脑地说了许多情话,事后连自己都不敢回想。好像不是他,而是一个第三者在胡言乱语。

"倩!"

他这样称呼他。四十四岁的人了,想起那一幕不能不感到肉麻。他浪漫不起来。他内心有一个纯粹而清晰的欲望,就是有朝一日能得到她的最后奉献。他迷恋那具温软的肉体。说到底,是她勾引了他。但是,他的确是一个可爱的女人呀!

"我完了!"

周兆路自言自语,空荡荡的办公室像一座坟墓,他自己则像一个痛苦的幽灵。女妖在他眼前跳舞,那是华乃倩赤裸丰满的身体。他强打精神走出去,找到几个老研究员,想把华乃倩学位的事尽快定下来。他用对本研究室的关心把另一种暧昧的关心掩盖起来了。他能为她做的事情，暂时只有这些。

他在下班的路上无精打采。他像得了一场大病。他近来一直这样，回家成了一件伤脑筋的事情。进了那个三居室的舒适的单元，他便是原来那个好丈夫、好爸爸了。他帮助妻子料理家务，不时说几个轻松的笑话，逗全家乐一乐。他指点儿子的功课，拍着他的小脑袋鼓励他。他坐在沙发上和女儿讨论问题，女儿多么不讲道理，他也只是自嘲地笑笑，始终和言细语。他是这个家庭爱的核心。等大家去看电视了，他就坐在书桌前静静地读书，给医学杂志撰写论文，或者分析研究课题的细节。妻子把咖啡放在桌角上，他习惯地拍拍她的手。

"不要搞得太晚。"她说。

"你先睡吧。"他笑笑，很温柔。

一切都跟往常一样。但妻子不知道他一页书也读不进，一篇文章也写不出来，他只是呆坐着无休止地自我折磨罢了。他研究那个女人，研究自己，所有的想法都杂乱无章。华乃倩在台灯的光影里朝他微笑，妻子的鼻息击打他的耳鼓，他脸上是凝固的苦笑和悲哀。他迟迟不肯到睡了二十年的床上去。他觉得自己和妻子之间横着另一个女人的身体，蛮横、娇柔，而又动人心魄。他无力排除这种臆想，他渴望逃避。

妻子不是欲望强烈的人，也觉察了他的淡漠。她很忧虑。

"你最近太疲劳了。"

"事多，总有人来找我，没办法。"

"安心搞研究，少参加社会活动。你是研究员，又不是搞政治的……"

"躲不开。谁让咱们年富力强呢！"

"又吹牛！你得好好补一补了，瞧你瘦得像什么了……"

妻子抚摸他的身体。熟悉的手指在胸肋上温柔地滑动，有点儿痒痒，却令人心醉。他抓住妻子的手，把她揽到怀里。在对自身罪恶的体味中，他想哭。

但他很快就睡着了。

四

总务科公布了第二批疗养人员的名单。注意事项里有一条像是玩笑：带上足够十天使用的手纸。据说北戴河一带卫生纸脱销，不知道是不是谣言。谣言很多，吃螃蟹吃死了，游泳淹死了，海边丘陵上有人抢劫。疗养变成了探险。

名单里没有华乃倩。她报了名，后来又说儿子生病，等下一批再去。下一批是最后一批，里面有周兆路。

周兆路看了名单。他拿不定主意，是否可以取消自己的北戴河之行。借口很多，几个学术会议邀他参加，请柬就在抽屉里。她的动机很明显。他几乎可以肯定她的儿子没有病。她在制造机会。她好像不大为他考虑。那天他躺在办公室的长沙发上睡午觉，一睁眼突然发现她就坐在旁边的椅子上，门也给反锁上了。他吓得出了一身冷汗。

"有人敲门怎么办？"

"别作声，你不在屋里。"

"……要理智一些。"

"看看你睡觉的样子也不行吗？"

"你怎么像个孩子……"

她吻了他，机警地溜出门去，他脑子里好像有根弦就要崩断了，竖起耳朵听着，走廊里没有声音。他第一次感到她的亲吻有一种隐隐约约的淫荡的味道。

他有些胆怯了。

人都是怪物，面孔只是招牌。一年前分到研究室的研究生是个美丽的少妇，泼辣而聪明。室里的人第一眼看到她都动了怎样的心思？谁也不知道谁。谁都想把直觉的丑恶掩藏起来。感情只是借口，理智更是借口。但是，当时他做梦也不会想到她和他会那么轻易地摆脱了束缚。好像一切都是预谋好了的，他们只不过是彩排中的两个角色。导演是命运。他们彼此露出了别人不知道的面目，但真正的面目也许永远不会出现。他并不了解她。淫荡和天真都缺乏依据，只有美妙诱人的躯壳是实在的。他不也是如此么？事情到了这一步，仍旧抓住道貌岸然的假面不肯松手。人不可能了解另一个人。他们都是怪物，他们甚至不能了解自己。淫荡是否给人以快乐？他答不出。生活里处处都是难题。

获得学位之后，她曾经请他到家里吃饭。她不避讳有这样一位智慧潇洒的领导帮了她的忙。但周兆路不明白她为什么要这么安排。非要庆贺一下，两个人可以悄悄上饭馆嘛，何必在丈夫跟前演戏呢？

"花不起钱。"她说，不知是真是假。

"用我的。"

"我请客。"

"我……怕自己太尴尬。"

"我就是要消灭你的尴尬。什么时候领我去会会你夫人？"

他脸红了。她比他想得开。不知是玩世不恭还是出于良知，有意寻找一种摆脱内疚的方法。他倒宁愿认为这是出于她个性的自然选择。她就是这种人，固执而又缺乏悔悟。生活中或许没有她对不起的人。

她活得比他轻松。

她丈夫叫林同生。那桌菜都是他做的。他干家务活很麻利,不大爱说话,洗菜炒菜端盘子,手脚不停地动。她的家是两间平房,在大杂院的角落里。门口盖了一间小厨房,室内光线昏暗。家具式样很旧,大衣柜占了半堵墙,沙发上扔着几本书和未洗的衣服,一头熊猫玩具四脚朝天躺在窗台上,旁边是各种小瓶子和叫不出名目来的小物件。书桌上摊满了书和纸,里面有几本儿童画报。孩子不在,说是送到奶奶家去了。

这不像她的家,她的家跟她一点儿也不协调。丈夫在忙碌,她却陪他饮茶聊天。周兆路有点儿坐不住了。

"你们的小窝儿生活气息很浓啊。"他开了个干巴巴的玩笑。

"您说什么?"

林同生从厨房探出头来。他头发乱蓬蓬的,像没有睡足觉,目光里一片呆滞。从中医角度来看,是中气不足,生理和心理都过于疲乏了。这个人日子过得不顺心。周兆路想起了阴盛阳衰的说法,这对华乃倩的家庭结构来说也很合适。

"菜里少放盐,老周是南方人。"

"到院子里打桶水。"

"我看锅,你去吧。"

她丈夫拎着个绿塑料桶猫着腰出去了。周兆路有点儿同情这个男人,但内心有一种强烈的优越感。华乃倩靠在厨房门口,自怨自哀地朝他耸了耸肩膀。

"坟墓。"

周兆路什么也没有表示,他把熊猫扶正,发觉它少了一只眼睛,肚子上涂了许多墨水儿。华乃倩的苦恼弥漫在这个家庭的每一个角落,含有绝望的色彩和自暴自弃的味道。他有点儿担忧。这是一只正在下沉的小船，自己竟然冒冒失失地跳了上来，对她会有什么帮助呢？这已经超脱感情上的互娱互足，变成人生的冒险了。周兆路从他和她的关系上发现了以前忽略了的东西。他是一棵稻草，她抓住了他。她需要的比他多，得到的也比他多。他把自己放到了十分危险的位置上。

她身上有某种不可信赖的东西。如果她是一个幸福过度而寻求新鲜际遇的女人，他或许可以心满意足地接纳她。偷偷摸摸地开始，偷偷摸摸结束，痛苦但没有危险。他可不想跟着她去毁灭什么。他不想。

那顿饭吃得很平淡。周兆路席间谈了一些单位的事情，甚至用权威的口吻批评了某项课题研究不切实际，叮嘱华乃倩在业务上要增强进取心。她丈夫听得很认真，不住点头表示赞同。她却用古怪的目光打量他。后来，也许是酒喝猛了，她丈夫发了不少牢骚。副教授没评上，住房没有解决，课时压得重，没时间搞学问，家务活又烦心。他神情沮丧，思维也不太清晰。

"有您这样开明的领导就好啦！"

"想开些，人都有不顺心的时候。"

"我们这个家，事业上就指望乃倩了，她比我强，我没什么发展了！一辈子教书匠。"

"你少喝点儿吧，老周，吃鱼……"

华乃倩把丈夫的酒杯扒拉到一边。那男人伤感地眨巴着眼睛，筷子悬在空中，好像下不了决心应该夹哪个菜。菜炒得很讲究，但周兆路吃不出味儿来。他在事业上一直很顺利，一点儿也没想到失败者会消沉到这种地步。华乃倩冷冰冰的目光也让他震惊。男人让自己的女人如此鄙夷，他就永远别想鼓起勇气来了。他有难言之隐。他也许知道妻子不爱他，说不定还知道自己不值得妻子来爱。

周兆路无法体会这种人的心情。他对华乃倩的苦恼倒是有了更确切的了解。她是可以原谅的。大家都是可以原谅的,包括他自己。从华乃倩家出来,他脑子里装满了宿命的念头,觉得谁也没有错,谁也摆脱不了哀伤。他一帆风顺,但他并不比别人活得更好些。他家庭的小船也在漏水,他却陷在意外的情爱中不能自拔,忍受痛苦的折磨。人在自身的罪恶中是无辜的。他和她都是可怜虫,比林同生强不了多少的可怜虫。

她送他到车站。他们在黄昏的便道上分开走,她几次要搀扶他,他拒绝了。这里离她的家太近。

"有点儿醉了吧?"

"还行,我平时不喝酒。"

"印象怎么样?"

"人很老实,可是太软弱……"

"窝囊废!"

"不能那么说,毕竟是你丈夫。"

"我有时也可怜他。可是如果你是个女人,你一天都不会跟他过。"

"我明白你的心情。"

"已经快十年了……你别看他愁眉苦脸的,实际上他根本没什么追求,庸俗的生活对他很合适,你没看到他钓鱼去那股高兴劲儿,乐观得很呢!买一件便宜货能自在好几天,真不明白他居然能给学生讲制图课!我看他就希望这样混下去……"

"不能劝劝他么?"

"骂得狗血淋头也没用。我骂累了。我懒得跟他说这些。"

"乃倩,你很不幸。"

"我知足了。只要你哪怕明白一点点。"

"我全明白。"

"不一定。……兆路,我反正想开了,我得活得开心点儿,要不就闷死了……"

"我明白,明白。"

"兆路……"

他们不知不觉走出了一站地,依偎在建筑物的阴影里。周兆路不知是为她还是为自己感到难过。他抱着她的肩膀,预感到他们的关系可能要持续下去,不会像他理智上希望的那样很快结束。

"乃倩,以后在单位举动要约束些。"

"……我管不住自己。"

"我们有机会在外边见面的。单位里人多眼杂,让人猜疑就不好了。"

"我会小心的……失去你我可受不了。我下决心抓住你,绝不撒手。"

"以后……少单独到我办公室来。"

"好的。亲我一下……"

她并没有约束自己。她竟然在他睡午觉时溜到他身边来。他在她身上看到了燃烧的欲望。爱抚的表白已经无法使她满足。她要行动、行动!周兆路却忧心忡忡。他不知道等待他的是又一次堕落,还是一次崭新的升华。诱惑和恐惧笼罩了远方的北戴河。

他想起了北戴河带着腥味儿的凉爽的海风,恍惚觉得他和她正在柔软的黄沙上走。前年他到过那里,让蚊子叮得满腿大包。如果没有蚊子,那儿的夜是很迷人的。海在白天平庸,一入夜便神秘了。黑暗中听着海浪一次次爬上沙滩,人就禁不住幻想和叹息。甜蜜的哀伤从海的深处游来,透过夜色一直流进心里。那片刻的无所思无所想的感觉令人沉醉。

他决定去,和她一块儿去。

他早早地打点行装。妻子为他准备了换洗的衣服，买了防蚊油和一包十二块钱一两的"大岭山工夫红茶"。他自己逛了好几家商店，挑了一件有花格子的尼龙泳裤。晚上睡觉前试了试，紧绷绷的，有点儿小了。他把它叠好装在旅行包底层。

"真想让你把我带上。"妻子说。

"你有空儿吗？"

"不行了，快开学啦。教育局也有疗养名额，可谁知道什么时候能轮到我们基层教师的头上？"

"以后会有机会。实际上……也没什么意思。"

"你把小磊带上吧？"

"恐怕没有多余床位，单位里的人几年才轮上一次，我怕影响不好……当然你要想陪我去，我跟总务科说说还是可以的。"

"我是说着玩的。"

妻子没再提这件事。她在中学当语文教师。六五年他经人介绍认识她时，她刚刚从师范大学毕业。她是上海人，在北京举目无亲，两个人一接触就很亲近。他那时在业务上正发奋，对婚姻不怎么热心。见她生得很端正，脾气又格外温顺，他便同意交往了。结果只谈了小半年，两人就高高兴兴地结了婚。他觉得这女人对自己正合适。家里和同事们也都很满意，说这个女人真不错。他们很少吵架，但也没有多余的激情，日子就这么平平淡淡稳稳当当地过下来了。闹别扭的时候也有，他们只是互不理睬从来没有恶语相加，最后总是以不知不觉地亲密交谈起来而告终。除了结婚时休探亲假，他们没有出去游玩过。他开会到过许多城市，而她的落脚点不是北京就是上海父母家。她教书有假期，但他从来没有利用过，她也不提。她永远只是为她的学生和家庭而忙忙碌碌。

这一次他又要单独行动了。另一个女人会陪伴他。看着妻子为他细心地收拾提包，他心里有点儿不是滋味。临行前那个晚上，他的身体格外兴奋，把自己和妻子搞得很累。妻子很愉快，也很惊讶。

"我已经没有吸引力了。"她不好意思地抚摸着他。

"你很好，真的……"

"到了那儿要注意身体。"

"我身体很壮，不是么？"

"吃东西要注意，别拉肚子。"

"我懂，我是医学专家。"

"又说大话……"

夫妻俩叽叽咕咕地说着笑着，很晚才睡。他热情得仿佛要和妻子诀别似的。他竭力把北戴河之行想象得平淡无奇，但每每想来都预感到前面隐伏着不可知的灾难。那个女人魔鬼似的立在黑漆漆的海滩上，向他伸出了苍白的双臂。他想逃开，躲到与妻子共创的现时的欢娱中去。

他躲不开她，他知道。在爆炸似的快感中他想的不是妻子，而是那张娇艳的面孔。他恨不得撕碎了它。

五

列车没到昌黎，天就阴起来了。铁道线北侧是嫩绿的青纱帐，再往北是蓝色的山峦，灰的和黑的云团正缓缓地散开，天显得很低。车窗上溅了几个水点儿，不一会儿就密麻麻淌成一片了。北戴河站台上晃动着花花绿绿的雨伞。他们兴致勃勃前来，有人却疲顿地等着快点儿离去。人就是喜欢折腾自己。

"带伞了吗？"

"带了。"

"把裤腿挽一下。"

她若无其事地拎着提包下车，路过他座椅时悄悄叮嘱了两句。她一直坐在车厢另一头，和后勤部门的几个年轻人打了一路纸牌，笑得像个小姑娘。她的笑声一点儿也不让人讨厌。她像出笼的鸟一样愉快。

周兆路在人群后边慢慢走着。雨下得挺大，广场上鼓着白花花的小水泡。他拎着两个提包，那个大一点儿的是妇科病研究室一位老研究员的，下车时他看到老人步履踉跄，便毫不犹豫地夺了过来。

"我自己来吧。"

"您岁数大了，叫我来。"

"麻烦你啦！"

"不客气。"

老人感激的面容使他欣慰。多拎一个提包不算什么。但有许多小事有着不引人注目的非凡的意义。忽略它们是不明智的。身上劲儿很足，雨里有海风的气息，他自我感觉不错。

她站在大轿车门口东张西望。周兆路把伞压低一些。她的打扮很大胆。短袖的柔姿纱上衣，粉得像一朵荷花，瘦小的短裤是浅灰色的，露着两条颀长的白藕似的腿。高跟鞋下车时脱掉了，换了一双坡跟的塑料拖鞋。街上的女孩子流行这套装束，他见识过。但她比那些浅薄的女孩子要端庄得多。他承认她不论穿什么都韵味十足。她在单位一向衣着朴素，照样不同凡响。她料理家务不行，但在自我修饰方面一定掌握了全套的成熟技巧。

她在他前边上了车。圆圆的脚后跟跷了几下。颜色比皮肤的其他部位要暗，有点儿粗糙。这是她的脚。他还从来没有看过她的脚。或许，他只是没有注意过。

他有意坐在离她远一些的座位上。心血管病研究室这一批只来了他们两个，一举一动都得注意分寸。他和其他部门的人闲聊，聊得亲切热乎，但内心一刻也没有离开她。他好像无意之中从提包里翻出了几本日本的医学杂志，下车时不少搞业务的人已经自惭形秽。他们是一心来玩的，但周研究员却为自己安排了繁重的译稿任务。

他在事业上永远令人不可企及。

疗养院紧靠海边。穿过松林和草坪，从窄小的偏门出去，走几十米便是倾斜的沙滩。分过房子，许多人便打着伞离开院子，兴奋地走向大海。周兆路隔着卧室的窗户看见她也在人群里。他吃着一个很大的苹果，嘴显得更红更小。她向这边看了一眼。

研究员们住的是一座独立的旧式小楼。每人一个房间。房外宽大的前廊上罩着纱窗，摆了些竹椅竹桌和痰盂之类的东西。房间不大，有软床和沙发。地毯旧得看不清图案，中间有几个地方掉了毛，不知有多少人践踏过它。厕所和洗漱间挤在屋角一个小门里，澡盆和便桶排列得很紧凑。没有摆放手纸。看来不是谣言。管子里有开水。浴巾和毛巾都很干净。他上次来住在华乃倩现在住的那座楼里，四个人一个房间。那时候他不是研究员。

他对这里很满意。他在澡盆里放满了水，把门插好，慢慢地脱衣服。墙上有面镜子，退到另一边墙壁可以看到膝盖以上的身体。他像过去一样白，白得让人有点儿不好意思。腹部还算平坦，躯体是强壮的。他用手试了试，加了点儿热水，把身子平着埋了进去，只留个脑袋在外边。舒适中这脑袋便生出了一些念头，赶也赶不走。

他张开嘴哈哈地吐气,眼睛使劲闭着,手在够得着的地方搓来搓去。这里是他自己的世界。看来是来对了。

泡到开晚饭他才从水里爬出来,皮肤热得通红。舒服极了。食堂里人很多,大都不认识,是从部里几个直属医院来的。华乃倩坐在另一张餐桌上,看见他便故意大声问:"周公,上海边去了吗?"

"没去。雨下得太大。"

"没雨就没味儿了!书呆子……"

一些人笑起来。他显得容光焕发。

"老啦,不能跟你们年轻人比。"

"你老,我们往哪儿摆呀?"

几位老人不答应了。气氛很融洽,有一种类似家庭的温暖气氛。周兆路注意到华乃倩换了衣服,是一件白底碎花的连衣裙,头发用一根宽宽的红带子扎在脑后。

傍晚雨小了。俱乐部大厅开始播放音乐,听服务员说那里的舞会每天都要持续到九点钟。他舞跳得不好。到俱乐部阅览室、棋室看了看,没有什么能吸引他的东西。电视在播送气象预报,明天仍然阴有雨,中雨。他又返回舞厅,昏暗的灯光中几十对舞伴涌来涌去,像木偶似的呆板地滑动、旋转。华乃倩让一个不认识的疗养员搂着,跳得兴味正浓。那人五十多岁,比她还矮一点儿,可是身手敏捷,一脸色迷迷的神态。他认为那就是色迷迷的神态,不会是别的。他看了一会儿就出去了。他不想跟她跳舞。他觉得当着外人自己肯定会不自在。但他不反对她和别人跳舞。他不妒忌。跳舞终究是跳舞。值得妒忌的说不定正是他自己。他是唯一用另一种眼光欣赏她的男人。

海的声音很沉重。它的颜色比天空要淡一些。远处有灯火,是货轮或蟹船。雨丝几乎感觉不到,舔在皮肤上凉飕飕的。

他回到住处翻了一会儿杂志。暖瓶里没有水，服务员已不知去向。这些当地的临时工比疗养人员派头更大。

他读不下去。几个复杂术语怎么也译不出来，辞典又忘带了。他一页一页地翻下去，脑子里一片混沌。

有人敲门。华乃倩抱着一个小塑料袋站在外边。他紧张地站了起来。纱门上她的身影像一幅抽象的图案。

"进来吧。"

"给你送点儿水果，你爱吃葡萄吗？"

"你留着吃吧……"

"带多了，其实这儿的小摊上更便宜。失策！放在哪儿？"

他打量了一下房间，把水果袋塞进五斗柜上边的抽屉里。她拿起杂志看了看，又扔回原处。

"何必把自己搞得那么累？"

"我来过，没什么可玩的。除了洗洗海水浴，总得找点儿事做。"

"你老是心事重重，这儿的空气多好，干嘛不痛痛快快地玩一场闹一场！"

"我可以陪你走几个地方，集体活动就免了……玩儿也是很累人的。"

"你像个老头子！"

她打开浴室门看了看，跌在沙发上。裙子皱得露出了很长一截大腿。他迅速地移开了目光。

"舞场的气氛不错……"

"别提了，我好不容易才逃出来，协和医院一个老家伙瘾大得出奇，他早晚有一天得跳死在舞场上……"

"那你就想办法置他于死地吧！"

他幽默了一下。两个人都笑起来。

"为了别让我行凶,把我藏在你浴室里吧,在某个适当的时候?"

他顿时收了笑容,艰难地咽了几口唾沫。他不知道她是不是当真那么想。他也闪过同样的念头,尽管他明白这不现实,而且令人不知所措。

"瞧把你吓的!"

"我知道你是说着玩儿的。"

"就算是吧……你隔壁住的是谁?"

"妇研室的老李,他身体不好,恐怕已经睡下了……"

"前廊东边有个拐弯你注意到没有?就在这堵墙后面。"

她指了指右面的墙壁。他不明白她想说什么。她的样子轻松自然,而他却有一种大祸临头的感觉。

"那儿有一个纱门,从里边锁上了。白天从海边回来我在你屋外走了走,想进没进来……小树林里草很密,围墙外边好像是部队的一个疗养院,很安静……"

"你住的好吗?"

"住三楼,房间里就我一个是咱们单位的,别人不愿去,我可求之不得呢!你知道他们说我什么吗?"

"说什么?"

"风格高尚。"

她没有笑,目光意味深长。他几乎不敢看她。女人对环境的敏锐注意力让他惶惑。她在暧昧的目的面前比他冷静得多,她知道该怎么做,他将身不由己地接受她充满信心的支配。他无力阻碍即将发生的事情,他也无法使它按自己的意志发展。他只有渴望,阴暗、狂放、猥亵的渴望。除了为这种渴望寻找借口而苦恼之外,他无所作为。

"我解放了,哪怕只有一天也好!在这个地方你是我的……"

"我有些……担心。"

"怕身败名裂?"

"不是。心里总是不大愉快……"

"你让它愉快它就会愉快的。放心,我会想尽一切办法保护你……我爱你!"

他们打开拐角上的纱门,顺着从前廊伸展开的台阶走进小树林。雨已经停了,草丛湿漉漉的。他们吻了很长时间。他为压抑自己的欲望而浑身颤抖。她抓着他的头发紧紧不放。

"乃倩,我快发疯了……"

"我会让你平静的。"

"我不是我了!"

"你是谁?"

"谁也不会认识我了!"

"我认识你。你是一只小馋猫,忧郁的小馋猫……兆路……"

他放开了她。那苗条的身影贴着围墙远去,消失在小树林的边缘。她绕了个圈子,从通往海滩的小门拐上了路灯闪烁的石子路。

周兆路呆呆地站在树枝下面。海浪仿佛在脚底涌动,轰轰地闷响。夜像一大块凝固的液体,无边无沿,把他紧紧压在潮湿宁静的角落里。

晚上睡不着,他挑了一串葡萄在浴室里用凉水冲了冲。他站在地毯上,四下里看着,把葡萄珠一颗颗按进嘴里。没有开灯,屋角和床底下有许多可疑的黑影在窥探。不知为什么想起了那个脚后跟。淡黄而粗糙。它一定柔软得出奇,如果能摸一摸的话。又想起了那条腿,以及腿后边让沙发罩的镶边儿硌出来的红道道。他担心屋里有什么东西会突然朝他扑过来。他强迫自己停止思想,专心地把葡萄皮吐进黑暗之中。

第二天全天翻译《虚弱体质的辩证》，作者叫大岗升二，是个饶舌的日本人，观点阐述得倒还生动。周兆路想象他一定是个矮个子，秃顶，公鸭嗓。雨时断时续下了一整天，有这么个人陪着心情可以稍稍轻快一些。华乃倩没来打扰。她跟随集体活动，冒雨游览了海滨风景点，下午又乘疗养院租的游艇，沿海岸线兜了一圈。吃午饭时她曾问他去不去，他说不去，不想去。她看了他半天。

"一个人待着？"

"译得很顺，停下来怕破坏情绪。我打算一口气译完第一节，大概得晚上才能完。"

"译不完怎么办？熬夜？"

"可能用不着……"

"希望你早点儿睡。"

"我知道。"

晚上她一直跳舞。周兆路房间没有一个熟人进去。大家都知道他在干什么。研究员在业务上向来是与众不同的人。译完了自己规定的任务，俱乐部的灯光已经熄灭。他在舞厅外边的林荫路上走来走去地散步，好像在寻找丢失的东西。雨已经停了，路边水洼里淹着一些星星。朦胧而令人难堪的欲望减轻了，这是精神疲累带来的好处。不知道这种感觉能不能持久。他打算明天再译一节。

第二节只译了一半。太阳走至中天的时候，华乃倩跑来拉他去洗海水浴。阳光很好，成群的人涌向沙滩。海水浅灰色的波纹里，缀满了密密麻麻的脑袋和肢体。华乃倩穿一件黄色的泳衣，浴巾搭在肩膀上，像垂着两个花翅膀。周兆路到浴场的更衣室换上了那个花格子裤衩。他半天不敢出去。他不习惯这样赤身露体地出现在大庭广众之中。

像别人那样穿着小裤衩在疗养院里大摇大摆简直就不可思议。皮肤太白也是他怯场的一个原因。他从来不在单位的澡堂洗澡。夏天，他也不和熟人一起游泳。上大学时有个同学说他的皮肤像女人。这个侮辱一直记在心里。

更衣室里有尿味儿。

他犹犹豫豫地走进阳光。华乃倩背朝着他站在海边，狭窄的沙滩到处是闪光的皮肤，而她使周围的一切黯然失色。浴巾已经扔掉，泳衣背带在脊沟下端交叉而过，紧紧拉住从大腿内侧勒上来的一条黄泳衣布，臀部的脂肪向两侧稍稍鼓起来。几个男人在不怀好意地打量她，像死鱼一样瞪着眼睛。

"你真磨蹭。"她笑着说，目光在他平坦的腹部停了一下。

两人一起游向防鲨网。人渐渐稀落，前面的海水闪出蓝光。她游得很有力，他有点儿跟不上她。

"好吗？"她问。

"有胸闷的感觉，肺活量……不如……从前了……"

浪涌把他托起来又抛下去。吸气吐气地声音响得有点儿吓人。

"回去吧？"

"我想一直游下去，不回来了，你愿意跟着我吗？"

"愿意……水有点冷了……"

"咱俩别动，看海浪能把我们漂哪儿去。"

"不动就沉下去了……真累。"

从防鲨网折回来没费什么力气，一尺多高的浪头把他们一直推上沙滩。他们捡了个干净地方躺下，周兆路发现她的嘴唇有点儿发紫。沙子很烫，皮肤开始受不了，忍一下就舒服了。她用浴巾遮住面孔。不一会儿，他感到鼻梁发热，连忙趴过来待着。她的头发耷拉在沙子上，像水淋淋的海藻。

"今天晚上把纱门的插销打开。"

"哪个门？"

"你房间的纱门和前廊拐角的纱门，都打开……"

他不说话了，闭上眼睛。眼皮里有一些黄的和红的光斑在跳跃。

"睡觉前把前廊的灯拉灭……"

手有点儿痒痒。沙子上居然有蚂蚁，又肥又黑的蚂蚁。他用沙土埋它们。

"睡你自己的，不要自己吓唬自己，你听到了么？"

"听到了……"

"不要等待什么，照我说的做就行了。"

他翻过身来，阳光怒射，眼睛让血似的鲜红的东西糊住了。他们一言不发地晒足了太阳。四周排列着相似的男男女女，静卧在沙上，睡着了似的，累瘫了似的。

分手时周兆路才显得紧张起来。他站在疗养院小门的台阶上，她扶着门口的灯柱子。他呼吸急促，鼻梁让太阳给晒红了，显得很可怜。

"乃倩……有把握吗？"

他几乎没有得到回答便逃开了。只记得她仿佛点了点头。她想嘲笑我吗？他觉得周围如果没有人，她会放声大笑的。她的眼睛说明她有意痛痛快快地取笑他。

不问那句话就好了。

他洗澡时一直埋怨自己，但走出来时，已经换好了妻子为他准备的内衣，干净整洁，有点儿香喷喷的味道。

"走廊的灯绳在哪儿？"

午后的阳光斜射在纱门上，时间尚早，但他已经紧张得不行了。

欲念和恐惧感纠缠在一起，心头的滋味难以言状。

他把窗户关上，过一会又打开。接着又哗哗地拉上了窗帘，跑到外边去朝里看。二楼的露台让人担心。想到它是朝南的，和东边的小树林恰成死角，又释然了。

他把前廊的竹椅竹桌挪了位置，挪得离自己的门远一点。最后，他把碍手碍脚的痰盂也搬开了。

他盯住拐角的小纱门看了半天，像个贼一样。心仿佛是别人的，怦怦乱跳，但他的目光分明是无所畏惧了。

六

夜里什么也没有发生。没有灾难，也没有奇迹。他早早躺下，但睡得很迟。长时间注视天花板，眼睛终于疲乏，就睡了。醒过几次，每一次都很短暂。窗户关着，除了海浪拍岸的声音什么也听不到。门帘窗帘拉得严严实实，屋里漆黑一团，只有四壁、床单、被罩是白色的。没有别人，床上躺着的是他自己。后半夜睡得很好。

早上醒来，他甚至有点儿高兴了。

疗养员集体游览山海关，吃过早饭就聚在大门外的林荫道上等候旅游车。这种活动周兆路照例是不参加的，他跟等车的人聊了一会儿便离开了。有人告诉他，华乃倩半夜爬起来下海，独自一人游到了防鲨网。跟她一块儿去的外单位的人都吓坏了，以为这女人有自杀的企图。正常人没有这么大的胆量。

"跟她一块儿去的是什么人？"

"几个女孩子。"

"夜里游泳……说不定很有意思。"

周兆路支吾开了,他起初以为是哪个陌生男人陪着她。她是胆大过人的女子,他早就知道。但这种寻求刺激的办法却令人费解。她胆怯了?

华乃倩从楼里急匆匆跑出来,周兆路正从楼间的小路穿过。他先看到了她,比往常显得更加平静。

"急什么?车还没来。"他说。

"起晚了……"

"夜里水凉吗?"

"不凉。你知道了?别人怎么说的?"

"说你想自杀。"

"该死!你没听那几个黄毛丫头是怎么叫我的,我故意泡在海里不出来,她们站在岸上叫得那个惨呀……真开心!"

"这种恶作剧有什么意义?"

"兆路,对不起……我害怕了,我想自我惩罚一下……"

他知道她害怕什么。如果不害怕,那她才真正叫人害怕呢。他的表情很宽容,好像她的胆怯是早就预料到的,好像他从一开始就没有把那件事当真。

"你照我说的做了吗?"她小心问道。

他做出迷惑不解的样子。他再一次感到这个女人是多么自负。她一点儿也不考虑他的自尊心,不考虑他比她更容易受到伤害。说一切都做了,做得比她要求的还要彻底周密,说得出口么?

"兆路,你知道我希望什么……你看到了,我是有胆量的……"

她追车去了,裙装窈窕,步伐充满弹性。大门那边一阵欢笑,大家和她相处得不错，女人们尤其喜欢她。她本是容易引来嫉妒的，不知用什么手法巧妙地征服了人心。她也会装相。他在这方面或许还不如她。除了程度不同，人在个性的伪装上是相同的。他们都不希望别人一览无余地看到真实的自己。失去伪装，这个世界非乱套了不可。

她希望什么？希望他失眠，希望他发疯，希望他饥渴难耐！华乃倩那些话让周兆路闷闷不乐。是不是太顺从她了？她是否认为可以任意摆布他而仍然可以达到目的？

周兆路不再多想，他怕自己产生错觉。他近来常常感到自己生活在错觉之中，越深入思索越难以解脱。倒不如接受简单的事实。与一个比自己小八岁的女人建立暧昧关系，对他来说曾是不可想象的，但他分明在爱着了。世界并没有因此而毁灭。可见事情的发生有它内在的理由。她想怎么做就随她怎么做去好了。大家都身不由己。

大岗升二的文章译完了。他又挑了另一篇有关血流变学的文章，难度比上一篇更大，但他译兴很浓。《医学情报》一向恭维他的译笔，声称在国内医学界是一流水平。报酬丰厚，和发表自己的论文收入差不多，是一项有益的副业。

译得累了，晚上却迟迟睡不着。瞪着天花板，在那上面看出一些东西，耳朵也格外警觉，听到许多细小的也许并不存在的声音。接连两个晚上都这么过去了。起床时只略略有点儿忧郁，他觉得那不是失望，而是工作得过于疲劳了。

到北戴河第六天，他半夜惊醒。其实他是用不着吃惊的。窗户、帘子、插销他都是用过心的，关照它们几乎成了习惯。但他还是大吃了一惊，他疑心是在梦里。

床前地毯上立着一个白色的物体。

他想坐起来，立即有一只手按到他嘴唇上，把他轻轻推回枕头。

391

手仍在暗示，他向床里挪了挪，体侧顷刻之间感到了一条冰凉。弹簧床令人揪心地吱扭了一下。不知是谁在颤抖。他喘不过气来，同时听到了异常急促的呼吸声。他躯体僵直，胳膊怎么也伸不出去。他的感觉渐渐恢复正常并很快走向了极端。起初笨手笨脚，随后便自如了，他觉得自己像鹿一样敏捷。

床有响动。他们同时找到了办法。自始至终没有一句话。或许说过什么，但谁也没有听到，或在听到的同时立即忘却了。他想开灯，又怕自己面对的果真是个狰狞的魔鬼。他的发泄凶狠得连自己也感到惊讶，但他没有设法阻止自己。

一个小时之后，屋里只剩下他自己。没有无地自容的感觉，只有未曾预料到的灌满了身躯的舒适。他想到了第一次经历。对方是他妻子，是有合法地位的属于他的女人。但那一次他失败了。他结婚了很长时间之后还为自己的唐突感到羞愧，他觉得自己很丑恶。现在，当他拿两个女人的生理细节进行下意识的对比的时刻，他对丑恶的感觉已经荡然无存。

那具淫荡的肉体使他难以忘怀。他一点儿也不后悔。堕落。他怀着蔑视的心情想到了这个曾经令他恐惧的字眼。

后半夜他没有睡好，像个失眠的勇士。天亮的时候，他的心情悄悄地起了变化。夜的消逝使许多东西清晰起来，露出了真实的面目。一些微不足道的小事开始让他担忧。

确实没有人发现她吗？

纱门的弹簧是否发出了太大的响声？

院子里散步的疗养员们，不论认识的还是不认识的，仿佛都在用不怀好意的目光打量他。他的隐私在空气里可怕地蔓延。

他好不容易才冷静下来。早餐时，他甚至当着许多人的面问华乃倩："昨晚上又下海了吗？"

"没有，潮太大，在岸上转了半天也没下定决心……看来我的胆量也有限。"

她迷人的笑容使他恢复了信心。

日本人的论文失去了吸引力。他要松快一下了。他陪一些同事到自由市场，领头讨价还价，使大家买到一些便宜的海货。他玩羽毛球，在草坪上跌来跌去，逗年轻的姑娘们发笑。论文译完了，他快累死了，他在言谈中巧妙地表白了自己。他想成为什么样的人就能成为什么样的人，主动权在自己手里。年轻有为的研究员，事业上前途无量，稳重而又平易近人，他知道大家都是这么看他的。大家的看法一点儿也没有错。

华乃倩约他到山上走走，说是想看看林彪的别墅。他不相信她会对那座传奇式的建筑物感兴趣。

沿着狭窄公路向西走，她没有提出上山。两人一直走出旅游区的边缘。左边是海滩，搁着破旧的木头发黑的小船，右边是灌木丛生的山麓，绿得零零乱乱。

她的话很少。

周兆路突然想起了她说过的一句话。他忽略了话的含义，他觉得那只不过是一个呻吟，现在细细回想则有了不同的意味。

"你真行……"

当时她在他身底下，事情尚未结束。

这仅仅是性的评价，还是道德的评价呢？是赞赏还是隐讥，或者只是对他所作所为的一种中庸的解释？

他不知道自己是不是真行，行在何处；她认为他真行，又是为什么。他从身体的反映上得知她领略了酣畅的满足，但她的内心隐秘仍旧让人看不透。肉体传达给人的东西太少了,因为它们毫无理智可言。而理智在纯粹的快感冲击下是那么脆弱无力。

他们在沙滩上坐下来。几个当地的男孩儿光着屁股在不远的地方趟海,一艘摩托艇贴着海岸线飞速掠过,艇后鼓起团团白浪。

"兆路,想问你几个问题。"她说:"你这个人干什么都不露声色,可是……"

她同样看不透我。周兆路看看她。她的嘴唇上有许多鲜艳的纹路。

"事情到了这一步,对我们的关系抱什么看法,该认真谈谈了吧?"

"我能说什么呢?"

"怎么想就怎么说,我们之间已经没有什么可隐瞒的……"

"……我自始至终都不能理解。"

"指什么?"

"我,还有你。"

"你是不是不能原谅自己?"

"是的,可是我能够原谅你。"

她眯起眼睛,长时间地看着海。水面是灰色的,很清洁。

周兆路感到后面的问题将更加难以回答。实在令人不安,最好的避难所是虚伪。

"你希望得到什么?"

"有些东西……只有到了眼前,才能产生得到它的想法……"

"是别人送到眼前的么?"

她转过脸来,俏丽的目光咄咄逼人。

"……只是感觉。"

"得到以后又怎么想,还存在新的希望吗?"

"……得到以后,才明白有些东西是不该得到的……"

"说干脆点儿，得到什么？"

他脸红了，有点儿慌乱。

"是人？感情？还是肉体？你认为你得到了什么？"

"乃倩，这样交谈太累人了。"

"再累一会儿吧。当初，是不是因为我吸引了你？"

"……是你设法使你吸引了我……不对，也许我表达得不够确切……"

"是我勾引了你，这样说才确切！因为我爱你……算了，饶了你吧，你城府太深，你不仅是个馋猫，而且胆小如鼠。我有什么可怕的，值得你这样防范？"

"你不高兴了。"

他觉得自己就要垮掉了。她脸上没有不愉快的神色，但口气是沉重的，淡淡的笑容又使他联想到嘲弄。你真行。他可以想见她在黑暗中低声说出这句话时的神态了。

戏逗的孩子们已经走掉，海滩显得荒凉寂寞。她站起来嗅了嗅海风，把一只手伸给他。

"兆路，我不会责怪你，哪怕你仅仅贪恋我的肉体……"

"你知道，我是喜欢你的。"

"别说这些了，我还会大胆进攻的。放心，我不会威胁你的家庭。"

"乃倩……"

"别管那个该死的纱门了，我的冒险已经超过极限……不过，你真棒！"

这句赞赏倒容易明白。

"乃倩……别把人弄得太尴尬。"

"没什么可掩饰的。事情能做就能谈出来，你觉得我怎么样？"

他心头一阵刺痛。她说得不对,有些事就是不能说的。说出来,等于用刀子割自己,割得血肉全无,只剩一具可怖的骨架。

他想说,你美极了,你很放荡,让人恨不得杀了你!她说不定喜欢听这个。她想听的就是这个!

他一言不发。面对面看着她。

"当心,我可是有奢望的人,不是说着玩儿的。"她咯咯地笑起来。

周兆路用力攥住她的手掌。硬硬的小手缩成一团,在他拳心里挛动。她疼得露出了牙齿,像少女一样洁白整齐的小牙叫人爱怜。

奢望是什么意思?她说过,她不想威胁他的家庭。难道她还想找出别的办法,为她和他的关系垒筑持久稳定的归宿么?奢望的说法,更像是露骨的暗示。她大概想让他知道,她是某些方面亢进的女人。

他明白。他用不着暗示。

离开北戴河前一天,与那天夜里同样的事情又发生了一次。疗养员们半夜爬起来,结伴去鸽子窝看日出。三三两两的人影在公路上蹒跚而行,路灯隔得很开,四周是浓重的夜雾,微风在路旁的庄稼地里扫出窸窸窣窣的声音。周兆路和华乃倩落在后面,前后没有人,只有远处传来分辨不清的吆喝声。

后来,他们走下了公路。他跟在她后面穿过一片玉米地,跨过一条干水渠,在一块低洼的草丛里停下来。草地旁边有几棵小树,黑沙沙的,像人。

露水很重,哪儿都湿漉漉的。她抓住一棵小树,叶子上的水珠抖在头上。

有蚊子。

她是来北戴河那天的打扮,咔叽布短裤使他产生强烈的冲动。单纯的原始欲望使一切变得简单,也使所有别别扭扭的行为变成不可缺少的了。

像野兽一样。这个念头在脑子里闪了一下，随即凝固，再也冲刷不掉。这是人的行为吗？他问自己，有一种自我毁灭的感觉。

回到北京，在火车站分手的时候，那昏沉沉的一幕又浮现出来。她的背影消失在人群里。一只母兽戴上了人的假面。他也要复活了。在地铁车厢里闭目沉思，他发觉过去那个周兆路、那个自以为优秀的人已经不复存在了。

他看见两个人站在野地里。她毁了他。她居然一丝不苟地往腿上涂防蚊油！

七

单位的人见了周兆路，发觉他比过去黑了，情绪显得很活跃。上班时，他用网袋拎了十几个嫩红的煮螃蟹，没进办公室就被一抢而光。午餐后，走廊里到处都是海腥味儿。大家都说主任真不错。以往出差他每一次都忘不了给同事们捎回点儿纪念品，大部分是吃的。花费不大，受者不至于当回事放在心上。但嘴皮子乐一乐，谁也不能不念一念他的温厚。他心里的确是一团善意。

"你们得感谢华乃倩，要不是她替你们敲我的竹杠，我才不掏这个腰包哩！你们知道螃蟹多少钱一斤？……"

于是下属们又向华乃倩欢呼。她知道没那回事，却笑哈哈地认可，并向他投过神秘的一瞥。他的处世手段要永远处在她的监视之下了。

他活得很累。身上添了许多毛病，胃疼，牙根发酸，失眠。有时候睡一个好觉便什么不适的感觉都没有了。

但好觉总是不多。妻子开玩笑,说疗养一场倒养出病来了。半夜睡不着,妻子就把枕头支起来陪他聊天。他已经不大适应家庭的温柔,有时候只是因为妻子一句漫不经心的话,便会莫名其妙地难过起来。她什么都不知道。他使她像傻瓜一样对一个通奸者体贴入微。他无法平心静气地接受她的关怀。

他希望一个人待着。没有光线,没有声音,独坐在书桌前用黑暗将自己和周围隔开,于冥冥之中咀嚼那个真实的自我。他要弄清楚自己到底干了点儿什么。

他在不背叛妻子的前提下和另外一个女人发生了关系。人世间或许有成千上万的淫乱者,但他不是一个没有道德感的人,否则他不会这么痛苦。他厌恶这种关系,却又被这个妻子之外的女性深深吸引,并从这种关系中得到新鲜的快感。如果不会给正常生活造成威胁,他乐于接受已经发生的事实,但他又不能不每时每刻都提心吊胆,以防付出太大的代价。摆脱她也许是最好的办法,可是她不是一个抽象物,而是充满诱惑力的女人,他的直觉不允许他不抱有本能的向往。

周兆路被淹没在重重矛盾之中。思考是徒劳,他达观不起来,超脱不起来。只有一点是明确的,他爱自己超过爱任何人。承认这一点不费事,但需要一点儿勇气。除了家庭、事业、荣誉、地位,他不怕丧失别的什么。这些都是他作为一个人的存在的基础。如果平衡可以保持,短时间的道德紊乱也许没什么了不起的。他担忧的只是个人会不会受到损害,假如私通关系进一步发展的话。

事情绝不能败露。不是阻止,而是不能败露。这是他在苦恼中做出的选择,他觉得华乃倩在这方面不如他警觉。他不时追念北戴河狂放的夜晚。在情欲上更不冷静的是女人。她的策划大胆得往往让人难以接受。他不得不设法疏远她,使她恢复平静,以便在更稳妥的状态下重新获得她。

他拒绝了十月上旬的一次幽会。

她的老同学在永定门外有一套房子,没有人住。她把钥匙拿给他看。一柄饱满的银光闪闪的大钥匙。单位星期六下午放映资料影片,可以偷出好几个小时。喧嚣的城市不比北戴河,他意识到这是一次难得的机会。

她垂着眼皮欣赏那把钥匙,它像个小巧的工艺品。但他克制了自己。

"影片很重要,介绍了中医在日本和东南亚的发展情况,不看有点儿可惜……你也留下来看一看吧?"

"你一次机会也不给我,是厌倦了?……刚刚开始就厌倦了,我没想到。"

"你不要误会。你的同学是什么人?"

"她留校攻读博士,是老处女,她另外有住房,她们家有好几处房子……"

"你借房子有什么理由?"

"她知道我和丈夫关系不太好……"

"她不会以为你和别人……我是说,房子只是借给你一个人的吗?"

"借给你和我!"

"你……对外人讲了我们的事?"

他脸色变了,耳朵根子突突直跳。她微笑不语,把钥匙抛了一下。

"怎么能这样!"他语气有些急躁:"你太冒失了。"

"你忘了,我说过我会保护你!房子是借给我用功的,懂吗?"

他松了口气,有点儿不好意思。跟她在一起,他总是被动。从一开始他就驾驭不了她。她脖子上有几条非常淡的血管,几乎看不清,它们消失在领口里。乳峰在衣服后面起伏延伸,充满细微的变化。有一种熟悉的气息在诱惑他。他有点儿犹豫不定,想象着那个房间的隐秘轮廓。

它,安全吗?

"乃倩,我实在不能脱身,各室领导看过资料片要座谈的,不看怎么行呢?"

"好吧。"

"以后……会有机会。"

她收好钥匙,目光只略微有点儿遗憾,也许是他最后一句话起了作用。他觉得对不起她,但只能这样。目前他和她都需要冷静,需要小心从事。

他在研究院里仍旧是精神抖擞的人物。走路腰板挺直,上楼一步跨两级台阶,言谈举止充满自信,他在业务会议上的发言条理清晰、见解精辟,记录员只须稍加整理就成为院刊上引人注目的漂亮文章。外单位邀他作学术报告的小轿车不时开来,他急匆匆钻进车厢的忙碌身影给所有人都留下深刻印象。这是一个才华横溢正在用力上升的人物,没有什么东西可以阻碍他飞黄腾达的前程。

他试图在家庭里保持同样坦荡的情绪,但是很难。他为自己做作的表演而羞愧。家人的目光让他难堪。他们毫无戒备地信任他,而他已经悄悄地亵渎了他们的感情。

他不是一个好丈夫。

他也不是一个好爸爸。

他是一个被女人引诱了的软弱的男人。他不想伤害任何人,但是他把所有热爱他的人都伤害了,也许只有华乃倩例外。他爱她,这种爱让他晕眩，但他闹不清自己是不是只爱那具肉体，那具仿佛是无所属的孤立的女性之躯。他想起她的时候，实际上他是在想它，它借华乃倩的伪装而存在，它没有人格。或许，他并不尊重它。

他甚至算不上是可以信赖的情人。

儿女们发觉，周兆路近来经常回避他们，饭桌上话很少，也不陪他们看电视。过去他每星期总要抽一个晚上陪他们在电视机前度过。他变得太严肃了。

一天晚饭后女儿小心翼翼地走近书桌，站在他椅子旁边。他冲女儿笑笑。

"什么事，小玲？"

"能有什么事，想看看爸爸吃了多少学问，又没有老师逼着，干嘛那么用功？"

"跟弟弟玩儿去，爸爸忙。"

"你什么都不管，小磊学坏了你知道吗？"

"打架了？"

"昨天放学，我看见他在楼后边的花池子里抽烟，像小偷一样……"

"怎么不早告诉我？"

"妈不让告诉你，说你工作太累情绪不好，怕让你分心。"

他从椅子上站起来，眼神儿粗暴恍惚。他想干点儿什么，想在这个平稳的家庭里干点儿什么。他渴望发泄。

他把儿子从电视机前揪起来，细细的小胳膊在他手里挣扎。他没有打过孩子。妻子惊讶地看着他，但没有阻拦。

他不知如何下手。恼急之中拳头触了儿子的背，瘦弱的身腔里发出可怕的咚咚的声音。儿子跌进过厅，没有哭，好半天才爬起来，眼泪白花花闪光就是不往下掉。

"叛徒!"小磊仇恨地望着姐姐:"你答应不告诉爸爸,你答应了!"

小玲脸涨得通红,吓得不知所措。妻子把小磊揽到怀里,不满而又胆怯地看了看周兆路。

"妈,你们答应了不告诉他……"

儿子终于放声大哭,毛茸茸的小脑袋在妈妈怀里摇来摇去。他一定非常伤心。全家都被这伤心的气氛笼罩了。周兆路有点儿后悔,他不敢看他们。

夜里他感到了妻子的焦虑。他的体贴很小心,怕惹他生气似的。

"你今天怎么啦?你心里一定有什么不痛快的事……"

"小小年纪就不学好,不严厉些怎么行,要让他记住这次教训。"

"你过去不这样,太突然了,别说孩子……我也受不了……"

"原谅我,我太激动了。"

"是不是单位出了什么事?"

"没有。"

"和上级闹矛盾了吧?"

"怎么会。"

"和同事们处得怎么样?你一向是很随和的,大家不是挺喜欢你吗,你说过……"

"没有任何问题,你放心吧,用不着为我担心,真的!我干得很好……"

"那我心里就踏实了。"

"睡吧,明天我找个机会向孩子们道歉,小磊会恨我吗?"

"不会的,他可能要怕你了……"

周兆路心里一直酸溜溜的。妻子的抚爱让人难受。他不仅让孩子害怕,一定也让她害怕了。他身上真的流露了什么可怕的东西吗?她的体贴像是奉承。近来他在夫妻生活上过于冷淡，这对她不能没有影响。

他想补偿一下，但没有情绪。生理受心理支配，这在医学上也是形成某种见解的基础。感觉容易麻痹，熟悉了也就疲乏了。换一种情形，只要出现新鲜的信号，生理就会重新夺得至高无上的地位，摆脱心理束缚而采取大胆的行动。

这是一个人们平时不大注意的事实。

周兆路膝盖上一直保留着那种粗糙的感觉。当时床太响，他们又不想中止。他们几乎同时想到了那块不太干净的地毯。

"像野兽一样！"

他脑子里又出现了这样的念头。

他正是一头野兽。在适宜的时间，在适宜的地点，人人都会成为野兽。野兽有野兽的下场。人不会有好下场。吃着、喝着、活着、希望着，到头来还是一无所有。一个冷冰冰的尸首能有什么意义？

这是人应得的嘲弄。

大学二年级时上解剖课，台子上摆着一个干瘪的老妇人。他第一次意识到人死后会是这样一副丑陋的模样，整个世界仿佛一下子黯淡了。尸体的阴阜上有一团肮脏的绒毛，腿间是令人作呕的皱折。他的好奇心染上了浓重的悲哀。人不该是这样的！解剖刀划开了皮肤，像划开了一层厚厚的牛皮纸似的，残酷而麻木不仁。他这门功课的成绩是优，但他最讨厌的就是手握解剖刀面对一个孤立无援的死人。那不是人，是一堆腐肉！

后来得知老妇人是医学院的教授，一辈子独身，生前就把自己预捐给同行了。她大概不知道她的高尚有多么可怕。周兆路过了许久才从沮丧的心情中解脱出来。他看出自己很幼稚，学习加倍刻苦。人既然那么可悲，就不能不爱自己。这个观点倒一点儿也不让他感到幼稚。他一直这么想。他的确爱着自己。

"像野兽一样！"

这阴暗的念头把深藏在心底的情绪搅起来，有一种宿命的悲观的色彩。

他无可奈何。

他向儿子承认了错误，说不管因为什么也不该打人。他很慈爱。

"你抽烟是不对的，知道它的害处吗？"

儿子不理他。一家人都默默不语。他好像不论干什么都已经不能被他们所理解。他的家庭如此脆弱，一点儿小小的变故都经受不起。他过去从来没有意识到这一点。背地里做的事一旦让他们知道，他可以想象家庭会混乱到什么地步。

"星期天去香山看红叶吧？"他提议，情绪高得让人感到不自然。

他很少有这样的闲情逸致，现在也没有。他对红叶不感兴趣。他只是不知道该为自己的家庭做点儿什么。

黄栌叶初红，但山坡上多的仍是绿色。他们乘索道车到了山顶。从鬼见愁举目东望，城市隐没在灰沉沉的大气里，显得无边无际的庞大。研究院在城市北部，根本看不着，小得没有一丝痕迹。他就一直生活在这个轮廓模糊的世界里。他怎么活着，干了点儿什么，不会给这个轮廓带来任何变化。人是沙子，是气体，城市和原野使他们成了无足轻重的点缀。他的隐私和痛苦，对无数个别人来说算得了什么呢？大家都有自己操心的事情。归根到底人的兴趣不在别人。他用不着怕他们。

在香山顶上那段时间他的心情很好。孩子们也活跃了，拉着他的手在下山的小道上嬉笑奔跑。妻子顿着身子，生怕滑倒，走一步歇一步，她的确像个老太婆了。周兆路心里生出了一点儿怜悯。他走回去搀扶她，她的笑容说明她很满足。她的笑容也老了，动作僵硬而笨拙。女人是有差别的，惹是生非的就是这个差别。他想起了另一个女人。

露水重重的草地里，他们紧靠着一棵小树。她认真地往腿上涂抹防蚊油。光滑的皮肤上是化学品浓烈的香味儿。

他对不起妻子。没有别的。对不起就是对不起。因为他从来没有打算弃她而去。她给了他一双儿女，事业上的成功有她的心血，他的奋斗是献给她和孩子的。抛弃这一切是难以想象的事情。

离开香山的是一个幸福的家庭。周兆路想在他们意识不到的时候把蒙在幸福上的那片阴影抹去。他和那个女人的关系也许应该结束了。

几天之后，当又一次看到那把钥匙的时候，他才发觉自己的决心十分脆弱。陷阱不是那么容易爬出来的。借口很多，但在说出来之前他自己就先把它们抹杀了。

他软弱地看着那个美丽而淫荡的躯壳。

"这是最后一次！"

他郑重地告诉自己。他希望用行动暗示她这无论如何也是最后一次。但他的行动却意外地温柔，像所有身不由己的情夫一样。类似自杀一样的情绪使他短暂地陶醉在这种幽会里。他不知道别的误入歧途的男人会不会在享乐中产生那种彻底的绝望，那种自暴自弃的荒唐感觉。诱惑在这里成了难以战胜的东西。

"这是最后一次！"

带着同样的决心，在十一月一个星期六的下午，他去了第三次。楼房已经生了暖气，卧室里家具齐全。华乃倩的老同学从一个小巧的镜框里看着他们。她的确像个老姑娘，相片照得愁眉苦脸。她每个星期天来这里照看一下，这是华乃倩说的。但周兆路总担心她会在不适当的时候敲起门来。

可以躲进壁橱里，然后趁人不注意悄悄溜掉。他的确很认真地想过这个问题。

他事后喝了一杯红茶，茶叶是自己带来的。喝完把茶叶倒进厕所冲掉，将别人的杯子仔细地洗干净。

他要赶回家去吃晚饭。

"下一次什么时候？"

她横在床上，迟迟不起来，也不穿衣服。走以前还要温存一下。他已经熟悉了她的身体，事情做得从容不迫。她的要求很怪，但他不让自己吃惊。他不多说什么，最激动的时候也不说："我爱你！"他只是一一响应，仿佛在设法让她安静下来。

应该结束了。他发觉自己并不爱她，只是有一种玩弄她的感觉。上一次临走前，她光着身子从厕所里出来，突如其来地对他说："兆路，有件事想告诉你。"

他正怀着罪恶感默默地穿衣服。

"他……阳痿。"

说这个干什么？过了一会儿他才感到有什么东西不对头，他惊呆了。他看出整个事情都滑稽起来。她在玩弄他，她爱他是因为他是合适的性的对象。一切都有了不同的意义，他的荒唐感达到了顶点。肉体的诱惑力也在那一刻达到了更强烈的程度。他的自责反而减轻了。她洁净的身子变得单纯，仿佛成了两个人共同的工具。他再也不用为它战栗了。

"问你呢，下一次什么时候？"

"到时候再说吧。"

"兆路，我们别分开，我爱你……"

他觉得很可笑。他亲她的眼睛、嘴巴，觉出了心情上的微妙变化。她的美丽仍旧使人动心，但已经失去了旺盛的魅力。她是他的一个玩物。她根本不会真正爱他，他也是。有了这前前后后的情景，爱已经不可能存在，爱淹没在简单的欲望里了。

离开了那座楼房，他想："这也许是最后一次了……也许不是，都没有什么了不起！"

结束只是时间问题。在这之前要绝对保守秘密，之后更要销声匿迹，把这段私情彻底埋葬。相信她也不是认真看待这件事情的人。她对自己的身体并不爱惜。

他不爱她。

周兆路觉得轻松了。

八

部里传出消息，周兆路的《证之研究》已经肯定可以获得本年度的优秀论文奖。研究院只有这一项个人奖。全国中医系统得此殊荣的人据说不会超过五名。消化系研究室刘副主任的论文在角逐中失败了。

"老周，祝贺你。"

"我没有想到会得奖，鱼目混珠罢了。"

"你冲破了老家伙们的围困，这是中年人集体的胜利……"

老刘很真诚，周兆路倒不好意思起来。他可怜这个老对手，这个人干得比他还苦，但总是不走运。

"明年看你的了……"他说。

"走着瞧吧。"

"你行!"

"我当然行。再一次祝贺,祝你好自为之……"

老刘的眼睛里终于流露了一丝隐情。嫉妒,不服输,还有淡淡的悲哀。这使周兆路感到了更大的愉快。他当然会好自为之,他知道该怎么做,无须别人指点。

他想到的第一个问题是,处事待人要更加谦谨。虚心的受惠者是虚心者本人。这样做不需要付出什么代价。

华乃倩提出要庆贺一下。他知道她想干什么。她温情脉脉,似乎真的在为他喜悦。她不妨为他喜悦,但他的事业跟她没有什么关系。她是胜利者无足轻重的点缀,是命运给他安排的赏心悦目的小小插曲。

他有权享受她。

元旦前夕,各室大扫除。周兆路在厕所遇上了党委书记。他正在洗拖把,书记从挡板里钻出来,愣了一下。他没有注意。书记是个随和的老人,很器重知识分子,但年轻的业务干部们免不了拿他开开玩笑。

"小周,你们室工作总结搞完了吗?"

"完了,打印好了给您送一份儿。"

"好的、好的……"

书记一边系裤子一边憨厚地冲他笑笑。周兆路再一次拎着拖把走出办公室,发觉老人仍在走廊里转悠。他一定有什么事。

"您是不是拉肚子?"周兆路逗趣地问。

"哪里!小周……搞完卫生,咱俩聊聊……"

"聊聊就聊聊!"

周兆路知道他的习惯,多么严肃的谈话都是"聊聊"。评职称那次他们聊过,老书记让他切勿骄傲,当了研究员要干更多的工作,因为几百个资历相当的人都盯着他。

他的言谈很乏味,但每次跟他聊总有好事。入党、提升副主任,这一次谈什么呢?

气氛不大对头。老书记眼里有东西。周兆路本能地紧张起来。

"你业务上很突出,一定要严格要求自己。我入党时间比你长,我的话是真心实意的,要谨慎,再谨慎,小心跌跤子……"

"我明白,但是……"

"各个方面都不要让人抓住辫子,有些事情稍一不慎会带来不必要的麻烦……"

"您指的是什么?"

他意识到自己提了一个愚蠢的问题。镇静,镇静!他命令自己,但拳头已经不知不觉地攥了起来。

"人一突出,会招来各种目光,许多人都有这方面的教训。"书记想把话题绕开去。

"您别绕圈子了,我哪儿不对请批评,保证虚心接受!"

周兆路开了个玩笑,想缓和一下紧张的情绪。船就要翻了,也许已经翻了。他有一种从未体验过的异常空虚的感觉。他的抵抗不过是虚张声势。

"你们知识分子脸皮儿薄。"老书记也笑了,像老朋友一样瞧着他:"上次到通县医院讲课,你收了讲课费?"

"收了。"

"有人告你贪得无厌,利用上班时间出外讲课还要高价。"

"部里有文件,可以领取报酬。"

他显得很激动,但心情一下子松弛了。他想使自己更愤怒一些。

"有人可不管那些，算了，不去管它，以后尽量利用业余时间就是了。"

"那我的价钱要得更高，您信不信？"

"不谈了，你心里明白就得了。我知道你很稳重，不用纠缠，但要引起注意，你还年轻，要做的工作还很多……"

他出了一身冷汗，从书记屋里出来时有一会儿脚步发飘，过了半天才意识到自己没有失去控制是一件值得庆幸的事情。他差点儿喊出："这是造谣！"而那时老书记并没有说什么。他以为他会提起那件事。

好心眼儿的书记险些害了他。这个婆婆妈妈的该死的老好人儿！

不过，讲课的事会不会是借口？他是否别有所指？谣言或不是谣言，他信吗？别人信吗？周兆路又惶惶不安起来。

有人乐意听到他的丑闻。他出乖露丑是某些人求之不得的事情。

是华乃倩把他拖进了这个危险境地。她勾引了他，让他用名誉、地位来做这种无谓的冒险。整个勾当都是她一手策划的！

他恨她。恨所有的人。他想起了一连串的面孔，但分辨不出谁有可能告发他。

他得在敌意中小心做人。

敌意是熟悉的东西。他这个土包子刚到城市上大学时，同学们都用怜悯的目光看他。裤子是粗布做的，袜子上打着补丁。可是一旦他的成绩名列前茅，使别人在竞争中失败的时候，他的山里人特征乃至他的口音，都成了人家嘲弄他的把柄。他努力改变自己，终于成了一个堂堂正正的胜利者。敌意不能改变他的前程，他是一个有造就的出色的人。

研究员在单位没有任何变化。他笑着、忙碌着，有条不紊地干他应做的事情。

论文得的是一等奖。电视新闻里有发奖会的镜头,他笑容可掬的面孔在屏幕上短促地闪现了一下。女儿和儿子看到了,妻子没有看到。她弯着背坐在电视机前,坐到很晚,耐心地等待重播的新闻片。这情景让他感动。她为他骄傲。

他把奖金给乡下的母亲和哥哥寄了一部分。他们不缺钱花。他也闹不清为什么要寄。他发表论文有不少收入,但从来没有给母亲寄过这么多钱。

他最近常常想起小时候上学的情景。那时候他比现在快活。

他拜访了在家休息的钱通奎老先生。老人喜静,院里人很少打扰他。周兆路去之前特意绕了一趟荣宝斋,给他的领导和事业上的导师挑了一副砚台。先生有收集这玩意儿的怪癖,很懂行。

老人果然很高兴,只是说太贵了,埋怨周兆路不该如此破费。他送给弟子一幅裱好的字,自己写的。

周兆路说写得真好。他不懂书法,但他却认为先生的笔力遒劲,自成一格。他仿佛被那漆黑的墨迹吸引了。

老人越发高兴。

周兆路没有别的目的。前几年老人出版了专著,总结了毕生的医道实践。外人谁也不知道这本近三十万字的著作是周兆路帮助整理的。他的文字功夫确立了这本书的系统性,但钱先生的医术他是钦佩的。他不想招摇这件事,钱先生要在序言中对弟子表示谢意,也被他拒绝了。他的事业中有钱先生的心血,他提升为副主任也是先生推荐的。他没有别的目的。

先生为他引见了不少中医界的名人。

先生有一次曾提起,待百年之后,他遗产中的几千册医书要留给他最信得过的人。他没提周兆路的名字,但周兆路明白自己就是先生信得过的人。

他希望老人高兴。

"兆路，前些日子院里几个领导看了我一趟，几个人都来了……"

老人有点儿迟疑。

"有些事在这儿说不大合适，但对你我是放心的。"

周兆路笑笑。

"院里考虑提拔一个管业务的副院长，他们说了几个候选人，想听听我的意见……"

"您的话一向是有分量的。"

"老朽了，人家是不是真把我的意见当回事很难说，可是我说了，我怎么考虑就怎么说，我不避嫌。"

"是的……"

周兆路又笑笑，但笑得不太自然。他有一种预感，这种预感使他浑身发热，脉搏明显加快了。

"我认为你很合适。业务水平不用说了，年龄对路子，为人也拿得起来。领导的意思好像也倾向于你，我的话大家点头了……"

"蒙您美言，我可不是那块料，还是搞我的研究舒心。"

手心里湿乎乎的。他又出汗了。五花八门的念头乱纷纷地扑过来，他既愉快又紧张。一个新的台阶已经出现在脚下，他知道自己渴望迈上去。

"只要不荒疏学问，官当做则做，我知道你们年轻人的心思……你上进心强，别把机会丢了……"

"我得好好想想。"

"我已经和几个老家伙联系过了，英雄所见略同，你得有思想准备。如果真不想干，先别说出去……"

"赶着鸭子上架，我行么？"

"你行！我们要联合举荐你，这对院里的业务有好处，让别的半吊子干我们还不放心呢……"

"我真不知道说什么才好。"

他显得很不好意思，好像很自卑似的。但信心正在悄悄膨胀，有一种想立即采取行动的欲望。

从钱先生家里出来，他不想坐车，漫无目的地在街上走。城市显得非常开阔，行人也充满友善，平时喧闹的车流和噪音有一种淡淡的亲切感。他耳边很宁静，能听到自己有力的心动。

老书记的谈话有了新的解释。那是一种铺垫，一种提醒，是大的胜利前的外围清扫。他的行为应尽量获得最大的支持，使嫉妒、诬告、诋毁等小动作难以施展。好心的书记的用意变得明显了。

"你还年轻，要做的工作还很多……"

他想起了书记的话。他的水平、为人终于得到了更为成功的评价。书记是好人。钱先生是好人。他们懂得他。他甚至对那个不知名的指责者也充满善意。那人在讲课报酬上惹是生非，实在令人同情。他比那人强大得多，他比所有嫉妒或仰惧他的人都更有力量。

他也明白华乃倩为什么爱他了。他的成功，使他对女人也有了非凡的吸引力。不是她勾引他，而是他把她俘获了。过去他怀疑过自己的魅力，现在他知道自己的形象比自己一向认为的要好。

他可以征服许多人，包括女人。但是，有些事显然不适宜陷进去，至少眼下不能陷进去。他不能过于慷慨。他不能拿自己的前程去换取一个女人的虚荣心。

必须果断地结束那种暧昧关系。是时候了。周兆路想到这里，有点儿遗憾。

星期天，他在鸿宾楼请客。室里大多数同事都来了。表面上是因为论文获奖，大家起哄让他犒劳，实际上是他想找个机会和大伙儿亲热亲热。未来的升迁不会让这些人不高兴，他们知道他是一个怎样的领导。他们也是他今后应当长久依靠的力量。让别人知道自己信任他们是重要的。

席间他没有注意华乃倩。她坐在另一张餐桌上。同事的吃相是她取笑的目标，大家嘻嘻哈哈地吃得很高兴。她仍旧那么活泼，话多而俏皮，似乎是想让周兆路注意她的存在。但是在他眼里她是下属，和在座的别人没有什么不同。他必须习惯这样看待她。

情妇。他想到了这个词。但事情正在结束。他不讨厌她。他讨厌那两个字，它们的肉感让他不舒服。

他们事前约好，吃过饭他去旧书店，她去委托商行，然后在家具店碰头。永定门外的房子星期天由老姑娘占着，他们不能去。她为此沮丧，他不。在一个不认识的人的床上，盖着干净的别人的被子偷偷做爱，已经不能让他无动于衷。

从旁观者的角度看，那确实有点儿恶心。不真实，像做戏，而且像丑剧。他扮演的角色已经失去新奇感，也许这种角色本身就是短命的。

他在旧书店给儿子买了一本画报，远远地就看到华乃倩在家具店门口站着。他们用目光打了招呼，就近拐入小胡同，前面不远是民族宫。胡同里人很少。因为有同事，她的打扮不如往常幽会时娇艳，没有抹口红。她不抹口红也很美。

"我和老林彻底吵翻了！"

"出了什么事……？"

她的话来得有点儿突然。

"没什么,就是不想跟他过了。"

"这种事应该冷静……"

"我试过,冷静一年两年可以,可是我实在混不下去了,我不能因为可怜一个人把自己大半辈子都毁掉,我失去的已经太多了!"

周兆路看看她。脸色不太好,小鼻子苍白地翘着,确实显示了一种他不大理解的痛苦。厌恶配偶,在他只是想象中的事。他一直没有不喜欢自己的妻子。她跟他相反。她想干什么呢?

"你有孩子,有事业,老林也不是让人无法容忍的人,还是冷静为好。"

"你不理解我,你事事如意,可我呢?以后的日子连想都不敢想!"

"你……打算怎么办?"

"离婚,只有这个办法了。"

"不能缓和一下吗?"

"不能!"

"他的态度呢?"

"可想而知。他哀求、发火都没用,我的决心不会改变。"

这是一个铁石心肠的女人的声音。她筹划一切,支配一切,没有她干不成的事情。这和她娇柔的外表无法协调。如果她表现得软弱一点儿,对自己的选择带些自悔心理,周兆路大概会毫不迟疑地怜惜她。

他想的是,这和我无关。离婚纯粹是她个人的事情,他们的关系没有附加条件,他跟她亲近并不是为了造成这种破坏性的结局。他不是没有牵挂的第三者。

他想表明态度,但话不大好说。

"离婚以后,怎么生活呢?"

"自由了,总会活得好些。"

"你有点儿草率……"

"是么？没想到……你至少应该帮我出出主意吧。"

她不满意他的态度。她希望他说点儿什么呢？总不至于也让他效法她吧？她说过，不打算威胁他的家庭。他很看重这个说法，它曾使他解除武装，专心地醉心于她。

"你知道，我是有奢望的女人。"

这话她也说过。他一直弄不清含义。

"奢望指什么？"

"和我所爱的人生活在一起！"

他们站在人行横道中央，对面是民族宫镶着绿边儿的白色大厦。一连串汽车擦身而过，周兆路吓得不敢往两边看。头有点儿晕眩，大厦仿佛正铺天盖地地压下来。

"你还年轻，找个合适的人不困难。"

"……正在找。"

"你会找到的。"

他在心里又加了一句：但不是我。绝对不可能是我。他松了一口气，因为她只朝他笑笑，不再提这件事了。他本来想说出自己对保持暧昧关系越来越不安，暗示她中断来往，现在也只好不提了。

那天他再也没找到机会。

他们进民族宫看了家具展览。她对昂贵豪华的家庭摆设很有鉴赏力，他却一点儿也没有兴趣。想到她零乱颓败的家室，他觉得她不可能建立有秩序的生活。她自己漂泊不定，还要置别人于紊乱。必须尽快摆脱她。

"这套沙发真漂亮！"她说。

"是漂亮……"

"你喜欢这个颜色吗？"

"……很好！"

他心不在焉。沙发是白色的，一套五个。她喜欢白色。她有一套连衣裙和一双高跟鞋是白色的，她的内衣全部都是白色。

白色对她不合适，他今天才看出这一点。她应当穿紫色的衣服，像大厅里那一排叫不出名来的花一样。白色未免太清洁。

他不知道她对分手会有什么反应。

九

下雪了。怕赶不上班车，妻子提前叫醒了他。她已经买来早点，门厅地上有些凌乱的湿鞋印。他到阳台上站了一会儿，没有风，雪花飘得很柔和。

不行。脑袋还是昏沉沉的。

感觉很微妙。以前也有过几次，但记不清和这次是不是一样。考大学那年，从县城回到山沟的家，有过这种感觉。如果没有接到录取通知书，会怎么样呢？这个问题他从来没有想过。事情很少让他失望。将要得到某种东西之前，让人不平静的不是喜悦，而是类似恐惧的不安情绪。生活的每一次上升都面临这种局面，结果无一不是以他得到该得的东西而告终。

这一次他没有把握。

消息已经传开。食堂、楼道、办公室，到处都是议论和猜测。他要升副院长了，或者不是他而是别的某一位要升副院长了。他表面上若无其事,但心里比任何人都紧张。

他分析出许多不利因素。组织能力不足,业务知识不全面,遇事虽然冷静,但不够果断。想得最多的是他和她的关系。他确认这是一个污点。掩盖是可以的,但永远不可能消除了。想到她有可能给他造成难以挽回的损失,烦躁的情绪就达到顶点。

"副院长,真的吗?"

"有可能。"

妻子也没有给他安慰。她太兴奋。他原以为她会淡漠,会劝他安心于学术,那样他心里的压力会减轻一些。

女人都是一样的。可能不是虚荣。地位毕竟是个很实在的东西。它的诱惑力恐怕任何人都难以拒绝。没有指望的人才会对它冷淡。跟女人有点儿相似,但比女人堂皇。

"慢点儿走,小心滑倒。"

"晚饭不要等我。"

"你忙吧,我等着你。"

妻子为他披好围巾,比平时更加温柔。她的目光像个新娘子。

雪很大。有些地方干净了,有些地方脏了,黑白分明。路上的烂雪像污泥,树塔上堆着洁白的花絮。空气真好。

今天他准备向华乃倩摊牌。时间是他定的,地点自然还是老地方。这是他第一次采取主动。昨天华乃倩在他办公室里显得很激动。她可能误解了他的意思。他害怕对她的打击太突然,不忍心告诉她这是最后的分离。但华乃倩执迷不悟的样子也让他恼火。明明知道他的处境,如果真爱他,本应体谅他的苦心的,她却只知一味儿地榨取。

他已经不单单是后悔。

分别可以更干脆。挑中老地方,不能不说是怀着很阴暗的心理。

他读遍了那个荡人心魂的身子，猛然丢弃的念头用厌倦无法解释。它勾出了数不清的留恋。正视内心的真实是可怕的。

华乃倩小腹上有一块不大的黑痣。

他不爱她！但人的记忆却牢固而详细。他内心的叫喊显得更加虚伪。双重的、捉摸不定也无从揭露的虚伪！

班车在东单停了一下，上车的人里有华乃倩。她的呢子大衣是浅色的，介于黄和粉之间的一种说不清道不白的颜色。他把目光移开，想看看手里的杂志。在班车上看点儿东西是老习惯，今天却读不进去。

直到晚上，他没有找到和华乃倩说话的机会。如果有这种机会，也许会使他改变决定，换一个幽会的场合。

在咖啡馆里或便道旁，她会歇斯底里大发作吗？

院党委开了一整天扩大会议。周兆路和另外四个副院长人选也应召参加。问题已经明确，五个人要轮流答辩，接受临时组织的考核委员会的质询，然后根据高低优劣确定最后的当选者。会上讨论了答辩的结构。施政纲领，这个词时髦得令人讨厌。

没有人退缩。有一种莫名其妙地紧张气氛。这是存心折磨人！周兆路强烈地感到命运始终操在别人的手里，答辩无非是让人更直接地面对残酷的选择。

老刘也是五人之一。表态时他语气激昂，声称准备接受挑战，接受上级和群众的公正评价。他太急切了，他不会走运，性格决定了他的失败。

"我愿意试一试，不论成功与否，从全局考虑一下院里的业务情况是有益的，感谢领导给了我这样的机会。"

周兆路简短地谈了想法。含而不露。他知道自己给在座的人留下了什么印象。从第一个回合开始他就要全力以赴。

钱老来电话勉励："你口才好，这样对你更有好处！认真准备，有什么问题可以来找我……"

老头子在院里势力很大。他当然要找他的。周兆路感到好笑的是老人的另一句话："你可要为我争口气呀……"

我凭什么要为你争气呢？人选后面隐藏着复杂的人事关系。这倒是他可以利用的一点。那么，就为老头子争口气吧！

傍晚，他乘车来到永定门外。窗口有灯光。她在等他。雪在脚底下咯吱咯吱地呻吟，一股淡淡的哀伤涌上心头。他记不清来过多少次了，这种心情还从未有过。

楼道里冷飕飕的，他生怕遇上什么人，尽管他谁也不认识。

他动作很麻利，转眼登上五楼。门开了一道缝儿，他看也不看就挤了进去。他忘了到底敲了几下门，应当是三下，这是用过多次的信号。他没和她一起来过，她总是先进去等他，把一切都准备好。他不可能待得太久，时间显得很宝贵。

水已经烧好了。床上是摊开的被子。她穿着羊毛衫，脸红扑扑的，把他的呢子大衣往衣架上一挂，便急匆匆跑过来拥抱他。他看了看窗帘，又看看床头那两个并排放着的枕头。她睡里边，他躺外边，这个模式跟他的家庭出奇地相似。此外便没有任何相似之处了。

他对妻子从来没有这么粗暴过。这个女人从一开始就使他变得很野蛮。他一点儿也不难为情，是因为丑和美在这里绝妙地统一在一起了。幻觉中他常想，这也算一种境界吧，没有冒险便无从体味它。

他大汗淋漓地喘息。绝望了似的。分离在即，不论怎样努力从这身上领略的韵味都将是有限的、告别式的了。他将永远失去它。她闭着眼睛，胸上皮肤变得粉红，他不知道那微启的红唇是否唤起了他的柔情，但他确实有点伤感。

他起身穿衣服的时候,她缩在被窝里看着他的一举一动。他背对着她。

"你这就走吗?急什么……"

他没有答话,心事重重地系好鞋带,钻进厕所,不一会儿又钻出来。到厨房给自己沏了一杯红茶,嗅了嗅热气,然后平端着回到卧室,在椅子上坐下来。

她的大眼睛水汪汪的。不像三十六岁。她的娇懒和奔放属于更年轻的女人。陌生人恐怕很难猜出她的年龄。

"起来吧,我想跟你说件事情。"

"你的事?"

"……就算是吧,跟你也有关。"

"我知道了,请说。"

"起来,这像什么?"

"这样暖和……"

她伸出一条光腿,又怕冷似的缩回去,笑得很娇气。但她还是起来了,一边穿衣服一边小心地看着他。

"你今天好像不太高兴,是为当官的事发愁吧?"她问得很轻松。

"乃倩,我的处境你明白……我觉得咱们该全面考虑一下了。"

"考虑什么?"

"……虽然做得不对,可跟你在一起我很愉快,我不会忘记你的……"

"干嘛说这些?"

她脸白了,好像才明白过来。周兆路喝一口茶,语气稳重得像是谈一桩买卖。

"考虑再三,还是现在分手的好。"

"……不是开玩笑吧?"

"不是。"

"你想得太容易了。"

手有点儿哆嗦,他把茶杯放到柜子上。老姑娘在相框里用凄楚的目光看着他。那边,华乃倩披散着头发不动了,靠在枕头上。漂亮的脸蛋冷冰冰的,有点儿出人意外。周兆路硬着头皮说下去:"这样对你对我都有好处。我们可以恢复正常生活。你知道,我实在太累了,压力大得让人受不了。我喜欢你,可是……我一直很内疚……"

"挑这个时候忏悔,为什么?"

"你和老林关系紧张,我多少也有一点儿责任,我没想到事情会闹得这么复杂……"

"你知道他和我们的事没关系,我和他的感情早就破裂了,你知道!"

她跳下床来,只穿着短裤从他眼前走过,气急败坏地摔上厕所的门。她上身穿着毛衣,两条细长的大腿好像是从毛衣里伸出的怪物。这模样很新奇,他没见过。

歇斯底里?

他等着,忍不住又去看那张相片。老姑娘可能是无辜的,她大概想不到自己的住宅成了肮脏的通奸场所,自己的被子曾掩盖过一个赤身露体的野男人。她不可能了解这种阴谋,至少从表面上看来她是一本正经的。

大家都一本正经。

从厕所出来,她的眼圈发红。她躺回床上,用被子蒙住下身。

"你还想说什么?"她嗓音也变了。

"意思就这些,希望你能理解……"

"你不爱我！你从来没有爱过我！"

"……你误会了。"

"这样分手我不同意！我不是包袱，想挎就挎起来，想甩就甩掉……你不能这样对待我……"

"你冷静些！"

"……你真叫我失望！"

嗓音终于颤抖起来，她哭了。第一次看到她哭，没有声音，泪水很多。周兆路想过去抱抱她，但那样事情会更糟。他想了一会儿，又把茶杯端起来，更加专注地看着这个各方面都令人迷惑的女人。

眼泪可能是爱的证明，也可能是因为承受不了自身遭到的损害。他不想伤害她，但人需要保护自己不受伤害。眼泪不能使他退却。

"别这样，这样不好，何必呢？"他听到的是一个伪君子的声音："以后你仍然是我最亲近的友人……"

"就这样……完了？"

"只能这样。"

"如果我说……我根本不同意呢？"

"你不会的！"

"我就是不同意，不同意！"

"要小孩子脾气只能坏事……"

"……我爱你！"

"我知道。分手了，我也仍然喜欢你。可是以前那种关系，一天也不能继续了，这……很危险！"

静了一会儿。窗外有风，有冰凉的雪。

她先把腿伸出床沿，仿佛是最后的炫耀，然后站起来。他也站起来。他的不知所措不是装出来的，笨拙的回吻也不是装出来的。整个告别仪式仓促而又伤感。

她的嘴唇带着苦味儿。

"乃倩,我对不起你……"

他还想说什么,但突然看到她的目光里有一种讥笑的意味。他不作声了,感觉也随之麻痹,在脸上啄着的像两瓣湿润的橘子皮。他怀疑逢场作戏的不只是他。

他默默地穿好大衣,系好围脖,在身上拍打拍打。冷静得就像刚刚参加完一个会议。他要走了,永远不再回来。

"祝你高升!"

她眼泪汪汪,但眼泪后面的讥笑是明确的。她不可能不知道分手的真正理由,但周兆路没想到她会说出这样的话。

"祝你飞黄腾达!"

好像还不够恶毒,她又加上一句。

周兆路受到了打击。他一直在自欺欺人。出于道德感,他是不会和她分手的。看来她比他更明白。

他呆呆地站着,有一会儿,他甚至想留下来。慰藉她,爱抚她,让她收回那恶毒的言语,向她证明他还没有卑怯到那种地步。但是,除了徒然增加一点儿虚伪之外,新的解释已经没有任何意义。

"……何必呢?"

他软弱地嘟哝了一句,逃似的离开了她。华乃倩的目光变得让人无法忍受。昔日美丽的眼睛里有藐视、憎恶,有隐隐约约的报复欲望,就是没有柔情。

这是一个陌生的女人。他熟悉的只是她的身体,对她的内心却一无所知。

她会报复吗?她会葬送双方的名誉,跟他同归于尽吗?在北戴河的旷野里,她一边耽于淫乐一边往腿上抹防蚊油!她什么事情都做得出来。

周兆路在铁路桥下边跌了一跤。他爬起来,气哼哼地往坚硬的积雪上猛跺。薄冰在夜风里咔咔地尖叫。行人稀少,没有人注意他。开往长安街的公共汽车正在前方徐徐转弯,黄色的小灯一亮一灭。

他小心地跑起来,大衣前襟黑翅膀似的拍打着膝盖。生活已经处在转折关头,他绝不能退出竞争,尽管眼前多了一个意料不到的敌手。他用不着怕一个女人。降伏对手的主动权仍旧在自己手中!

他在车门关闭之前身子敏捷地窜了上去。像一只鸟,扑入了巢穴。

十

周兆路把妻子和孩子送上了火车。夏天就商量好,一放寒假全家去上海探亲。

可他因事去不成了,妻子怕他不能料理生活,反复叮咛不要吃冷饭,脏衣服留给她回来洗,上班别忘了锁家门。他知道她最担心的不是这些。

列车启动时,她把脸压在窗口。

"好好干,祝你成功……"

他矜持地笑了笑,好像一切都不成问题。为了让她放心,他攥起拳头朝空中挥了一下。这个动作很年轻,连孩子们也跟着笑了。

从火车站出来,又到钱通奎先生家跑了一趟。施政规划已经有眉目,某些细节还要再明确一下。要不要设立咨询处,他和老人还有分歧，他认为由老中医组成的咨询处应该是常设机构，这样预算就好办了。钱老却认为如果侵占预算，挤了研究经费，这个机构不如不要。周兆路内心并不反对老人的看法，他苦心孤诣设想了这个机构到底是出于何种目的，只有他自己心里明白。

他需要老家伙们的支持，他向老人索取的并不是智慧。

竞选答辩前夕，一天下午，他接到了一个电话。办公室里没有人，过一会儿就要下班了。他爽快地通报了姓名，话筒里半天没有声音。可能打错了，他放下电话。铃声马上又响起来。

"我是周兆路，你找谁？为什么不说话？"他刚才以为是内线，看来不是。

"您就是……周副主任？我让总机查了您的号码，我怕认错人。我这里有一个号码，也是你们那儿的。您……确实是周兆路吗？"

"我为什么不是周兆路？我不是他是谁？你这个同志真有意思！"他有点儿恼火，话却说得像是玩笑。

"我是林同生，我下了很大的决心给您打电话，实在对不起……"

"噢，您是华乃倩同志的爱人！我们见过面，您找我有什么事吗？"

周兆路听到对方的名字吓了一跳。他知道一定发生了什么严重的事情。危险迫在眉睫！但他迅速冷静下来，口气很婉转。对方的声音含混不清，显然处于极度消沉的情绪之中。

"我想找您谈谈。"

"噢……"

"您是乃倩的领导，跟您谈谈是合适的。"

"出了什么事？老林，你讲慢些，讲清楚些，你找我谈什么？"

"家庭问题。见面谈吧……"

周兆路没有拒绝。电话里不可能说得太具体，而且林同生交谈的愿望是这样强烈，拒绝是没有用的，周兆路本能地感到自己没有危险。如果对方想让他措手不及，完全可以选择更突然的方式。林同生手里如果有他的把柄，何必用恳求的口吻来约谈呢？一定是华乃倩采取了新的行动。她的动机倒是值得警惕。她把丈夫搞得惶惶不可终日，是否也打算把他牵连进去呢？她耍了什么手腕，迫使丈夫来跟他披露心曲呢？她到底怀着什么目的？

周兆路刚刚平静的心又悬了起来。他比林同生更迫切地期待这次交谈。

分手之后，华乃倩在单位里没有任何反常。她说说笑笑，和同事们处得很和谐，对他也同以往一样，没有什么不自然。她只是避免和他单独相处，在人多的场合却依旧唤他的绰号"周公"，泼泼辣辣的，倒屡屡让他为自己的忧虑而羞愧。

他曾经以为危险已经过去。看来他又一次低估了她。她制造假象，很可能是为了筹备一次致命的打击。

他和林同生在西单快餐店台阶下边的便道上见了面。他下了班就往这儿赶，没有吃饭。林同生穿一件短呢子大衣，裤子皱巴巴的，里面好像套着棉裤，皮鞋很脏。他还戴了一个毛线织的护耳，那玩意儿勒在下巴上，使他整个人显得可怜巴巴的。周兆路请他陪自己找个地方吃顿饭，他点点头，眼神儿很忧郁。

两人进了洞天地下餐厅。周兆路点了饭菜，隔着桌子看着他，不知道应该说点儿什么。林同生一直闷头抽烟。

"来点儿酒好吗？"周兆路问。

"行，要白的，让您破费了……"

"二两？"

"行……你也来点儿！"

"我喝啤酒。"

餐厅生意清淡，服务员终日不见阳光，一个个脸色发青。菜的味道很咸。

"老林，你的心情很不好。"

"一言难尽。"

"和华乃倩吵架了？"

"她要离婚……"

"真的？单位里没有一点儿风声，到底是怎么回事？"

周兆路脸上发烧，他不能喝酒，一喝脸就泛红。但他喝得很猛，一杯啤酒几口就光了。身子慢慢暖和起来。他知道自己装得很像，微醉中他也确实分不清心头的真真假假了。他是同情这个男人，还是瞧不起他？也许两种心情都有。

林同生眉头皱成疙瘩，喝得慢悠悠的。他看看周兆路，眼睛里布着密麻麻的红丝，样子很吓人。

"本来不该跟您谈这些，实在难为情，可是没别的办法。您过去对乃倩帮助很大，上次见面，我觉得您为人很忠厚，这一切……求您劝劝乃倩，以领导的名义劝劝她，为了家庭和孩子，请她别那么绝情绝义……周主任，让您见笑了……"

"你太客气了。我不知华乃倩的想法，再说，我只是她业务上的领导，以组织的角度处理这种事恐怕不太合适……"

"我想过，把事情捅到你们研究院去，问题就是解决了，她的名声也臭了……你知道，乃倩是很要面子的女人……"

"谢谢你对我的信任，可是，这种事我从来没有遇到过，实在不知道怎么办才好。"

"给您添麻烦了……"

"再添点儿酒好么?我也想喝啦!老林,我非常同情你的不幸……"

半斤白酒,一碟鸡块儿,一碟肚丝儿。家里没人等着,他很自由,他很想跟这个颓唐的男人喝个一醉方休,把许许多多事情忘掉。

林同生的话渐渐多起来。

"我和乃倩的结合很勉强,那时候她在张家口市医院工作……她的老家在张北,她先在那儿插队,后来当了几年工农兵学员,毕业后就分到市医院了……这些乃倩跟同事们都说起过吧?"

"我知道,听说过……"

"一开始我还不大愿意,可是一见面,您明白,我……"

"明白、明白……"

"结婚很仓促。后来我想她可能是急着调回北京……当然,从一开始关系就比较冷淡,两地分居,偶然见一回彼此都不太自然,我年龄太大,条件也不是很好……"

林同生苦笑了一下。周兆路殷勤地给他斟酒、夹菜。

"我费了好大的劲才把她调回北京。有了孩子以后,有一段时间她对我不错,我想,她可能是感激我……"

"听说她在延庆县医院干得不错?"

"是的,她是争强好胜的人。过去我老觉得她心比天高、命比纸薄,可是我不想跟她说透……结果,她考上了北医的研究生班,又自己找门路分到你们研究院去了,她活动能力很强。她在外边都干了什么,我很少知道。我可能不适合跟这样的女人过日子,谁知道呢,我毕竟……一直爱着她。周主任,跟您说这些我实在难为情……"

"没关系。你……很孤独。感情上的痛苦是最大的痛苦。我可以理解。"

受了对方的感染,周兆路觉得自己也变得推心置腹了。华乃倩好像成了一个毫不相干的人,他冷眼注视她生活的隐秘,把自己放在旁观者的位置上。

他再一次感到,搅入这个女人的生活是莫大的错误。他的退却总算还及时。

"我一直对她不放心,可是我不相信她会干出对不起孩子的事。她考上研究生班第二年,我在她提包里翻出了几封信,是学校一个年轻人写给她的……我当时不够冷静,打了她,我一直很后悔……那一次她提出离婚,后来事情总算没有闹大,别别扭扭地过来了……"

"她和那个人的关系断了吗?"

周兆路意识到自己问得过于热心,连忙喝一口酒掩饰过去。太阳穴突突直跳,胸口憋得难受。华乃倩的秘密恐怕不止这些,他早就应该料到。怎么能指望她跟自己发生关系以前是清白的呢?

"我爱你!"

她一定跟许多男人说过类似的话。他感到愤怒,同时又有点儿幸灾乐祸。她果然是个淫荡的女人,但他甩了她!

"她不是很认真的,从信里看出来,她是耍那个人……"

林同生酒喝得过量了,口齿含混不清,好像嘴里塞了一块嚼不烂的肉。他瞪着眼睛,竭力想把事情说清楚,有点儿控制不住自己。

周兆路不打算劝阻他。

"过去她不是喜欢享乐的人,可自从回到北京就变了,穿戴上追时髦,经常参加研究生组织的舞会,有时候还上外单位去跳……她可能觉得青春被耽误了,想捞回来……女人有时候就是莫名其妙,她脑子里想什么,你根本没办法知道……"

"华乃倩同志在工作上还是很努力的。"

"是这样,她比我强,各方面都比我强。可我……毕竟是她丈夫,有些事她做得太过分了……我绝不能跟她离婚!"

"老林,你应该振作起来。"

华乃倩把这个男人逼垮了。他自己也有责任。男子汉在女人面前失去了居高临下的地位,后果是可悲的。他为什么就不能治服她呢?她有什么了不起?

爱使林同生变得软弱。周兆路也朦胧起来,他为这个真诚的男人伤心,同时觉得有点儿对不住他。

"缓和关系,你应当采取主动,别人是帮不了什么忙的……"

"这半年她一直想惹我发火,我忍着。最近她经常回家很晚,有几次还在外边过夜,我实在忍不住了,她的情绪好像也很不好,吵得比哪一次都厉害,她的话很难听……"

"她说什么?"

"她说她的男朋友很多,哪个都比我强,让我趁早跟她离婚。我想她是要激我,让我动手打她,然后……"

"你多虑了吧?女人的情绪都是多变的,过去就过去了……"

"这一次她很坚决。我说我要向研究院组织上反映,可她一点儿也不在乎……"

"她自尊心很强,她不会不考虑吧?"

"不知道她怎么想的。我找您来是怕事情闹得太大,希望您从侧面劝劝她,让她知道一下组织方面的压力……"

"我试试看吧。"

"千万别告诉她我找过您,她要觉得在单位丢了面子,事情就更难办了。"

"我会说得策略一些的,你放心。"

"给您添麻烦了。我从来没说过这么多话,您别见怪!"

"哪里！我是她的领导，可是过去对你们关心很不够，我有责任帮助她。"

餐厅的人已经不多，服务员在收拾碗筷。林同生似乎还清醒，用筷子去夹掉在桌子上的肉片，却好几次也夹不起来。

周兆路有一种无地自容的感觉。他在进行他一生中最大的欺骗。欺骗一个比自己软弱的无所作为的同类。他偷了他的女人。却侈谈什么对他们的责任？他担负过的责任不就是让这个窝窝囊囊的男人戴上一顶绿帽子么？他罪孽深重，实在难以自谅。

地下餐厅通往地面的阶梯蜿蜒曲折，好像永远也走不到头似的。林同生走到一半就醉得站不稳了，周兆路连忙搀住他。两人像一对莫逆之交和酒友，摇摇晃晃地往上爬。

"我这个人没什么朋友……"林同生攀着周兆路的胳膊，一只手在扶手上胡乱抓挠。

"我也是。"

"我除了教教制图课，一事无成。"

"我也就那么回事，想想怪没意思的。"

"……要不是为了孩子……要不是为了孩子……我真想……我真想杀了她！"

"你醉了！"

"是吗？……我没醉。老周，说心里话，我恨她，我比恨谁都恨她……我这辈子就毁在她手里了……臭娘们儿……"

"你醉了！"

周兆路感到很奇怪，他心里也骂着同样的话。她的确是个臭娘们儿，她把丈夫毁了，还想毁了他。想想真舒坦，他把她像破烂儿似的甩了！

林同生到汽车站才清醒了一点儿，眼睛在寒风里不住眨巴。车灯不时从他脸上晃过，是一种木然的听天由命的表情。周兆路不知道自己是什么样，酒喝了将近三个小时，经历的一切都显得那么不真实，好像做了一场梦。

"我的话可能说多了……周主任，您可别对乃倩有不好的印象，对她的打击别太大了，她有事业心……"

"我知道。"

"她就是在生活问题上有点儿想入非非，她会明白过来的。"

"我也相信这一点。"

"以后再跟您联系，谢谢了。"

"不客气，慢走！"

他把林同生送上车，自己也乘车往相反的方向回家。车晃得厉害，他想吐。

林同生还是醉的时候可爱一些。这个人软弱无能简直到了顶点。他跟自己差不多大，却显得那么苍老、那么萎靡。为一个女人值得这样么？老是觉得自己配不上她，老是战战兢兢地奉承她，也难怪她不心猿意马！他是她丈夫，她再漂亮、再风流，也是他的女人，他应该利用一切手段征服她！

华乃倩说过她丈夫生理有缺陷，可能是真的。但这个问题似乎不该那么重要。也许对某些女人来说，它的分量并不轻。华乃倩的饥渴感不知是不是出于反常的欲望。

那样的话，林同生的悲剧就太无聊了。

下了车，周兆路在路旁的草坪里哗哗地吐了起来。一股很腥的酸味儿呛住鼻孔。

刚分到研究院那一年，一个分在北京同仁医院的上海同学拎着酒瓶来看他。那小子把他的单身宿舍吐得乱七八糟，一会儿哭一会儿笑，胡言乱语中才知道他失恋了。周兆路一点儿也不同情他，别人的痛苦往往使他更冷静。那个老同学离了两次婚，娶了一个二十多岁的大学生，后来到美国去进修再也没回来，把大姑娘也甩了。周兆路早就看出他是个王八蛋，他的呕吐和哭叫都夸张得可笑。

但周兆路有一种人生不定的感觉。不知怎么搞的，一边吐时才一边感到了这种悲哀。

想起林同生的话。华乃倩自称有许多男朋友，她曾经在外边过夜。她难道在永定门外的幽会场所还接待过别的男人吗？除了在研究生班里勾搭过男人，她在张家口时会不会也有相好的情人？她有长期两地分居的经历，她的放纵说不定早就开始了。

他是众多拜倒在石榴裙下的丑角之一。可笑的是，他竟被她的美丽所诱惑，以为她的放荡是天真的，是苦闷的宣泄，以为是自己的魅力吸引了她。早在北戴河的地毯上他就应该明白了，可他直到分手还以为她的眼泪是真诚的。他像个傻瓜，被人耍弄了。

他蹲在草丛里，头垂得很低，好像在夜色中执意要分辨出自己吐出的到底是什么东西。他从心里唾弃了那个女人。

他松快多了。

十一

考核委员会的最后意见还没有拿出来，单位里的舆论就出现了明显的倾向性，副院长的职位非周兆路莫属。委员会里的群众代表透露了答辩详情，认为周兆路给人的印象最佳，别人不过是陪衬。

周兆路也有预感，他成功了。

答辩会上他对答如流，许多尖锐问题是钱老提出来的。他故意在演说中留了一些漏洞，让钱老更方便地向他突然袭击。实际上两人私下里早就预演过。对钱老的行为别的解释，爱才心切罢了。双簧戏演得天衣无缝，没什么可挑剔的。说来说去，他靠的还是自身的实力。他的演说不是很精彩么！

事情也凑巧，答辩会开过不久，他收到了日本神户医科大学的讲学邀请，签名的正是东洋医学系的系主任大岗升二。他不知从哪儿看到了周兆路翻译的文章，附信中说了不少感激的话，声称对周兆路慕名已久。

费用由对方出，周兆路估计部里很快会批下来。去年中医学会组团去香港，临行前压缩名额把他刷了下来，他一直耿耿于怀。这一次可以痛痛快快补偿一下了。他没有出过国，如果他搞的是西医，依他的成就早就该得到这种机会了。幸亏有一个对中医感兴趣的邻邦，东洋医学的名称未免欺世盗名，但周兆路对此并不反感。他相信自己的日语水平，五十来岁的大岗升二在专业上未必是他的对手，那人的论文质量就那么回事。

这个插曲是考核委员会不能不考虑的新因素。局面对他非常有利。

老刘见了他灰溜溜的，路过心研室的走廊时溜着墙根往前蹭，让人看着都可怜。他激动过分时便语无伦次，如果他心平气和一些，他的答辩还是很有章法的。他平时习惯质问别人，轮到别人质问他时就按捺不住了。实际上谁愿意跟他过不去呢？他自乱阵脚，天生不是做官的材料。

周兆路有点儿飘飘然，感到自己的强大是令人愉快的。但他很清醒,不让自得情绪有一丝一毫的流露。这一点比什么都重要。

林同生来过一次电话,问谈得怎么样。周兆路告诉他最近很忙,让他再等等。对方总抱着一线希望,而他根本不想实现自己的诺言。跟她有什么可谈的?那不是太滑稽了吗!

她最近一直没有回家住。她在搞什么名堂谁也不知道。想到陌生的男人跟她在他躺过的那张床上鬼混,他甚至连点儿嫉妒都没有。他跟她没关系。让她和她的家庭见鬼去吧!他只是可怜那个在绝望里挣扎的男人。

周兆路给妻子写了信。虽然不久就会重聚,但他还是迫不及待地通报了答辩情况和应邀讲学的事,这回妻子可以向岳父、岳母夸夸他这个女婿了。岳父是个退休的老工程师,想当初还不满他的农民出身,埋怨女儿不该嫁给他哩。二十来年过去,真有隔世之感。老人后来很器重他,认定他会有所作为,来信时恨不得跟他这个晚辈称兄道弟。

他没有让亲人们失望。

家里空荡荡的。没有妻子和儿女,这里不成其为家。他盼望她们快点儿回来,跟他一起分享家庭生活的快乐。

他短暂地堕落过,他为此而羞惭。那些事不像是他做的,他不该做那种事。他怎么可能沉醉于色情呢!他是研究员和学者,是堂堂中医研究院的副院长,他的身份不允许他那样做,那个人不是他。

周兆路,一个脱离了低级趣味的有理想有道德的优秀人!他对自己非常满意。非常非常满意。

星期天,他躲在家里看书。十点钟的时候,他给茶杯加了一次开水,听到有人敲门。华乃倩站在门口,仿佛从天而降的妖魔。他呆住了,险些把茶杯扔掉。他以为是居委会的老太太来通知灭鼠的事呢!

她怎么知道我妻子不在?她一直在盯着我!她想干什么?

"你每天用饭盒往家带饭,我一猜你家里肯定没别人,夫人和孩子呢?"

"到上海探亲去了。"

"猜对了!"

她脱了大衣,一屁股坐在沙发上,东张西望地一点儿也不觉得别扭,脸上挂着天真的满不在乎的笑容。

"你过得倒挺自在!"

"……你有什么事?"

"没什么事,想你了,忍不住跑来看看,想赶我走吗?"

"你喝茶还是喝咖啡?"

"随便!"

她看看墙上他和妻子的结婚照。

"你年轻时没现在帅,夫人挺漂亮的嘛!"

"老了。"

"我要是能当这儿的主妇,让我死一千次都干!我嫉妒这个女人……"

周兆路尴尬地看着她,拿茶杯的手有点儿哆嗦。她想干什么?他又一次问自己。

"兆路,你想我了吗?"

"说这些干什么,事情已经结束了。"

"我可不这么看!"

"你……到底想干什么?"

他终于问了出来,样子很激动。他有一个欲望,想把茶杯摔在这张漂亮的脸蛋儿上。

"我是有奢望的女人!我的奢望就是跟我不爱的人离婚,跟一个我喜欢的人生活在一起。很不幸,这个人没有勇气,他害怕了,他舍不得的东西太多了！"

"你的想法不切实际。"

"我承认。兆路，你难道一次也没有想过跟你妻子离婚吗？"

"我爱她。"

"你爱我吗？"

"……不爱！"

"你跟我在一起也是假的？"

"那种事……没有爱也可以。"

"你太残酷了！"

"你也一样。"

她看着他，他也看着她。两个互不理解的人在对方脸上看不到任何东西。她笑了，他依旧没有表情。如果她以为自己手里有他的把柄，可以威胁他继续那种不正常的交往，那她就大错特错了。他不怕她。

"我离婚的事已经无法挽回，如果他还不同意，我就一直分居下去……"

"你不怕他闹到单位去吗？"

"他没那个胆量，真闹到那一步我也不怕，同事们会证明我是清白的，你也可以证明。你是我的领导，你了解了……"

"我会证明的。"

"痛苦已经过去了，我仍然爱你，但是我会挑一个更合适的人重新结婚，你不合适，你……太自私了。"

周兆路无话可说。

"除了这一点，你就是最完美的男人了。你不要贬低自己，真的！"

他一脸苦笑。他什么时候贬低过自己？华乃倩摸摸他的毛衣袖子，他打了个冷战。

"你别紧张,在我眼里你还是你,以后寂寞了,我恐怕还会忍不住找你的……"

"你不会寂寞,爱你的人不是很多吗?"

"……你这是什么意思?"

他移开目光,他不想让她难堪。不应该在这种时刻讥笑她。她也许并不像他想象的那么不可救药。

"我不是说着玩儿的,你别以为你当了副院长就可以把我视作不相干的路人,我把什么都给你了,这是事实!"

"我可能有对不起你的地方,可是责任不是我一个人的。"

"一句话说说就完了?为什么不把责任承担到底,干嘛都推给我一个人!我要想报复早把你的事捅出来了……"

"那样做对谁也没有好处!"

"对谁更没好处?"

"轻些,小心让邻居听到!"

"我怕什么?我爱你,可你为了一个副院长就把我扔了,你从来也不为我考虑……"

她面孔充血,只有鼻梁是白的。她在发泄对他的不满,她今天就是来威胁他的。他从来没有感到她像现在这样丑恶。

"你……要我怎么办呢?"

"我希望像过去那样,我不破坏你的家庭,我会保护你,可是你不能拒绝我,你的冷淡让人受不了……"

他坐在椅子上被她抱住了。她简直是从沙发上弹起来的。他一点儿防备也没有,眼前一阵发黑。她柔软的身子抵着他的脑袋,浑身颤抖。她也许真的只爱他一个人。一种邪恶的让人无法忍受的爱。他难道永远无法摆脱她了吗?他要毁了!

"我真想杀了她!"

他想起了林同生的话。不,那人没有醉。周兆路重复着这个可怕的声音,绝望地盯着她的脖子,雪白的纤细的脖子,她的生命就悬在那里,随着呼吸而微弱而伏。

"不行,怎么能在这里!"

他推开了她,空气里有一种可怕的东西在骚动。他就要绝望了。

"为什么不能在这里?"

"我不允许,这是我的家!"

"可你是我的!"

"……乃倩,我求求你……"

他屈服了。像夜一样的黑暗包围了他,不论他怎样挣扎,始终也逃不脱那幽深的陷阱。他被埋葬了。

下午,华乃倩从那栋楼里走出来,美丽娴静,嘴角上甚至挂着一丝羞怯。过了半天,周兆路也出来了,气宇轩昂,衣装笔挺。他到住宅区西边的河旁散心,手里拿着一本医书。他的背比平时驼了一些,从后面看上去阴森森的,有一种僵尸的味道。

评审结果正式公布之前,党委书记找他谈话,非正式地宣布了对他的任命。任期从三月一日开始,他必须在此之前把心研室的工作交接清楚。虽然周兆路一向稳重谦谨,但他的淡然还是叫老书记吃了一惊。

"有什么困难吗?"

"没有,我可以胜任。"

"好好干吧!"

老书记拍拍他的肩膀。他没有一丝笑容。好像为以后的工作过早地陷入了沉思。

家人从上海回来了。妻子问他是不是太累了，他说是的，太疲乏了。从那儿以后他再也没有解除疲乏，脸上总是心力衰竭的样子，妻子爱抚他时从他头上揪下了一些白发，叹道："我的兆路也老了……"

　　他绷着脸，好像生怕自己哭出来似的。

　　他给神户医科大学拍了电报，表示歉意。电文写道："公务在身，恕不能前往，后会有期，同僚顿首。"

　　大岗升二很快回了信，还寄来一份日本医学杂志，里面有他翻译的周兆路的《证之研究》，把国内杂志上他的照片也翻印了，登在译文之首。介绍文字称他为中医学界的精锐，负有开辟医学未来的当然重任，云云。

　　三月一日的就职演说大获成功。部里来了一个副部长和一些别的角色。他的口才发挥得淋漓尽致，四十分钟的讲演没有底稿，没有一句废话，不时还蹦出一些出人意外的小小的幽默。他献出了智慧和能力的杰作，辉煌的前程拥抱了他。

　　周兆路站在讲坛上，充满信心地注视全场。他知道自己是什么形象。是他自己亲手塑造了这个形象。形象代表了一切。内心没有任何意义。有谁能够正视他的心灵呢？没有这样的人。也许只有她可以除外。

　　大家在鼓掌。她也在鼓掌。她美丽的面孔像一朵鲜艳的花朵，他可以在任何地方把她用目光挑拣出来。但他宁肯让她消失，让她永不存在。

　　副院长踌躇满志的脸上划过一道忧郁的阴影，但没有任何人发觉。不知她注意到没有。她是鼓掌最卖力的一个人。

　　他在掌声中晕眩。这是对他人生的慰藉。他一步一个脚印地走到了这里，他理应骄傲的。朦胧中他有一种身轻如燕的感觉，失去了束缚,他想到哪里就能飞到哪里!

他在飞黄腾达。

一个声音悄悄地告诉他:当心!他笑了。他知道那声音来自何方。

周兆路已经没有恐惧。